オアシスの華

安藤眞司

東京図書出版

この作品は著者の中東体験記をモチーフとして創作したフィクションであり、実在の人物・団体とは一切関係ありません。

オアシスの華◇目次

出向

「じゃ、ここでお別れだ。あとはたのむ」

運転席からおりた橋本はキーを手わたした。あかるい表情の前任者にくらべ、先々を心配するのか、明石の胸中は複雑だった。一家を見おくり、駐車場へもどる。

昭和五十六年三月上旬のことだ。

猛暑のおとずれは先の話だが、それでも摂氏三十度をこえていた。当地にきて三カ月になるが、いまだこの気候になじめない。夕陽が地平線にむかい、着地をはじめた。

はじめて乗るＧＭのビュイック車の空間はだだっぴろく、じぶんがいかにも頼りなげに思われ、心細かった。こわごわと車体を砂漠車線へのりいれる。

離発着の音でさわがしい空港から遠ざかるにつれ、あたりの風景が一変する。舗装道路には対向車も後続車もなく、まるで陸の孤島に、おいてけぼりをくった気分だ。前任者のように無事務めを終えて、帰国できるのか、それよりなにより、寄せあつめのプロ軍団を意のままに使えるのか、はたまた経営層から信任が得られるのか、空港で覚えた不安がふたたびよみがえった。

どこまでもまっすぐな車線に沿って、暮れなずむ夕陽を追いかけていると、あたりの風景が、薄暮色がかってきた。いつもの明石なら車窓にうつる情緒ゆたかな光景をみれば、そこに相応しい『月の砂漠』の唱歌でも口ずさむのだが、今はそれどころではない。やがて三叉路にさしかかる。とっさにハンドルを右へとったが、確たる自信はない。来しな、先々に思いを馳せ、車窓を眺める余裕もなく、左へいけば市街から遠ざかる、と思っただけだ。が、いけどもいけども、あたり一帯は、右も左も、砂漠平野だ。やみくもにアクセルをふみつづけていると、燃料が気になった。計器へ目がいく。ガス欠を知らせていた。まずい、とあせり、速度をおとし、地図をとりだす。目をこらし現在地をたしかめるが、なれないアラビア文字がすべて同じに見えた。地図を放り、ため息をつく。夕陽が地平線へ深く沈み、いつのまにか地上は、薄暮色から漆黒《しっこく》の闇《やみ》にとって代わられ、天上にきらめく星が、ただ一つの道標になっていた。

「明石君、国際部の村西さんがお呼びだ」

電話をおえた副部長が稟議書づくりにふける明石に声をかけた。ここは東京九段下にかまえるカウベの営業場だ。

「前任地の不祥事でもみつかりましたか」

海外人事担当の次長から電話とききき、おどけて場をつくろう明石に、

「おぉ、余裕だな、異動でもなかろう。まぁ、話をきいてこい」

気もそぞろに立ち上がり、国際部へむかう。このとき、本編の主人公、明石眞也《あかしまさや》は調査役という、なりたての管理職、次長から直接お呼びがかかる職位にない。やや奇異に思えたものの、

心当たりがないわけではない。中東出向の件だ。が、行内では人選済みとされ、聞きながしたのは、海外から帰って一年もたたないからだ。その出向先というのは、アラブ首長国連邦のアブダビ市に拠をかまえ、政府外郭が出資する投融資銀行、名をシデックとか。そこから同行へ派遣の話がきた。長年の働きかけが、功を奏したらしい。肩書は投融資部の次長だ。条件は家族帯同、同地は母国から遥かはなれた熱砂の国、生活環境はきびしく、家族の支えがないと堪えられないという。

「やぁ、明石さん、急に呼びだしてすまん。ここでは話ができないから、部長室へいこうか」

と言うなり相手はもう歩きだしていた。カウベでは海外人事は国際部がしきる。相手の雰囲気から、どうも責める感じはない、とわかり、明石の足どりがかるくなった。ソファに腰をおろすやいなや、相手が話しかけた。

「明石君、ロンドンから戻ってどのくらいかな?」

「昨年十月ですから、まだ一年しか」

「そうか、もう一年たったか!」

【もう】ではなく【まだ】じゃないか、といぶかる一方で、いやな予感をおぼえる。

「さっそくだが、まず用件だ。中東へ出向してくれないか」

絶句する。敵はいきなり豪速球を投げてきた。心当たりがあるとはいえ、あくまで行内のうわさ話、はなから己は対象外、ときめつけていた。語学にすぐれ、かつ外国人に臆《おく》しない人物が相応しい、とまことしやかに囁《ささや》かれていたから、少なくとも俺の語学力は、人なみ、否、それ以下、臆せずというのも、根っからの小心者、ほかに断るわけもあった。その最たるものは、妻由紀子の実家のことだ。ちょうど明石一家が渡英中に、家業を束ねる義父が病をえて床にふしていた。一家が帰国するやいなや、義母は、娘由紀子に、家業への入社を乞い、夫明石の了解の下、週一の平塚〜岡山間の遠距離通勤を強いた。その後、一年も経たないで、この中東内示が舞いこんだから、家族帯同は土台ムリな注文だった。

出向ということばが、村西の口からでた瞬間、からだを流れる血という血がすべてが逆流したのでは、と錯覚するほど明石の全神経はこわばった。が、海外人事の陰の実力者といわれる相手から打診されると、断るにはかなりの覚悟が必要だ。時間が経つにつれ、相手から柔和さがとれ、顔つきが尖《とが》るのを見てとった明石は、止まった思考をとりもどし、真正面から相手をとらえた。すると一瞬、目を逸らした相手は、

「つごうが悪いのか？　身内になにか……、しかし、これはどうしても受けてもらわないと。それにあちらは熱砂の国、帯同がなければやっていけないぞ」

顔をこわばらせる明石に相手があせりだした。

「海外とは！　まさか、帰国したばかりの私が……」

「そんな悠長なことを！　うちは人繰りに余裕があるわけがないし、定期異動も済んだばかり、どうしても対象者は限られる。それに一度海外を経験したなら、いつ、いかなるときも、受けて立つ、そういう気概がないと……」

内示のたびに有無をいわせず企業戦士を戦場へおくりこんできた村西だが、この出向には、

どこか不安がつきまとう。目の前の男が、先方の期待に応える能力があるのか、やや色白で一見ひ弱さをおぼえる、この道産子が、猛暑の夏、ときに五十度ごえも、という環境に堪えられる体力があるのか、また、一般的に投融資業務に遅れをとる邦銀が、それも近年の合併で都市型銀行への階段をかけあがったばかりのカウベの一海外要員が、かの地ではたして使いものになるのか。これはこの男だけの問題にとどまらない。赴任、即、帰国、という不面目な事態にでもなれば、ぜひ後任もうちでと、いまだ執拗に迫る国際銀行から、やはりカウベさんには敷居が高すぎましたかな、と愚弄《ぐろう》されかねないし、はたまた合併行にありがちな旧行問題に火種を残しかねないと、職掌柄、なまなましい気苦労を抱える村西だが、ここに至っては、かかる個人的な心情はともかく、先ずはこの男をくどかなければ、と腹をくくる。

ようやく市内の灯りがみえてきた。

きわどかった。スタンドで満タンにする。この地では、おのれしか頼るものはいない、と身にしみた。前任者が帰国した翌日、明石は早めに出社した。

投融資部の次長として正式な任務がはじまる。

当地入りして、三カ月間、ただ前任者の横にすわり、その執務風景をながめるだけの、どこか他人行儀的な振る舞いだったが、今日からはそうはいかない、と思うと、肩にずっしり力がはいった。

まずは一階へむかう。次長室の真横にあつらえた秘書席からサリーが立ち上がり、

「きょうから、よろしくおねがいします」

と新ボスをむかえ、ご用の筋、もしくは、ご不便ありましたら、いつでもお申しつけください、と告げられ、その心意気に感心した。サリーは正統英語をよどみなく操り、話ぶりにもソツがない。

いったんは席に座った明石だが、どうもおちつかない。執務の前になにをすべきか、頭をめぐらし、経営陣への挨拶がぬけていた、と、気づき、三階の頭取室へむかった。

「頭取はただいま、アジア諸国を出張中でございます。もし緊急のご用件がございましたら、こちらで承ります。なお、ご挨拶に来られたことは、帰国しだい、おつたえしますが、しばらく戻られる予定はございません」

目鼻立ちが整い、それに肌の色、正統派の発音などから英国人と思われる秘書が、温もりに欠ける口調で、そう話した。しょっぱなから、やけに愛想のない女性に会ったもの、遠路はるばる、ご苦労さま、とかなんとか、お世辞の一つ二つあっても、どうなんだ、と言い返したかったが、勘ぐれば、この世界で、女性が生きぬくにはそのような気を遣う暇などありませんわ、と諭しているふうにも、また赴任来、前任者の活躍が頭にこびりつき、その反動から、ささいな事にこだわる彼を諫《いさ》めているふうにも見えたから、彼はさほど不快ではなかった。かえって、その挙措《きょそ》がじつに凛々しく映り、目を見はったのだが、彼女からすれば、誰にでもする事務的な挨拶を交わした程度のしぐさだった。否、それどころか、ポマードで固めた彼の奇抜な頭髪をかいま見て、一瞬、顔をしかめたのだが、それは彼の知るところではない。以上が、彼とメイとの初対面の風景だ。

そのあと一階へおり、チャールズ部長の部屋をのぞく。あいにく電話中である。片手にテレックスの束を、もう一方で受話器を抱え、相手に語気あらく、かつ早口でなにごとか、まくし立てていた。まずいところへとび込んだものよ、と内心思ったが、いまさら引き返すわけにもいかない。

「やぁ、明石さん、きょうから正式出勤ですな、早速あなたの経験ゆたかさとやらをご披露ねがうことにするか」

電話をおえた部長が、新任次長に気づき、なにくわぬ顔でむかえた。

やや棘《とげ》のあることばに内心ひやっとしながら、

「ご指示をいただきながら老骨にムチを打って頑張ります」

と答え、長居無用とばかり、即、退出した。ようやく自席へもどってひと心地つく。やがてオフィサー格のアスカリ、ショウキ、ハジム、そして同補のニーナ女史が顔をみせた。アスカリとニーナは直属の部下、ショウキとハジムは債券部からの助っ人だ。

初めての打ち合わせの場で、彼らの語学力、専門用語のゆたかさに度肝をぬかれた。英語を英米人なみに操る水準は、明石とはまるで雲泥の差だ。場所をまちがえた、とのっけから頭をかかえる。用語はカウベのロンドンで同種業務を経験するから、なんとかなる、と高を括っていたが、あてがはずれる。欧米大手がしかける案件に、おこぼれちょうだい的にくわわる母体とは違い、はじめて耳にする用語がじつに多い。その頃、国境をまたぐ国家機関とか有力企業とかから資金の調達をまかされる同社や欧米大手が、参加行を募集するとき、邦銀の海外拠点が手にできる役割は、ささいな手数料に甘んじる一般参加がほとんど、たまに有力行が伝《つて》を頼ってえられたとしても精々、副幹事格とか、名前だけの共同主幹事格だった。その点、出向先のシデックは欧米大手なみに組成団の主幹事となり、ときに融資実行後の回収業務をしきる支払代理人への就任にも積極的にとりこんだ。

ところでシデックの主業は、不特定多数から原油代金をあずかる地場金融業者と資金需要のつよい東欧、西欧の公的、あるいは私的企業との間をとりもつ立場、いうなれば、お金の縁むすび役だから主たる稼ぎは、あまたの主幹事や代理業務等から得られる手数料である。調達先がしっかりした先とか、政策上やむをえない先にかぎり、同社は貸し手として名をつらねて、金利収入を得ることもあるが、それらは本意ではない。ときを経ていまや中近東はむろんのこと、欧米の資本市場でもシデックの名は知れわたっていた。

実りある商いに恵まれ、業績はわるくない。組織はナムサ頭取のもと、四人の部長が各部をたばね、管理職は十五名、ほかにアジアなどからの出かせぎ事務職員をくわえると、ほぼ五十名、国籍は十三カ国にのぼった。

投融資部はシデックの儲けの大半をかせぐ中核部だが、仕事の流れを端折《はしょ》っていうなら、こうだ。

借入人から、お金の調達をたのまれると、親密な貸し手に声をかけ、仲介の労をとるが、金額が大きいと、欧米大手銀行をまきこみ、幹事団を組成する。いずれも、シデックは借り手、貸し手、双方の利害を調える立場だ。そして締めは、彼らを一堂にあつめて、借入れ、貸出しの意思確認を公におこなう調印式の出番だ。この儀式をおえると、借り手は借り入れ手続きに入り、貸し手は資金を準備する。

ところで、同社は主幹事の獲得にとどまらず代理業務行への就任にも熱心だ、この仕事は、借り手、貸し手にかわって資金の管理・回収をこなす役目だ。明石が赴任したころ、その数は優に百件をこえ、主幹事の汗かき料とともに、これにかかわる稼ぎは、同部のえがたい収入だった。なおこの業務は次長、つまり明石の専管であり、部長はめったに口を出さない。次長の下でアスカリとニーナの二人が管理をまかされ、事務作業は投融資部の手からはなれ、総務部の職員達にゆだねられた。

シデックが入居するハムダン・ビルは三階建ての造り、一階は、投融資部、債券部、二階は、総務部、資金部、三階は、頭取室、資金部長室、特命次長室にあてられ、規模をとわず、すべての会議室も、機密保持上、三階におかれた。各部の部次長の執務室は、所属部と同じフロアにあるが、資金部長室だけは別格で、会議室をはさむが、頭取室の隣だから、副頭取待遇といえなくもない。

午前中、彼が携《たずさ》わったのは、アスカリ、ニーナとの打ち合わせだけ。しょっぱなから、肩すかしをくった感じだ。頭取が不在なせいか、社内はひっそりしている。やがて騒がしくなった。二時、昼食時だ。戸外の気温は四十度、駐車場までほんの三分だが、これが難行である。周りに緑がなく、陽ざしをもろにあびる。車内へ入ると、まるでむし風呂、やおら手袋をつけ、ハンドルをにぎり、和食店へむかう。ホルムズ海峡を見ながら通称【海岸道路】をつっぱしった。突きあたると日光宴がある。自炊は苦手だし、コメでないと力が出ないから、家族の件が片づくまで、しばらくここで厄介になる。午後五時前、定刻より少々早めにもどると、サリーが、急ぎ足で近づき、

「部長がお呼びです」

と言う。なにごとか、と訝《いぶか》りながら、部長室へむかう。とはいえ、おなじフロア、しかも目と鼻の先、早めにもどったつもりだが、ボスの方が早かった。日本のサラリーマンとなんら変わらない、と感心しながら、ドアをあけた、その途端、いきなり相手が話しかけてきた！　彼を立たせたままでだ。えぇ、失礼じゃないか、と腹が立ったが、それどころではない。相手の言うことがさっぱり聞きとれない、精々、一割か二割そこらだ。耳なれない単語が二度三度くりかえされたが、時間にしてほんの数分が、とてつもなく長く感じた。訊きかえしたいが、そんな雰囲気ではない。それに、なにを、どう、訊くのか、それすら浮かばない。頭の中がガンガンする。真っ白になるのを辛うじておさえ、ふたたび息を整え、耳をとぎすます。早口にくわえ、米国訛りがきつい。もはや、お手上げだ。

「わかりましたか」

さいごに相手から念を押され、

「イエス　サー」

と、まるでパブロフの条件反射のように返した。もはや退出するしかない。パンクした頭を

かかえ、夢遊病者のように千鳥足で自席へもどった。しばし机上に顔をうずめ、ボスの伝言を反復しようとつとめるが、これまた前へ進まない。事態の深刻さにおののき、若手三人をよびこんだ。事のあらましをぼそぼそと話し、反応を窺《うかが》う。命令系統からすれば、さかさまだ。上司が部下にこうべを垂れ、なぞ解きを託しているのだ。彼らにはことばの壁がない。

初めのうち彼らは冷ややかだった。とはいえ、明石もここでしっぽを巻くわけにいかない。やがて、全身をくの字にまげ助けをもとめる新入りを不憫《ふびん》と思ったのか、目つきが変わりだした。それを機に三人に書きとめたいくつかの単語を見せる。「あのさぁ、それ……経営側が進める例の住宅プロジェクトの投資案件だよ、金利が上がりだしたから、焦っているんじゃないか？　債券部との打ち合わせの時につかった、料率を見直せと？　どうかな、ショウキさん」

と、アスカリが、ぼそぼそと呟《つぶや》き、債券部の助っ人にたしかめると、

「このところの金利上昇をみれば、だれだって実質収益率の行方が気になるさ。ただきぁ、それをいきなり明石さんに質すなんて。この件は橋本さんだって関わっていなかったから、勘ぐるに、きょうからは手加減しないぞ、というボスから新次長へのハッタリじゃないの」

「そうか、わかったぞ、きょう別件で部長室にいたら、香港の頭取からボスに電話が入り、採算の見直し、とかなんとか、言っていたが、このことか」

と、ハジムが間に入り、ネタ元をあかした。

つかみどころのない断片が、ぼんやりと姿を見せはじめる。前任者から聞いていないし、引継書にもなかった。

「それにしてもさぁ、いきなりこんなものを明石さんにぶつけるなんて！　しかも初日だぜ、ヤンキーも人がわるい」

と、アスカリが明石を庇《かば》い、ショウキへ視線をおくる。

「なあに、いつもの新入りいじめさ、あの早口とテキサス訛りだろう、だれだって面くらうだろう」

と、ショウキも新任次長に気をつかった。

若手とともに頭をひねり合い、試行錯誤をかさねるうちに、つぎはぎだらけの単語と若手の情報から指示が炙《あぶ》りだされる。要は、目下経営陣が独自ですすめる投資案件にからんで、現行金利の水準が当初比高めだから、修正案を出せ、という。退社時刻近くまでかかったが、仕上げて、ボスの部屋をあけるのと、ボスが席を立ち、ドアへ向かいかけたのがほぼ同時だった。

部長の視線は、とっさに、明石が手にする修正案へむかうや、ずいぶん遅いじゃないか、とでも言いたげな目つきで、それをひったくるように奪い、さらっと流し読みしてから、

「まぁ、こんなところかな、……、ごくろうさん」

というなり、後ろをふりかえり、それを、机上の書類の山へ投げこみ、退出した。

正式出勤した初日から、早くも社内で戦力的にお荷物とわかり、いやというほど身につまされた。カウベのロンドンでは融資課にながく浸《つ》かった分、投資課とは縁がうすかったから、その方面の用語、たとえば、内部収益率などの、その道の者には普段語である用語にもなじみが

ない。それも知らずおこがましくも、投融資部の次長を拝命するとは！　それらがチャールズのテキサス訛りとまじって発音されたから、すっかり動転した。ただ投融資部次長が投資分野の経験がないとは口に出せず、当地入りして、日中は前任者との引き継ぎで余裕がなかったが、夜は参考書を片手に頭にたたきこむが、理解につとめるだけで精一杯、実践のなさが大きな壁となった。それでも恥をしのんで引き継ぎの合間に、国際出身の橋本にうちあけると、

「なあに、明石さん、あせることはない。代理業務を統括しながら、ボチボチやったらどうか。時間が解決してくれるさ」とかえって、慰められる。

そして三カ月後、この正式赴任日に、しょっぱなから、新参いじめとはいえ、部長の意図は、給与に見合う仕事をしなさい、シデックは即戦力として当てにしているんだから、と暗にほのめかしていた。きのう、空港で前任者を見送ったときにおぼえた不安が、この日のチャールズの【脅迫】によって大きく膨らみ、これじゃ、次長どころか、居候じゃないか、と頭をかかえた。

前任者は、情報通のショウキによれば、母体の国際銀行では、あすを約束された人材だったとか、シデックでも赴任早々から、邦人らしからぬ長けた語学力に、部長、部員はもとより、頭取のナムサでさえ、一目おいたという。片や明石は、半年ちかく雪にとざされる、北国の産。根っからの本の虫だが、横文字とは縁遠く、その身のいれかたも、大学入試に必須だからという、そんな程度の動機だ。教養時代、すわ留年か、という現実に直面し、ようやく本腰をいれた経緯から、しょせん、その語学力はお里が知れた。

退社後、日光宴で夕食をすませ帰宅したが、正式赴任の初日に出くわした、やるせない心の傷が全身にこびりつき、しばし寝つけず、朝方ちかくに、ようやく浅い眠りに入ったものの、それもつかの間、イスラム教会のモスクから流れる読経でおこされた。ふと再びきのうのことが思い出され、母国に残した妻子が瞼《まぶた》にうかび、とつぜん、なにもかも、放り出したくなるほどの絶望感が全身に溢れた。放心状態がしばしつづいたあと、たどりついた結論は帰国だ。あまりに遅きに失したが、しかし今ならなんとでも取りつくろえる、今日にでも永守取締役と連絡をとり、なりふりかまわず、出向とり下げをねがうしかないと、腹をくくった。永守は、カウベの現ロンドン拠点長であり、二年ほど仕えた。そのあと、睡魔がおとずれ、遅い出勤になった。

「ねぇ、あなた、断れないの、その出向？　家業の現状を考えると、同伴どころでないわ」

これが、明石が内示を告げたときの、妻由紀子の第一声だ。当然といえば当然だが、それほど彼女は家業への愛着がことのほか強い。家業とは、妻の祖母が、創業直前で亡くなった夫の意志を継ぎ、オーナーの立場にあった家内企業のことだ。創業の頃は、零細企業だったが、陽の目をみたのは、祖母が家業から手を退き、ひとり娘の婿を後継者に就けてからだ。その婿とはつまり明石の妻、由紀子の父親だが、生来の人好きと進取の気性が功を奏し、商いがふくらみ、実家の竈《かまど》が大いにうるおい、家内企業から脱皮する。が、好事魔多し、とでもいおうか、明石一家が英国へ赴任後、数年も経たずして彼は病を得て床にふした。すわ、店じまいかと噂される中、それまで奥間で銃後を護っていた妻、つまり由紀子の母親が、ある日とつぜん、西川という古参番頭をともない、家業の執務室に現れ、従業員の前で後継者宣言をおこなう。しばらくの間、ド素人なりに経営をこなせたのは、臥した夫から毎朝励行された経営指南のおかげだが、これには、いずれ娘に経営をゆずろう、その日迄、家業をもちこたえさせよう、とする夫婦のせつなる合意があった。そうこうするうちに明石一家が英国からもどった。この帰国を一日千秋の思いで待っていた母親は、さっそく行動をおこす。帰国の挨拶に出むいた夫婦の前で、

「この際、じぶんは家業から身をひき、古参の番頭をオーナー代行に昇格させ、あわせて娘由紀子を入社させたい、むろん常勤ではない。週一、平塚〜岡山間の遠距離通勤をねがいたい」

と爆弾宣言を放った。この時、義母の強引さに異論をとなえず目をつむった明石にはある魂胆があった。しばらく異動はないものの、いざそうなれば、任地先は海外、かつ同伴にちがいない、と読み、ここは実家の顔をたてよう、と考えた。が、一年も経ないでこの中東赴任の内示が舞いこんだ。家族帯同が条件だと切り出すと、冒頭のように由紀子がいきりたった。カウべは複雑な明石の家庭環境に理解を示し、赴任後あらためて話し合おう、と一歩しりぞいた。

出向先シデックが立地するUAE（アラブ首長国連邦）はアラビア湾の入り口によこたわり、わかい産油国だ。内陸部にあるオアシス・タウン、アル・アインなど、方々の土地をおさめるアブダビは同名首長国および連邦の首都である。いまでこそ、高層ビルが建ちならぶが、数十年前は、小さな村だったにすぎない。それが石油発見で大きく変ぼうし、同じ連邦国の一員で

あるドバイ首長国の首都ドバイ市にくらべ、歴史こそ新しいが、ゆたかなオイル・マネーのおかげで今や近代的な都市へと生まれ変わり、官公庁が軒をつらねる。

正式赴任日の翌日、遅めの出勤にけげんな表情をみせたサリーがかけより、

「どうされました？　お顔がすぐれませんね」

「大丈夫さ、寝坊してしまった」

と、笑いをつくろい、執務室のドアをあけ、席へ腰をおろした。さっそく昨夜考えぬいた決意を永守宛に書状をしたため、投函した。

ところが、数日たっても音沙汰がなく、女々しい奴だと、ついに、永守からも見放されたか、と嘆きながら、気が滅入る日々をすごした。が、そんなある日、永守がとつぜん、ナムサ不在時に、アブダビ入りした。投函して一週間ほどたった頃だ。その日の午後、日光宴からもどり、部屋へ入ろうとしたとき、

「明石君、その後どうだい、部長さんからお許しもらったから海峡でも眺めながら話すか」

と背後から声がかかった。ふり返ると、部長のチャールズと談笑する永守の姿があった。しらず知らずのうちに、胸が熱くなり、とっさに最敬礼した。遠来の客の意をうけ、海岸通りへむかった。

日光宴の奥間。窓ごしに見えるホルムズ海峡の海の色は蒼でも灰色でもなくエメラルド・グリーンだ。じつにふしぎな色だ。この日の午後、元上司は半日がかりで明石をなぐさめ、鼓舞した。席をあたためる時間がないほど多忙の重役をじぶんの身勝手さから現地入りさせたこと

を詫び、もはやこれ以上、煩わせるわけにいかない、と明石は腹をくくった。

つぎの日から、あらためて引継書をひもとく傍ら、同じフロアの債券部へ、顔を出し、既存、新規を問わず、かつて両部が関わった投資案件のひもときにかかった。

妻子の現地入りの件だが、病人の症状がいっこうに回復しないことから母親を支え、病床の父親をケアするため、由紀子は平塚から岡山へ戻り、小学生の娘まどかは明石がひきとり現地の邦人校へ通わせることで合意した。

四月をむかえる。まどかの現地へのとけこみは早かった。こうして父娘の生活がはじまった。

「明石さん、お時間ございますか？　頭取がおよびです」

秘書のメイから内線がきた。まどかが着いた数日後だ。温もりに欠ける声は、赴任時におぼえた印象の再現だが、それでも明石には清々しくきこえた。

頭取室へむかう。

長期出張からもどったナムサの指示なのか、ファイルを机上いっぱいにひろげ、資料づくりに耽るメイには声をかけず、入室した。

明石が赴任した時より出張中であったナムサ頭取に顔を見せると、電話中だったが、片方の手で座るように指示してから、せわしそうに電話をおわらせ、対面のソファに腰をおろした。

「やぁ、明石さんですな、いらっしゃい。橋本さんはいまごろニューヨークでしょう」

「よろしくとのことでした」

「初対面の場だが、さっそく用件にかかりたい。この度、うちは香港に拠点をもうける。そこで相談だが、そこへカウベさんから人材を一人おくってほしい。国際本部長さんと連絡をとってくれないか」

厄介なことになった、と思ったが、

「わかりました。あらためて後日、ご報告にまいります」

その場をさらりとかえした。そうした、つもりだった。

「これは君やカウベさんにとってわるい話ではないから返事は急いでほしい」

これに応じれば、母体カウベは、同社のアジア戦略に手を貸すことになる。これには伏線があった。赴任直前、村西から、

「明石君、ひょっとすると、現地でナムサ氏と出資先との間に一悶着《もんちゃく》があるかもしれない。さらなる国際戦略をすすめる前者と、その培った人脈・ノウハウを地元へ還元させたい後者は、いずれ、どこかで衝突する。そうなれば、君は現地側へ身をゆだね、ひと肌ぬいでほしい。ご苦労だが……」

いかにも話しにくそうに言う次長に、

「しかし、この出向は、ナムサ氏からカウベにきた話ですね。もとをたどれば、橋口さんが縁むすびとか。お二人は地場銀行との合弁来の知己ときいていますが……」

国際部の友人から耳にした話を口にした。

「まぁ、そうだが、しかし時代はかわった。いまや資金局の意向を優先したい、オイル資金をとりこむためにも」

次長はしらっと返し、過去を葬《ほうむ》るつもりだ。

「ナムサ氏から地元側へ一歩ふみだすといわれましても、現にシデックの司令塔ですし、そう易々と事がはこびますかね？」

そぼくな疑問を口にする。

「しかし、うまくやらなきゃ、仕方ないじゃないか」

と相手はつき放しにかかった。

重い荷物を負わされたが、そんなこと可能かなぁ、とつぶやき、

「そんな兆しがあるんですか」

と、言い返した。せめて、そうではない、との言質が欲しい。

「俺の知るかぎりでは断じてない。ただ頭の片隅に入れてくれないか」

さすがにこの注文はきびしいか、赴任後、即、プロの資質を試される明石は、その注文だけですでに頭のなかは真っ白なんだと、さとった次長は、不安げな表情で迫る相手におされ、口調をかえざるをえない。

「明石君、言い直したい。さきほどの話はあまりに短絡的すぎた。つまり君がいる間に起きることはない。ただ知名度やナムサ氏の力量から、いつの日か、脱中東を、それだけのことさ」

カウベの中東戦略はほかの邦銀にくらべ、やや異色だ。その頃、多くの邦銀は、オイル・マネー情報の拠点をバーレーンにおいたが、カウベはちがった。おなじ中東でもクウェートに設け、情報収集にくわえ、地元銀行と立ちあげた合弁へ、人材をおくった。その人物が前述した

橋口だ。その彼は、身命を賭して地元へとけこみ、目をみはる実績をあげ、その辺りの奮闘ぶりは、いまなお地元金融界の語り草になっている。明石がアブダビ入りしたときは、当の本人はカウベの国際部門から遠のき、関西営業本部本部長だが、明石はじめ、部門をとわず、多くのカウベの若手にとっては、いまなお輝かしい存在であり、あこがれの大先輩だった。こうした中で明石の出向は、橋口とナムサ家の縁で培われた果実ともいわれるが、それをなげうって地元志向を優先するカウベの方針は、中東戦略上、理には適うが、情においてつれない。易々とことが杓子定規《しゃくしじょうぎ》的に、いくものか、と村西の話をきいた時、明石は一瞬、不安をおぼえたが、やはり、それは杞憂ではなく、ナムサとの初対面の場で、現実となった。

明石は若手三人を昼食にさそい、いきさつを話すと、彼らは一様に、いま頭取とむこうを張って地元側につくのは、益が少なく、リスクの方が大きい、と内情をおしえた。

「うちの部長らは、経営はナムサに【おんぶにだっこ】だし、さらに、資金局の上層部のほとんどは創業来、公私ともに彼とつながりが深く、それよりなにより、おいしい配当を支払いつづけるシデックを目のあたりに観るから、彼に不満があるはずがない。かかる状況下で、カウベが、香港への出向をこばめば、国際銀行の橋本さんからお宅に替えた彼の労を、ないがしろにする、つまり恩を仇で返すことになり、あとで大きなしっぺ返しを食らうのは目に見えるじゃないか」

つぎの日、明石は地元出身の生粋《きっすい》の両次長とひそかに会った。

話が話だけに、ナムサのとり巻きという部長連中、さらにはその下の次長から本音をきけないから、あと社内にのこる上層部といえば、この二人しかいない。両人とも、明石がナムサのひきで出向した、という事実は、耳に入っていると思われるから、そこは目をつむり、あたって砕けろでいくしかないと、腹をくくった。

二人の反応は若手とちがった。カウベに好意を見せたうえに、地元という縄ばり意識からか、これまで培ったものは地元に返すべきであり、カウベは香港拠点策に手をそめるべきではない、また、資金局の部長、次長職クラスにも、経営の軌道修正をもとめる声が少なくない、と主張した。赴任前、村西の口にした懸念がすでに現実味をおびていた。

それを母体へつたえた。

「それで君はこの件をどう考える?」

地元側にまわるのが時のながれ、と赴任前、勢い込んだわりには次長の反応はにぶい。ナムサの決断が予想外に早かったせいか。

「この出向を断りませんと、これから待ったがかけづらくなります。地元を強化するならともかく、香港ともなりますと、カウベの中東戦略の見直しとか、香港拠点との調整とか、合併行がゆえの旧行間の陣とり合戦が予想され、なにかと厄介では」

と正論をぶつが、おそらくカウベはナムサとの正面衝突をさけ、とりあえず若年層クラスの派遣でお茶を濁すのでは、と明石は先読みした。

「よくわかった。部長と相談しよう。結論は急いだ方がいいだろう」

まもなくして、母体は出向要請の見送りを指示してきた。読みの外れにほっとする反面、明石は、いやな胸騒ぎをおぼえた。さてナムサはどう出るか？　各部長は、とりわけ上司のチャールズは？　ともかくカウベはルビコン川をわたった。決まったからには急いで知らせなきゃと、ナムサの在席もたしかめずに、三階へむかう。が、心中、母体はよく思いきったなぁ、と感心しつつも、あとが怖い、と身をすくめる。それはともかく、一秒でも早く結論をつたえ、楽になりたい。

アポなしで顔を見せた明石を、けげんそうな顔で迎えたメイに主《あるじ》の在席をたしかめ、うなずくのを確かめてから、踵《きびす》を返し、頭取室の前で大きく深呼吸し、ドアを開けた。ちょうど新聞に目を通していた主は、明石に気づき、笑みを浮かべむかえたが、それもつかの間、こわばった相手の顔つきから、朗報ではないと感づいたのか、まさか、と言いたげな表情で睨み返すと、一瞬だが、明石は怯《ひる》んだ。が、気をとり直し、あいさつもそこそこに、いきなり用件をつたえた。一秒でも早く相手につたえ、すっきりしたい、そんな心境だ。ナムサは、明石の表情からそこまで読めず、まだ半信半疑の体だったが、いま正に、事のしだいを知り、態度をガラリと変え、とげとげしい口調で、

「なにぃ！　……ほんとうか！　それはカウベの結論なのか。橋口さんも承知しているのか」

「母体の総意です。ただ橋口はいま、国際部門を離れており、与り知らぬことかと」

と応えたが、小心な明石の足元は震えがとまらず、立っているのが信じられない程、おののいていた。真っ赤なカーペットを両足で懸命にふみつけ、辛うじて直立不動をつづけた。主は

天井をしばし睨みつけていたが、やがて、退出せよ、という意思表示か、手を挙げ、相手に背中をむけた。これで決着がつくわけがないが、どうにでもなれ、と妙にさめた気分になり、明石は退室する。秘書は不在だった。

その日の午後、昼食からもどると、部屋の前でメイが待機していた。彼の顔をみるなり、

「頭取がお待ちですの。お急ぎください」

と告げた。いまか、いまかと、待ちくたびれた様子から、緊急事態を予感させた。まさか、解雇ではあるまい、と思うが、万が一そうなら、と思ったとたん、数日前、アブダビ入りした娘の顔を思い出し、さすがに心がおれた。

「君を解雇します」

入るとすぐ、甲高い金属音が耳をつんざいた。いきなり豪速球が真ん中へきた。冗談でしょう、とつきかえそうにも、顔がひきつり、声が出ない。唖然とする明石に、

「申しわけないが、即刻、ご帰国ねがいたい。わが社とカウベさんとの間に培われた信頼関係が失われた以上、最早あなたがここにとどまる理由がありません。ただ、どうしても勤務をつづけたいのであれば、これまでの橋口さんとのご厚誼から、そこまで閉ざすわけにいかない。

とはいえ、条件がある。カウベさんが、標準金利、つまり上乗せせずに、私どもに一千万米ドルを預金するなら構わないが、どうかな」

と、言い放った。

事態の緊迫さが明石の全身に行き渡った。いつ、どう、席へもどったか、記憶にない。おぼつかない彼の歩行から、一連のいきさつを知るメイは他生の縁でも感じたのか、このアジア人が立ち去るまで、憂いた表情のまま、その背中を追いかけていた。

このお払い箱の話は、あっという間に社内へひろがり、いつもの若手三人、ニーナ、すこし遅れて地元出身のタリット、ハビム両次長がおっとり刀でかけつけた。同じ階、しかも歩いてわずかな距離に位置する部長室では、チャールズはわれ関せずの体で、いつもどおり、淡々とテレックスの山を崩しつづけていた。むろん、ナムサからすべて聞きおよびにちがいない。

覚悟はしていたが、解雇宣言は、予想をこえた。席にもどってから机の上に頭を伏せ、しばらく茫然自失《ぼうぜんじしつ》の体だ。解雇という単語にとどめを刺され、思考がとまった。ときが経つにつれ、落ちつきをとりもどし、まっさきに、娘の顔がうかび、部屋にあつまった同僚、部下達の声が耳に入りだした。やがてほとんどは持ち場にもどったが、若手三人、サリー、ニーナは退社時刻をすぎても彼からはなれなかった。そして時々、思いついたように同じ意見をくり返し、

ショウキが、

「眞也、いずれ地元の時代がくる、いまががまんのしどころだ。先ずは勤務継続の意思を母体へ言わなくちゃ、いま帰れば、それこそ相手の思うツボさ」

周りがひきはらった頃を見はからい、明石はカウベの永守へ電話し指示をあおぐ。

「よ〜し、わかった。この件は俺が預かろう、結果はあとでしらせる」

といって、本件をひきとった。

帰国するか、預金をするか、二者択一だ。永守に電話した翌日、母体の村西へつたえると、思わぬ展開に、相手は一瞬、声をうしなった。しばし、沈黙したあと、

「わかった。さぞかし肝をひやしたと思うが、ここは何とか乗りきらないとな。永守さんや部長とも相談し、軟着陸を考えたい。しばし待ってくれないか」

とおののく明石をなぐさめた。

その日の帰宅はかなり遅めになったが、まどかは起きていた。出むかえた娘は、

「パパ、来る前、東京ほど忙しくないと言ってたわりに、私が来てからずっとこんなんじゃん。会社も会社だけど。でも躰だけはこわさないでよ。夕飯は台所に用意したから。じゃ、おやすみ」

「おそくまでつき合わせて悪いな。会議が長びいてしまった。夕飯ありがとう」
空元気で応えた。この夜はいっこうに睡魔がおとずれず、いつもは気にならない空調の音が気に障るほど大きかった。行く末を考えているうちに、朝がきた。

出社すると永守から電話があり、一千万米ドルをシデック口座に入金した旨をつげられた。
まわりが彼の為に活路をひらき、とりあえず帰国話は遠のいた。電話のあと、ナムサ宛てに書面をしたため、入金案内のテレックスを添え、サリーに届けさせた。

午後一番、メイが部屋へ顔を見せ、けさの書面の写しを明石にわたしたが、いつになく目線がなごやかだ。ボスが下した命令がすんでのところで沙汰やみとなり、非情さをにじませる報復から新米次長の首がとばずにすんだ、という程度の同情心だろう。明石はそれでも救われた。

退社時刻近く、メイが、内線でボスの呼び出しをつたえてきた。また新たな注文か、といやな予感にかられながら、三階へ上がり、角をまがると、タイプの音がきこえ、メイの姿が目に入った。近づくと立ち上がり、目礼されたが、先ほど見せたやわらかな表情ではなかった。ボスから、あるいはタイプする書類から、なにか聞き知ったふうで、少なくとも朗報ではない。心晴れないままに、ノックし、入った。

思わぬ人物がいた。アスカリだ。そう、若手三人の筆頭格、明石の直属の部下である。どうして彼が、ここに？　と訝《いぶか》りながら、その隣に座ると、それを待っていたかのように、書類に目を通していたナムサが、席をたち、二人が座るソファの対面に腰をおろすや、

「明石さん、今さっき、チャールズ部長には話したが、明日付けで、アスカリ君を、投融資部の次長、あなたを次長補佐とする人事を発令したい。若手の登用は、わが社の喫緊《きっきん》の課題だし、資金局がとみにうるさくてね、わかってほしい。ところで執務室だが、早急に明け渡してくれないか。君にはニーナ君の隣室を用意した。現状、これという空き部屋がなくてね、これで勘弁ねがいたい」

と、一気呵成《いっきかせい》に話すが、視線はもっぱら若者へむけられ、明石の方を見ようとはしない。そう話して、主は席へもどり、ダイヤルに手をかけた。いかにもささいなことにかまっておれない、という無言の圧力が、退室をいそがせる。ここまで手際よくやられると、敵ながらあっぱれ、と白旗をかかげるしかない。退室する明石の背中ごしに、

「預金の件、ありがとう、国際部長へよしなに」

と、とってつけたような謝意だ。いまさら何をかいわんや、と歯ぎしりしつつ出たが、メイは不在だった。机上へ目をやると、隅の方に書籍が伏せてある。『カルタゴ物語』と読めた。

つぎの日、新体制が総務部前の掲示板にのる。

早めに出社した明石は、それを一瞥するや、即、荷造りをすませ、二階の通称カプセル部屋

に入所した。ちょうどその頃、アスカリが次長室へうつり、あっという間に主が交代した。あたえられた新執務室に入って愕然《がくぜん》とした。ニーナのように個室が空くのをまつ住人もいるが、カプセル部屋は社内的には事務職員の専用室だった。せまい、という点は、さほど苦にならないが、窓側をのぞく三方、左右両側、廊下側は、すべてガラス張り、つまり外から丸見え。報復とはいえ、かかる空間を元次長の執務室にあてがうとは！　あいた口がふさがらない。

こうして明石のカプセル生活がはじまった。

出勤時、二階へ行くには、どうしても一階を通るから、投融資部はともかく、他部の連中に出くわすことが多い。それをさける心理がはたらき、当初、早朝出勤をこころがけた。このため、早めに邦人校で降ろされる娘には気の毒だった。が、あにはからんや、まどかには学校がたのしく、これまで以上に友人と話ができると、よろこんでいた。

一方、明石の方は、機嫌がよいわけがない。たまに廊下や階段でナムサやチャールズに出会うこともある。素通りというわけにいかない。そこは明石も大人だ。表むき、それなりの笑顔を繕《つくろ》い、淡々と振る舞う。が、心の傷はやすやすと癒えるものではない。ショウキやハジムですら専用個室をあたえられ、昇格したアスカリの旧個室も空いたまま。どうして空き個室がないのだ！　どうして補佐のアスカリが、俺の上司なんだ！　とそれらの理不尽さに、ただただ悔し涙、止まることしらずだった。昼日中から、望郷の念にとり憑かれ、周りが、とりわけ、新ボスに昇格したアスカリやショウキ、ハジムらがカプセルへ顔を見せても心はうつろだった。立ち直りのきっかけは、またしても永守だった。この度は永守が動いたわけではない。もう二度と手を煩わせない、と往時誓ったことを明石が思い出したのだ。あらためてじぶんを戒め、甘えを禁じ、不満不平をやみに葬ったのだ。が、一方で、ひねもす入退出をくりかえす三方ガラス張りの【部屋】になじめず、いつ【出所】できるのか、それとも帰国までこの幽閉がつづくのか、とため息をつく度に、暗澹《あんたん》たる気持ちになった。

ただ皮肉なことだが、降格され、部屋替えされても、命令系統はかわらなかった。新ボスから【助けてくれ】と内線がくると、一階へおり、元の部屋にはいり、元のいすに座り、目の前に座るアスカリ、ニーナへ指示をあたえ、元部下のボスとニーナは、淡々とその指示にしたがう、こうして投融資部の一日がはじまる。新ボスは、営業にはすこぶる長《た》けるが、管理の方は苦手で、代理業務の経験も、前任の橋本から耳学問的におそわった程度、当の本人も、『じぶんは次長の器ではない、おそかれ、はやかれ、明石さんが返り咲くさ』と公言してはばからない。それでも時々、ナムサによばれ、

「なぜ明石が次長室にいるんだ。一体全体、おまえは上司の自覚があるのか」

と、なじられていた。

米銀でゆたかな投融資の経験をもつ部長のチャールズは、この命令系統の奇妙な「復活」にはダンマリをきめ込んでいた。というのは、次長兼統括ともなれば、欧米系の有力銀行と丁々発止《ちょうちょうはっし》とやり合う場面が少なからずあって、その際、すぐれた語学力よりも、この道につうじた経験がものをいう世界であり、経験が少ないアスカリには荷が重く、明石にまかせておけば安心なのだ。が、それでも思わぬ事態に発展でもすれば、あっという間にチャールズは身をかわし、体制にさからった科《とが》で明石を責めるのはわかり切っていた。時々チャールズに呼ばれ、新次長の評価を問われると、

「巷間では、地位が人をつくるとか言いますが、このところ、彼はとみに風格が出て、もう立派な次長ですよ」

心にもないことばをつくろったあと、逃げるようにして隠れ場へもどった。地元人脈による経営の実現を心ひそかに期待する一方で、明石はじぶんの立場の危うさを実感していた。いっときの窮地は、カウベの預金で救われたが、もはやその手は使えない。なにしろ母体は近年合併し、なにを求めるにも時間がかかり、魑魅魍魎《ちみもうりょう》の回路を経ないと答えが出てこなかった。

まどかは、父親のなやみを知らない。いつもじぶんのことで頭がいっぱいだ。ときおり友人宅への送迎をせがまれるが、明石はどんなに気が滅入っていても拒まない。娘には、母親不在がゆえの不憫さを感じさせない細かな気遣いが必要だった。妻由紀子からむずかしい注文がとどいた。幼いころから身につけた英語を中東でもつづけて欲しいと。方々に手をまわすが、ム

リか、と諦めかけたとき、ふと、うってつけの人物が身近にいることに気づいた。本場の正統英語をあざやかに操る、秘書のサリーだ。もくろみは成功した。大学受験をひかえる娘や失職中の夫を抱える彼女には格好な報酬とうつったようだ。家庭教師は週一回、シデックの休みにあてられた。この日から、明石はかねてから計画していた休日出勤を実行にうつした。

いつもは狭すぎるとか、三方から見られるのが辛い、とこぼす明石だが、この日はちがう。出社しているのは明石だけだ。三方丸見えの屈辱からとき放たれ、腰かける度、滑りおちそうな気分にさせられるプラスチック製の椅子もこの日は、どっしりとしてじつに座り心地がよい。

降格そして部屋替えと、じわじわと明石を追い込むナムサなら、そろそろ第三弾が舞いこんでおかしくない、と読む彼は、きたるべき日に備え、この休日を選び、やられる前に身を護らんと延命策をさがす為に出社したのだが、椅子に腰かけ、熟考するものの、何から手をつけるべきか、あまりに前途遼遠で時間が経つだけ、なに一つ具体策がうかばない。根をつめた探しものだから疲れの程度が尋常ではない。半日もすれば、思考は延命策から大きく逸れ、つい、じぶんの行く末とか、家族の方へいきがちだ。これはまずいぞ、と気づき、気分転換に立ち上がり、周りを見わたした。とにかく空間がせまい。まるで猫の額だから、何がどこにあるか、一目瞭然だ。ためらわず、目線は本棚へむかい、とりよせたばかりの『カルタゴ物語』で止まった。先だってメイの机上で見かけた書籍である。明石は赴任来、心惹かれるその人のことは皆目しらない。だれの伝《つて》があっているのか、知るよしもない。が、その人の社内評は、いつも同僚と一線を画し、孤高をこのむ本の虫、それが社内での処世術、と心得る人とか。

敵がいつもの出張とわかると、明石は早朝からさわやかだ。いざ在席だと、気がめいり、メイから内線がくる度に、あらたな注文か、と、身がすくんだ。

組織上、次長がしきる代理業務の、顧客のほとんどは欧米の大手銀行だ。ごくささいな瑕疵《かし》でさえ、なにかと言い立てるから、日々、緊張のしっぱなしだが、業務そのものはさほど難しい水準ではない。ただ思ってもみない事態がおきると、話は別だ。二ケタをこえる客をどう納得させるか、これが、まさに代理業務行の腕の見せどころだ。が、日常業務は、アスカリ次長とニーナに任せても問題はない。

次長から降ろされた明石は、補佐だからふだんは公的な会議に顔を見せることはない。それまで出席していた次長会はアスカリがこなし、その時間帯は手もちぶさただ。この際、社内で話し相手になりそうな人物といえば、資金部のガンジーをおいて他にいない。その彼は三階に執務室をかまえる部長を補佐し、かつ二階のディーリング室長だから多忙をきわめるとのと理由で、社内の幹部会議の出席を免れていた。国籍はインド、宗主国にある英国大卒の学士さんだ。ともにアジア系という気安さ、ユーロ圏で資金ディーラーだったことから、赴任来、明石とは馬があった。そして今、降格と部屋替えを機に、なお一層の親交が深まり、ときにその次長の相談相手になり、ときに相手のボス、ナセルが漏らす内部事情にあずかりだした。

そんな中、めずらしくアスカリが顔を見せ、投融資部の反省会をこのカプセルで開けないかと申し出た。ナムサの目が怖い明石はやんわりと断ったが、結局は元友人かつ現上司の懇願におしきられ、隠れ部会がはじまった。若手三人に、カプセル組のニーナを入れ、五名。せまい上に椅子もないから若手は立ったまま、明石が司会し、ニーナは書記役となった。

代理業務の案件はいまや優に百件をこえ、そのほとんどが変動金利建て融資(注)だから、元利金の受け払いをはじめ、業務は多岐にわたる。利害関係人が多いのに加え、彼らは一様に口うるさい欧米大手故、気がぬけない。いったんもめると後がやっかいだ。それまでカプセル入所後、新ボスから内線がはいると、明石はヒヤヒヤしながら一階へ出むいたが、やがて迷いだした。ナムサの目は、初めはアスカリへむかい、その脇の甘さを詰ったが、遅かれ早かれ、そのつけは、己にまわると気づいた明石は新次長の頼みをしだいに拒みはじめたので、アスカリの方が、頭をかかえ、窮余の一策としてカプセル会議を申し出たというわけだ。それというのも、一階に出むくことが、一、二度はともかく、それ以上となり、ナムサの耳に入れば、アスカリは地元エースとして温存されるが、明石は補佐失格で即、帰国となる可能性がたかい。さりとて頼ってきたボスは元部下、父娘ともども先方宅を行き来する間柄から、さすがに無碍にはできない。結局、明石は、延命策をさがす傍ら、どっちつかずの立場で陰の次長職を担い、二足の草鞋を履きつづける日々を送った。

注（貸出しの金利約定方式が三カ月、六カ月など一定の利払い期にその時々の金利実勢に合わせ、金利

を見直す方式。これに対し、同一金利を適用するのが固定金利建て）

明石の休日出勤が本格化した。

あくまでこの狙いは、身の保全をはかる延命策さがしだが、当初の頃は、何から、何処から、手をつけるか、というお題目さがしばかりに目がいき、結局はにっちもさっちもいかなくなった。ここで視点を変え、目を現場へ投じ、日々の業務の流れから、解決策が生まれるのではないかとの考えに至った。少々遠回りしたが、それとて残された時間は少なく、襲いかかる闇は着実に明石を追いつめてくる。

手はじめに、手持ち案件を見直しだした。すべての案件をたっぷり時間をかけて繙《ひもと》く。入所してほぼ一カ月間ほどかけて、投融資金の回収状況、支払い遅延の有無等を一覧表にまとめる。借り手の信用査定と称し、サリーにタイプさせ、原本をカプセルに保管、どうせ見むきもしないだろう、と苦笑しながらも、写しをナムサへと、三階へむかう。主が外出中でも、メイに、ひと言、ふた言、声をかけ、あの凛々しさにふれたい。あいにく両人とも不在だ。原本の写しを秘書の机上の隅においたが、すぐ傍に書籍が伏せてあった。栞《しおり》が巻頭からごく近くにあったから、読みだして間もないにちがいない。『ハンニバル物語』とあった。彼女は洋装が多く、名や肌の色から、英国人かと推したが、たまに着こなす民族衣装や、かたよる読書の傾向から、ひょっとすると遠国の人、たとえば、チュニジア（旧カルタゴ）か、あるいはその隣国辺りかもしれない。この日、明石はいやな上司には会わずにすんだが、秘書の凛々しさにふれる機会までのがした。が、書籍の発行元だけはしっかり諳んじ、カプセルへもどる。

探しもとめていた延命策が、ひょんなところで閃いた！　手持ち案件の見直し作業を終わる頃には、他部の人脈に知己が生まれ、さまざまな情報があつまりだした。なかには経営陣が抱えるキナくさい話もあったが、真偽のほどが不明で、それに継ぎはぎだらけ、母体へ知らせるのは時期尚早と考え、わが身にとどめ、全体像を、己の目で耳で洗い替えをつづけていた、そんなある日、明石は資金部へむかっていた。いつもの打ち合わせがこの朝、雑用のため、恒例の時間帯より大幅におくれた。これが幸いする。同じ二階のフロアだが、同部はやや奥まっていた。そこで実に奇妙な光景に遭遇する。大勢の事務職員がこぞってそのディーリング室付近にたむろし、一様にかれらの視線はガラス越しに見えるガンジーの一挙手一投足に注がれている。なにごとか、と、近くの職員にただすと、

「送金指示書のできあがりを今か今かと」

「ほう、いつも、大勢で押しかけるの？」

「ええ、そうですが。時差の関係でどうしてもこの時間帯に集中します。この受け払いが遅れますと、遅延金どころか、相手の資金繰りに穴があきますから、もう時間との闘いなんですよ」

「いつからはじまったんだい、この行列は？」

「ここ一年ほど前からずーっとつづきっ放しですが……」

と答えた後、その男も中へよばれ、指示書をうけとるや否や、送受信室へ走った。明石は、踵《きびす》を返し、ガラス越しに内部をうかがう。だだっぴろいディーリング室のど真ん中に据えた椅子に次長が腰をおろし、机上にならべた、さまざまな指示書を、まるでカルタとりの遊びでもするかのように、ときに、右へ、左へ、ときに、縦へ、横へとならび替え、また思い出したように動作を止め、考えこみ、しばし睨めっこ。やがてそれらを片づけ、立ち上がった瞬間、廊下から手を挙げた明石に彼が気づき、中へ誘った。

「やぁ、とんでもないところを見せたね」

「びっくりしたわ。この時間帯はいつもこんな調子らしいな。いつもは早いからこの騒々しさに気づかなかったが、一瞬、なにが起こったのか、と身が竦《すく》んだぜ」

「うん、じつを言うと、いまに始まったことじゃないけど、ここのところ、わが社の資金繰りがきゅうくつでね、明石さんのことだから、もう気づいていると思うが、かつて投融資部がとりこんだ案件は、主幹事兼代理業務窓口就任という、華やかな頃もあったが、最近は様変わりなんだ。借り手から『調達資金が未達の場合は、お宅がその不足分の資金を貸し手側に回って埋めてもらえば、主幹事を任せます』との案件が増え、そうなると、わが社は元々斡旋業、手元資金に余裕がないから、その原資はどうしても市場に頼るほかない。が、市場は、うちが欲しい長めの資金には耳を貸さず、長くて六カ月物、でも実質は、三カ月か一カ月しか出さない。そんなわけで、あっという間に期日がせまるから資金繰りが忙しく、それがあの行列なんだ」

内情を知り、さっそく話を切り上げ、カプセルに戻った。手がかりをつかんだ延命策をどう具体化させるか、きびしい局面だが、ナムサの追撃から逃れるには、何としてでも乗りこえたい！　切に思った。

シデックの主な収入は、彼らが組成する主幹事案件にかかわる、仲介・斡旋、管理業務から得られる非金利収入だが、政策上、やむなしと判断すれば、それらの案件へ一貸し手として名をつらね、金利収入を稼ぐことがあったが、その原資はほとんど市場からの取り入れで補っていた。それがいつしか自己資本をはるかに越え、しかもその金利は一流貸し手に提示される「標準金利」に四分の一％も上乗せされていた。これは市場が、同社を資金局の民間投資先の一つと見做している可能性があったから、探し当てた策が陽の目を見るには、安価な資金を市場外に求め、かつまた、その先が同社を準公的扱いする先、これを満たす先の宝探しだ。先だってナムサが明石の勤務継続の条件としてカウベに一千万ドルの預金を要求した際、標準金利ベースと注文をつけたのがうなづけた。さしあたり地元の事業会社がねらい目だが、そこが金融子会社をもつなら見込みは少ない。こうした頭の体操をくりかえしていると、待てよと考えた。手元資金がたっぷりあるなら、借金減らしに向かうのは世の常、借金がなければ親密銀行へあずけ、金利をかせぐ筈だ。これでは堂々めぐりだ。いかんせん、明石に残された時間はあまりにも少ない。いつなんどき、ナムサからさらなる報復弾が舞いこむか、という状況なのだ。やみくもに市場の外からをさがすのは至難のわざ、先ずは対象先をシデックへ移し、資金部から情報を入手しよう、そこから何かヒントが出てくるかもしれない、ダメなら他を、との考えに辿りついた。

この日の午後、彼はふたたび資金部にむかった。この時間帯では、さすがに廊下でたむろする職員の群れはない。

カプセル入所後、ひまさえあれば足しげく通う先である。二度目の訪問にも、いやな顔ひとつみせないガンジーに訪問趣旨を説明すると、「市場外での預金？　……あまり記憶にないが、一応調べてみよう。但し期待しない方が無難かな」。ほどなくして彼から預金先のリストが届いた。一枚のＡ４の紙ペラだ。創業後、シデックへ預金した顧客リストによると、標準金利で預かった先はわずか三社、二社はいわゆるご祝儀として預かったらしく、数日後、全額ひきだされ、その後、音沙汰がない。のこりは一社、エルデオという名前だが、出入りの明細不明、ただ標準金利口とあるだけだ。どこかで耳にした名前だが、思い出せない。ガンジーに電話すると、

「たしか、一年ほど前、うちの部長が、社内の誰かの紹介で三百万ドルを預かったみたい。その後、入金が一、二度あったが、半年前、全額ひきだされ、現在、ご無沙汰なんだ。その辺り

の事情をうちの部長に訊いたらどうか」

三百万ドルときいて明石は小躍りしたが、ここ半年、入出金がない、と言われ、がっかりした。一旦はこれも一過性と片づけたが、他に材料もなく、エルデオを葬《ほうむ》ると一から出直し、と心が萎えたが、部長にじかに訊いたらどうか、という次長の助言が頭をかすめた。気をとり直し、藁《わら》をも掴む思いで内線へ手をかけた。が、そこでハタと考えた。社内の四人の部長はナムサに忠実な取り巻きといわれ、なかでもナセルは筆頭部長、よりナムサに近い側近、いうなれば、実質、副頭取だ。そんな人物なら耳を貸すどころか、門前払いを食わされるのが落ちじゃないか、廊下で顔を合わせても、会釈するくらい、むろん言葉を交わしたこともない。カプセル入所来、トップに盾ついた、と揶揄《やゆ》される明石がアポを入れても無視されるだろう、と懸念し、それならガンジーに仲介の労を恃むか、とやきもきしたが、なにしろ時間がない。いつ何時ナムサから新たな注文が来るかもしれない、との恐怖がよみがえり、今やためらうことなどゆるされない、との思いが背中を押した。あいにく相手は不在、一瞬、ホッとしたが、それもつかの間、それ以上にあせった。が、翌朝、その当人から、明石が掛ける前に、じかに内線が入った。

「きのう電話をもらったらしいな。何の用か知らんが、きょうの午前中ならいいぞ」

ぶっきらぼうだが、つき放した感じではない。

「では、これから参ります」

その部長室はナムサやメイが執務する三階だ。顔を見せると、ボスから指示があったのか、彼の秘書が立ち上がり、ドアを開けた。赴任来、初めて他部の部長室へ入る。たまたま主は電話中だったが、雲をつくようなその大男が、かたわらのソファに座るように目配せした。

「めずらしい客人だ。初対面ではないが、たがいに言葉を交わすのはきょうが初めてか。まぁ、いろいろ苦労をしているようだが、いつかは報われることもある。さて、用件は？」

「じつは、貴部の次長から、一年ほど前、エルデオという企業が、わが社に三百万ドル預金した、とおききしましたが、その名義にご記憶ございますか、社内の誰かの紹介とか……」

「エルデオ？　さてなぁ……」

と、しきりに首をかしげる。

「預金か、市場以外の民間だな、三百万ドルねぇ、社内の誰かの紹介？」

「ええ、それも上乗せがゼロとか」

「おぉ、それは美味しいなぁ。エルデオねぇ……」

といって、うつむいて考えこんだが、さほど経たないで、いきなり顔をあげ、素っ頓狂な声で、

「おぉ、わかったぞ、橋本さんだ！　合弁企業だった。日本の栄光商事も出資しているとか。たしか、エルデオだったな。当時、合弁事業のＦＳ（事業可能性の調査）中だったが、いずれ採掘を本格化させ、いま銀行にあずける預金は開発費へまわし、不足分は市場から調達すると

か、それもかなり巨額だとも言っていたな」

それをきいた明石は思わず地団駄をふんで悔しがった。これには経緯があった。

アブダビ入りする直前まで彼は、カウベの東京営業部で栄光のRM（大口得意先の担当者）だった。赴任のあいさつを兼ね、中東ビジネスに関係が深い、同社の海外プロジェクト部へ顔をみせると、顔見知りの部長から、

「明石さん、あなたはついているぞ！　いま、出向先が、シデックと言ったな、実はだな、先だってうちは当地のエネルギー公社とガス開発の合弁を立ち上げたばかりさ。社名はエルデオといって栄光からも人とカネを出すが、開発が本格化する迄、出資金がたっぷりなはずだ。あなたが出向するシデックは名うての投資銀行ときくが、資金はいくらあっても邪魔にはならないだろう。うちから出向中の男が財務部長だから、顔でも出したらどうか、多田というんだが」

この生の情報を耳にしながら、赴任前後のドタバタ騒ぎで、これを半年ほど放っていた。ナセルからその件をきいて頭が真っ白になった明石に、相手はさらに肝を冷やす情報をつたえた。

「明石さん、エルデオといえば、ついこの間、発掘中のガス田がかなり有望だという記事が地元新聞にのったが、知っているか、まぁ観測記事だろうと思うが」

あいつぐ思いもよらない情報に感激した明石だが、カプセルにもどるやいなや、いきなり顔を机上に伏せ、両手で己の頭をなんども叩いた。とっくに辿りつけた筈の延命策をじぶんの怠

慢により放っていたことに無性に腹がたった。もはや嘆く暇などない、まだ間にあう、と暗示をかけるや、ダイヤルに手をかけた。小心だがときどき見せる負けん気がよみがえった瞬間だ。

初めて耳にする名前の人物から電話をうけたエルデオの多田は、一旦は多忙を理由に拒もうと考えたが、相手から母体の部長の名を告げられ、やむなくアポに応じた。多田のカウベへの印象は、主力にほど遠いその他銀行の一つ、枯れ木も山の賑わい的な存在だったし、明石？何者ぞ、という程度の関心だ。

つぎの日、ビュイック車で直行した邦人校でまどかをピックアップし、帰宅。父子で昼食した後、エルデオへむかった。

やむなくアポを了承した多田だが、当初はお茶をにごして帰すつもりだったが、面談に入るやいなや、相手の口からなつかしき同僚の名がきれめなくとびだしたから、すっかり里心がつき、話は優に一時間をこえた。明石は明石で、シデックの弱点を救う白馬の騎士はエルデオだ、と嗅いだから、目の前の男を、いかにとりこむか、それしか頭にない。栄光の人脈を洗いざらい披露し、担当した期間はわずか一年足らずだが、その間、培った関係はきわめて濃厚だという自負心があった。

初めての海外勤務からもどった明石は、カウベの東京本部ビルに執務室をもうける東京営業部へ配属された。しばらくは国際部かな、とふんだが、豈《あに》はからんや、営業部だったからがっかりしたが、それでもじぶんはどちらかといえば、体育会系、からだを動かし、汗を流し、人に接するのは嫌いではない。辞令を手にするや即、栄光へ走った。当初、財務部へ顔を出すが相手にされない。たまに目指す担当をつかまえても、上位行のRMが顔を見せると、失礼、またの機会に、と言うなり獲物はそちらへ靡《なび》く。これが日常茶飯事だ。商いどころか、話すらできない。みじめな思いがくり返された。が、明石は堪えに堪えた。なにしろ天下の栄光だ。カウベは合併後、存在感を増したとはいえ、ここでは通用しない。が、時のながれとは不思議なもの。相手にも情がわくのか、ぽつぽつと明石に声がかかりだした。やがて、誰何《すいか》する者はいなくなり、日が経つにつれ、二十階の常連となり、陰では、カウベの便利屋さんと呼ばれだした。

栄光とカウベの営業部は、地下鉄でいえばひと駅、急ぎ足で歩けば、十分ちょっと、とにかく近い。内外の預金、為替、融資、投資に至るまで、電話一本で明石は駆けつけた。内外の主要部門が勢ぞろいする二十階には、明石がもたらす産地直送の【カントリーリスク】（各諸国の信用力）情報に飢える若手が居て、頼りにされだした。むろん栄光の海外拠点網はカウベの比ではないが、帰国直後の明石の情報には、産地直送の新鮮さがあった。やがて、取引の成約数が、ライバル行をしのぎ出した。時あたかも銀行は当局から融資規制枠をはめられ、栄光のメイン国際銀行といえども、旺盛な栄光の資金需要に応じきれない事情から、取引歴が浅く、借入残の少ないカウベの存在は貴重だった。カウベもカウベで美味しい案件があれば、臨機応変に資金を投入した。ともに両社はもちつもたれつの関係になるが、ただ成果的には、明石の一人勝ちに映るが、実態は大いなるつき、もしくは、環境のなせるわざ、そう解するのが公平だろう。いずれにせよ、アブダビ赴任直前、明石と栄光、なかんずく財務部の内田次長とは因縁あさからぬ間柄だったが、それはいずれ話す機会があろう。話をエルデオに戻したい。

近々、任期をむかえる多田は、かつての同僚の消息を明石から耳にし、なつかしさを募《つの》らせたが、一方、明石の胸中はふくざつだ。多田には、帰国しても用意された椅子も肩書もあるが、一方、明石の前途は視界不良だった。赴任して日が浅いのに、すでにトップとぎくしゃくした関係にあり、さらに、降格、部屋替えにつづく第三弾がいつ舞いこむかしれない状況下にあった。しばらく回顧談にふけった二人だが、やがて明石の行く末をうらなう資金運用の話題に入った。医者から診断結果をきかされる患者の心境と似てなくもない。それまで饒舌気味だった明石が、急におし黙り、不安げな表情で耳をそばだてる。多田は相手の様子に一顧だにせず、淡々と話しだした。

「明石さん、開発の方だが、ＦＳが好評だったので開発がはじまったが、本格化するのはもう少し先の話さ。ご存知かと思うが先だってガス田が有望とかでメディアが騒いだが、これは少々【よいしょ】しすぎなんだ。とはいえ、採掘現場のダス島からつたわる感触は悪くはない、否、上々といってもいいかな。ところで明石さんにとって関心のある手元資金だが、このところ、方々の金融機関へあずけっ放しだから、いま金庫は空っぽさ。これはね、本腰を入れた第二次には巨額の資金が要るんだが、それ迄は、いずれ投資側にまわる金融機関さんへは心証良くしたい思惑が経営側の腹にはあるみたいだ」

この日、これという成果はなかったが、帰り際、

「さっき話したようにいま手元に資金がないが、いずれ返れば預けたい。ただお宅に預けるには宿題があるんだ。いまの預け先はすべて商業銀行さんだが、シデックは投資銀行さんだから、うちの出資会社らがこれをどう判断するか、少々悩ましい。ひょっとすると時間がかかるかもしれない」

「わかった。それにうちも少額じゃ、魅力がないよ。さきほどの件だが、親会社さんの了解が先決だろうね」

相手は安請け合いをしなかった。が、明石は、二次開発までに間もあるし、心配した出遅れが致命的でなかった、これだけでも心たかぶり、感激していたが、相手の前では、素知らぬ顔をつくろった。栄光とならぶ合弁の地元出資先、アルデオの反応がふと気になりだした。香港拠点の件で面談した資金局の出資部長の顔を思いうかべ、その足で同局へむかう。出資比率は異なるが、シデックとアルデオはともに同局の出資先だった。

つぎの日、いつもの通り、カプセルへ入所し、金利、期間などの更新が予定される顧客一覧に目を通していると、国際電話が入った。

「明石よ、元気か。おたがい猛暑にはまいるが、そっちは海に囲まれるから、湿気が半端じゃないだろう」

カウベの一年先輩の西本だ。明石が赴任した同時期、西本もクウェートの合弁会社へ出向した、いわば、熱砂の戦友だ。そこは前述した大先輩、橋口が活躍した出向先であり、かつカウベの中東戦略の中核地である。西本で四代目だ。国際派なのか国内派なのか、いまだ【背番号】がつかない明石とちがい、先輩は、既にこの頃から押しも押されぬ国際派の若手のエースとしてあすを嘱望されていた。薩摩人にして人にあらずと、公言はばからない鹿児島の産だが、郷土愛に燃え、地元の雄、南洲翁を【奉《たてまつ》る】。からだの造りも翁を彷彿《ほうふつ》させる巨体の持ち主、地元高校から京都に学び、卒業後、東洋紡績へ入社したが、半年を経ないでメーカーは性に合わずと、翌年カウベに入った異色の人物だ。高校時代培った語学力が買われ、入行まもなくニューヨーク、シカゴの二拠点をすでに経験ずみである。話しぶりは、お世辞にも上品とはいいかねるが、思索はつねに論理的、曖昧さをゆるさない舌鋒に一目おかれる一方で、人なつっこく、周りに人があつまる、有徳の士だ。やぼったい明石と比べ人品骨柄がひと味、ふた味も上質だった。

「ああ、先輩、いかがお過ごしですか。こちらはこの時期でさえ、四十度をこえ、湿度は百パーセント、もう青菜に塩ですよ。そちらは木陰がたっぷりあるとか、羨ましいですわ」

「それどころじゃないぞ、明石、ひょっとすると、カウベはここから撤退するかもしれないぞ」

「えぇ、急にどうして……」

「俺もわからないが、現地化の噂がまことしやかに流れているんだ」

「赴任前、村西さんから、話があった？」

「いっさい無し！　こっちはねぇ、永きにわたり、有配をつづける地元密着型の企業なんだぜ」

「まだきまったわけでも……」

「まぁ、噂だし、出資先から出た話ではない。火付け役は、ひと握りの地場企業らしい。とりあえず、母体には知らせたが、まぁ、先々のことにしても、清水の舞台からとびおりる心境で来たのに、いまさら帰れるか！」

「でも当分先のこと、後になって杞憂だったということだって……」

「それにしても、家族が来て三カ月、冗談じゃないぜ」

　西本の話は他所《よそ》ごとではない。そうならないで欲しい、と願うばかり、明石の胸中は複雑だ。いま、じぶんがおかれた立場も似たり寄ったり、もし共倒れにでもなったら、と思うと、身が竦《すく》む。もしクウェートに主軸をおき、アブダビへ人材をおくるカウベの中東戦略がほころび、他の邦銀がむれるバーレーンへしりぞけば、それこそ国際部門の鼎《かなえ》の軽重《けいちょう》が問われかねない。

またしても受難来る、こんどは外からだ。

八月に入り、休暇をとる社員がふえ、日を追うにつれ、社内はひっそりと静まりかえった。部長のチャールズは早々と帰省する。その前日、それも退社まぎわに、内線がはいり、

「留守の間、アスカリ君への補佐、よろしくたのむ」

とだけ告げ、帰省した。いつ戻るとも言わない。

部長が帰国した翌日、示しあわせたように、ナムサが出張からもどった。幹部社員の大半は休暇に入り、社内は静まり返っている。残留組の組み合わせがわるい、と感じた明石はひねもすカプセルに籠り、他部との接触を避ける。日常業務の対応はもっぱらアスカリに任せ、緊急時の対応は、アスカリ、ニーナを執務室へよびこみ、つど、指示をあたえた。休暇とは縁遠く、なさけ容赦なく繰りかえされる日常業務が一息つけたのを見計らい、明石はアスカリに休みをとらせ、ニーナに表の指揮をまかせた。ちょうどそんな折、ガンジーから内線が入った。

「明石さん、うれしい知らせだ。エルデオから預金が来た。しかも額がすごい。千五百万ドルだぜ、ありがとう」

「ところで金利は？」

「それが、上乗せなしなんだ。彼らは実に大らかさ。この金額で市場より格安だよ！」

たとえ預金が叶ってもまだ先の話、金額も精々、五百万ドルそこら、ナムサがカウベに課した人質代にはおよばない、また上乗せもやむをえまい、と、膨らみがちな夢をこの日まで抑えていた。すべてが予想を超えた。受話器をもどすのも忘れ、歓喜に酔いしれた。ついにナムサ呪縛《じゅばく》を葬った。ようやく興奮がさめ、さっそくかがやかしい【成果】を書面にしたためる。アポをとらずに三階へむかった。廊下を曲がると、タイプを打つメイの姿があった。出張帰りのボスからあまたの指示が出たのか、一心不乱の体だ。近寄っても気がつかない。声をかけるのが憚《はばか》れ、朗報を机の脇へおき、もどった。じかにナムサにつたえず、彼女からボスへ、ともくろんだ理由はたわいない。命を削る思いで手中にした獲物を直接ナムサに話せば、とってつけたように、ご苦労さん、とのひと言で片づけられるのが癪《しゃく》だった、それだけのことだ。

その日、昼休みに入る直前、サリーがカプセルへ顔を見せ「先ほどメイさんが見えられ、これをボスに、と」

朝とどけた朗報の写しだ。金額欄と上乗せなしの二カ所に赤ペンで二重丸され、余白に、大きな字で、ご苦労さん、と書きなぐったナムサの自署があった。

一時は身の安全を完全に確保できた、と心底からほっとした明石だが、時間が経つにつれ、油断するな、これは一時休戦かもしれない、と言いきかせた。翌日、まどかを邦人校でおろし、エルデオへ直行、多田に謝意をつたえた。たまたま、この日、新旧の引継ぎ日とかで、多田か

ら中本という後任を紹介されたが、やや年配の後任から、

「ここへくる前、二十階へ顔をみせたら、次課長さんや若手からあなた宛てに、猛暑にまけず、ご活躍を、と託されたが、初日のきょう、その当人に出会うとはよほど縁があるかもしれないな」

赴任前、栄光とはわずか一年たらずの縁だったが、中本からその話を聞き、栄光との関わり合いが、はるか遠く熱砂の国に迄つながったか、と明石はおもわず胸が熱くなった。後任中本との邂逅は、その後の明石の運命を大きくうごかすが、両人はまだ知る由もない。そのあと、中本は明石に乞われる度にせっせと預金をシデックへあつめだした。度かさなる預金に目を丸くしたナセルがカプセルを訪れ、せまい明石の周りの住人達は歓声を上げたが、この日にとどまらず、ナセルの明石詣ではしばしばつづいた。

ナセルと話すのが苦手、とこぼす社員の大半はその身の丈の大きさ、桁はずれの大声、そのどちらかに威圧感をおぼえるとか。一方で陽気であけっぴろげな性格は、社員に愛され、とりわけ、出かせぎ組の事務職の間には人気があった。とるに足らない事務ミスを怒鳴りちらす欧米系のオフィサーの前では、かれらは常日頃びくびくし、いったん事が起きるとその執務室へとびこんだ。創業時ナムサがこの人物をドバイの投資銀行からひきぬいた、とショウキから聞き、彼こそ取り巻き筆頭、と思い、赴任来さけていたが、エルデオの一件から一転しともに

胸襟（きょうきん）をひらく中となり、名前で呼びあい、会食する仲となる。ともに資本市場に長年たずさわってきた経歴から、おのずと会話はその方面にかたよるものの、ときに母国、家族の話で話がはずむ。

このナセルには自慢の兄がいるとか。貿易商で、日本滞在も一度二度ではなく、ときに家族連れで、神戸の常宿先を足場に、春はさくら、秋はもみじを満喫するらしい。また日本の皇室史に関心をもち、栄華をほこった古代母国のありし日をかさねる親日家という。ナセルも兄の影響か、

「米、ソという白人大国は、有色人種をさげすむ言動がじつに多く、生理的に好きではない」と公言し、日露戦争でロシアをやっつけ、また、先の大戦で米国と戦い、むなしく散華した日本を、この上なく賛美し、

「俺の日本びいきも、この兄から来ているかもしれないな」

と、よく述懐する。

エルデオから大口預金が入り、それが度重なるにつれ、ナムサも明石への態度を変えた。市場からシデックが調達できる出来上がりコストにくらべ、四分の一%ほど安いし、金額も張ったから、経営者として当然だ。お払い箱寸前だった明石が預金を取り込むだけでしばらくは年棒をこえた稼ぎをもたらしたからムリもない。まぁ、それとてエルデオの発掘事業が本格化す

る迄の時間稼ぎに過ぎないのだが。

そんなある日、部内の人繰りにメドをつけ、明石は頭取室へむかった。赴任して初めての休暇願いだ。メイは席を外していた。

「おぉ、明石さんか、たまにゆっくりしていきなさい」

目を通していた経済紙をソファの脇におき、今まで見せたことがない笑顔を満面に湛え、話しかけてきた。一瞬、えぇ、きょうは一体どうしたの、手の平を返す豹変に内心あきれながら、

「お邪魔じゃ、ありません？」

ボスの君子豹変に当意即妙《とういそくみょう》に返す。しばしの葛藤《かっとう》のあと、勝ちえた勢いか。

「先ほど秘書に辞令交付を指示したが、明石さん、休暇後、次長席へ復帰ください」

いずれは、と思っていたが、この復帰はエルデオ効果というべきか。ここですんなり受けるのも芸がないから、

「こちらは構いませんが、若手登用の方針にも悖《もと》りませんか」

「まぁ、そうだろうが、この際、あなたの補佐として場数をふませた方が、と思ってね、今後とも教育と指導をお願いしたい」

いっさいの非を認めず、しれっと朝令暮改《ちょうれいぼかい》するやりかたに、うんざりする明石だが、

「わかりました。ところで、きょうは、休暇願いの件であがりました。部長が休暇中ですので気がひけますが」

「どうぞ、どうぞ。赴任来、なにかと大変だったから、ゆっくり休養してください。ちょっと待ってくれるかな」

と言い、備え付けのロッカーから包み物をとりだし、

「今朝、パリの友人から届いた【生もの】だが」

すべてが見え見えだ。人間ってこうも巧みに変われるものか、と感心したが、ひとまず難関を越えたことで安堵しつつも、いつ、また、あらたな戦いがはじまるやらと、冷めた気持ちで退室した。

「明石さん、いよいよご復帰ですね、エルデオさんからのご預金、頭取が慶んでおられましたわ」

いつ戻ったのか、満面の笑みを浮かべたメイが、背中ごしへ話しかけてきた。明石の退室を待っていたようだ。旅路の前に美人を拝むのも悪くないか、と口遊《くちずさ》みたくなるほど軽やかな気分だ。ともに同じ書籍を介して古代ローマ帝国の興亡を語り合う仲だが、どれも、これも、明石のお伽の世界での話、相手は知る由もない。

「メイさん、頂き物だが、良かったら召し上がれ。【生もの】らしい、早い方がよい」

「あらぁ、よろしいの。ではさっそくサリーさんといただきますね」

二階へ戻りかけたが、ナセルの執務室がこのおなじフロアと気づき、立ち寄る。

「そうか、ジブラルタルを渡るか。あの灰色を帯びた海を遊覧船でつっ走るのもわるくないか。

なにしろアフリカは広い。しかしエジプトを外したとは！　ぜひ、観てもらいたかったが」

休暇からもどったナセルは、明石が母国行きを外したことを残念がった。

「いやねぇ、エジプト・ツアーは、いつものことだが、人気がすごい。出遅れたから、やむ得ずイベリア半島・モロッコ・ツアーにしたが、次はなんとしてでも、あなたの故郷へ行きたい」

「そうか、でも、モロッコも悪くないぞ。なかでも、玄関口のタンジールや最古の都フェスなどは、まさに、百聞は一見にしかずの最たるもの。カサブランカも行くのか、同名の映画で有名になったが……」

「うん、それが目玉の一つさ。イングリッド・バーグマンとハンフリー・ボガートが再会するシーン、そこに奏でる【アズ　タイム　ゴーズ　バイ】の名曲、いまなお俺の心をゆさぶるからね。この夏休みは、その余韻をもとめる旅かも」

「そういうことか」


「部長、お取りこみ中のところ申しわけありません。頭取がお呼びですが」

話の途中、ノックがあり、メイが顔を見せた。

「またか！　もういいかげんにしてくれや」

と声を荒らげた。メイへではない、ナムサに、だ。会議室が間にあるとはいえ、頭取室は隣室だ。相手にきこえるのを承知した暴言にちがいない。それまで穏やかだったナセルの表情が

こわばり、明石ですら、話すのをためらう。やがて心を鎮めたナセルは、ソファから立ち上がり、

「眞也、びっくりさせたな、ごめん。じゃ、よい旅を！　早くもどってこい」

と手を挙げ、メイの後を追った。

待ちに待った家族旅行だ。明石にすれば、実家で両親を扶け、家業にうちこむ妻をねぎらい、また寝食をともにする娘だが、めったに話し相手になれないまどかを償《つぐな》う旅でもあった。アスカリが休みからもどった翌日、明石とまどかはアブダビ発、マドリッド行きの便へ搭乗し、到着地で日本から来た由紀子と合流する予定だ。その夕方、近くのホテルで少ない家族がひさしぶりに勢ぞろいした。

暗雲

九月中旬ごろ、休暇からアブダビに戻った。当初由紀子は一週間ほど当地に滞在し、ゆっくり家族団らんを、という予定だったが、実家から至急帰国されたい、との知らせが舞いこみ、わずか二日とどまっただけで、日程を切り上げ早々と岡山に戻った。

ひさしぶりの出社である。

なにはともあれ、頭取へ挨拶を、と三階へあがった。

メイは机に頬杖をつき、どことなく浮かない表情だったが、彼に気がつき、あわてて立ち上がり、

「頭取は出張中ですが、いかがいたしましょう」

「べつに用事はないが、仕事初めの挨拶さ」

「戻られましたら、お伝えいたしますね」

これが、赴任来、たち塞《ふさ》がっていた彼女との心の垣根がはずされた瞬間だ。休み直前にもその兆しがあったが、あらためて確信した。なにかが彼女を変えていた。

一階へ戻り、チャールズに挨拶をすませた後、いつものようにカプセルへ行きかけたが、後ろからサリーに呼びとめられ、復帰辞令を思い出した。

懐かしき部屋へ入る。

降格されてからもしばしば出入りしていたが、部屋の主としてではなく、補佐としてだ。ふたたび主として古巣へ戻ってきたのだ。

さっそく部内会議だ。

打ち合わせの後、各部をおとずれた。表向きは休暇明けの顔見世だが、一方で社内の空気を確かめたいという意図があった。これにはわけがある。

休暇に入る前後から、社内の空気にどこか違和感をおぼえていた。赴任来、社内の残業風景に、どこか母国の企業風土に似たものを感じていたのだが、ある日を境に、それがこつ然と消え、定時退社が、ごく当たり前になり、活気にあふれていた社内の空気から笑い声が減り、代わりに社員の廊下での立ち話、ひそひそ話が増えてきた。かかる不穏な空気を、情報通のショウキは、経営を与る経営層間の不和が根っこにある、と明石に耳うちした。はからずも夏休み前、目にしたナセルによるナムサへの暴言は、切れ味するどいこの若者の五感を裏づけた。ナムサは誰よりもナセルを信頼し、ナセルもナムサにもっとも忠実なる人物、との社内評があったから、両首脳の蜜月関係が損なわれると、シデックは一体どうなるのか、せっかく延命策を見つけ、カプセルから脱出したこの時期に、出向先がかかる暗雲につつまれるとは！　予想外の展開に、明石は、頭をかかえる。

この日の午後おそく、それも退社時刻ぎりぎりに、明石はナセルの部屋をのぞいた。すでに退社したのか、秘書の姿がない。ノックするが返事がない。わずかだが、ドアが開いていた。内部から声がする。男女が言い争っている様子だ。とつぜん、男が声高に叱りつけ、女はこらえきれず、嗚咽した。明石は、思わぬ場面に遭遇し、一瞬、ひるんだが、意を決し、もう一度ノックをした。野太い友の声がかえった。ドアをそっと開けると、何と、メイが部長席にすわるナセルの前でうなじを垂れていた。彼が顔を見せるや、あわててその場所からはなれたが、いつもの凛々しさは疾うにない。思わぬ場面に明石は目をうたがい、とっさに、

「これは失礼したな。日を変えよう」

といい、踵を返し、出口へむかうと、

「眞也、もういいんだ、話はおわったぜ」

と友の声が彼をとどまらせると、居たたまれなくなったのか、彼女は明石に目礼し、その横をすり抜け、退出した。

「どうだった、ジブラルタルを越えた気分は！　俺はあの台地で生を享け、いまの俺がある。

カイロも、モロッコと同じさ、いうなれば、人と喧騒がうずまく街というところだろう」

「そうか、こんどはギザのピラミッドが見たい。あなたの生まれ故郷から近いはずだが」

「そう、西へ十三キロほどかかな。あの三大ピラミッドは、四千五百年ほど前、古代エジプト第四王朝の時代に造られたとか。しかし今なお謎につつまれ、学者どもがやっきになって調査中だ。つぎは、ぜひ足をのばしてほしい」

メイを泣かした君こそ、いったい何者なんだ、俺には、ギザの神秘より、そちらの謎解きの方に興味が……、と言いたいのを抑え、

「そうか、未だ謎につつまれているとは！　来年はなんとしてでも行かないと……」

「そうしたらいい、俺が案内する、むろん、俺がここに居たらの話だが……」


あとの方は相手が声をひそめたから、きき直そうと、躰をいくぶんか前に出そうとしたとき、ふたたびメイが顔を見せ、

「部長、お話し中、ごめんなさい、只今頭取が出張から戻られたので緊急部長会を、と……」

と告げた。先ほどの醜態《しゅうたい》ぶりが夢幻だったのか、と思わせるほど、目の前のメイは凛々しくいつもの秘書を演じていた。


先ず、どうして出張から戻ったばかりのナムサがこの時間に緊急部長会を開くのか、と訝《いぶか》り、何かが起こったにちがいない、と暗澹《あんたん》たる気持ちになった。それを尋ねる話し相手はこの時間

帯では退社していた。あすにでもナセルからじかに訊こうと、先ずは経営の問題を打っちゃったが、ほかに気になることがあった。シデックでただ一人胸襟をひらく友ナセルと、赴任来心に懸かるメイとの関係だ。ナセルが頭取秘書のメイをどうして叱咤するのか、否、叱咤できたのか。そもそもその以前に、じぶんは何故メイに心をかけるのか。

当初、彼女への関心は色恋とはとんと縁のない一種の憧れ的な感覚からはじまった。初対面から端《はな》から温もりに欠ける物言いが返ったが、それを不快に感じるどころか、凛々しく映り、目を見張った。まさか、この熱砂の国に、しかも出向先に、旧統治国側の女性が勤務しているとは！　それに加え、そのあざやかな挙措に圧倒された。地元出身の女性はカウベのロンドンでも多く見かけたが、ほとんどは事務職としての採用だったが、ただ一人、拠点長秘書は別格でオフィサー待遇だった。明石より一回り年嵩だったが、当時なお若き頃の容色の面影をそこなわない、気品あふれた挙措に、心ひそかにあこがれたものだ。初対面で遇ったメイの振る舞いはその女性を彷彿《ほうふつ》させる雰囲気を漂わせていたから、メイは彼には色恋的な趣とは異なる気になる存在に映った。その後、ふとしたことから、彼女の愛読書をみつけ、それを通じ、彼女が歴史への思い入れが深い、とりわけ古代ローマへ夢はせる旅人とわかり、明石も学窓時代にゼミで同系統を専攻したから、似たもの同士の感情がめばえ、愛しささえつのりだした。とはいえ、このことはすべて明石のひとり相撲、同士といっても、すべて彼のおとぎ話の世界、相手は知るよしもなかったが……。

ところが、休暇前後から、彼を観る彼女に変化がおきた。冷ややかな目線が和やかさに変わった。まさか、と思うほどの変化だが、それが休みから戻ったとたん、それが大いなる勘違いと識った。偶然居合わせた彼女とナセルとの言い争いから、目の前の二人が彼とは別世界に棲む間柄とわかり、心が凍てついた。振り返ると、二人の仲は、じぶんが赴任する前から培われた絆の結晶と見とどけられ、明石にとっての彼女の存在は、初対面時、相手の凛々しさ、清々しさに一方的に心惹かれただけの淡い感情、しかもナセルはシデックで心ゆるした唯一の人物、いっとき萎えた心の恢復も早く、あっさり引きさがった。

休み明け、初出勤となった当日から、シデックの社内が風雲急を告げかねない事態を予感した明石は、翌日留守をまかせた若手三人を昼食にさそう。彼らを乗せ、ハムダン通りを横切り、緑色にそまるアラビア海を右に見ながら、海岸通りを一直線につっぱしった。湿度は百パーセントに近い。車道路面の前方にうかぶ陽炎をながめていると、ふたたび戦場に戻ったか、と、感慨深いものがこみあがってきた。そうこうするうちに日光宴へ着いた。


寿司をほおばり、ひとくぎりついた後、アスカリが、話のとっかかりを提供した。

「明石さん、復帰おめでとう」

「とうぜんさ、アスカリ、お前には、統括は十年早い」

と、ショウキが揶揄すると、当の本人が頭を掻いたから、一同大笑い、場がもりあがる。

「例のエルデオの預金、頭取がたまげていたぜ」

情報通のショウキが畳みかけると、仲間の二人も大きくうなずいた。

「まぁ、たかだか四分の一％のことじゃないか」

と、はやる気持ちをおさえた明石だが、その表情からはカプセル暮らしの頃見せていた暗さはもはやない。

「それが、この頃、四分の一％でもなさそうだ……」

と、情報通のショウキが意味ありげにつぶやくと、

「どういうことさ？　まわりくどい言い方はやめろ」

と、もくもくと好物の寿司をほおばっていたハジムが口をはさむ。

「いやねぇ、この前、めずらしく顔を見せた頭取が、わが部長の耳元でささやいたヒソヒソ話を地獄耳の俺が見逃すはずがなかろうさ」

とショウキが少々自慢げに言いたてる。いつもの癖だ。

「もっと具体的に言えよ。それじゃ、わからないぜ」

ハジムが先をうながした。

「わかった、わかった。要するにだ、ここへ来て調達コストがさらに跳ねた。そういうことだ」

「まじか！　うちはやせても枯れても政府外郭の出資先だぜ。四分の一％の上乗せさえ歯がゆいのに、それはないぞ」

まるでショウキが市場からの回し者かのように、ハジムは同僚を睨む。

「俺をそう睨むな。お門違いだぜ。つい先日、標準金利に八分の三%を乗せられたと聞いたぞ」

「でもそれが本当なら、ますます採算がきびしくなるぞ。話題をかえるが、一部の東欧国の信用に赤信号が灯ったと旅先で耳にしたが、うちの上顧客先がその対象なら、『東欧案件ならわが社へ』という、わが社の金看板は即刻おろさなきゃ」

と明石がぼやいた。

「しかしそれよりなにより、わが社の収益源。社是に従って主幹事から手にする各種手数料に特化すべきだと思わないか。これまでのように、不足分をひきとるためにわざわざ高い資金を市場から取り入れるのは本末転倒だろう」

ハジムの舌鋒は明石にむかう。

「ハジム、気持ちはわかるが、調達する借入先に対し『ご希望の金額に足りません、減額ねがいませんか』とつたえて、相手が『はい、わかりました』と承諾するか？　商売ってそんな約子定規のようにいかないだろう。調達をまかされてから土壇場になって『ご希望額にかないませんでした』となれば、即、プロ失格を認めたことになるんじゃないのか」

慰労会をかねた昼食会だが、シデックの現況を懸念する声がとびかい、昼食に誘った明石はますます憂鬱になった。さらなる上乗せの原因はなにか？　東欧諸国の信用悪化のうわさが、同社のかかえる資産へむかったとか？　あるいは、シデックの経営に問題があるのか、と考えたが、少なくとも前者はない。東欧諸国の一部に赤信号が灯ったとしても、現状、支払不能は発生していない。後者はどうか。もし事実であれば、もう水面上に顔を出してもおかしくない、しかし、じぶんの耳には入らず、また聞かされてもいない。せっかくの好物も喉をうるおすどころではない。気が滅入るばかりだった。

明石が休暇から戻った当日も、休み前に感じた、社内のどこか火のきえた奇妙な静けさはつづいていたが、その日遅くナムサが出張から戻ってから社内は急にさわがしくなった。

ナムサが出張から戻り、その翌朝から自室に籠もりだすと、部長たちも倣い、公式の場に姿を見せなくなる。まさに異常事態といえた。同社の各部門はおのずと開店休業に陥ったが、投融資部だけは、新規案件こそはめったにお目にかからないが、優に百件をこえる代理業務の対応に、時間に追いまくられ、異常事態からのがれていた。

各部長の秘書はこぞって手もちぶさたの体。社員は、廊下の隅にたむろし、声をひそめ私語が交わされだした。メイは、部屋にこもる主からの指示か、ファイルの破棄、整理、各部長あて書状の作成、発送等に余念がなく、さらに部長間の連絡役をこなすという、まさに八面六臂《はちめんろっぴ》の働きぶりだったが、シデック全体からみれば風前の灯であることに変わりない。

そんなある日ガンジーから内線がきた。つぎの日は休日だった。

「明石さん、あすの午後空いている?」

「ゆっくりくつろぎたい気分だが、一体なんだい」

「できたらお宅にお邪魔していいかなぁ」

いつもの陽気さが感じられない。

「いいよ、でも今のほうが都合はいいなぁ」

「いま、部長が傍にいるんだ。あすの方が……」

一瞬、資金繰りのことかな、と思った。どうも歯切れがわるい。

「わかった、あすの午後わが家とするか」


若手三人を部屋へよんだ。

「ガンジーから内線がはいったが、なにが起きているんだい、わが社は」

とまず情報通のショウキへ視線をむけた。

「えらいさんが、部屋に籠もりきりだから、まちがいなく異常事態だろう。とはいっても、業務は表むき流れているし、新規すら先週調印したのがあるから、死に体というほどでもないか。先週は頭取も調印式に顔を見せたし、いったい何が問題なんだ、眞也」

いつもその彼は、そうして探りを入れる。相手が何を、どの程度知っているか、ためす癖があった。

「しかしショウキ、あの調印式でナムサ氏の表情をまともに見たか? じつに昏かったし、歩き方だってどうだ、どこかぎこちなかったじゃないか。通貨がディルハム建てだったが、一体いまさらどこの誰に気をつかっているんだ」

すると、もう一人の情報通がその材料に食いついた。

「まぁ、資金局の意に沿ったと思うが、いまさら地元回帰かよ？　とはいえ、経営陣も見合いの調達コストが跳ねる一方だから、利のよい地元案件にしぼるしか手がないか」

したり顔でハジムがかえすと、

「まぁ、なんとか資金局の意を汲む案件が遅まきながら登場したわけか。ようやく経営陣も地元回帰にうごきだした、そういうことだ」

じっくり考えたのか、アスカリがそう締めた。

「しかしアスカリさん、それは甘いぞ、ここ一年、資金局がわが社へ顔を見せたことがあるか？　それよりなにより、わが社の幹部が先方へ行ったという話もきかないし」

と、明石がやんわり返すと、ショウキが、

「ところで、眞也、話をもどすと、ガンジーの話は、たぶん調達コストにからむボヤキじゃないか。問題は、そのボヤキがどこから出てきたかだ。ここのところ、赤信号が灯った東欧の信用を危ぶみ、市場の貸し手が、うちの資産に疑いの目をむけたか、もしくは、市場は気づいているが、我々が知らされていない、経営上の問題か」

と、視線を明石にむけると、すかさず、

「後者については、答えようがないが、前者は大丈夫だ。休み前、手持ち資産を点検したが、東欧案件は滞りなく返済中だから、安心してほしい」

と、応えると、ショウキが、

「すると後者か。ならば、そろそろ表沙汰になるのか？　アスカリ、どうだい、各紙の動向は？」

「とりわけ、地元の経済紙はくまなく目を通すが、その兆しはない。『ファイナンシャルタイムス』紙、他も同様だ」


ここで明石はかつてナムサと対立したとき、相談した、生粋《きっすい》の両次長とはそれ以来、ゆっくり話す機会がなかったことに気がついた。社内で顔を合わせれば挨拶する程度だ。ともにあすの経営幹部昇格にそなえ、充電中の身ときいていた。


若手三人との打ち合わせの後、充電中の人物のひとりというタリットの部屋をノックする。入るといきなり身を白装束で纏《まと》い、頭を黒いワッカでとめた民族衣装が目に入った。シデックの地元出身者の勤務姿は、ふだんは二様にわかれ、アスカリら若手は背広着組、生粋らは民族衣装組だ。主は書類に目を通していた。

「おじゃましてよろしいか」

「おぉ、めずらしい方が来られた。久しぶりですね……」

アメリカ仕込みのネイティブの英語が返ってきた。

「休みからもどって数日たちますが、たまった雑用におわれ、現場へ復帰するのが少しおくれました」

「エルデオの預金、がんばりましたな、いまどき市場を介さないで、上乗せなしの預金が手に入るとは！　かつての錬金術師以上の腕前じゃないですか」

「おほめいただき恐縮です。ところで、きょう参りましたのは、わが社の現況なんですが……」

タリットの表情が少しこわばった。

「どこか、経営上、気になることでも……業務も滞《とどこお》ることなく流れているとききますが」

相手は鎌をかけてきた。情報を小出しにしながら、相手の反応をうかがうつもりらしい。

「市場からの借り入れ金利ですが、ここのところ、上乗せ分がひと頃より跳ねたとか……」

しばらくの間、タリットは腕をくみ、しばし目をつむっていたが、やがて居ずまいをあらためてから彼を直視し、

「行く手をはばむ障害物が一つ二つじゃないのかもしれませんな」

とだけ話し、窓ごしに映る眼下のハムダン通りへ視線をむけたきり、明石が退出する迄だんまりをきめこんだ。

経営で何がおきているのか、ナムサらはそれをどう処理するのか、それよりなにより、資金局と話し合っているのか、哀しいかな、明石は蚊帳の外だった。いかに置かれた立場が脆《もろ》いか

をなげき、情報の少なさにいら立った。退室した後、もう一人の生粋の次長、ハビムの部屋をのぞくと休暇中だ。事態は考えるほど深刻ではないかもしれないし、じぶんの思い過ごしかもしれないと納得させる。

翌日、午後、ガンジーが顔をみせた。日焼けし、日を追うごとに逞しさをみせる娘まどかが書斎に顔を見せ、

「パパ、ガンジーさんという人が……」

背広にネクタイ、シデックでみかける軽装着ではない。

ふだん着の男が裃《かみしも》姿で登場した。

「おぉ、やるねぇ、ガンジーさん！」

と思わず、明石は素っ頓狂な声を出した。

「お休みどきに申しわけありません」

挨拶までが裃をつけている。肩書の上では二人とも同格、相手は二年前、結婚を機にシデックへ入社した資金部の次長、いまやナセルの片腕、実務上はこの彼が資金部をしきる。そのこわばった表情をほぐそうと明石はこぢんまりとした書斎へさそった。だだっぴろい居間だと益々裃をかさね、本音がきけそうもない。

「きょうはどうしたんだい。エルデオが上乗せでも突きつけてきたとか？」

と、キナ臭い話は先ず遠ざけ、相手が歓喜した格安の預金をもちだした。

「あれは想定外、金額があれほど張るとは、僕もそうですが、部長も魂消《たまげ》てました。でもきょう伺ったのは、その件ではなく、現下の調達コストの件なんです。本件は直接には投融資部さんとは関わりありませんが、うちの部長、この頃、公私ともに多忙で、訊く耳をもってくれません。いま社内で相談できるのは明石さんしか……ご迷惑とは知りつつ、つい……」

ようやく本題に入った。

「調達コストかぁ、なまなましい話だな。まずはすべて吐きだしたらどうかな。それにいつも午前様ときくが、奥さんが可哀そうじゃないか」

まだ余所行きのことばを使いつづける相手へかるくジャブを出した。

「じつは気になることが……考えすぎかもしれませんが、このところ三カ月超の資金がとりづらいのですが、明石さんそんな経験がありますか」

「経験ゆたかなあなたには釈迦に説法だが、市場は参加者が多く、懐が深いからそれは考えにくいが……」

と、まずは相手の疑問を解いた。

「でも、うちが使うブローカーも十社は優に数えますから、一部の出し手からだけの話ではありません……」

と言いづらそうに反駁《はんばく》する。市場は、資金の出し手と取り手の双方は、じぶんらの意向を汲むブローカーを通し、資金の出し入れをおこなう。

「わかった。じゃ、いつ頃からとりにくくなったんだい？」

「ここひと月ぐらいからかなぁ、それまではブローカーがこちらの要求通り、六カ月以上の資金迄、応じてくれましたが、ここにきて都合がつかないとしゃしゃとぬかすんだ」

よほど腹にすえかねたのか、ようやくいつもの仲間言葉がとびだした。

「いつもの上乗せに少し色をつけるって言ったのかい？」

「うん、きのう懇意な奴に『先日、拒否された六カ月物だが、きょうはとにかく欲しい。いつも以上の上乗せでもかまわないが』と粘ると、『それは乗れない話なんだ。一～三カ月ならいいが、それ以上の長めは勘弁ねがいたい』と言うから、『先々月なんぞ、一年物だって出したじゃないか、ためらう理由はいったい何だ』とつっこむと、相手は口ごもったまま、ダンマリさ。どうもブローカーの背後にいる出し手が、わが社のマル秘情報を握っているような……」

「部長に話したのか？」

「うん、『いま金利はゆるやかに上がっているから、出し手としては先ずは短いので貸し、メドがつきしだい、長めに切り替えるのとちがうか』の一点張りさ。どう思う」

このところ、たしかに金利は上がっているが、ナセルの考えはその場しのぎの発想だ。市場は広いし、懐はふかい。よほどの事情がない限り、取り手の要望に応える出し手（資金を出す方）はいるものだ。実績もあり、知名度もあるシデックが、出し手に上乗せもかまわないと迄、言いきるのに、六カ月の資金に応じないのは不自然だし、もし先方の言う通りなら、シデックは信用を損なっている状態であり、三カ月は永らえるが、半年はもたないと見ている可能性がある。

「ガンジーさん、シデックは、やせても枯れても政府外郭の出資先であり、創業来、市場に名をはせる投資銀行だ、何が起ころうと、出資元が見放すと思うか」

と、明石は断言した。ほっとした客人を見送りながら、目に見えない闇にむかい、歯ぎしりした。ガンジーが帰り、書斎へもどると、先ほど顔を見せた娘が、腑におちない様子で父親の後を追いかけ書斎に入り、

「パパの会社だけど、どこか問題があるの？　お客さんの顔がこわばっていたけど」

とめずらしく会社の話をもちだした。

「でも帰るとき、晴れやかだったろう」

「うん、たしかにそうだけど」

「まどか、シデックはね、お国の外郭が出資する公的銀行だから、大船に乗った気でいいんだ」

「わかった、大丈夫なんだね」

と、ほっとした表情で居間へもどった。そうでも言わないと立ち去りそうもなかった。

明石も正直心がおれた。こちらへ娘をひきとる際、勤務先は公的企業だし、ＵＡＥの政治情勢も波静かで、国際紛争と縁がない地域だから、安心して勉強にうちこめる環境なんだ、と、

由紀子を説得した。娘とはいえ、ことこまかに内情を知らせるわけにもいかない。たとえ教えても理解できるかどうか。それにしても想定外のことがこれでもかとばかり立てつづけに起こりすぎた。

その後、書斎にこもり、じぶんの立場でいったい何ができるかを暗中模索する。何が起ころうと、資金局が見棄てるものか、と意気ごむが、一方で、もう一人の明石が、それもタイミングしだいさ、それを逃がすと、万事休すだぜ、とささやく。

首脳陣はもはや当てにならないし、頼りになるのは営業部門ではガンジー、若手三人、資金局の内情にあかるい生粋のタリット、ハビムと、指を折るとほんのひと握り、これではあまりに心ぼそい。事のなりゆきに明石は暗澹たる気持ちになった。じぶんの神経が何処までもつのか、それを憂えるたびに、前へ前へとじぶんを奮い立たせるが、そろそろ限界に近い。だれかに傍にいて欲しい、と思う時、いつもメイの横顔がよこぎるが、すかさず、ナセルが現れ、とおせんぼうした。

何かが見えてきた。

休日にガンジーが自宅に顔を見せてからさほど経たないある日、生粋の地元人、ハビムが休暇からもどった。さっそく日本飯へさそった。赴任来、時々、会食する仲であり、二、三度、私宅へも招かれていた。もう一人の生粋のタリットより親しいのは、ハビムの方が年齢がじぶんに近いせいかもしれない。タリットはこの二人より半回りほど若く、アスカリら若手三人よりは数歳ほど年上だ。

レストラン【慶】へいくと、新鮮なトロが入ったとシェフからきかされ、先ずは腹ごしらえとばかり、しばし食欲を満たす。両人ともすしが好物だ。店内は賑やかだが、会話にはつごうがよい。

「ズバリ、お尋ねしますが、うちは経営上、まずい問題をかかえていませんか。いつものように、私は蚊帳の外に追いやられ、内情に疎いのですが、……」

出されたものをたいらげ、ひと息ついたとき、明石は、相手に直球を投げつけた。即答はなく、ハビムはたおやかな波動をくり返すホルムズ海峡へ視線を投じ、しばし考えこんでいたが、やがて明石の方を向き、

「下がると見込んだ金利がさらに上がったから、もくろんだ債券投資が裏目に出た、これが実態かな。なにしろ休み明けだし、全容をつかめる時間がなかったから、今話せるのはそんなところかな」

「どうして債券に投資をしたんですか？　それよりなにより、うちは創業来、手数料収入で経

営をまかなうのが【社是】じゃないですか、それがどうして？」

「じゃ、大ざっぱに言えば、こうなるかな。金利の上昇とか、東欧の信用力の低下などから貸し手が投資をひかえだした反動から、うちは創業来初めて業績不振におちいり、焦った経営陣がそれを挽回すべく、起死回生の手を打った、が、それが裏目に出た、そういうことだろう。明石さんには釈迦に説法だが、債券は金利が上がれば価格は下がり、金利が下がれば価格は上がるから、これに目をつけたのだろうが、豈はからんや、事実は、金利は下るどころか、さらに上がり続けた、もくろみは失敗、安いと判断して購入した債券をやむなくそれをはるかに下回る価格で手放し、結果的に損を出した、そんなところか」

「大きな損失ですか？」

「おそらくな。こうなると経営上やむえない【投資】も、失敗すれば、【投機】とされる。上手くいけば不問になったかも」


シデックの稼ぎは、借り手をみつけ、貸し手（投資家）を呼びかけ、金融団を組成した際、手にする手数料とか代理業務にかかわる汗かき手数料だ。政府外郭の資金局が、金《かね》は出すが、口は出さないのは、こうした安定した収益源が【よりどころ】だったから、投資とはいえ、非本業取引にかかわる損失は、いかにもまずい。

その翌日、アスカリが早朝、顔をみせ、

「次長、『シティ・ファイナンス』紙に載りましたわ。わが社のことが……」

と、折りまげたページをひろげ、明石に渡した。前日、ハビムが話した大略にほぼ近いが、たまたま載ったところが巻頭からやや外れるから市場の反応は鈍いかもしれない。さっそくカウベの村西へ事情をつたえると、慌てた母体はすぐさま実態把握にのりだし、損失の規模は？資金局の反応は？　預金の回収の目途は？　などなど、明石はそれを片づけるのに四六時中、のたうちまわった。

出社しない、あるいは出社するものの自室にこもりっ放しの経営陣達から、もっと情報を入手したいが、それも叶わず、明石の苛立ちは沸点に達したが、カウベの方も明石から送られる情報の少なさに苛立った。とりあえず預金回収を最優先とすべし、と迫るが、それがとりうる最善策なのか、母体も自信がなく、舌の根の乾かぬうちに、君の判断に任せる、と前言をとり消す慌てぶりだ。かかる状況下、明石は、おかれた立場の危うさを嘆き、シデックを見放し、さっさと帰国したらどんなにすっきりすることか、となんど思ったことか。が、この場に至り、いかんともし難く、八方塞がりの現実に呻吟する日々を過ごした。

それから数日経った早朝、ガンジーが執務室へ駆けこんできた。表情は白く凍てついている。

「明石さん、緊急事態だ、アラブ銀行が『供与枠削減につき更改には応じかねる』と宣言してきた！」

「ええ、アラブが！　まじか？　じゃ、二日後到来する一千五百万ドルを更改しないってことか！　手金《てがね》で決済しろって！」

「そうなんだ、明石さんとの打ち合わせの後、市場開始と同時に、三カ月で更新たのむ、と、相手のブローカーに頼んだら、それはできない相談だ。出し手から、お宅宛、枠削減の指示が出たばかりなんだ。期日に元利金、耳をそろえて返済ねがいたい、と。こちらが何を言っても終いまで頬かむりさ」

と言うなり、万事休す、と叫び、両手を天井へあげたまま、そのままソファに倒れ込んだ。

休み明けの頃から、日を追うにつれ、シデックは、新規資金のとり入れに難渋し、出し手に、期日の来る既存資金のロール・オーバー（支払い繰り延べ）を呑ませて、急場をしのいでいたから、最大の出し手のアラブ銀行から拒まれ、しかも一千五百万ドルという大口だと、いまやシデックは、死に体に近い。市場から閉めだされれば、市場外に活路を求めるしかない。では、二日後、どこから、かかる大口資金を確保できるのか、またアラブがあすからも同じ手口に出るのか、はたまたそれに右倣いする先がでるのか、わるい方へ、わるい方へ、考えが先回りし、いつしか明石の躰はこわばり、気力もなえ、やがて絶望の淵をさまよい始める。どのくらい経ったであろうか、ようやくその呪縛から逃れた明石は、いまだソファに大の字に横たわるガンジーに気づき、

「おい、おい、次長、部長はどうしたんだ。出社しているんだろう」

「いや、じつはきょう、部長、休みなんだ」

寝そべったまま、生気のない声で応えるカンジーに、

「じゃ、部長が不在なら、いま、いったい、誰が司令塔なんだ。あすまたアラブが同じ挙に出たり、ほかがアラブに右倣いしたら、いったい誰が指揮を執るんだ？　君しかいないじゃないか！　その人物が、のうのうと他部のソファの上でふて寝が出来るものだ！　俺はもう知らん！」


と半ばおどし、半ばいさめた。つい大きな声を荒らげたものだから、ハッとしたその次長は、バツの悪そうにソファから立ち上がるや、脱兎の如く姿を消した。明石はすかさず、母体の村西へ一報する。


幸い在席していた次長に、アラブ銀行の急襲を知らせ、心折れつつも、新規預金をせまった。いつもは冷静に対応する村西も、この思いがけない展開に、えぇ、あそこが！　と言ったきりしばし二の句をつげない。やがて上ずった声で、

「明石君、いま預金の積み上げといったな。それは土台、無茶な話だ。アラブの枠削減の宣告をきいた以上、今カウベがすべきことは、既存預金の回収の手立てを考える、それが出向者としての最優先の使命じゃないか。とはいえ、カウベもそうだが、君のおかれた立場もきわめて

微妙であることは承知するし、いま回収という選択肢がシデックとカウベ両者にとって適切なのかどうか、俺だって自信がない。が、こちらの立場としては、ただただ回収につとめて欲しい、と言わざるを得ない。新規の積み上げだが、承知のように、うちはややこしい合併行だ。それだけは勘弁してくれ」

とかわされた。

ここ数週間ほど、静まり返っていた社内がどこか、さわがしい。枠削減の件が漏れたにちがいない。それ以前からも櫛の歯が欠けるように、つぎつぎと辞める幹部が出ていたが、アラブ銀行の暴挙は、社員へ断末魔の苦しみをあたえ、絆が強いとみられた居残り組ですら浮き足立ち、きのう一人、きょう一人と櫛の歯が欠けていく。

ひそかに、だれかが、どこかで、再生策をねっているはずだと心底うたがわない明石は、母体へアラブの暴挙をつたえた後、執務室へ若手三人、ニーナ、資金部のガンジーらをよびこみ、「この逆風下、われわれ居残り組は、粛々とじぶんの持ち場を護るしかないが、とりわけ、ガンジーさんは、期日がくる市場資金はすべからく更新をかちとること。若手三人とニーナさんは、当部の手もち資産の売却に着手し、各位がねんごろな銀行筋に電話するなり、外交に出るなり、現金化につとめること。俺は、アラブ銀行宛、返済原資の確保に手あたりしだい奔走する。どれ一つとっても難関だが、座して死を待つより、とにかくやれることをやりとげないと生き残れない、これは間違いない」

と檄をとばしていると、母体の村西から電話がはいる。

「アラブの件だが、新規預金には応じられない、これが結論だ。うちは証券取引所に上場する企業、いつも株主から、また、公共性をおびる業種柄ゆえに当局の監視からのがれられない立場にある。回収に見込みがあるならともかく、日々、資金繰りに追われ、なかんずく主力行から枠削減の通知をうけた現状から、たとえ、二日後、アラブの決済をのりこえても、その翌日からのりきれる保証はない。既にあずけた預金だが、これまた非情だが、時間をかけても回収ねがいたい、これに尽きる。赴任前にくらべ、環境が激変したことには、俺も心がおれるが、明石君も非情さをのみこみ、心を鬼にしてじぶんの立場をつらぬいてほしい。ここは正念場だ、ここは何としてでも切りぬけて欲しいとしか言えない」


温度差を感じた。過去にあずけた預金の回収をうながす母体の意向に、話がちがうでしょう、と憤りをおぼえるものの、そう主張せざるをえない相手の立場も痛いほどわかる。恨みつらみの矛先を己の腹の中におさめるしかなかった。母体は、合併行であり、預金が回収不能になれば、明石の旧行側に不面目な事態を抱えることになる。それを知りつつ、新たな預金を乞う己の立場に辻褄のあわない巡り合わせをおぼえ、わが身を苛《さいな》んだ。いつも母体宛、出向先宛への辞表を懐に入れ、やみくもにつっぱしるこの胸中を誰が知ろうかと、天を仰ぎ、慟哭した。

慌ただしかったその日の午前中、やるべきことをすべて終わらせ、ようやくアラブ対策と対峙する時間がやってきた。母体との話し合いは物別れにおわり、あとはじぶんの運と気力に賭けて突きすすむしかない。それにしても母体の新規預金のゼロ回答は、あまりに辛すぎた。つい直前の打ち合わせでもくろんだシナリオは、カウベから五百万ドル、地元から一千万ドルという算段だから、村西から、新規預金はゼロときかされ、早くも頓挫。こうなれば、残された途は、全額地元でやりくりするしかない。それはあまりに過酷すぎた。

村西との電話を終えるやいなや、もくろみ外れを潔くみとめた明石の前頭葉はここに至り、おのれに戦闘開始の司令をくだした。アラブへの支払いは二日後だ。繰り延べはありえない。時は刻々とながれる。口の中で千五百万ドル、千五百万ドル、と呪文を唱えていると、いつの間にか、車のハンドルはハムダン通り沿いに向かっていた。そこしか浮かばない。道路はエルデオへ通じていた。そこは、ナムサに次長復帰とカプセル脱却を認めさせたあの巨額預金の出どころだ。あの感触が忘れられない。とはいえ、この日は、不意打ち訪問、大口一本釣り、緊急性という状況下のおねだりだ。

初訪問時、大口が叶ったのは、前もってアポを入れるなど環境をととのえた末の着地だったが、この日は、大げさに言えば、シデックの生死がかかる高度の緊張感にみちた交渉事が予想され、生来の小心者、明石の胸中はエルデオに着く迄、動悸の高鳴りをおさえられない、満足に物が言えない状態が続き、二、三度、路上で停車、引き返そうとまでした。そんな時にかぎって、襲いかかる緊張感がとつぜん途切れ、気力と陽気さが漲《みなぎ》り、もう一人の明石が、お前さん、よしんばひき返しても他に当てがあるのかい？ 当たって砕けろしかないだろうが、と叱りつけ、先を促した。さらに言えば、この種の行動の動機は、いつもの小心さを忌避し、稀に見かける彼の無鉄砲さだが、それでもそれなりに考えた末のこともある。現にこの日がそうだ。行く前にアポをとれば、中本は、何ごとかと身構え、またの日に、とかわされる可能性があった。この日の、この時間の、不意打ち訪問は、相手が在席ならば断るまい、と読んだ明石の直感だ。これまでエルデオへ赴くときは、かならずアポを入れていたが、この日は「連合(注)」の正副団長という個人的な付き合いから、午後は在席の確率が高いという救いがある。むろん不在ならば用をなさないし、又相手の手元に巨額の資金がなければ、これまた用をなさない。勘とはいいながら、この日の訪問は喫緊《きっきん》の【おねだり】をしかける割に、どこかしら、異次元の世界、そうドン・キホーテとサンチョが現実と物語の区別なく伽噺《おとぎ》の国へ出かけるふうだった。

注〈連合：当地日本人会では、母体からの出向者数が一人〈ワンマンオフィス〉の日本人は連合という名の下に当地邦人会行事〈運動会等〉に参加し絆は深かった〉

「おぉ、これは、これは、アポなしの訪問とは！ 顔色がわるいぞ、会社思いのあなたの事だ、シデックが大変だから助けてくれとか、なんとかだったりして！」

受付嬢に案内された応接室で待っていると、中本が顔をみせ、開口一番、いきなり、豪速球をなげてきた。冗談にしても、まさに度肝をぬく一撃だ。一瞬、ヒヤッとした明石だが、ここにきて弱気を見せるとかえって敵をビビらせると心得、車中でねった哀願調の作戦を急遽うっちゃり、強行策に出た。

「中本さん、わが社を何と心得るんだい！　天下のシデックだぜ。死角なんてありやしない。きょうは少々、文句を言いに来た」

「なんだい、その文句って！　のっけから、やけに威勢がいいなぁ。ただし預金の話なら、よしてくれ。ない袖は振れないぞ」

強めの牽制球がかえったが、目元はそうでもない。それより、なにより、ついていた。相手が在席だったのだ。不在なら、ほかに当てがない。唯一無二のカードが吉と出た。

「中本さん、つれないじゃないか、ここへ来る前、うちの資金部へ顔を見せたら、次長から愚痴をきかされたぞ。このところ、預金がすっかりご無沙汰とか、初めはドカンと歓ばせ、後は知らんって、こんなこと有りかと。俺が社内で上乗せナシと宣伝したから、その次長はすっかりその気になって調達の主軸をお宅に変えた、そのとたん、この有り様だ。すすめた俺にも責任はあるが、中本さんだって！　お互い母国からはるか離れた熱砂の旅人だろうが」

同胞の情け《なさ》にうったえ、相手を責めるが、もとより本意ではない。明石の話を真にうけた、人の好い中本は一瞬、表情をくもらせ、しばしうつむくが、やがて顔をあげ、その辺りの事情を淡々と話しはじめる。

「明石さん、お宅への預金だが、多田君からも念をおされたが、それだけの理由ではない。あなたが赴任直前、栄光の窓口だったという、浅からぬ縁に心がうごき、俺としてもせっせとお宅へ預金を集めたじゃないか。が、ある日とつぜん上から待ったがかかった。当初は、開発が本格化すれば巨額調達が発生するから、いずれ投資家側へまわる銀行団への顔見世代に、上乗せなしの標準金利で預金してきたが、ここへ来て、金利が上がり、開発費用が当初よりかさむことに気づいた経営側が、その穴うめをこの預金の運用益に目をつけ回り回って上乗せなしの安上がりの預金を享受していたお宅らがしわ寄せを食ったわけなんだ」

と内情をうちあける。

「そのような事情ともしらず、一方的になじった俺がわるい。こうなれば、うちだって上乗せは払わなきゃな、こちらの都合ばかり言っておれないか」

と相手の気をひき、低姿勢にきりかえた。

「でも明石さん、お宅の場合は、上乗せ云々の前に訊きたいことがあるんだ」

「あらたまってなんだい。なんか気味がわるいなぁ」

「お宅、なにか問題を抱えていないか？　上の方がえらく神経質になっているぞ」

やはり避けて通れなかったか、と一瞬、ヒヤッとした明石だが、この難問を突破しないかぎり、アラブ決済への途は閉ざされ、完全にとどめを刺されるのは必定だ。ここは、己《おのれ》を奮いたたせ、シデックの公的性、つまり同社は、政府外郭の別動隊という明石が信じてやまない金科《きんか》玉条《ぎょくじょう》の切り札に頼るしかない、と腹をくくる。

難問を投じた相手の表情をふと見ると、いつも見せる和やかさはとうに失せている。

「中本さん、うちの業績はかつてほど順風満帆ではないから、外野席からさまざまな雑音が入る、それはまぎれもない事実さ。でもあなたの知っての通り、わが社は、政府外郭系の資金局の出資先、いうなれば、準公的機関、そう断言してもさしつかえない。親が出資を退くというなら話は別だが。かかる中、あすを展望したらどうだい、投融資の仲立ち役をにない、創業来、確固たる実績をつみあげてきた地元の雄を資金局のみならず地元財界が、うちを見棄てると心底思うか？」

と大上段にかまえた。アラブ銀行の件をはしょったのは、枝葉の部分で大局を曇らせたくない、その一心だ。

「明石さん、俺もそうは思うが……、ただ上層部やわが母体の栄光がその程度の釈明に肯くかどうか。ただこの際、あなたの弁を信じたいが……。お宅がやばければ、アポ無しで、この時間にのこのこあなたが顔を見せるわけがないし、それよりなにより、今ここにいる筈がないだろう。ここの所は、あなたを人質だと思えばいい。それにしても団長、あなたはついているぞ、つい先刻、大口が返ったばかりでどこへ振り分けようかという矢先だったんだ。お宅への預金もカスカスで形だけだし、ここは顔を立てるとするか」

いつもの陽気な栄光マンの表情にもどった相手だが、彼を見送るとき、

「明石さん、これまでのように上乗せなしというわけにはいかないぞ。それは覚悟してくれ」

「わかった。ほどほどに願いたいな。上乗せがないということを周りにデモった経緯があるから少なめに頼む」

としらっと返した。

大口ときいて、おもわぬ天祐《てんゆう》に、胸中で万歳を唱え、上乗せなんぞ、いくらでもどうぞ、と言いだしかねないほど歓喜した明石だった。


帰路、資金局へ足をのばした。さいわい、お目当ての出資部長が在席だった。廊下側から手を挙げ、低頭すると、手まねきされた。

「お忙しいところ、痛みいります。おり入ってご報告したいのですが……」

「きょうは何ですか。いつも気忙しそうですな」

と、いつも見せる、愛想のよい表情についつられ、この際、実情を洗いざらい、とまで思ったが、相手は出資部長、投融資部の話ならともかく、資金繰りの話は、所轄外、と言われかねない。

「ここ数週間ほど、社内は活気に欠け、どこかひんやりした空気が漂っていますが、ご存知でしょうか」

と、あたり障りのない言いまわしで尋ねた。

「うん、こちらにもさまざまな雑音が入るが、あなたも出向の身とはいえ、苦労しますな」

と、気を遣ってくれるが、肝心なことには触れてこない。その話し中に、恰幅の良い一人の人物がひょいと二人の前に現れ、明石にかるく目礼したあと、相手に近寄り、

「例の運用の件ですが、諸状況から六カ月のマルク建てにてつなぎましたが、よろしいですな」

と相手がうなずいたのを確かめ、その場をはなれた。

「多忙中の折、申しわけない」

と、その人物の背中ごしに、その出資部長が謝意のことばを返したが、先を急ぐのか、立ちどまらずに軽く片手を挙げ、早々と立ち去った。

「どなたですか」

その出退ぶりがじつに鮮やかだったから、相手にきくと、

「そうか、あの方をご存じないか。資本部のアジュリ部長、わが資金局のエースさ。あなたも忙しいだろうが、彼の資本部のテリトリーはシデックさんの拡大版だから、たまに訪ねたらどうかな」

かつてナセルからも、

「オイル・マネーの運用・管理を一手にたばねる同局の資本部は、わが社の業務と一部だが重なるから、顔を売っておいたらどうか。なにかと都合がいいぞ。まぁ、相手にしてくれるかど

うかは別だが……」

資本部とシデックを比べるのはお門違いだが、それでも赴任前からそうとわかっていたら、人脈づくりに精をだし、現下のシデックの事態への収拾策とか、助言などももらえたかも、と明石は悔やんだ。いまや一方は、政府系外郭・資金局の運営の一部を担う主力艦隊、かたや、沈没しかねない難破船、すべてあとの祭り、と地団駄《じだんだ》をふんだ。


結局、この日、出資部長とは、あたり障りのない話題に終始したから、大して情報に与からなかったが、帰り際、名前こそ出さなかったが、

「そういえば、ここへくる前、うちの資金部が酷い目に遭っていました。なんでも、資金取引ではメインにあたる地元の大手行が、とつぜん、供与枠の削減を宣告してきたとか。両行は、いつもはさほど行き来もなく、縁はうすい間柄ですが、出資元は同じ、つまり、いうなれば、兄弟同士、『外からではなく身内から、止《とど》めを刺されるとは！』と、そこの次席が嘆いていました」

と言うと、一瞬、眉をひそめた部長だが、それもつかの間のこと、すぐ元の表情へ戻り、客人を見送った。

帰社するやいなや、一目散に資金部へむかった。

ディーリング中だったガンジーが入り口に顔を見せた彼に気づき、待ってましたとばかり両手を天井へむけて三度ほど万歳をくり返してから、小走りで明石に近寄り、抱きついてきた。よほど嬉しかったにちがいない。天井から吊りさがる蛍光灯の白色光が、頬をつたう彼の涙の線をほんのりと白っぽくさせていた。

「ありがとうな、明石さん！　とてつもない金額、二千万ドルだぜ。夢かと、いくども頬をつねったよ。こんやは熱燗でしんみり飲みたい気分だ」

「ほぉ、二千万ドルか、それはすごいなぁ、感触からアラブ分はなんとか埋まる予感がしたが、それじゃ、お釣りが出るか」

「そう、このお釣りで、しばらく凌げそうだ」

「ところで、アラブ銀行へ電話した？　枠の話さ」

不安がつきない。こんな日がいつまで続くのかとおもうと心が折れ、じぶんの方がシデックより先にくたばるかもしれない、この際、せめてアラブの第二矢だけは何としてでも防ぎたいという明石の一心だ。

「うん、きょうもブローカーに訊いたが、さっぱり要領をえないんだ。その上司というのは、きわめて多忙な男で、出社するや、直ちに受話器をにぎりっ放し、たまに放しても、あっという間に姿をくらます御仁とか」

「わかった、この件は俺に預からせてくれ。ところで、打ち合わせで念をおした、すべて更新する件だが、どうだった？」

「これはなんとか上手くいった。ただ新規の調達はやはりムリだったが」

「そうか、すべて更新できたのか。まずはひと安心だ。この際、新規分なんぞ、ぜいたくなことはいわない。食い止めただけでも大成功さ」


ディーリング室から自席へもどり、若手三人とニーナを呼んでエルデオの成果をつたえると、真っ先にショウキが、

「すごい！　これはまさに天祐だぞ。シデックは不沈空母だ」

とさけぶと、一同、拍手喝采だ。

「……でもアラブの動向が気になるなぁ。万一にもエルデオにこの件が漏れたりしたら、それこそ天祐がわが社を崖っぷちへ追いこむきっかけに……」

慎重なアスカリがつぶやくと、

「その通り、アスカリさん。アラブ対策が喫緊の課題なんだ。そこで考えて欲しい。この際、うちの経営陣のなかに、相手方のしかるべき人と対で話せる人物がいるかどうか、いるとすれば、それは誰か？　どうだい、ショウキ」

と、まずその情報通へ質すと、その横からハジムが、しゃしゃり出て、

「それだったら創業来、資金部を束ねるナセルさんだろう、でも、このところ、さっぱり顔を見せないし、電話しても留守電とか。打つ手が見あたらない、どうしたものか」

居所がつかめないナセルに匙《さじ》を投げると、ショウキが助け舟を出した。

「ハジムよ、そこまでおまえが言うなら、もう少し頭をつかえ。俺はごめん被るが、それこそお前さんのマドンナに訊いたらどうなんだ。彼女が今なお彼の想い人なら、とうぜんその隠れ家だって知っているだろうし、ひょっとして彼女だってアラブ銀行の人脈に通じているかもしれないぞ」

と口をはさむと、ハジムは、

「マドンナが部長の想い人なんて、いまや古証文だろうが、それはともかく、ショウキ、さすがにお前、勘がいいな。言われてみれば、階も同じだから、行き来があっておかしくない。つまりあの二人、三階では、非公式とはいえ上下関係があったかも。ナムサ氏は、年中、外出か、出張の人だから、その間、有能な秘書が、彼のもっとも信をおくナセル氏に第二秘書を兼ねさせた、これは大いにありうる話だ。つまり、二人は周りが揶揄する男女の関係ではなく、マドンナは、二人の秘書だった、とね。だったら、ナセルさんの現況とか、アラブの人脈とか、ひょっとすると彼女は意外にくわしいかも。次長、そう思わんか」

ショウキ、ハジムらの口から、赴任来、心に懸かり、憧れる女性がいきなり話題にのぼった。休み明けにナセルとメイの異次元の縁を目撃してから、心が萎え、その縁は両人が長い間培ってきた絆に違いない、と諦めていた矢先だが、ハジムの着想をきいてハッとした。そうか、ナセルとメイの仲は上司と秘書の関係か、と思うと急に重しがとれ、

「わかった、メイさんと彼女が慕うサリーさんの二人を食事に誘い、さりげなくきいてみよう。今ここへ呼ぶのがてっとり早いが、こんな雰囲気じゃ、相手も気楽に話せまい。この件は俺に

任せてくれ」

急を要する。先方にも都合がある筈だから、早いに越したことはないと、さっそくサリーを部屋に呼び、事情を話すと、

「じゃ、ボス、この週末はいかがですか。メイさんとはおたがい独り暮らし、時々会食していますの。今月はあさってですが、そこへ同席されては……」

「サリーさん、その申し出はまことにありがたいが、事は急ぐんだ、ムリ強いと承知するが、あえて頼みたい、今夜はどうかな？　あまりに急すぎて心苦しいのだが……やはり強引すぎるか」

サリーはしばし考えあぐねた。この夜は先約があったし、メイはメイで、不在とはいえ、頭取の秘書、いつも日程があってないようなもの、急遽、今夜となると、先ずムリと、そこまで考えた彼女だが、ボスの顔をうかがうと、表情がかたく、焦りが見えた。この日も朝から働きづめ、普段からムリ強いをさける人と知るから、よほどのことがあるに違いない。ボスを立てようと決めた。

「では、ボス、先ずはメイさんに確かめてみますわ」

「そうしてもらうと助かるが……」

サリーが動いた。今夜ボスが二人と会食したい、趣旨は社内がざわめくなか、けなげに出社し、業務をこなす両人をささやかながら慰労したい、ただし都合がわるければ日をあらためるが、とメイへ告げた。

時間きっかりに明石が日光宴についた時には、すでに愛車にサリーをのせたメイが予約した海側の一室で待っていた。

「働きづめのお二人をいつか慰労したいと思っていたが、このところ予期しないことが次々とおこり、今夜の会食が待ったなしの礼を失した誘いで心苦しい。これでは、慰労どころか、かえって心をわずらわせ、先ずもってお詫びする。ところで本日の趣旨は、いつも日程調整に苦労をおかけするサリーさんと、主不在にもかかわらず、みずからを鼓舞され、しっかりと銃後を護るメイさん、お二人のために、ささやかな小宴をもうけ、しばし英気を養っていただこうというもの。では始めようか」

「わたくしのような部外者が交じってよろしいの。でもサリーさんからこのお話をおききし、おもわず万歳させていただきましたの。入社してしばらく経ちますが、会社の幹部の方とご一緒させていただくのはきょうが初めてですから」

この人がメイだったのか、と会食がすすむにつれ、彼女の茶目っ気、屈託のなさに、明石は心底おどろいた。久しぶりに交わす会話だが、この日は思いもかけず、たがいが真むかいに座るというお膳立てだ。ナセルとの口論を目撃したから、おそらくメイは断るのではないか、よしんば受けても、気心知れたサリーの顔を立てた上での参加とふんだが、さにあらず、会話にとけこむのが早かった。初めこそ明石とサリーの会話をたのしむふうだったが、サリーのたくみな話術にのせられたせいもあるが、硬さがほぐれるにつれ、口数がふえ、いつの間にか、場を呑んでいた。食事がおわり、気をきかせたサリーが席をはなれると、すかさず、明石は、

「メイさん、野暮な話で礼を失するが、ナセルさんについて教えてほしいことが二、三あるんだ。応えづらければ、口をつぐんでもらっても結構だが」

とおそるおそる、切りだした。

「あらぁ、どのようなことでしょうか」

けげんそうな表情を見せたが、不審がる様子ではない。

「実はシデックは今きびしい試練に立たされている。とりわけ、資金繰りが心もとない。ここだけの話だが、アラブ銀行から今週、枠削減の宣告があった……」

眉ひとつ動かさず、彼の話に耳をかたむける表情からは、つい先ほど迄みせていた、柔和さはうかがえず、いつのまにか、いつもの秘書の顔に戻っていた。

「それでどのようなことを……」

「うん、司令塔のナセルさんの居場所がわからず、届けてある電話もつながらず、こちらも往生している。いそいで連絡をとりたいが」

「わかりました、いま部長はこちらにおりますわ」

と、言って傍らのハンドバッグから一枚の名刺をとり出し、

「この番号にお掛けください。ふだんは午後九時以降はご在宅かと」

「ありがとう。さっそく連絡をとるが、つながらない場合のために、念のためにききたい。ナセルさん、アラブ銀行の資金部の誰かとパイプがあるかな？　ちょっと待てよ、これぱかりは行き過ぎか。これは俺の仕事だ。こちらで何とかする。今夜は貴重な情報ありがとう、助かった」

と言うなり、メモをとっていた手帳を勢いよく閉じたとたん、

「お待ちください、あちらの人脈のことでしたら、ある程度はわかりますわ」

「えぇ、ほんとうかい、それは、それは」

「ナセルさんは、うちへ来られる直前はドバイ投資顧問の役員、その前職はアラブ銀行の資金部長でしたの。たしか現在の資金部長さんは往時ナセルさんにお仕えした次長さんとお聞きしたことが……」

じぶんの問いによどみなく応えたメイが何と頼もしく思われたことか、あまつさえ、なんと神々しく見えたことか！

ちょうどそのとき、サリーが顔を見せた。

やがてサリーをのせ、帰宅するメイの車を見送ってから、明石はビュイックのハンドルを握

り、ハムダン方面にむかい、程なくして帰社し、ナセルへダイヤルした。本人につながった。

「よくわかったなぁ、眞也、この番号を？　なに、メイから。だろうな、彼女しか知らないから。ところで話って何だ？　……ようしわかった。俺が話をつける。心配するな。それにしても眞也が資金あつめとは！　俺も焼きが回ったが、シデックもそこ迄……」

野太い声に救われ、このところ積もりに積もった疲れがいっぺんに吹きとんだ。アッラーの神も、捨てたものではない、と胸が熱くなった。


一千五百万ドルを二日後に決済せよ、というアラブ銀行の宣告の裏に、何があるのか、誰が指示したのか、知るよしもないが、その試練は、明石がさがし求めた唯一無二の守護神エルデオのご加護によって片づけられ、シデックは命びろいした。とはいえ、これからも座礁せずに船出ができるのか、悩みはつきないし、夢見もよくない。身柄をひきとる前に預金の回収が先決、とカウベから懇願され、帰国できずに、朝な夕なにシデックへ押しかけ、ガンジー相手に回収をねだる夢が、なんと多い事か。


欠勤していた頭取、二人の部長は、いつの間にか、退社にとってかわられ、残ったチャールズも明石らにこれといった言葉も遺《のこ》さないで去ったが、ナセルだけはちがった。去る前日、明石の部屋に顔を見せ、

「眞也、いろいろ世話になったな、あとを頼む。ところで頼みごとがあるんだ。実はメイのこ

とだが……。シデックはいずれ再生か清算をせまられる筈だ。俺を頼って入社させたいきさつから当社の去就がはっきりする迄これからは眞也が彼女の身元引受人となって欲しい。くわしい事情は俺がおちついてから話す」

と意味不明のことばを遺したあと、各部をまわり、かかる事態になったことを経営者の一人としておわびしたい、と深々と頭《こうべ》を垂れていた。その人物の人となりを敬う残留組は、その潔さに心うたれ、ただただ、惜別を悲しんだ。翌日、退出する際もじつにさわやかだった。ナセルは、業務をガンジーへ引き継いだあと、さっさと新天地をみつけ身をひいた先発組とちがい、当日、入居ビルの一階に姿をみせ、居並ぶ社員たちの惜別の声に、粛々と一礼し、去ったが、二度と同ビルへ姿を見せることはなかった。

この日、アスカリら若手三人、ニーナとともに一階の正面出口でナセルに別れをつげた明石は、メイの姿が見えないことにふと気づき、その場をそっと外れ、三階へ足をはこんだ。辺り一帯、ひとの声、もの音、ひとつなく、気味がわるいほど静まり返っていた。一瞬、ナセルの去就を転機にどこか新職場を見つけたのかもとの思いが頭をよぎったが、つい先日サリーと三人で会食したばかり。シデックを辞める雰囲気を微塵にも見せない彼女の屈託のなさが強く印象にのこっているから、なおさら、この日の不在は不可解だった。ナセルとの絆が上下の関係からとわかりかけてからの幸せがあまりにもつかの間すぎて心がなえた。

あまたの管理職らが、首脳陣に右倣いしてシデックを見限るなか、さまざまな噂が社内にとびかった。むろん、事の真相については明石も知るよしもなかったし、誰々が何々をして、結果どうなった、等々をたしかめる情報も、気力も、またそれについやす時間もなく、ただただ母体から質される難問の砲火にのたうちまわる日々をすごした。

シデックそのものは、明石の赴任時、十五名ほどいたオフィサーはほぼ半減し、人事を担当する副部長、明石、タリット、ハビム、ガンジーの各次長、そして若手三人をふくむ程度が居残り、上司の去就に平仄をあわせ、彼らの秘書はボスの斡旋あるいは紹介により、新職場へ移っていった。

そんな中、ある日、メイが、サリーと連れだって顔を見せた。

「うわぁ！　これは、これは。『朋有り遠方より来たる、また楽しからずや』というところだが、本音を言うと、あなたまでシデックを見捨てたか、といっときは心が折れたよ。ところでメイさんの新しい職場はどこかな」

顔を見せた真意がわからず、明石の第一声は、再会に心はずませながらも、興信所まがいの問いになってしまった。

「帰郷していましたの」

「えぇ、帰郷！　てっきり転職したと、サリーさんと残念がっていたんだ。なぁ、お姉さん」

「そうよ、あなたは、なんたって私の妹なんですからね」

歓喜のせいか、サリーの目元が朱い。

「私、みなさんがおられる限り、辞めませんわ。この前のお招きのお礼をかねて、ぜひ次長さんにごあいさつを」

二人は退室した。他の秘書たちに倣い、新天地か、それも何かと縁があるナセルのツテでどこかへ、と思い込み、いっときはやるせなかった明石だったが、きょうからは、といっても、シデックの運が尽きる迄のつかの間だろうが、彼女を護ってくれ、というナセルの頼みだけは果たしたいと誓う。

出向者でありながら、明石はいつのまにか営業部隊の第一線に立った。カウベはしきりに彼に帰国をうながすが、表立って口には出さないものの、預金回収という大命題に頬かむりして帰国できるほどの胆力は彼にはない。じぶんの身をおく先は、シデックでもカウベでもない、といつの頃からか、腹を括っていた明石だが、この頃では、その決心が揺らぐこともある。出向先がここまで悪化すると前途があまりに多難であり、この際、カウベがうながす帰国の誘いにすがろうか、いまならまだ間に合う、と時々、弱気になるが、それもつかの間、即、現実に返った。ここを見棄てて帰れば、じぶんを頼って居残る仲間達もおそらく右倣いするにちがいない。そうなれば、利害関係者の輪が大きい代理業務が、遅かれ早かれ、空中分解し、同社の信用失墜は測りしれない。その際、責任者はだれか、となれば、組織上はナムサであり、チャールズだが、すでに退社し、それよりなにより、投融資部の規約によれば、代理業務については次長が統括者である。その責任から逃れるわけにいかないし、その人物を出向させたカウベも例外ではない。明石には、退くに退かれず、さりとて進む道もなかった。帰宅がほとんど深夜となり、気力は失せ、体重も激減した。

帰宅が遅い上に、ロンドン間、東京間の電話が日常茶飯事になると、さすがに堪りかねた娘が、

「上の人が職場をなげだしたのに、どうしてパパだけがこんな目に遭うの？　カウベさんも勧めるのだから、もう帰ろう」

遅く帰宅した彼に不満をぶつけた。

「まどか、パパだってそうしたい。赴任来、苦労しっぱなしだからね、報われたと思ったとたん、この騒ぎだ。でも見限る前にやることがある。それまで辛抱してくれないか」

「でも赴任前の話と今では、天と地ほどちがうじゃん。あぁ、ここへ来るんじゃなかった！」

「この際、愚痴はよそう。まずは食事だ、腹ごしらえでもしないと父娘喧嘩もできないぞ」

と会話から逃げた。

娘のきもちは痛いほどわかるが、明石もつらい。父親か、母親か、赴任前、中東入りをため

らった経緯がふと頭をよぎり、先にベッドに入った娘の寝顔を見ながら、まどか、ごめん、もう少しの辛抱だ、と詫びた。この時点で娘の言い分に耳を貸すなら、再建にがむしゃらにしがみつくわが身は一瞬にして壊れ、シデック、カウベはむろんのこと、まわりまわって家族の崩壊にもつながりかねないと身をすくめる。運命の糸に翻弄されるつきの無さを嘆き、一晩中まんじりともしない日々が続く。

新生 (一)

こうしてシデックだけではなく、家庭をも巻き込みかねない最終決断の【秋《とき》】が迫っていた。

にもかかわらず、明石に帰国を思いとどまらせたのは、資金局が見放すわけがないという信仰にも似た、つぎのような【確信】だ。ペルシャ湾の入り口に位置する、七首長国からなるアラブ首長国連邦UAEは、石油資源を背景に、そこがかつては見渡すかぎり砂漠だったことを忘れさせる現代国家を造り上げ、英国が撤退した一九七一年に独立した国だ。シデックが居をかまえるアブダビは、それら首長国のなかでも、もっとも貧しかったが、一九三九年、財政難からぬけだすべく原油試掘へのりだし、二十年後、それが叶い、首長国の首座へのしあがった。アラビア半島から突き出た細長い島にひらかれた同市はゆたかな財政に支えられ、同首長国およびUAEの首都となったが、歴史的には若く、人材の育成がいそがれた。有望な若者を欧米へ留学させ、経営学修士(MBA)の資格をとらせ、帰国後、政府をはじめとする公的機関や外郭団体、有力企業などへおくりこんだ。とりわけ、原油生産により得られたゆたかな資金の運用を担う人材の養成は不可欠で、シデックへ政府外郭の資金局が出資するのもその策に沿ったものだと明石は断じた。たしかにいまは緊急事態におちいっているものの、わずか数カ月前までは、有力な投資銀行であり、このかがやかしい実績をほこる同社を見すてるのは道理にとぼしい。うがった見方をすれば、生粋の地元人タリットやハビムは、シデックの国際路線を地元回帰へもくろむ資金局の、あすを見すえた充電中の人材であり、もし、この両人が辞めれば、資金局はシデックを見放したと結論づけ、その時点が来てから帰国しても遅くはない。あとは母体しだいだ。そのときカウベがじぶんを窓際に放り出せば、その時こそ、組織のしがらみから抜けだし、わが身のため、家族のため、再出発する日だと明石は臍を固める。

そんな事情で、明石は事あるごとにタリット、ハビムの執務室へ顔を見せ、市場によるシデックへの目線の変化、資金繰りのきびしさなどをつたえ、それらが両人を通して資金局へ的確に流れるように努めた。業務以外では機を見て三階へのぼり、メイの出社をたしかめ、ときに話しかけ、ときに励まし、ときに会食し、友人ナセルとの約束を忘れない。

強引に枠削減をつきつけたアラブ銀行は、幸いなことにその後、更新に応じだした。ナセルのお陰なのか、あるいは、資金局が動いたのか、明石には知る由もないが、資金繰りは、その後、なんとか綱渡りをつづけながらも年越しが見通せるまでに明るさをとりもどす。むろん時には、更改をことわる出し手もあったが、大事にはいたらず、小康状態がつづいた。また時々エルデオへでかけ、預金の積み上げをねだる。その都度、中本は、うんざりした表情で、

「明石さん、いつになったら資金局が乗りこんでくるんだ」

と詰問した。これを聴く度に、居たたまれない気分におちいるが、これだけは避けてとおれ

ない。

「な〜に、いま少しの辛抱さ。たしかにわが社は未曾有の事態に直面していることはまぎれもない事実だが、この試練は地元回帰への一里塚だから、あすを展望する仕組みにきりかえるのにはどうしても時間がかかる。むろん、速やかに、が望ましいが、急いては事を仕損じるともいうじゃないか、わかってほしい」

シデックの再生を、いったいどこの誰が、どのように画策しているのか、明石や中本には見当がつかない。中本は資金局主導の再建を、会うたびに真剣なまなざしで訴える連合のボスである明石を信じるしかなく、一方、資金局による再建を信じて疑わない明石は、相手にそう訴えるに際し、やましさを感じないか、あるいは、希望的観測が入っていないか、と、問われれば、それは一切ない、とまで、言いきれたかどうか、その深層心理は生々しかった。その年の暮れ近くにロンドンの永守から電話が入った。

「君の赴任間もなく、シデックをたずねた折、『待てば海路の日和あり』と話して励ましたが、それにしても、一年も経たないのに試練がつぎからつぎへ続き、いつまで待てば晴れ間を見せるのか、と、さすがにこの俺もやきもきするが、しかし、ここまで来たんだ、ここで終わるわけがない。さきほど村西君から連絡が入ったが、彼も彼なりにつらそうだ。あの剛腕がめずらしく弱音を吐いていたよ。まあここまで来たら、もう少し辛抱したらどうか、と君に言えた義理ではないが、待てば海路の日和あり、ということもけだし真実だし、神様だって救いの時機をまちがえることもある」

と言って切った。


正月あけの一月上旬、ハビムが、資金局による査察が決定したと内線で知らせてきた。査定しだいでは清算もありうる、とその生粋の次長はつけくわえたが、それを聞いたとき、明石は、大声で、万歳、と叫び、そばのソファに倒れこんだ。明石の素っ頓狂な声を耳にしたサリーがドアをあけ、

「ボス、どうかされました？」

とけげんな面持ちで訊いたほどだ。査定となれば、投融資資産の中身が対象になるが、常日頃、細心の注意を払うから手ぬかりはない。それより、この時機をえた査察に、間一髪で清算を免れたか、との思いが強い。気分的には、もう、これ以上待てない気分だったから、なおさらだ。やがて高揚の波がゆるやかに退き、さぁて、これからが正念場だぞ、と勢いよくソファから立ち上がり、大きく深呼吸していると、サリーがまた顔を見せる。いつもの日程の確認だ。

朝が早く、夜が遅いうえに、日中、席の温まらないボスにつかえて一年弱、意思の疎通に心がけ、もくもくと銃後を護る彼女には頭があがらない。

「サリーさん、きょうのお昼、空いているかな？」

いつものきびしい表情ではない、ボスが機嫌が良いと、じぶんまでも爽やかな気分になるサ

リーは、

「えぇ、空いておりますが、でもこの大事なときに、お時間ありますの、それも私だけに……どなたかお連れしましょうか」

「にぎやかな方がいいか、それはまかせよう。きょうは俺の勘定だ、思いきり奮発しよう。吉報があるんだ。慶へ予約たのむ」

と指示して、ハビムの執務室へむかう。査察の日程を母体へ知らせるには、もう少し情報がほしい。在席をたしかめ、入ると、先客があった。タリットだ。長机をはさみ、おたがい、相手方へ身を乗りだすような姿勢で、ヒソヒソ話の最中である。

「これは申しわけない、またあとで」

と言って明石は踵を返し、ドアの取っ手に手をかけると、ハビムが、

「明石さん、一緒にどうかな、知られて困るような話じゃないんだ」

とひきとめた。俎上にのぼったのは、査察の概要だ。半時間ほどだが、いかに生粋の二人が、資金局の、組織、戦略に通じているか、いやというほど知らされ、半ばおどろき、半ばうらやましかった。帰りしな、主のハビムから、あなたはうちの代表メンバーの一人だ、と耳打ちされ、身のひきしまる思いがした。

約束の時間きっかりにヒルトン・ホテル内の慶につくと、思わぬ珍客がいた。メイだった。ボス達が去ったとき、秘書達の大半はその後を追ったから、現秘書陣は、目の前の二人をのぞくとごくわずか、サリーが日頃妹と可愛がるメイの同席はふしぎではない。

「サリーさんのお誘いに、すぐ手を挙げましたが、この前も会食させていただき、お邪魔虫でごめんなさいね」

明石が腰をかけるなり、すまなそうに話しかけてきた。

表情は晴れやかだ。赴任時、明石に見せた、あの温もりに欠けた挙措が、夢、幻かと見まちがえるほど、どこかで、なにかが、彼女を変えていた。

「お邪魔虫どころか、こんな素敵な人なら、いつでも大歓迎さ。サリーさん、そうだろう」

「えぇ、私の妹ですもの」

「わたくし、きょうついておりましたわ。サリーさんから電話いただいた後、すぐにナセルさんからも」

「おぉ、ナセルさんか、なつかしいなぁ。あたらしい仕事、見つかったのかな」

「えぇ、きのう、前の会社へ復職が叶った、とか」

「そう、それはよかった」

「きょうのお電話の際、この先約を言いますと、『彼によろしく、落ちつきしだい、連絡する』、とのお言づけをいただきましたわ」

「そうか、メイさんも知っての通り、彼は俺の心ゆるせる数少ない友だよ。ところでお二人さん、この会社のあと、会社へ戻れば、わかることだが、ちょうど今頃、総務部の掲示板に公表されている筈だ。近々、わが社に査察が入ることがきまった……」

と話し、テーブルに用意された水入りのグラスをひきよせ、一気に飲みほし、さて、続きを、と視線を二人に移すと、先にサリーが話しかけた。

「ボス、査定といいますと、うちの会社が清算されるのでしょうか。このような大事なときに私達と会食してよろしいのかしら」

明石の顔をうかがい、それから隣席のメイの方へ顔をむけると、

「明石さん、いよいよ、満を持しての登場というわけですね」

とそう応えたから、サリーは、鳩が豆鉄砲くらったような表情を隣の妹の方へむけた。さすが秘書筆頭だ、査察と聞き、再生の芽がふくらんだと解したのだ。サリーは秘書とはいえ、主婦兼用だから、真っ先に失職の方へ頭がいったのだろう。

「サリーさん、心配するのもムリはない。どうも査察という語感がそうさせるようだね。気持ちはわかるが、でもここ数週間、ご両人は、一人はボス不在の中、企業の行く末を憂い、もう一方は、早朝から夜遅くまでボスにつきあわされる毎日だったが、これからは違う。もちろん、査察が、吉と出るか、凶と出るか、インシャーラーの世界だが、俺が思うに、お二人のご苦労がむくわれる、そう思ってほぼまちがいない。さぁ、あすからは忙しくなるぞ。まずは体力をつけないと」

会食中の主役はまたもやメイだ。じぶんのことは棚に上げ、しきりに明石の故郷など私的なことを尋ね、応える度に目を輝かせる。サリーは会話には入らず、二人の会話に相づちをうったり、うなずいたり、ときに、メイのボスへの質問責めに呆気にとられ、ときに、メイの問いに不快にさせないようにかわす明石の心遣いに微笑んでいた。あわただしい中にも三人はつかの間のひと時をたのしんだ。

査察がはじまる。

投融資案件にかかわる資産査察では、債務者の信用リスク、返済状況、かかえる課題などの説明をもとめられた明石はさほど手元資料に頼らず、よどみなく応え、査察官を感心させた。降格されてしばしの間、休日出勤し、だれもいないカプセルに籠もり、主要案件のデータを頭へ叩き込んだおかげであり、たとえば設備投資であれば、工期の進捗度まで空で言えるほど、データの抽斗を手際よく、あけたり、しめたりして、相手に疑念をもたせる間をあたえず、また、じぶんが手がけた案件が少ないという気楽さも手伝って極力、公平無私をこころがけた。

査察官らは同社の投融資債権がかなり傷んでいるとの先入観をもって査察に入ったといわれていたが、結果は、さほど傷みもなく評価はおおむね良好だったとの談話が洩れてきた。とはいえ、査察は緒についたばかり、同時並行にて査察中のほかの部門の評価については、箝口令が敷かれたせいか、明石には全体評価がつかめない。査察は思ったよりも長丁場の気配を見せはじめる。

居残り組が期待した査察は、すみやかに実施され、かつすみやかに終了し、事態はさほど深刻ではないとの講評の下、すみやかに新体制へうつる、という日程は、日を経るにしたがい、遠のき、当初の張りつめた緊張感がゆるみだした。社内に暗雲がたれこみ、いずれは、清算されるのでは、と、悲観する声すら聞こえ、一人、二人と去ったが、いずれは、資金局が表舞台へ登場し、新体制、それも地元密着型に生まれ変わる、と信じてやまない明石は、わずかな刃こぼれに大して関心もなく、いつものように、毎朝、ガンジーから資金の出入りをたしかめ、投融資部内の管理面をしきるアスカリ、ニーナには、てぬかりなき態勢を維持させ、退社時刻には、ガランと静まり返る三階へ顔を出し、けなげに出社するメイに、知りうる査察の進捗度、投融資、資金両部の現場の情報をつたえる一方で、彼女から資金局ほか外部情報を入手し、たがいに再生にかかわる各種情報を共有した（その頃、シデック宛て公文書、電話はすべて筆頭秘書経由だった）。こうして二人は、新体制の実現を待ちのぞむ同志ともなり、しだいに絆を深めていく。

査察はようやく最終段階にはいり、残されたのは、査察正副統括官ならびに査察官全員とシデックの各部次長との個別面談だけだ。その日の午後、各該当者に日時を連絡してきた。ついにきたか、と明石は武者ぶるいしたあと、面談にそなえ、シデックの現状、今後の展望を待ってましたとばかり猛烈な勢いで筆を進めた。

この日、ややこわばった表情で、明石は、三階の大応接室にはいった。査察官たちは、奥から入り口にむかい、コの字型にならび、統括と副統括が中央の長椅子に座り、その二人をはさむように横二脚の長椅子に、左右二人ずつ査察官がむかいあった。資産査察のときは、隣の小会議室でおこなわれ、四人の査察官だったが、この日は中会議室に統括、副統括がくわわり、総勢六名が勢揃いした。

まず統括官が冒頭に、

「明石さん、長きにわたったご協力に感謝申しあげる。とくに投融資部さんには厖大《ぼうだい》な資料づくりを頼み、ご足労をおかけしました」

と話し、おだやかな雰囲気の中ではじまった。会話は主に英語だったが、彼らは時々、声をひそめ母国語で話していた。

「ところで、日本人のあなたが一体どのような縁で、貴社で働いているのか」

真意は読めなかったが、包み隠さず、ナムサとカウベとの経緯をくまなく伝えた。

「どうして今日、このような事態に陥ったのか、理解できる範囲で話されたい」
一瞬、やっかいな質問だと思ったが、なにしろ出向の身、いつも、蚊帳の外におかれ、全体の事情にはうとい。ここは携わる投融資部の現状を話せば、と考え、

「かかる情報については、出向の身、断片的、もしくは聞きかじりの域を出ませんから、お答えできません。ただ所管部をとり巻く近々の流れを話せば、みなさんのご理解に少しは役立つかもしれません、それでよろしければ……」

統括が右隣の副統括と一言、二言、話したあと、明石にむかい、うなずいた。

「わが社の生業は、お金の斡旋人あるいは借り手と貸し手を結ぶ仲人とでも。百件強におよぶ縁むすび役をひきうけました。ここ数年は、借り手さん、とりわけ、東欧諸国は設備投資にとのほか力を入れ、信用面もこれという懸念もなく、貸し手さんを見つけるのは、さほど苦労をしませんでした。ところが、ここに至り、市場に二つほど厄介な事態が持ちあがりました。一つは、原油価格の上昇等が招来した過剰流動性です。これによって借り手さんは安いコストで借りられる恩恵を得ますが、貸し手さんには投資魅力に欠け、逃げ腰になります。私どもにはこの事態はどうも扱いづらく、資金調達を任されても、貸し手さんが投資を控えれば募集の売れ残りが増え、私どもが引きとらざるを得ないと先々を考え、および腰になりがちに……。

もう一つの問題は、東欧諸国の信用悪化がからみます。貸し手さんが東欧案件から敬遠しだしました。このような環境下、縁むすびの商いをもっぱらとする私どもの仕事は先細ります。経営陣は、これを【他の商い】で挽回する手を考え、その結論が債券投資に向かったのではありませんか。これはあくまで個人的な意見ですから間違っておりましたら、ご容赦ねがいます」

じっと耳を傾けていた副統括が、

「なるほど、わかった。ところで仮定の話だが、貴社の再建がもし叶ったら、貴社の、あるべき経営の方向性というか、どのような施策がふさわしいかと考えるか」

「それでは私の意見を申しあげます。シデックがこれまでの路線をつづけることはムリとは承知いたしますが、ただ冷静になり、これまでの業績を俯瞰《ふかん》しますと、創業来培ってきた案件の組成力、ノウハウ、ゆたかな人脈などは損なわれておりません。それよりなにより、活きのよい若手が、俺達の出番がきた、と、手ぐすねを引いて待っております。再建が叶いましたら、地元への還元を【最優先】とする社是をかかげるべきか、と愚考いたします。具体的に申しますと、新ビジネスのとっかかりをＵＡＥおよびその他湾岸諸国内の官・民から発掘し、冒頭に申しました、これまで積み上げたものを活かせる商品を工夫したらいかがでしょうか」

と主張した。

明石の話に得心がいったという表情を見せた統括は、

「きょうは長きにわたり貴重な意見をいただいた。感謝したい」

ねぎらいのことばで締めくくられ、正・副統括の出席のもと、開催された査察団と投融資を代表とする明石との面談はとどこおりなく終わった。

査察の件は財界に知れわたる。清算もありうると当初巷間でささやかれたが、市場では好感をもって受けいれられ、出し手による、シデックへの警戒がゆるみだした。

待ちに待った日がおとずれた。

同社の再建案が公式に認可された、と、地方経済誌、地元紙が報じる。明石はまどかとバンザイ、と叫び、ふだんの静かな食卓がめずらしくにぎやかだった。いつもより早めに娘を邦人校でおろし、シデックへむかった。

タリット、ハビムの出勤を待つ間、メイと歓びをわかち合いたいといきなり三階へ上がったが、まだ出社していない。メモをおいて一階へおりると、いつもつつましやかなサリーが歓びを満面にたたえ、近寄り、

「ボス、よかったですね、おめでとうございます」

と出むかえた。部屋へ入ると、すでに待機していたアスカリ、ショウキ、ハジム、ニーナ、そしてガンジーまでが、いっせいに万歳三唱だ。顔なじみの他部の管理職、職員らも三々五々

に顔を見せる。

ハビムから内線が入った。さっそく部屋へむかう。ついつい小走りになった。


「頭取はどなたですか」

ソファに座るやいなや、待ちきれなくたずねた。

「お名前は失念したが、資金局の顧問の方だ、かつてシャルジャの商業銀行のトップだった方らしい。英国生まれとまではきいたが、くわしい情報までは」

商業銀行ときいて、少々気落ちし、

「では、投融資銀行の経営は初めて、ですね？」

「そのようだ。とはいいながら、資金局が推すんだから問題ないだろう」

「わかりました、再建のお墨つきが出た、と、そう理解してよろしいですね」


相手がうなずくのをたしかめ、席へもどった。それを見はからったようにメイから内線がはいった。

「再建ご承認のお知らせ、あれもこれも次長さんのご奮闘のたまものですね。いまとても感激しておりますの。ご苦労様でした」

声の主は、再建をねがう同志だ。赴任来くり返された逆境の末にたどりついた漂流地、カプセル部屋から同一書籍を通して同一世界をさまよう旅人仲間。が、これはあくまで明石の一人芝居だが。

しかし、その日を境に、同社は不可解な動きをみせだした。

数日たって新頭取が登場した。

上背があり、がっちりした体格は見るからに頼もしく思われ、くわえて元経営者という経歴に、社員一同かしこまり、社内に緊張感がはしった。なにしろ前日まで、すわ清算か、と噂された難破船なのだ。居残った者にとっては、この新しい主はアッラーの神のごとく映った。

翌日、明石も頭取によばれ、担当部署について二、三やりとりがあったが、内容は、査察官からのそれに近く、ふみこんだ発言はない。どこか肩すかしをくらった感じだ。資金局が、満を持して指名し、地元財界に太い人脈をかかえ、商いに長けた人物だったから、即、新体制が発足すると期待されたが、二日たち三日たっても一向にその気配がない。社員らの肩書は旧態依然であり、社内がざわめくなか、秘書室長の辞令をうけたメイだけがてんてこ舞いの忙しさだ。ときに機密書類の作成、ときに各部あて業務通牒の作成、ときに地元各界の要人へのアポとり、ときにみずからも外出、その訪問先も、新ボスの母体、資金局にとどまらない。そのような日々の過ごしぶりを退社後のわずかな時間にメイから聞くわけだが、それにしても女性としてはやや上背があるものの、なにしろ造りが華奢だ、明石の目にはかなりの重労働に映るが、仕事柄、手をさしのべるわけにいかない。

そんなある日、頭取の帰社をたしかめ、明石は三階へむかう。階段の途中からなにやら金属音がきこえ、それが絶えることがない。そこは社内の中でもとりわけ人気の少ない一角、辺り一帯のしじまを乱す音は上がれば上がるほど響きがつよまり、まさか、この時間まで、残業かと、おどろき、そこから一気に駆けあがると、一心不乱にタイプをうち続けるメイの姿があった。

「きょうも残業か」

と、声をかけると、一瞬手を止め、ふりかえった。

「まぁ、明石さん、どうかなされました？」

「いや、こちらはメドがついたからサリーさんを帰したところなんだが、その帰り際、メイさんに指示がつぎからつぎへ出され、それも連日連夜とか、体調が心配だわ、と漏らしたから、気になってさ、案の定、これだ」

「まぁ、大袈裟ですこと。ご指示は数多《あまた》まいりますが、ほとんど手慣れたもの、苦になりませんわ」

ハンカチで額の汗をぬぐいながら笑みを返した。

「しかし、たとえそうでも、このところ君は残業がつづいているじゃないか。ムリは禁物だ。そうだ、この辺りできりをつけて食事でもしよう」

「わかりました、ご一緒しますね」


この日の日光宴は遅めの夕食をとる邦人で賑わっていたが、気を遣った女主人は二人を奥の席へ通した。


「すっきりしない日が続くが、もう少しだ、辛抱しよう」

「そうですね、いつかは報われますわね。明石さんこそ、これまで八面六臂のお働き、いつも励まされますの」

「まさか！　迷走するわが社には役立つどころか、この頃はじぶんの非力さを恨めしく思うことが多いんだ」

「まぁ、ご謙遜を。そうそう、この前、頭取のご指示で資金局へ行きましたら、『遠くはなれた異国で、寝食わすれた働きぶりをされる明石さん、お元気ですか』と、声がかかりましたわ、たしか出資部長さんと仰いましたが」

「あぁ、あの部長さんね、いつも愚痴を聞いてくれるから、たまに立ち寄るんだ。彼の話によれば、資金局にもうちの業務と重なる部署があるとか、まぁ、その話は食べながら話そうか。きょうはあくまで君を慰労するのが趣旨、まずは日本食を味わってほしい」

この日は、女主人、通称【ママ】の手料理に舌つづみをうちながら、新生シデックの未来をかたりあった。

なにかが動いてほしい、現下の波しずかな市場がいつ反旗を翻《ひるがえ》さないともかぎらない、と目に見えない不安に駆られる明石だが、一方では、ひょっとするとこれで良かったかもしれないと、ふと考える。頭取のにぶい動きは、市場動向とは縁のうすい商業銀行の経験ではこの難局はのりきれない、と腹を括ったのかもしれない、まもなく近いうちにシデックにふさわしい人物が派遣され、待望の新経営がはじまるのでは、と新たな展望がめばえだした。

同社にとってふさわしい選択とは、新頭取が資金局を牛耳る現役の部長クラスかつ地元生粋の人物、さらに欲を出せば、その人物はシデックと業務が一部かさなる資金局の中核部、資本部から派遣されるか、あるいは過去に同部の経験があること、と明石は思い切り夢をふくらますが、それは現状からありえない注文、と即打ち消した。そもそも中核部の大黒柱が沈みかける難破船の船長をひきうける確率が低いのは、UAE国政府系の数ある外郭団体のうちで、資金局の資本部は戦略的な部署と言われ、永年にわたりゆるぎない実績を挙げ、公的資金の運用業務にたずさわる者達にとっては、垂涎《すいえん》の的《まと》だからだ。同部は三人の部長がそれぞれ独立して欧州、米州、アジア・中東の運用資金を束ねていた。

ある日、ハビムの部屋をのぞくと、タリットとなにやら密談中だった。両人とも表情がさえない。明石に気づくと、ハビムが手まねきした。

「ハビムさん、わが社は一体どうなっているんですか」

タリットに目礼し、彼は部屋の主にたずねた。

「明石さん、資金局で目下わが社のトップを人選中らしい」

「人選って！　新頭取が、つい先日来られたばかりではありませんか？」

平然とつたえるハビムのことばに腰をぬかしたものの、明石の内心は、これで一歩前進かも、とホッとする一方で、市場が騒ぎだすにちがいない、と心配する。

「うん、わが社が思ったより難局にあり、手に負えないと断念したようだ」

と応じた後、二人はふたたび母国語で話しだした。それを機にそっと退出した。


その足でおなじ三階の頭取室へむかう。

いつもなら階段を上りはじめると、タイプライターから奏でられる心地よい打音が耳に入るのだが、この日はしんと静まっていた。不在かなと思い、一旦は、ひき返そうとしたが、ハビムから頭取交代の情報を入手したばかり、秘書なら事前に知らされているに違いないし、いまは頭取交代にかかわる文書作成で手一杯なはずだが、と、思い返し、三階へ上りきると、たしかにメイは居た。いつもはファイルを整理するか、電話応対するか、タイプを打刻するか等の挙措には見慣れるが、この日はちがった。机上に頬杖をつき、ときにハンカチを目に当てたり、ときに視線を天井へ向けたり、ときに下をむいたり、なにしろ動作がさだまらない。近づくと、

ようやく気がつき、

「まぁ、明石さん、はしたないところをお見せしましたわ」

手にするハンカチをそっと机上へおき、居住まいを正し、立ち上がった。その頃には、早やいつもの凛々しさをとり戻していたが、よく見ると目元は朱い。

「待ちに待ったあたらしいボスに一心不乱に尽くしていたら、その当人がこつ然と消えた。そりゃ、反動は大きいだろう。でもメイさん、これで終わったわけではない。いや、これからが始まりなんだ。きょうは帰宅しなさい。近いうちに後任が来る筈だし、また忙しくなるぞ、いまは気力、体力を充電しておくことだ」

とだけ話して自席へ戻った。

一週間後、資金局から、トップ交代の通達が出た。

新頭取は資金局はえぬきの現取締役開発部長、だった。就任のいきさつはむろん明石には知る由もなかったが、第一印象は、よくぞこの経歴の人が難破船の船長をひきうけたものよ、だった。ようやくシデック丸は座礁《ざしょう》から抜けだし、ひろい海洋へ船出できる、と社員一同、歓喜するなか、顔を見せたアスカリが、声をひそめ、

「次長、こんどこそは、糠《ぬか》喜びだけは勘弁ねがいたいね。経歴にまったく問題ないし、なにしろ資金局生粋の役員さんだもの。でも、よく手放しましたね。まぁ、強いていえば、資本部の

経験がないこと、それぐらいかな」

と、周りの歓喜にやんわりと水を差すと、明石は、

「アスカリさん、この機をのがしたら、わが社の春はもう来ないと思った方がいい。こんどのボスは、開発部でかがやかしい実績をのこし、同部を資本部につぐ中枢部へひきあげた人物だから、大いに教えを乞い、とりわけ専門分野の不動産からみの金融商品を開発したいね」

経歴から、新頭取は辣腕《らつわん》をふるい、きびしくあたるだろうと、社員達は、戦々恐々として出むかえたが、そのボスは意外にも物腰やわらかく、温厚な学究肌をおもわせたから、一同あっ気にとられた、が、一方で、胸をなでおろし、このボスならという期待がいっそう膨らむ。


メイを通して明石も、二、三度、よばれたが、今すぐにでも経営に着手したいという強い意思がことばの端々から窺われ、さすがは、開発部で名うての仕事師といわれただけの人物だと明石も納得した。打ち合わせの際、出席者の意見の聞き損じをさけるためか、いつもメイを同席させ、メモをとらせる一方、また席を温める暇を惜しんで、できるだけ各部をまわり、現場の雰囲気にとけこむやる気を見せたから、社内は日を経るごとに活気をとりもどしていく。居残り組の人事を束ねる総務部の副部長や、タリット、ハビムの両次長はしきりにお呼びが掛かり、頭取室はまるで新体制の準備室の観がある。

その一方で、日を経ても社内は旧体制のまま、とりわけ各部の部長はいまだ空席だ。本来な

ら新人事の発令があっておかしくない。さもなくば、既存案件だけを処理する管理会社になりかねない、と危惧した明石はタリット、ハビムの執務室をのぞくが、両人はほとんどが不在、ときに頭取室か、あるいは外出か、とにかく捕まらない。いったい何が起こっているのか、さっぱり見当がつかないうちに、社内にふたたび不穏な空気が漂いだした。

彼の杞憂は現実となった。頭取と生粋の次長タリットが社内の会議へ顔を見せなくなった。それが、前体制の末期、旧経営陣がとった行動と同じと気づき、もう一人の次長ハビムの動向が気になる。その次長は口数こそ以前より少ないが、公式の会議には出席する。明石は深刻な事態ではないとわり切った。なにしろこの資金局通の二人がまさしくシデックのあすの浮沈をにぎる人物と確信する彼としてはそう思わざるをえない。しかし事態はそれより複雑で、二人目の頭取だった人物も結局は誰にも告げずに資金局へ帰った。

明石は唖然とした。なぜ豹変したのか、手にあまる不祥事を見つけ、知らされた資金局が再建に尻ごみし、当の本人に帰還をうながしたのだ、とまことしやかな噂がながれだした。その日を境にハビムは部屋に籠もり、公式の場から遠ざかりだした。明石には相談する人物が不在となり、変事の実態がつかめず、母体への連絡はひかえた。

待ちのぞんだ、資金局の生粋の役員部長、希望の星に映ったその人は、期待の風船を思いきり膨らませ、薄日が灯った、と社員を歓喜させたとたん、背をむけた。この頭取の再建にかける意気込みに感激し、久々に清々しさをおぼえた明石だが、登場した頭取が二人とも数日で原局へもどるという異常事態を目の当たりに見て、さすがに心底うちのめされ、その反動はとてつもなく大きかった。三階へ上がって、メイをなぐさめたいが、顔を見るのが辛いし、どう励ましたらよいのかもわからない。

結局その日、早引けをきめこみ、帰宅するなり、寝室へ入り、着替えもせず、すぐさま寝入った。清算か、再生か、というきわどい事態に直面するのに、肝心の情報がまったく入らないのがくやしく、寝入ってもすぐ目がさめ、とめどなく涙が流れる。それが乾く頃、起きあがり書斎へうつるが、頭の方は依然としてシデックから離れない。むりやり振りきり、傍らの本棚へ手を伸ばす。たぐり寄せたのが『ローマ帝国衰亡史』、この書籍は、学生時代教養部から法学部政治コースへ移った時、教授がゼミで選んだ原書購読用のテキストだ。海外へ出ると、なんとなく携帯する癖がついた。爾来、十五年有余の歳月を経て、いまや見るからに古色蒼然たる趣だが、頁をめくると、えもいわれない匂いが鼻腔を刺激する。なつかしさが蘇《よみがえ》り、一瞬にして現下の苦境を忘れさせ、ひもとく間、荒んだ心がいやされた。

食事もそっちのけの父親の異変に、まどかはどうしてよいかわからず、ただただ父親の好きなようにさせ、独りで夕食をとり、邦人校の宿題をすませた。が、やはり気になり、家庭教師のサリーに電話した。

「先生、パパが食事もしないで書斎にこもり切りなの。会社で何かあった？」

「あぁ、まどかちゃん、パパ、今朝からとっても機嫌がわるいの。でも大丈夫、あしたになったらそんなことを忘れているでしょう。でも食事の用意だけしておいたら。あとで召し上がるわよ。じゃ、おやすみなさい」


翌朝、いつもの笑顔をとりもどした明石は、

「まどか、きのうはごめん。つい本に夢中になってしまって」

彼女はこの頃、帰国したい、と口にしなくなった。邦人校が思いのほか気に入っているようだし、サリーから、会社が火の車で、パパ、いま大変なの、と、聞かされてから少しは大人になったのかもしれない。この朝、いつもの父親に戻った彼を見て、彼女はほっとした。


朝食後、いつものように娘を邦人校でおろし、シデックにむかう。執務室へ入ると、昨日の頭取交代劇をふと思い出し、ふたたび心が萎え、アスカリやニーナが顔を出しても反応なく素っ気ない。時々、サリーも顔を見せるが、そんな折も、机に頬杖をついて考えごとをするか、もしくは躰を椅子ごと後ろ向きに反転させ、ハムダン街へ視線を投じるか、だ。その日の午後、昼食からもどった明石は、ビルの入り口でメイにバッタリ遇ったとき、相手のいかにも頼りな

げな足どり、愁いに満ちた表情に、ハッとし、この日初めて口をひらく。

「メイさん、とてもつらそうだが、ここが正念場だ。あの方が資金局へ帰ったのは残念だが、しかし、うちがとどめを刺されたわけではない。ここは退けないぞ」

と励ますと、

「あらぁ！　では明石さん、お辞めになりませんの！」

と俯きかげんだった顔をきっと上げ、いつもより一オクターブほど高い声で念を押し、

「ほっとしましたわ。先日、頭取が、資金局へ戻ることになった、と仰られましたとき、真っ先に明石さんもご帰国か、と頭をよぎりましたの。この度の頭取さんとは、ことのほか波長がお合いでしたから……」

「そうか、それはメイさんの早とちりさ。俺はたとえシデックが清算されようと、それを見とどける義務があるし、ましてや、資金局はわが社の再建を公表したばかり、生え抜きの役員さんまで送り込んだ本気度を考えたらどうかな。三人目は失敗がゆるされない人、そう、正真正銘のエースが登場するしかない」

と大口を叩いた。


債券部のハジムが転職した。

転職先は、アラブ投資財団だ。去る友人の気持ちは痛いほどわかる。たとえ再生が叶っても、もうそこまで待てないのだ。さんざん待たされ、あげくの果てに、まだ迷走をつづけるシデッ

クに愛想をつかしたのだ。

明石はこの若者と居残り二人を連れ、レストラン【慶】で【別れの宴】をもうけた。が、日本風の別れの会とは異なり、湿り気などはさらさらなく、いうなれば、激励会に近い。三人の中で最年長のアスカリは、

「ハジム、よかったなぁ、うちで培ったノウハウをあちらで活かせば、いい仕事ができるはずだ。俺は残るが、お前もあちらの【水】が合わなければ戻ってこい」

すると同じ年のショウキが、

「ハジムよ、俺も残る。なにごともインシャーラーよ。ここまで来た以上、同じ去るにしても、うちの断末魔を見届けてからでも遅くはないだろう」

大上段にかまえたクリスチャンは隣に座った明石がコップになみなみとついだ日本酒を一気に呑みほし、気炎をあげた。

翌朝、ガンジーから内線が入り、

「打ち合わせの時間がとっくに過ぎたけど、きょうはご多忙かい」

しまった！　失念した。明石が働きかけてはじめた打ち合わせ会だ。それを忘れるほど、たて続けに起こったトップ退任劇の衝撃は大きい。二番目に登場した役員部長が原局へ帰った翌々日のことだ。頭を掻きながらディーリング室へいそぐ。

話題はもっぱらその退任劇だ。ただそのわりに市場は気味がわるいほど穏やか。新規もとれるし、期日が到来分の資金もいつもの通り難なく更新され、上乗せにも変化がないと、ガンジーからきかされ、市場はかならず転ぶと読んでいた明石は、

「そうか。市場は平穏か！　かなりやばいと思ったが、助かったよ」

しかし、それはつかの間の話だった！　突然、市場が牙を剝いた。その打ち合わせ会のわずか二日後のことだ、

「明石さん、大変だ、こりゃ、やばい！　すでに更新が二件立て続けに蹴られるわ、更新されたうち、三件が上乗せが跳ね、しかもその跳ね方が半端じゃない。さらにこのところポツポツ取れはじめた新規もまるでダメ、ここ二日ほどとは様変わりなんだ」

と、打ち合わせ会へ明石が顔を見せるやいなや、額に青筋立てたガンジーがそう叫んだ。

「えぇ！　……二人の頭取が原局へ帰ってすでに一週間も経ったんだぜ。今になってどういうことだい……さてはうちをつぶす気か、資金局は！」

と明石は咆哮した。遅々としてはかどらない再建への不満か、それとも、清算をうながす警告か。この日の市場の反応が、あまりに衝撃的だったから、明石は立ち眩みをおぼえ、いっときはその場にしばしに蹲《うずくま》った。やがて、平静さをとりもどし、資金部から総務部脇の法務室へ入る。めったに来ないところだが、調べたいことがあった。やがてシデック設立時の出資の経緯や法的な関係を明示する、何冊かの資料をみつけ、自席へもちかえった。が、さがそうとした、シデックは資金局の【別動隊】である、という文言はどこにも見当たらず、わずかに資

金局は出資金の安全確保のため、出資先の査察を実施することができる、という一項が見つかったにすぎない。がっくり来た。同局はシデックを見棄てない、と明石が信じ、疑わなかったのは、同社は資金局の別動隊であると明示する、あるいは仄めかす文言であり、赴任前、カウベからそう聞かされ、彼も、さもあらん、とこの日迄、はなから思い込み、たしかめもしなかった。その三文字がなければ、法的にはシデックは、同局の単なる一民間投資先に過ぎないことを暗示し、思い返せば、この日の動きに限らず、これまでも、市場は、それに平仄を合わせ、標準金利に上乗せしてきたことを彼はこの時、あらためて思い返した。ここ数日間のタリットやハビムの不可解な行動もシデックを見限った同局の決断を事前に察知し、失望したに違いないし、またこの日の市場の反応は投資家側が改めてこれらの事実を公《おおやけ》に認めたということか。

顧問、役員と二度までも人材を送りこみ、そのあと、手の平を返すように両人を手元にもどした資金局の意図を見ぬけなかったことを明石は悔やむとともに、じぶんの感性の鈍さにもあきれ果てた。当初、二人の頭取の原局帰りを、人材派遣時によく見られる試行錯誤とうけとり、遅かれ早かれ、いずれは相応しい人材が送られてくるはずと、メイにも、周りにもそう断言してきた。いっときは、査察とか、顧問格の人材派遣、それが不適格なら、生粋の役員の登用、と大胆な資金局の決断に、明石先頭に一同歓喜したものだが、じつは、これら一連の儀式は、清算を念頭においた同局の深慮遠謀策であり、両人が元の鞘に収まった数日後に、市場があらためて公にシデックに断末魔の刃をつきつけたのも当初から仕組まれた台本通りの筋書きだった、と明石は断じてからしばらく放心状態に陥り、執務室へとじこもった。赴任来、次から次へと襲いかかった運命のいたずらが走馬灯の如く思い出され、しばし机の上に頭を伏し慟哭した。漸く冷静さをとり戻し、先行きの身の振り方を模索しだした。

このとんでもない思い違いを修復するために公私両面で片づけるべき課題は少なくなかったが、残された時間はあまりにすくない。とりあえず、市場の不可解な変化と直近の動きから、じぶんが推測した資金局の意図をカウベに知らせ、まどかを帰国させ、ナセルとの約束を履行する、この三点を優先させる決断をした。中でも生々しいのが母体へどう知らせるか、だ。しかも娘やメイらの私的事情より、よほど緊急性が高い。漸く放心状態から立ち直り、作成にとりかかる。文字を綴《つづ》ってみたものの、書いたり消したり、筆が思うように進まない。中身がこれまでの明文調から一転するから、表現に気を遣い、いかに誤解を与えないか、いかに納得させるか、長考の後、何とか素案を試みた。あとは、週明け後の早朝までに清書し、テレックスを打つだけだ。私的な後片づけは、週末にじっくり考えることにし、早めに退社する。やることがあった。

赴任してからこれまで一度として親子の遠出がなかった。せめて帰国前に中東ならではの自然の神秘さを誇る【星降る砂漠】を娘の心に焼きつけさせたいとの思いからまどかをドライブへさそった。

星降る砂漠という目的地をめざし一時間半ほどアクセルを踏みつづける。しばらくして、じつに見応えがある自然の驚異が視界に入る。その様は、光の雨が闇をこじあけ、砂漠へむかってふりそそぐふうに見え、また、天上から砂漠地をつなぐ光の回廊にも思え、またそれは、一カ所に留まることなく、辺り一面、砂漠地を煌《きら》めかすから、父と娘はテントを組む時間を惜しみ、車からおりるや、砂漠の地へそのまま大の字に倒れ込んだ。しばらくしてから隣にいたまどかが、とつぜん、

「パパの会社はやく立ち直るといいね、こっちへ来てからずっと働きづめじゃないの」

「でもいまの会社がダメでもカウベが国内外にあるから、それだけでも幸せと思わなきゃ」

「じゃ、今の会社がつぶれても、帰国できるんだ。それならひと安心だけど、がむしゃらに働いたパパは報われ仕舞いだね」

常日頃、シデック宛、カウベ宛の辞表をふところに入れて、つっ走る父親の悲しみを知らない娘に、さしせまるシデックの運命や、その後、たとえ帰国できても働く場所のないことをうちあける日がやってくるが、いま願うことは、その日が一日でも先に延ばせたら、と考える明石は、まどかの重い問いに応えられず、只々天上を見上げるしかなかった。

赴任来、資金局が背後にひかえるからシデックの再建はうたがう余地なし、と喧伝《けんでん》し、エル

デオやはたまたメイ、ガンジーまでを巻き込み、ぬか歓びさせた挙句の果てに、資金局がシデックを見棄てたとなれば、真っ先にエルデオとカウベの預金が焦《こ》げつく。公的にはすみやかに両者に【ごめんなさい】と平謝りし、即シデックを離れると同時に母体から身を退くしか途はない。当地入りさせた娘には、星降る砂漠への思い出ドライブにより、むりやり格好をつけたが、ことば以上に感情が移入されたメイには、先々のことはともかく、さしあたり、両親のもとへ帰郷させる約束だけはなんとしてでも果たさなければナセルに申し訳ないと決意をあらたにした。

新生 (二)

星降る砂漠から帰り、まどかは床についたが、明石は、書斎にはいり、執務中にあらかた終わらせていた、母体宛ての「シデックの現状」の素案をあらためて読みなおす。週明けに執務室で清書にかかり、しかる後、カウベへテレックスを打つ予定だが、問題はそれからだ。あれこれ考えているうちに窓の外が明るくなってきた。

その日、つまり週明けの月曜日、いつもよりかなり早めに自宅を出て、いつものように娘を邦人校でおろし、出社した。いつもボスの出社時刻に合わせ、早めに顔を見せるサリーもさすがにまだ出社していない。

自席にすわり、さっそく報告書の清書にかかるが、冒頭から清算の文字がなんども行きかうから気が滅入った。直近までの基調と様変わりだから、これをうけとる母体側の衝撃度はいかばかりか、と心を痛めながら、どうにか作業をおえ、出社してきたサリーに、

「大至急、これを総務部のテレックス課へ回してくれないか」

「わかりました」

送信原文をうけとり、出口へむかいかけた彼女が、ふと足をとめ、

「ボス、失念するところでした。週末の退社後、メイさんから内線が入り、とても慌てていましたから、ご自宅の番号を教えましたわ」

「ええ、メイさんが？」

即、メイに内線をかけたが、応答がない。まだ出社していないのだろう。母体への報告をすませたから、残るはメイ対策だが、その本人から休み前に内線があったというサリーの伝言が気になった。それより先に、彼女にどのように帰省をうながすか、とダイヤルに手をかけたまま考えめぐらせていると、内線が入った。なんと当の本人からだ。

「お早うございます、新頭取さんがお待ちかねですわ」

「えぇ！　あの方が、それはよかった。もどられたのか」

びっくりした。週末からきょうの今まで、まどかとのドライブや報告書作りにのめりこんでいたから、その時間帯の社内事情に疎《うと》い。新頭取といえば、直近、資金局へ帰った役員部長しか思いつかない。一瞬、歓喜した。すぐさま、先ほどサリーに指示したばかりの報告書をとり返さなければと気づき、受話器をもったまま、サリーを呼び、その旨を指示していると、メイの声がきこえ、

「……明石さん、新頭取さんって、あの方ではありませんの。アジュリさんとおっしゃる新しい頭取さんですわ。先ほど副頭取さんとご一緒に出社され、明石さんにお会いしたいと。タリットさん、ハビムさんはすでに入られました。もうご存知かと思いますが、きょうのアブダ

ビ新聞のトップに、ご両人の人事のことが……」

「えぇ、ご両人って！、きょうの新聞に！」

と、ふたたび仰天！

いの一番に出社し、即、カウベ宛ての清書を認《したた》めるべく、ドアに施錠し、別世界に籠もっていた。自宅でも新聞に目を通す前に、出社していた。なにか想定外のことが、その空白時間帯に起こったようだが、メイのことばが消化できない。すべてのことが、まさか、まさか、予期しないことが起こっていた。ふたたびメイの声だ。まだ回線は「オン」の状態だった。

「……お聞きください。まだつづきがありますの、その件で、週末、明石さんに内線しましたら、サリーさんが次長さんはすでに退社されたと。ご自宅の方にもお電話しましたが、どなたも……。じつは、その日の退社時刻間近に、新頭取、副頭取のご両名が、お忍びで資金局から見えられ、タリットさん、ハビムさん、明石さんのご三人にお会いしたい、と申されました経緯がございますの。ではお待ちしておりますね」

電話がおわるやいなや、ドアがあけられ、ガンジー、アスカリ、ショウキ、ニーナらが一斉にとびこんできた。たがいが歓喜するあいだも、新聞報道で知ったのか、エルデオの中本ほか、社外の知人、友人から電話がはいり、そのつどサリーがとりつぐから、三階へいかなくてはと、気がせく一方、周りが明石を離さず、やきもきしていると、メイから催促された。

一九八二年、三月中旬のことだ。明石にとってはまさに青天の霹靂《へきれき》だった。

当地に赴任してこの方、シデックは政府外郭・資金局の別動隊とのカウベの解釈を拠りどころに赴任し、その後も、特段の確認もせずに、ただただ、シデックに何が起ころうとも、資金局は見棄てることはない、とのカウベの解釈を金科玉条として信じて疑わなかった。が、ガンジーから、数日前、市場からの【絞めつけ】を聞くやいなや、じぶんが大きな誤謬を犯していたと気づき、遅かれ早かれ、同社は【清算】されると断を下し、この朝、メイから内線をもらう直前まで、その対応策に追われた。傍目からみれば、明石はまるで【喜劇の主人公】を演じていたのだ。

事情はともあれ、見切りをつけた明石の器量の無さはさておき、この日、シデックはあざやかに軟着陸した。アラブの神はまさに【味なことをした】とでも、いうべきか。さて登場した真打ちアジュリは、資金局の直属の補佐ジュラを伴いこの日の早朝、颯爽と同ビル正面入り口に姿をみせ、待機していたメイの先導の下、三階の頭取室へ入った。両人とも、生粋のUAE人であり、米国MBAの取得者としてあすの同国の柱石の一人と言われた人物だ。シデックにとって、両人以上の人選は考えられない。

この日、明石は表むき晴れがましく胸を張り、頭取室へむかったが、内心は、ひやひやドキドキの心境だ。三階へあがり廊下を曲がると、いまか、いまか、と待ちわびる、メイの姿が視界に入った。

「二度も催促しましてごめんなさい。お二人が急かせますの」

と言いわけするも、いつも見せる凜々しさを損なわない程度に笑みをうかべ、つかの間の会話を愉しんでいた。この日のために誂《あつら》えたのか、ツーピースの濃紺と襟元からのぞくブラウスの純白さが清々しい。たび重なる主不在のころから、ことある毎に、明石がじぶんに熱っぽく語った理想の上司像が、いま目の前に等身大で登場したことで、一刻も早く同志とこの奇跡を分かち合いたい、そんな思いが彼女の表情に見え隠れしていた。


部屋へ入ると、旧頭取ナムサのお古、しかも、どちらかといえば、小さめの椅子に、いかにも窮屈そうに、新頭取アジュリがその躰を埋め、そばのソファにすわる副頭取ジュラと懇談中だった。巨体の頭取、長身の副頭取、この二人が資金局から送りこまれた新生シデックの司令塔だ。

「おぉ、明石さんですな、まずはそのソファへ座ってください」

と入室した彼にむかって自席からアジュリがそう声をかけ、ジュラのとなりに腰をおろした。長椅子を挟んで明石は正・副頭取とむき合った。

「明石さんの執務ぶりは資金局の各部から聞きおよんでいる。ご苦労さんでしたな。みなさんには、ここ二月ほど見苦しいところ見せ、心労をかけたが、もう大丈夫だ、これからはともに手を携え、シデックを再建しよう」

アジュリはどこの国の官人に見られる権高《けんだか》さ、横柄さのふうもなく、鷹揚さ、真摯《しんし》さをうかがわせたから、この人と一緒なら、むくわれる、と明石は直感し、ほっとした。ふとその体躯、声にきき覚えがあった。しばし記憶の糸をたどる。どこだろう、資金局かな、と思った瞬間、そう、アラブ銀行の件で出資部長をたずねたときだ。二人が会話するさなか、いきなりこの人物がどこからともなく現れ、彼の相手へひと言、ふた言、耳うちした後、明石にかるく会釈し、風のように走りぬけた人物だ。先客との会話をさえぎった非礼をわび、瞬《また》く間に公務をこなした場面が鮮やかに思い出された。

「私は出向の身ですが、お二人のご指示のもと、『老体に鞭うつ覚悟』です。なんなりとご指示ください」

「こちらこそ、あなたのゆたかな経験を頼りにしながら、地元第一主義とする投融資銀行を経営したい」

「ところで頭取、たしか、資本局で一度お見かけした記憶が……」

「ほぉ、やはり、あなたも記憶にありましたか、ここへ来る前、資金局の各部をまわり、再建協力をねがった際、出資部長が、あなたの八面六臂の働きぶりを口にしたが、これは【縁】ですなぁ、今こうして二人が再建にのりだせるとは！」

長い間さがし求めた主が登場したことで明石の胸中は血わき、肉おどる境地だったが、それにしても、じぶんより年下の頭取が、どんなにか威厳に満ちあふれ、神々しく思えたことか。

まさかこの日を迎えるとは！

アジュリが何ごとか、明石に語りかけたが、興奮さめやらない彼は馬耳東風の体、そばのジュラが注意をうながして、ようやく気がついた。

「頭取、いま何と、おっしゃいましたか、つい在りし日の風雪がよみがえり、ちょっと感傷的に……。申しわけありません」

と、言いわけすると、主は、

「きけば、赴任来、苦労されたようですな。いまホッとした気持ちになるのはムリないが、これからは、そのような苦労をさせないつもりだ。ところで新体制下では、明石さんに投融資部長をお願いしたい。内部からもうひと方、ハビムさんが総務部長へ昇格し、また、いずれ紹介するが、欧・米州から二人くわわるから、部長人事はこれで全部埋まったわけだ、ちなみに副頭取は二名、一人はこちらのジュラ君、もうひと方はタリットさん。まぁ、この人選に手間どり、みなさんに見苦しいところを見せ、申しわけないことをした」

投融資部長と知らされ、えぇ、と耳をうたがった。えぇ、この俺がチャールズの後任？　重責だなぁ、と思うと同時に、カウベの承諾が要るかなと一瞬ためらうが、資金局がエースを出した以上、問題はあるまい、追認ですむ話だ、と腹をくくる。退出すると、メイが席から立ち上がり、

「ご昇格おめでとうございます。先ほどお伝えするのをひかえましたが、先ほどまで、発令予定の『人事異動通達』をタイプしていましたの。あの環境下、むずかしいお仕事をされましたもの、明石さんは、ご立派な部長さんですわ……」

いつもの凛々しさを忘れ、目をうるませている。

まどかを連れ、星ふる砂漠へ遠出し、思い出づくりに身をついやし、カウベ宛て報告書の作成に明石が頭をひねっていた頃、皮肉にもメイは、それこそ旧体制から新体制の橋渡し役を担い、週末からこの日まで、じつに慌ただしい時間をすごしたのだが、明石は知る由もない。

週末の休み前、しかも退社間際に、メイはビルの管理人から、資金局からの客人、アジュリとジュラの来社をつげられ、一瞬、第六感がはたらき、この吉事に感極まったが、それを必死に胸の中にしまい込み、両人を三階の頭取室へ案内した。その際、先方から、タリット、ハビム、明石との面談を乞われる。ただちに該当者へ内線を、まっさきに誰よりもこの吉報を待ち望んでいる明石へかけたが、サリーから早期退社とききき、自宅へつないだが、不在だった。それはともあれ、資金局からと言われ、おっとり刀で現れた、タリット、ハビムの両次長に、客人は、新体制の発足を告げ、週明け迄にしかるべき準備を終わらせる旨指示し、足早にもどっていった。その後、頭取室にのこった二人はメイを部屋へ呼び入れ、休み明けの新体制発足にむけた諸準備を入念に検証した。翌日は休日だったが、彼女は、新人事で総務部長に内定するハビムの指示をうけて出勤し、ひねもす新体制発足にかかわる社内規定の編纂にどっぷりつかる。週明けてこの日、念のためにと、やや早めに出社すると、すでに正副頭取は出社しており、着席するやいなや、待っていましたとばかり、人事原案を手わたされ、すみやかに掲示板にのせる旨、指示された。すべてが待ったなしで訪れるが、気分が高揚しているためか、忙しいとも疲れたとも感じない。もはやシデックは難破船ではない。資金局の新体制下にあった。人事原案のタイプにかかり新体制を担う頭取、副頭取両名を打刻した彼女は、正副頭取を補佐する部長欄へ改行し、やおら原案を見ると真っ先に明石の名前がとびこんできた。一瞬、タイプの手がとまる。在りし日の彼の不遇時代が走馬灯のごとく頭をよぎり、あの人が報われた、と、涙腺がゆるみ、しばし感傷的になった。が、すみやかに掲示を、という主の指示を思い返し、先を急ぐものの、在りし日が蘇るのか、ときどき、ハンカチを目頭に当てるから、文字の判読に手間どった。

この日の昼食時、邦人校でまどかをピック・アップ、帰宅し、けさの吉報を娘に知らせると、
「パパ、報われたね、にげださなくて正解だったじゃない。あの苦しい時、サヨナラしていたら、見る目がない男、とカウベで総スカン食ったかも」

と、日々大人びてきた娘はさらっと明石をドキッとさせることばを吐く。しかもこの台詞《せりふ》がよほど気に入ったのか、その後ことあるごとにくり返す。直前に、清算近し、と白旗をかかげた【不面目さ】が、【すんでのところ】で救われた事情を知らない娘から、パパは先見性に欠

けるね、と遠回しに言われているようで、そのつど、彼は忸怩《じくじ》たる思いにかられた。

昼食から帰社すると、サリーと談笑中だったメイが、近寄り、

「お二人がお待ちです」

「俺だけ?」

「いいえ、タリットさん、ハビムさんがご一緒です」

「みなさん方の肩書については、けさ知らせた通りだが、経営幹部の人物と管掌について少しふれたい。まず副頭取だが、ジュラ君は営業部門を、タリットさんは管理部門を担当してもらう。部長陣だが、総務部長にハビムさん、うちの儲け頭ともいうべき投融資部長に明石さん、また外部から、資金部長にシカゴ銀行から、また債券部長にベルリン銀行から来てもらう。ところでジュラ君、せっかくだからこの際、新営業方針を話してくれないか」

社内昇格組の視線がいっせいにジュラへむかった。

「顧客層についてだが、ややもするとこれまで西欧、東欧にかたよりすぎたが、まぁ、これとて、創業来、目をみはる実績をのこしてくれたから、今日があるわけだが、これからも彼らを

主軸の一つとするが、今後は湾岸諸国内の顧客発掘にも注力したい。現場をあずかる明石部長の意見をききたい」

と大略だけを話し、あとは明石へつないだ。

「そうですね、地元志向は新体制が発足したこの時機に、これまで培った、経験と知識をいかす意味でもまたとないチャンス到来かと。といいますのは、当地は世界有数の原油生産国ですから地元企業のみならず方々の国や企業群が単独であるいは地元企業と合弁し、原油、ガス等の採掘事業を手がけています。私の母国の大手商社もここで合弁をたちあげ、目下、発掘事業が好感触の下、捗っているとの情報を耳にします。ひょっとすると近い将来、わが社に巨額調達を任される可能性すらありますから、いまのうちから、これら合弁企業との接触をふかめる必要があると愚考しますし、これを新体制の基軸の一つにしたらいかがでしょうか。また従来、収益源だった西欧、東欧等の国際案件につきましても、前者には、採算面に、後者には信用面に留意すれば、これまで以上のおいしい取引の継続が可能ではないでしょうか」

と応じると、アジュリが、

「その通りだな。地元案件の発掘、とりわけ開発プロジェクトにかかわる投融資案件はわが社の今後をうらなう座標軸、これまで培ってきた国際協調融資（シンジケーション）の組成力を大いに活用したいものだ。それと東欧諸国の中でも、古くからつきあいのある良質の顧客は、いうなれば、『金のなる木』だし、わるい先と一緒くたにすべきではない。わが社はそこの上層部と懇意であり、歴史的にも、地政学的にも、深いつながりがあるから、これを生かそうじゃないか。とはいえ、まぁ、それとて、ムリせずに、体力と相談しながらやろう。なおこの度、すでに聞きおよびかと思うが、資金局から近々巨額の劣後ローン(注)が実行される予定であり、また旧株主にくわえ、新たな地元系生保や銀行が株主としてすでに名乗りを挙げているから、先ずはこれで船出はできる。資金繰りも、遅かれ早かれ、これまでのきびしさから解放されるだろうし、おのずと、上乗せ分もきえる筈だ。なおこの度、わが社は会長制を採用する。非常勤だが、資金局の理事が兼ねるから、両社はより緊密な関係になる」

注（劣後ローン：一般のローンとちがい、回収するさい、貸出し側にきびしい条件がつけられる。うらを返せば、借入側の返済条件はゆるやかだから、対外的には「安定した借入金」とみなされ、負債勘定から資本金勘定へのふりかえが可能となり、見ばえがよくなる）

管理職の人事異動が発表されるや、各部は人材の転入転出に大わらわ、投融資部もしかりだ。部長に明石、次長にアスカリ、オフィサーとして資金局からアジュリがひきぬいたスミス、同補だったニーナは「補」がとれ、めでたくオフィサーへ昇格、ショウキは兼任をはずされ、債券部の次長へ昇格した。ニーナは現職にくわえ、明石が担っていた「市場動向調査」を引き継ぎ、代理業務の副として、統括のアスカリを支える。この両人が総務部籍の三十数名の事務職を手足につかい、その運営にあたる。明石は部長として同部を統べるが、ジュラから、あらたに新商品開発の特任を仰せつかった。

スミスは米国MBAをもつ、弁の立つ陽気な青年だ。資金局ではアジュリ部長の下、法務関係の窓口だったから、シデックでも明石の下で同業務ならびに新商品開発の補佐役を兼ね、しだいに明石の懐刀としてなくてはならない存在へ育っていく。

沈没しかけた旧体制の学習効果をいかすため、「与信統括会議」と称する、部をこえた「全社管理体制」がしかれ、統括にアジュリ、副にジュラにくわえて明石も就いたが、これは年長者であること、内外にわたる与信経験が考慮されたとか。メンバーはこの三人のほか、タリット、外部出身の二人の新部長が名をつらねた。緊急案件は、投融資であれ、債券投資であれ、アジュリとジュラ、明石の三人さえ異論がなければ採択され、与信額は純資産（広義の自己資本——含む劣後ローン）の十分の一未満は頭取権限として、超えると、会長権限とし、アジュリと明石がつど資金局へ出かけ、会長に伺いを立てる。

社員の顔色に生気がよみがえり、シデックは待ちに待った再生がかなった。長い道のりだった。

「頭取がお呼びです」

新体制が発足してほどなく経った頃、メイが部屋へ顔を見せた。旧体制下では、彼女からの呼び出しは内線経由だったが、明石がチャールズの旧執務室へうつってからは、いつの日からか、彼女は三階から一階へ直に来はじめていた。

「ほかに誰が?」

「ジュラ副頭取です。部長を呼ばれるときは、いつも同席しますの。はたから見ておりましてもお二人は仲がよろしいの。とても微笑ましいですわ」

メイと三階へあがり、入室すると、アジュリは電話中だった。もう一方はソファで新聞に目を通している。明石が顔をみせると、電話をすませたアジュリがジュラのとなりへ腰をおろし、

「『与信統括会議』をはじめたい」

と切りだした。

「資金局からの劣後ローンの手続きが終了した、と先ほど連絡があった。この運用につき、部長の考えをききたい」

「いつ、入金になりますか」

待ちにまった、すこぶる魅力的な資金が資本金勘定に計上される。いちだんと信用力が増すことはまちがいない。わくわくする気持ちをおさえ、とりあえず、彼はそう尋ねた。

「明後日だが」

「わかりました。いまの長期金利はどちらかといえば、ゆるやかな上昇基調にあり、いまでも魅力的なレベルにあり、天井がくるのはそう遠くはない、と。ここはひとまず短期の預金としたらいかがですか。市場からのとり入れ額をへらし、コストを浮かせる手もありますが、とり

あえずそうしておきますと透明度も高く、のちのち追いかけやすいのでは。あとはタイミングをみながら、長期固定の運用先をさがせば、利幅の大きい安定収入が見込まれるのではありませんか」

金利の天井を見つけるのが、一仕事だ、と思いながら、そう応えた。

「私の考えもおなじだ。長期にまわせば、大化けだってあるし、短期の預金にまわしてもこの【劣後債】よりは金利が高く、利鞘が見込めるから、時機をみて長期固定の融資にのり替えることにしようか。部長の言うように、これに関わる出入りを別扱いした方が、あとで何かとつごうがよい。ところで与信上、緊急案件があるかな、いまは水面下だが、近々浮上しそうなものでもよい」

シデックは、根っこにルーマニア国向け与信がからむ、主幹事の対応しだいでは、国際問題化しかねないややこしい案件をかかえていた。たまたま瓜二つの同種案件をかかえる英国の大手銀行、リバープールがつい最近、金利、期間の更新をむかえた日に、同国の信用リスクの解釈をめぐって、貸し手側と借り手側が対立し、同行は、主幹事として更新のとりまとめに失敗し、いまなお収拾のメドが立っていない。同じしくみの案件をかかえるシデックは、近々おとずれる更改日にむかい、パリのピエール弁護士を交え対策にあけくれ、このところ、明石を筆頭に投融資部員一同、午前様がつづいていた。やや実務的な問題であり、この場で言いだすべきかどうか、明石は迷っていた。同社はこの案件に、主幹事および支払代理人も兼ねていたし、往時良質案件ととらえ、一貸し手として総調達額一億ドルの内千五百万ドルを引き受けていた。リバープール銀行の二の舞に陥れば由々しき問題になりかねなかったから、この際、申し出るべきかと、腹を括り、一連の流れを説明したところ、

「それは心配だな、当時の同国はたしか経済事情は良好だったと記憶するから、非はないが、しくみの中で【ややこしい】ってどういうことかな」

「それはですね、頭取、この案件は、基本通貨は米ドルですが、借り手が利用しやすいように借り手がその他通貨でも借りれるように仕組んだ案件でした。そのため、金利の更新時には、支払代理人は、借り手と貸し手、両者間の為替調整をおこなう作業が加わります。つまり更新日がくるたびに支払代理人は債権債務額をドルで統一しなければなりません」

「しかし借り手が他通貨を使わなければその作業は必要ないわけだな」

「おっしゃる通りですが、リバープールもわが社の案件の借り手はどちらも現状、スイス・フランで借入中ですから為替調整が必要になります」

そこへジュラが口を出し、

「そのこととルーマニアの信用と、どのように絡むんだい」

いかにも、解せないという表情だ。

「冒頭に申しあげましたように、この案件の骨子は、借り手、貸し手間の債権債務関係をドルで統一することが決まりですから、借り手のえらんだ通貨価値がドルより弱ければ、その分借り手の借入残を増やすことで調整します。もし借り手の信用に問題あり、と主張する貸し手が

いますと、表面的には与信増になりますから、すんなりと応じるわけには……」

「ようし、部長、リバープールの対応策をくまなく入手し、それを土台にして、より気の利いた案をルーマニアにぶつけよう。大手は得てして腕力でいく傾向があるから、こちらは中東と東欧という地縁関係から柔軟に交渉する手がある。頭取室はいつでも開いているからいつでも相談してくれ」

と言って会議を終えた。


新体制が船出し、社内が活気づいてきた。未処理案件はとどこおりなく片づき、また定款上、頭取の権限をこえる案件は、アジュリと担当各部長が資金局へ出むき、アジュリが採択の趣旨を述べ、会長の了承を得た。投融資案件であれば、アジュリに同行した明石が、ときに、所管部長として、ときに、与信統括会議の副統括として所見をのべ、ときに会長から直々にいくつか質《ただ》されるが、

「部長がそう判断するなら、それでいこう」

と頼りにされだした。もともと根が小心な明石は、自信ありげな口調とはちがって、胸中はいつも不安だらけ、とりわけ資金局へ出むいた折は、帰宅後は発言内容等、やり取りをこと細かに検証し、たえず自己防衛につとめた。

そんな折、ロンドンからカウベの永守役員がアブダビ入りした。シェラトンホテルへ、資金

局ほか地元出資者が一堂に会した発足祝賀会への参列が趣旨だが、前日、パリで開催されたカウベの欧州・中近東拠点長会議の合間をぬっての訪問だ。永守は、アジュリら新経営陣との挨拶をすませたあと、明石に近づき、握手をもとめてきた。温もりのある手に触れ、彼は思わず胸が熱くなり、この人の励ましがなければ、いまここにいないと、感慨をあらたにする。宿泊ホテルへ送った車中で、永守は、

「明石君、試練に遭ったとき、昔の人は『待てば海路の日和あり』とみずからを奮い立たせたが、君もそうだった。とはいえ、これからだって順風満帆とはいかない。まぁ、ここまで来たんだ、その気構えがあればなんとかなる。がんばりなさい」

と、話してホテルへ入った。

ルーマニア問題が思わぬ展開を見せる。

明石がアジュリとジュラに報告してわずか数日の間に、同一案件の別の箇所からシデックの屋台骨を揺るがすほどの事態がうかびあがった。資金局から赴任した首脳陣二人の前で、明石は数日前、同社が抱えるややこしい案件の存在ならびに、同種の取扱いをめぐってリバープール銀行がとりまとめに失敗したと伝えた際、アジュリから、中東、東欧という地縁的つながりからシデック案をぶつけたらどうかと助言され、鋭意その方向にむけて進み、ついに、借り手ルーマニアからも、また同時に十六行におよぶ参加他行からも、譲歩案を引き出すことに成功

し、あのリバープールですら纏《まと》めきれなかった【交渉事】をシデックがやり遂げた、という歓喜の渦に浸らんとする、まさにその寸前、思ってもいなかった不測の事態が発覚、それは激震に近い。シデック案に対する好意的なカウント・ダウンの作業の詰めにさしかかった時のことだ。シデックの引受額と現在の融資残との間に思わぬ乖離が見つかったのだ。しかも半端な額ではなく千二百万ドルだった。一億ドルの契約書に千五百万ドルと記載された同社の引受額の現在残が三百万ドルだった（ちなみに残り他行のそれは同額だった）。ファイルをひもとくかぎり、その他参加行は当該事実をしらない。アスカリ次長から、この事実を知らされたとき、明石は、愕然として声を失った。虚偽行為かもしれない、即、最悪を考えた。同行為は、市場でもっともきらわれていた。一瞬、アジュリの顔が浮かんだ。親元資金局の出資引き上げという妄想すら脳裏をかけぬける。かろうじて気をとりもどし、手元資料から報告書を作成し、頭取室へむかった。その時メイは、じぶんに声をかける余裕がないほど憔悴しきった表情で頭取室へ入る明石をみて、あの方に大変な難題が襲ってきたようだわ、とつぶやいた。

報告書をよみ終えたアジュリは直ちにジュラとタリットを呼び出し打ち合わせに入った。まず初めに明石が、報告書の写しを三人にわたし、あらましを話しだした。事の成り行きにかれらの顔は一様に凍てつき、アジュリは口元をきつく閉ざし、視線を天井へむけ、瞑想の体、いつもなら即、いさましく切り込むジュラはいつも見せる精悍な顔色が一転悲壮感をおび、ダンマリを装う。タリットは実務家らしく、渡された写しを食い入るように読み返すふうだが、視線はうつろだ。きわめて奇妙な静寂のなか、ひと通り、説明をおえた明石は、彼なりに考えた対応策を口にしたが、一同からいくばくの言の葉もかえらず、頭取室は、しばし重くるしい雰囲気につつまれた。

口火を切ったのは、やはりジュラだ。

「貸し手に事態をつまびらかにする。それしか浮かばないが、部長の考えは？」

「それしかありません。ただ公表の時期をたがえると、全額ひきとりの可能性ですら、現実味をおびるかもしれません。その視点に立ちますと、この公表の時期は、いまが絶好の機会かと。新体制にはいり、これまでの運営を見直したところ、本件が判明した、と誠意をもってあたれば、十二%のひきとりで済むかと」

いつ目の前の三人が、いつものように的を射た決断をくだすのか、と彼はイライラしながら、三人の顔色をうかがうが、反応がすこぶる鈍い。思っている以上に、首脳陣に与えた衝撃が大きく、そして深かったと思われる。さりとて、のこされた時間は多くはない。やがて、

「部長、全額はともかくとして十二%はやむを得ないだろう」

とジュラは、アジュリの顔を一瞥しながら、ふたたび発言したが、いつもみせる歯切れの良さをどこかに置き忘れたのか、中身が乏しい。あとの二人がダンマリをきめこむから、やむなく口をひらいた、その程度の発言だ。とつぜん訪れた、御しがたい失態に度肝を抜かれたのか、しばし沈黙がつづいた。

これでは時間が過ぎるだけだ。が、事態はそれをゆるさない程、切羽詰まっている。このやっかいな事態は、結果しだいでは、シデックの屋台骨がぶっとぶ。一歩まちがえれば、国際問題にいきつき、また資金局すらもはや傍観者ではない。少なくとも旧体制がつまづいた信用力劣化の【再現】を世間に連想させるわけにはいかない。首脳陣が色を失うのは尤もなことだった。アジュリがようやく沈黙をやぶる。

「部長とルーマニアのルスカヤ副総裁との話し合いが決着し、リバープールの二の舞をふせげた、とほっとした矢先に、これだ、部長、くやしいなぁ、ここ二週間ほどの寝食わすれたあなたの奮闘ぶりが水泡に帰すなんて！」

とうめいた。が、それもつかの間、それをきっかけに雰囲気がガラリと変わる。アジュリにいつもの威厳がもどった。新体制にとって、かじ取りをまちがえると沈没しかねないほど、事態は深刻だったから、嘆くひまも、気が滅入るひまもないと一同気がついたのだ。

「先ずは動くことだ。あまりにも時間が少ない」

アジュリの発言に応じるかのように、ジュラ、タリットが、異口同音に、

「それしかありませんな、頭取」

と両隣から居ずまいを正した両副頭取が主《あるじ》へ視線をうつした。

何もしなければ確実にシデックの立場はわるくなる一方だ。動く前に、いつ、どこかで事が表沙汰になるかもしれない、譬えがわるいが、自首を決意した犯人が【白洲】へいく直前につ

かまる、そのような恐怖心がそうさせたかもしれない。情状酌量の機会を失う前に、すみやかに動こう、と腹をくくった首脳陣に、現場の長として明石はたしかめたいことがあった。

「では、行動に移す前に、ここでシデックの意思をたしかめませんか。先ず、わが社が、協調融資に参加する金融団から、彼らのシェアに応じ、十二％分にあたる貸出し残を【ひきとる】この点はいかがですか」

「諸事情から、それは止む得ないだろう」

アジュリが両副社長を一瞥し、うなずいた。

「わかりました、ところで、仮に、彼らが、全額ひきとりを強談してきましたら、いかがしますか」

この質問は、屋台骨をゆるがしかねない意味をもつ。質問する明石も声もうわずる。アジュリは一瞬、口をとざし、また黙った。新体制が敷かれたばかりの今、あらたに八千五百万ドルのルーマニア債権をかかえるのは、たとえ同国が現状、債務不履行の状態にないとはいえ、あまりにきびしい試練である。

「部長、待った、それだけは、易々といかないぞ」

アジュリに代わって、ジュラが待ったをかけた。

「わかりますが、相手からいきなり突きつけられると、狼狽《ろうばい》しませんか。それだけは受けいれられない、と腹をくくり、言葉尻に匂わせる必要はありませんか」

と、しつこいかなと思いながら、あえて口にした。

するとアジュリが、

「気持ちはわかるが、今ここで決めなくともよい。というのは、部長の先ほどの話では、未実行に関わる合意文書が見つからないにしても、作為的にわが社の意思が動いたというよりも、借り手側の事情によるという印象がどうも強いように思われるから、あえてこちらからもち出すと、かえって藪蛇になりかねん。ここは出たとこ勝負、つまり成り行きに任せよう。ただこの事実が非公開だった点、それなりの償いが必要だろうが、それを全額ひきとりと解するには早計だ。たとえ他の協調銀行からこの点をつかれても、往時の経済環境を粛々と話し、その雰囲気をうかがってから、決断してても遅くはないぞ」

「わかりました。そのように対応いたします」

「ところで部長、先ほどの十二%分のひきとりの件についてだが、参加行に非公表、それが故の償い代というが、それが果たして適正なのか。弁護士の意見、市場慣行はともかく、実態上、かぎりなく白に近いと思われる虚偽組成に、そこまで償う必要があるか？　個人的にはどうも納得がいかない。時間をかければ、ひょっとすると十二%すらひきとらないで済むのではないかと思う。いまのシデックには、後ろ向きの案件で道草する時間がないし、それに俺は別の戦略をもくろむから、やむなしと結論づけるが、……」

と言って、一呼吸した。

「……つまりだ、新体制は、いつの日か、かつてのように、主幹事案件の獲得に本腰をいれるが、そのとき中核となる投資家つまり協調融資行の組成が必要となる。本件の協調行十六行を、その中核行と位置づけてみたらどうか。そう考えれば、この際、彼らの心証を良くしたい、これが第一点だ。次に、本件の借り手であるルーマニア、つまりこの永年の友人を、近々おとずれる更新日に、大過なく乗りこえさせたい、言いかえれば、シデックはリバープール銀行の二の舞を踏まないことが、結果的に、わが社の東欧との親密な関係を維持し、いちだんと強化できるだろう。これが第二点、以上から、今回の十二％のひきとりは、さほど性質のわるい償いではない。もちろん一挙に相当額の東欧向け債権を抱えこむが、これしきの事で資金局を母体とするシデックの屋台骨がゆらぐことはありえない」

と、アジュリはいつもの頭取にもどった。

「わかりました。ところで頭取、なにはともあれ、一日も早く参加行へお詫び行脚へ出る必要がありませんか？」

「その通りだ。その行脚のことだが、私と部長は大陸、中近東を、ジュラさんとタリットさんは英国をまわろう。時間を争う旅だから、メイさんに全秘書陣を出動させ、早急にアポ取りにかかろう」

と、言うやいなや、メイを呼び、その旨指示し、

「部長、あとで資金局へ出向いて、会長の了解をとろう」
と言うなり、目の前でダイヤルした。

夕方遅く、資金局へむかう。午後八時をまわっていた。遅めの面談だったが、会長はいやな顔をひとつ見せず、二人を貴賓室へさそう。

アジュリから、かつて組成した主幹事案件で契約上のシデックの引受額と現貸出し残高が異なる不具合が見つかり、お詫び方々、あすから出張したい、ついては過去の未実行分を譲りうけるが、後日あらためて結果を報告したい、と手みじかに説明したところ、うなずいた会長の視線は、現場の長、明石にむかった。

「明石さん、素朴な問いだが、契約書上のシデックの引受額と現在の貸出し残が異なるから、即お詫び行脚というのは、どうもピンとこないが、いかなる事情でそうなったんだい」

夜も更け、年嵩、かつ多忙な会長に心労をかけたくない、と心配りしたアジュリはやや核心をはしょった説明に終始した。会長はそれに気づきながらも、なにごとも身をとして公務にむかう人との噂にたがわず、問題点をあいまいにすることはなかった。会長職はお飾りではなかった。明石は、その問いに、一瞬、とまどったが、それもつかの間、あぁ、よくぞ、訊いてくれました、とほっとする。経営のトップならば、その疑問はごく当たり前だ。

「私どもの資料によりますと、シデックを筆頭に十七行はルーマニア国国立銀行とのあいだに、二本の貸出し契約をむすびました。一本は八千八百万ドル、貸し手はシデックほか十七の銀行団、もう一本は一千二百万ドル、貸し手はシデック単独、でした。たまたま、借り手はいずれもルーマニア国国立銀行、調印日も同日だった事情がかさなり、双方の事務方が、これを総額一億ドル、一本の契約書として調印させた、と思われます。ところが、前者はすべて実行ずみですが、後者は、いきさつを語る資料に欠けますが、どうも借り手側の事情で未実行になったか、と。そう申しますのは、往時、同国の経済環境は好調そのものだったことが資料等でうかがい知れますから、どうも後者の単独契約は、私どもの押し込み融資の公算が強く、リスクが故に実行を回避したとは思われません。いずれにしましても、その頃、十六行にこの事実を知らせておけば……、とくやまれますが、残念でたまりません」

「では今までどうして発覚しなかったのか」

「私どもが組成する主幹事ならびに代理業務を兼任する際は、一件、一件、当初引受額と現実行残をすり合わせする一方、いつも百件以上の代理事務をかかえ、人繰りもきつい状態でしたので、元本返済が【据置】の間は、貸出残高は、契約時の引受額と同一視し、【すり合わせ】は行っておりません。本件もまさにその事例でした。でもこれは言いわけにすぎません。すべて現場の長、私の管理監督の不行き届きによるもの、申しわけありません」

と、明石は頭をさげた。

「事情はよくわかった。とはいえ、なんとか十二％のひきとりで済ませたいが、さりとて、市場を怒らせると怖いし、市場はわが業界のみちしるべだから逆らうわけにいくまい。まぁ、誠心誠意に説明するしかない。じゃ、アジュリさん、よろしく頼む」

とつぜんのアポにもかかわらず、実務問題にも耳をかたむけ、肝心の問題点を質《ただ》す、その姿勢に、ただただ明石は恐縮したが、その一方でたかぶる気持ちをおさえるのに苦労した。もし事態が新体制発足前にみつかっていたら、と思うと、ぞっとした。とりわけそれが査察中だったら、管理の杜撰《ずさん》さをなじられ、再建などはとうてい夢のまた夢であったにちがいない。その頃、司令塔は不在であり、また査察官が国際市場の話をしても聞く耳をもっていたかどうか、それより、かかる事態になれば、じぶんは、はや前途に見切りをつけ、脱中東を念頭に、メイを帰省させ、まどかともども帰国したにちがいない。すべて運であり時機なんだろうなと、資金局からの帰路、そう考えた。

またもや帰宅が午前様になった。まどかの寝顔を見ながら、アジュリが登場してからもつづく茨の途にあけくれるじぶんの前途に娘を犠牲にしてよいのかと一瞬、複雑な心境に襲われるが、ここまで来た以上アジュリについていくしか途はない、とわり切った。

この日、わずかな眠りの後、彼はアジュリと機中の人となり、一路フランスのシャルル・ド・ゴール空港へ、同じ頃、二人の副頭取もロンドンのヒースロー空港へ、それぞれ旅立った。

二日かけて四人で全参加行をまわるきびしい日程だ。いつもの表敬訪問なら気楽だが、この度の趣旨はおわび行脚であり、ほとんどが初訪問、土地鑑もなく、時間もかぎられた。が、とにもかくにも進むしかない。前途は茫洋だが、さほど悲壮感もおぼえずそれどころか、なんとかなるとの楽観さと未知への展開に心の昂りすらおぼえた。こうして、行脚がはじまった。

空港からタクシーでパリ市内へ入った。常日頃、市場原理を高々と振りかざし、プロの対応をきびしく迫ると噂される、パリ銀行をたずねた。さいわい担当役員宛てにアポずみである。階下の受付嬢から、役員と担当部長がお待ちかねです、とつげられ、二階へ上がると、待機中の秘書が、両人を迎賓室へ案内した。

この日の二人の形《なり》だが、アジュリは、純白のワン・スーツを身にまとい頭部は黒いワッカでとめた、いわゆる、ディスターシャとよばれる民族衣装、明石は髭こそ生やすが、黄色の肌に背広姿、一見して東洋人とわかる。アジュリの出で立ちにはわけがある。パリ銀行は、訪問先のなかでは、貸出しがもっとも多く、ここを口説かなければ先へ進まないと考えたアジュリ一流の決意のあかしだ。相手の着席を一瞥するやいなや、シデックの二人は、そろってソファから立ち上がる。アジュリが、

「ご多忙中のところ、厚かましくもお邪魔し、恐縮しております」

と型どおり低頭のまま、あいさつすると、相手二人も不意をつかれ、あわてて腰をあげ、

「頭取さんみずから来社されるとは、いったい何事かと、こちらの心中は穏やかではありませんが、たしか、アジュリさんはご就任間もなかったですな。市場では、資金局のエースが登場、ともっぱらの評判ですが、さて、きょうの赴きは？　と言いましてもこのままでは落ちつきませんな、まぁ、腰をおろしましょうか」

と先方に着席をうながされたが、シデックの二人は低頭しただけで、依然として立ったまま、やがてアジュリが、

「じつは……」

と、口火を切って事情を話しだした。

「まことにご丁重な説明をいただき、お宅の立場にご同情を申しあげたいところですが、そちらに資金局さんという大御所さんが控えているように、こちらにも株主さんが居りましてな。はい、そうですかと、やす請け合いできる立場にありません。それにこのところのルーマニア国のリスクは予断をゆるさない、と審査部門から漏れききますから、誠に口に出すのもはばかりますが、私どもにとっては、まさに渡りに船でしてな、同国向け資産をへらす絶好のチャンスというわけですわ。この際、どうです、全額、おひきとり願うというのは？　法的にも、信義則に悖《もと》るという線で可能だとか」

と先方の役員がいきなり核心を突き、シデックの二人の顔色をうかがう。いきなり豪速球だ。

さすがにひと筋縄にはいかない相手である。アジュリは全額という単語が出ても一切表情を変えることもなく、ただただ深々と頭をさげ、

「仰ることはわかりますし、私が貴行の立場でしたら、そう申しあげるかもしれません。でも、少々お聞きねがえませんか。一億ドル融資の元をたどれば、協調融資分が、八千八百万ドル、シデックによる単独融資分が千二百万ドル、この二件がたまたま利害関係人、資金使途、実行時期、それぞれが重なり、借り手の事務局が、一本の契約書に体裁を整えられたもの、調印式以降、同国の経常収支が予期以上に好転し、後者が不要になった、と資料の行間から窺われますが、残念ですが、書面による合意書が見あたりません。貴行はそれを信義則に悖るから、全額ひきとれと仰る。それも同業者、しかも欧州の大手行さんが主張されるのは如何なものでしょうかな。私はけっして開き直っているのではありません。とはいえ、私どもは先ほど申しあげた未公表という無作為については、相応の償いをさせていただきます。各行さんから現貸出し残の十二％相当をそれぞれの貸出しシェアからひきとるということでご容赦ねがえませんかな。なお、同じ案件ではありますが、これとは別件で既にテレックス済みの私どもの提案ですが、同意していただけますか。同国むけ案件の雛形《ひながた》になると自負しますし、現在いまだ片づかないロンドンの大手銀行さんの案件を垣間みますと、当社案はわが社だけの為ではなく、東欧と歴史的つながりが深い、貴行にも恩恵があると考えますが……」

と、相手にせまった。

しばし沈黙が流れた。勢いが少し止まったのかな、と明石が思った時、その役員は目線を彼

にむけた。

「明石部長、ルーマニアは近々訪れる更新日に彼らは手元資金で利息を支払えますかな。あのリバープール銀行でさえ手こずった相手に貴行が説得できたとでも？　希望的観測では十六行を仕切れませんぞ」

とその役員が、彼を皮肉った。よく見ると、眼球の白と黒の部分がやけに不つり合いの人物である。

「役員さん、私は、ここ二週間ほどブカレストの副総裁と話し合いを続け、つい先日、『これからも中東との友好関係を密にしたい。ついては貴案にしたがい、先ずは手元資金で利息を支払いましょう。しかる後に、〝借り増し権利〟を行使させていただきます』と約束されました。条件についてはすでに担当部長にテレックスを……」

と明石が応えると、相手方の部長は、一枚のテレックスを役員に手わたした。二人はしばし母国語でなにやら話していたが、やがて、

「アジュリさん、いずれにせよ、ここで即断するわけにいきませんわ。少し時間をいただきたい。経営会議のメンバーに諮《はか》らせてもらいますわ」

と、終いまで冷やかな雰囲気のなかで会談が行われた。

最難関をすんなり通るとは、むろん思わないが、終始、冷ややかな目線を浴びたせいか、気が滅入ったが、行脚をやめるわけにいかない。

そのあと訪ねたパリ市内の二行は、これまでシデックが案件を組成する際、声をかけると、十中八九、参画する親密先であり、参加額が少ないこともあって、更新日の対応に関わるシデック案、それにひきとりの件、ともに『同情申しあげる』と前向きの返事のあと、間をおかず『お宅に一任する』という。ようやく追い風が吹きだしたと実感する二人は、予定を早めにきりあげ、その日の夕方の便でふたたび機上の人となり、バーレーン王国へむかう。

翌日の朝、十六行のなかで、一番手ごわい先、と明石が睨むバーレーン銀行へ電話した。アポ時間の変更だ。当初この日の午後であり、しかも頭取宛てだったから、変更はまずい、と彼は危惧するが、アジュリは、

「アポ時間を変更しようとしまいと、あちらの結論が変わるわけがないさ」

と心配症の部長を揶揄し、変更を強行させた。これがアラブのやり方か、郷に入れば郷にしたがう、かと納得し、電話すると、先方の部長は、

「正直に申しあげれば、こちらも午前中の方が助かります。けさ、頭取の出席をあてこんだ、よんどころなき行事がとつぜん入りましてな、それがお宅の午後のアポの時間と重なり、朝から頭を痛めておりました」

と、告げた。アジュリにその旨つたえると、ボスはニヤッとわらい、二本の指をつかってVの文字をなぞらえた。めったに見せない茶目っ気ぶりだ。

さっそく訪問した。
一階の受付で部長のみならず、頭取、関連役員までもが顔を見せたから、これが資金局の威光なのか、と彼はたまげたが、アジュリでさえ、恐縮の体だ。これから厄介な問題をもちだす手前、少々気がひけた。また相手は近ごろ資産を膨らませる一方で、管理面も手抜かりなく杜撰な対応を嫌うと噂される新興銀行であり、本件の貸出残は中東地区では最多だ。ここを攻略すれば、当地区の残り六行は右倣いするのでは、と彼はにらんだ。

貴賓室へ案内された。

やがて部屋の中央にあつらえられた、しぶい光沢を放つ長椅子は一見して黒檀製とわかるが、それを挟んで、四人がソファに腰をおろした、と思うやいなや、アジュリがいきなり立ち上がり、時候のあいさつもそこそこに、訪問趣旨を話しだした。初めはゆっくりと英語でおこない、二度目は、彼らの仲間ことば、アラビックで、感情を籠め、切々とうったえ、座が一瞬、静まり返った。

その沈黙をやぶったのは、先方の頭取からとびだした、矢つぎ早の質問、それは、ほとんどは明石にむけられたもの。まるで管理不行きをを咎《とが》めるふうだ。打ち合わせどおり、彼が応えると、こんどは視線をアジュリに向かい、

「つまるところ、貴社はいかほどひきとる覚悟があるのか」

と、これまたパリ銀行同様、いきなり核心を突いた。アジュリは、

「外から眺めますと、信義則にもとる行為、と責められ、私どもが全額を引き取るべし、となりましょうが、ただ資料によりますと、こちらの作為どころか、あくまで借り手さん側の事情によるもの、つまり、その頃の同国の良好な経済環境から、そう解するのが妥当かと。ただその辺りを公表しておけばと、悔やんでおります。そこで申された覚悟のほどですが、この際、非公表の責を負うべく、現下の貸出し残の十二％にあたる金額を参加銀行さんのシェアに応じ引き取らせていただく、これでいかがでしょう」

ひと呼吸ととのえた相手から、

「アジュリさん、わかりました。当初、【棚《たな》から牡丹餅《ぼたもち》】とばかり、少々はしゃぎすぎましたわ。ご事情もよくわからないのに、信義則云々を持ちだし、まことに失礼なことを。たがいにアラブにどっかり根をおろして地域貢献に尽くす立場、十二％とはいえ、あなたの新しい門出には大きな障害となるでしょう。心底、ご同情申しあげる。なお別件の提案ですが、びっくりしました、よくぞ借り手さんを口説きましたな。まさに中東勢が大英帝国をうち負かしたわけですな、感激いたしました」

こうしてアラブの難関をきりぬけた。相手から、昼食の誘いがあったが、きびしい日程をつたえ、つぎのアポ先へむかう。バーレーン銀行をのりこえたことで、二人の足どりは急に軽く

なったし、くわえてこの難関の突破は、その後の交渉に大いに役立った。バーレーンさんは受諾されましたが、貴行はどうされますか、と聞いたとたん、ためらっていた先が、

「わかりました、お受けしましょう」

右倣いした。事前にアポがとれない先が二行あったが、両担当者から、

「アポがかさなり申しわけない。先方さんとの面談が済みしだい、こちらから貴地へご返事いたします」

と先送りされたものの、おおむね感触は良好で、かけあしながら、夕方までに全日程をおえた。


数時間の機内だったが、乗り込むやいなや、二人とも心地よい疲労と手応えに安堵したせいか、すぐ白河夜船だ。つかの間の行脚だが、明石にとっては、その後をふりかえれば、きわめて意義ある体験といえた。国際ビジネスの熾烈さ、きびしさを垣間見ただけにとどまらず、アジュリの緻密さ、にじませる大胆さ、若さを超えた先見性など、この人物となら、カウベへ戻らず、シデックに骨を身を埋めてもかまわない、という意識が初めて芽生えた旅路でもあった。


まどかは予定より早めの父の帰宅をことのほか喜んだ。

新体制になったとたん、父の帰宅は、急に遅くなり、いつも【午前様】、いまや寂しさを通りこし、いらだちへ変わった。友達の家を訪ねるにも、父がアッシー役を降りたから、おのず

と行動範囲がせばまり、邦人校と自宅を行き来する退屈な日々をよぎなくされ、久しく忘れていた望郷の念がよみがえってきた。ちょうどその頃、家庭教師のサリーから、

「まどかちゃん、パパはね、赴任してまもない頃は、上の方から難問をつきつけられ、辛くて苦しい立場に追い込まれ、ようやく乗りこえると、今度は、会社が傾きかけるという事態となって、やめる社員を見送りながら、『じぶんもまどかと一緒に帰国したいが、上の方が不在の中、懸命に会社を支える人達の背中を眺めてると、立場上、俺から帰国を言いだせる雰囲気ではなかった』、と先生にこっそり教えてくれたわ。このような一人ひとりの思いが実ってうちは生き残ったの。いまの会社では、パパはこれまでの苦労が報われ、部長へ抜擢され、これまで以上にむずかしい役割をまかせられ、寝る間もないほど、多忙なんだ。まどかちゃんが、帰りが遅いパパに不満をいだき、いつもさみしい思いをしているのは、先生だってわかるわ。でもね、パパはパパで、まどかちゃんが傍にいるから安心して仕事に励めるし、遅く帰ってもあなたの寝顔をみれば、その日の疲れがとれ、勇気ももらい、もう少しがんばろう、という気持ちになるって」

と聞いてから、まどかは少々かわった。遅い帰宅となっても、約束がちがうじゃないの、というきまり文句のかわりに、いつも大変ね、でも体は気をつけてね、と労うようになってきた。

翌朝、かなり早めに出社すると、メイが部屋の前で待機していた。表情から、いまか、いまか、と彼の出社を待っていたようで、どこか落ちつかないふうで、彼を見るなり、

「部長、おはようございます。頭取がお待ちですわ」

と告げた。

「えぇ！　もう！」

と、まじまじと相手の顔をのぞきこむと、彼女は、クスリと笑い、

「えぇ、でも頭取だけではありませんの。両副頭取も先ほど入られました」

「これは、これは、俺としたことが」

「でも心配されることはありませんわ。毎朝、まどかちゃんを邦人校へ送っていることはご存知ですもの。それに部長はいつも早朝出勤ですし、この頃は、ご三人も競って右倣い、それに、つい私もそうなりましたの。それはそうと、ご出張、ご苦労さまでした。このところお休みがありませんから、ご自愛くださいな。いつもサリーさんと心配しておりますのよ。ご無理はいけませんわ」

さりげない言葉に、ほろっとさせられたが、それにしてもじぶんは、この人について何ひとつしらない、と思い返した。新体制前はボスの指示は内線を通していたが、アジュリになって変わった。執務室へ来るようになっていた。彼女との関係はシデックの存亡を問われた頃からの、いわば【同志】だが、いまやそれ以上の感情移入が入り出した。

ドアをあけると、アジュリとジュラ、タリットの首脳陣がそろって談笑中だったが、彼に気づいた主は、待っていましたとばかりに手をあげ、ソファへ手招きした。早朝会議がはじまっ

た。

ロンドン七行の感触は意外に悪いものではなかった。じつにめまぐるしい日々だった。大きな山をひと越え、ふた越えして、シデックはかろうじて更改日をむかえたが、まさに間一髪だった。あとは借り手しだいだ。つまり米国シカゴ銀行のシデックのドル口座に、利息額を【手金《てがね》】で入金するかどうかだ。もし入金がなければ、デフォルト宣告案をはじめとする、一連の手続きに入る旨をピエールに指示しなければならない。こうなると為替調整どころではない。

この日、彼は朝早くから、執務室で、万が一にそなえ、前日ピエールから送付されたデフォルト宣言書の検証に追われていた。

午後おそく、ニーナが部長室のドアをあけた。満面の笑みをたたえ、一枚のテレックスを振りかざし、

「部長、やりました、ルーマニアは約束を果たしました！」

叫び、そのままソファに座りこむや、サリーが知らせたのか、アスカリ、ショウキ、スミスらが顔を見せ、テレックスを胸にしっかり抱きしめ興奮するニーナを囲み、握手するやら、抱擁するやら、部屋は興奮の坩堝《るつぼ》と化した。

メイから内線がかかった。

「ようやく、本格的なお仕事ができますね。部長はこれを待っていたんですもの、がんばってください」

と同志からエールがきた。待ちにまった新体制が本格稼働をはじめた。そう思うと、感無量の歓びが明石の五臓六腑に沁みわたる。

復活㈠

数日経ったある日の早朝、メイが部屋へ顔を見せ、
「部長、お早うございます、早速ですが、ただ今から、臨時部長会が小会議室で……」
この日の彼女の【衣装】は蒼でまとめたワンピース、その単一系の色彩からは、秘書室長としての円熟みをみせながらも、明石の赴任来、心をときめかせつづける凛々しさは少しも失われていない。

明石が当地入りした頃も洋装だったが、ナムサが退社した後、なにか心変わりする転機があったのか、しばし、民族衣装へ変えた時期があった。「社内がなんとなく火が消えたようですから、せめて私だけでも、と思いましたの。これを着ていますと、気分がほぐれ、妙にこころがなごんできますから」と、食事へさそったとき、うちあけた。新体制以降は、席をあたためる時間のない多忙なアジュリにつかえ、ほどよい緊張感をたのしむのか、この頃は洋装がふえてきた。

主《あるじ》不在のなか、開店休業だったその頃、ナセルとの約束をまもろうと、彼はひまを見つけ、

社内でいちばん静まりかえった三階の奥へでかけ、見通しのつかないシデックを憂いながら、いつかおとずれる再生を熱っぽく彼女と語ったものだが、いまや往時憂いていたことが夢、幻であったか、と思われる程シデックは変貌を遂げた。あの頃のことが妙になつかしく思われるほど、きのう、きょうの慌ただしさはすさまじい。

臨時部長会のテーマは、表むき、各部が所管する与信の再点検ならびに強化策についてだったが、内実は、新体制後、いきなり襲った同社の屋台骨を揺るがしかねないほど深刻だったルーマニア台風の反省会であり、これを今後の与信管理の原点として、また学習効果として生かして欲しいという訓示が管理部門管掌のタリット副頭取からあった。それが一段落すると、アジュリから、

「じゃ、これで後ろ向きの話はお終いにして、これからは食い扶持の話に移ろう。現在、短期預金に流してある劣後ローンだが、そもそもそのコストは超格安、だまっていてもシデックに利鞘分が残る。そうこうしながら、いつ、美味しい長期の運用につなぐか、が肝心だ。また、百件ほどの代理業務からの手数料だが、これも案件の終了期限までの残存年数がほぼ三年だから、当面、諸君の食い扶持代はたっぷりある。君らを路頭に迷わすことはない。そこでだ、これらのことを頭にいれて、何か一つ戦略商品を描けないか。きょうはこれを検討したい。その前に、金利とはいえ、いつかは、きちんと原資を資金局へ返さなければならない。格安発足に際し、出資を維持された、あるいは新たに出資された地元出資者への配当原資の確保は、新体制

いつかはなんとかなる、という悠長なことはゆるされない。これはまさに待ったなしだ。発足したばかりとか、業況が今一だからとか、理由をつけて、初年度は無配でお願いしたい、というわけにいくまい。先ず俺の決意をきき給え、この初年度から配当を出す！　しかも出資者が目を丸くするほどの配当をもくろむ。さて口上はこの辺にして各位の考えを披露してくれないか」

とむすんだ。

ジュラもタリットもぼそぼそと散発的に発言するが、これだという決定的な構想ではない。しばしそれがくり返され、業《ごう》をにやしたアジュリが、

「部長、めずらしく静かだが、まぁ、おそらく思案中なんだろうが、きょうは、やわらかい段階でも構わないぞ。先ずは叩き台が欲しい、どうだ」

と彼をけしかけた。

明石は迷っていた。構想がないわけではないが、いかんせん、煮つまったものではない。また投資銀行というシデックの立場でこのあやふやな構想を表舞台へ出せるものか、それにまだ詰める箇所がいくつかあり、できれば、いま少し時間が欲しい。が、せっかちなアジュリはそれをゆるすわけがない。ならばこの柔らかい段階で出した方が気が楽だし、叩き台とするなら今が【旬《しゅん》】かもしれない、と腹をくくり、

「これが戦略商品として位置づけられるかどうか、自信がありませんが、それに投資銀行の立

場でゆるされるのか、まったく見当がつきませんが、それでもよろしければ」

うなずく主を一瞥してから、

「投融資業務に貿易業務を絡ませる『混合商品』というのは如何でしょうか」

と口に出したとたん、

「それはムリな話だろう。許認可済み以外の業務は、中銀（中央銀行）から即、待ったがかかるし、そもそもわが社は投融資の草分け的存在として今日がある。貿易業務なんて未知の世界、それに、システム一つとっても莫大な費用が……」

ふだんは発言を抑え、耳を傾けるタリットが明石に噛みついた。新体制では力量をかわれ、副頭取として管理部門を統括するから、明石の考えに即、遺憾《いかん》の意を示し、真っ向から切り捨てると、明石は、

「これがわが社の認可業務の枠外であることは承知しますが、この際、それはとりあえず横において、貿易業務にかかわる投資とりわけ貿易金融について少々申しあげたい」

と入って一呼吸おいた。アジュリは、当初、明石が投資業務と貿易業務のドッキングに触れたとき、何を言いだすのか、というけげんな表情を見せたが、やがて何か思いあたるのか、やや一歩のりだし、耳を傾けだした。その気配に気づいた彼は一気に話しだした。

「うちは投融資が主業務ですから、当地で少なからず商業銀行さんが手がける貿易業務に、くわしい人材もノウハウもございません。が、私の母体、カウベの根っこは商業銀行です。国内外部門の交流、あるいは顧客の要望に応えて同部門をたちあげ、いまや収益源の一つに育っていますが、両業務を経験する私から申せば、うちでも両立は可能ではないかと……」

「しかし、部長、カウベさんがこの業務をはじめてから幾星霜かぞえたのかな。かりに人材を送りこんでいただいても、わが社の投融資部門との調整に時間をとられ、肝心の新商品化はいつになるんだ」

舌足らずだった、と思い返した明石は、

「頭取、説明不足でした。たしかに貿易業務を本格的に、となれば、同部門の立ち上げには、かなりの時間をとられますが、私の構想は、そのような立派なものではなくて、投融資のお客様にかぎって金融面から新商品を売り込むため貿易業務の看板をかかげるという、かなり限定的な対象範囲とご理解ください」

と答えながら彼は、赴任来、温めてきたとはいえ、しょせん、構想というより、思いつきの域を出ないやや空想に近かったが、アジュリらと意見を交わすにつれ、あれよあれよ、という間に、点から線へと構想がふくらみ、ひょっとするとこれはビジネスとして育つかもしれないと期待の芽が頭をもちあげた。

「そうか、国内で顧客対象をしぼり、国外でその顧客の海外顧客や、取引銀行に限定すれば、こぢんまりとした貿易金融が可能になるわけか」

とジュラも乗ってきた。

「ええ、たとえば邦銀の貿易業務では、顧客をこばみませんし、金額の多寡も問いませんから、おのずと経費がかさみ、また同業者間の為替獲得の競争がきびしく、おのずと薄利な商いですが、こちらでは各種手数料が魅力的ですから母国とは天と地のちがいが……。私の考えを仮に、新商品と称しますと、この商品は本業の投資銀行のすそ野をひろげることが目的ですから、商業銀行さんを向こうに回して外国為替を取り込むとかいう事は毛頭考えておりませんし、取り扱い額も下限をもうけるとか、顧客の海外取引の地域や金融機関をしぼりこめば、なんとか新商品へ……」

するとタリットが彼の発言をさえぎって、

「くどいようだが、わが社は定款の問題、株主の了解などを得て認可をもらった経緯から、おいそれ、というわけにはいかないし、それに商業銀行との摩擦も……」

と言うと、アジュリがそれをうけて、

「しかし、定款とか株主の件は資金局のあと押しがあればなんとかなるし、商業銀行との摩擦は、部長が指摘するように中銀から、助言とか、条件がつくはずだ。それからでも遅くはない、部長、どう思う？」

「異論ありません。ところで、この【新商品】における顧客層ですが、うちが長期の融資を実行する前に、貿易金融(注)を必要とする企業が対象ですから、まず事前調査として、かかる顧客層がわが社の周りに存在するかどうか。いませんと、【絵に描いた餅】になりかねません。いかがですか」

ここは、アジュリほか各位の情報網に頼らざるをえない。ただ三人は、耳なれない貿易金融がこれまで本業としてきた投資業務とどう具体的につながるのか、しっくりこないのかもしれない、と気づいた明石は、

「新体制前でも体制後でもかまいませんが、うちが融資した、あるいは融資する資金が輸入決済の為に使われたか、あるいは使われる予定という顧客さんをご存じありませんか」

この資金の流れをあらえば、案外、なにかが出てくるかもしれないと考え、首脳陣の方を見やると、しばし三者三様の体だったが、やがてアジュリが反応した。

「ちょっと待てよ、そういえば、ドマスクのアジズ社長が中期資金を借りたいと来社したが、ジュラさん、記憶にあるかな、部長はルーマニア台風に忙殺されていたから、落ち着いてから対策を練ろうと……」

といってジュラの方へ視線をうつした。

「あぁ、そうですね、頭取、これは失念していましたわ。たしか、あの話、部長の構想につながるかも……」

頭を掻きながら、アジュリに頭を下げたジュラがあらためて明石に、

「部長、そのアジズ氏の話というのは、この度、米国から石油リグを輸入するが、為替決済日

に、中長期の資金を実行ねがいたい、と。こちらは投融資金の事ばかりに気がとられ、貿易金融のことは上の空だったが……」

そこでアジュリが、

「部長、せっかくだから、これを商品化にむけ、叩き台を作ってくれないか。中期融資を実行する前に、貿易金融をいかにとりこむか、話によっては、君の考える新商品第一号が陽の目をみるかもしれないぞ」

注（ここで明石が想定する貿易金融とは、顧客がシデックに輸入信用状の開設を申し出て、与信上問題なしと判断すれば、後日輸出業者から呈示される、顧客宛の荷為替貿易手形の決済を一定の条件の下でシデックが保証する金融を指す）

じつのところ、明石も予想外の展開に舌を巻いていた。新商品の芽が社内で産声を上げるかもしれない。これは商売としてモノになるかも、という予感が彼の胸をふくらませた。その後、自室へもどり、赤子誕生にそなえ、予想される問題点をあぶりだした。さいごに残ったのは、実務家の登用だ。事務方には、外部から登用すると脅したが、彼自身、国内支店の外国為替課で一年ほど輸入与信にかかわっただけで、実務の方は正直心もとない。人材を母体に頼むしかないが今となってはこの派遣はカウベにとって悪い話ではない。

ドマスクのアジズ社長がアジュリの求めに応じて来社し、彼が同席を求められたのは、四者会議の一週間後だ。先方は、社長と財務部長、シデック側はアジュリと明石だ。

会談の冒頭、アジュリから明石が紹介された。

「アジズさん、ご依頼の件ですが、先日は、うちがのっぴきならぬ事態にありましたので弊社意向を充分にお伝えできなかったのでは、と思いましてな、お越しねがいました。私の隣にすわる彼はわが社の投融資部長の明石ですが、母国で貿易金融にたずさわった経験がありますので同席させました。きょうは忌憚《きたん》のない意見を交換しませんか」

双方、席についたとたん、アジュリがいきなり【弊社意向】とか、明石を貿易金融のベテランとか、とりつくろったから、アジズの方が面食らい、いまさら何を、という表情だ。

「社長、少々お聞きしたいのですが……」

明石もなにくわぬ顔で、ボスの頬かむりに平仄をあわせ、話しかけた。やむなく、という感じで社長のアジズが、

「ほぉ、なんですかな」

と返した。

「リグ購入にかかわる貿易決済は、信用状付荷為替手形取引、もしくは信用状なし荷為替手形取引のどちらで行いますか。もし前者でしたら、どこの銀行でその信用状をお開きになりますか」

この場にいたり、なぜ、そのような質問をするのか、とでも言いたげな顔で、

「ここのヒューストン銀行さんだが。それが、なにか？　そのLC条件に適《かな》った手形が着けば、先日おねがいした中期借入金でその手形を落としてもらいたい、とアジュリさんに申し上げたんだが、……」

そう答えたアジズ社長とは、明石はむろん初対面だったが、ぶっきらぼうの口調のわりに、東洋人がめずらしいのか、あるいは周りにその知人がいるのか、どこか表情が柔和で、じぶんを【他所者《よそもの》】と見る目線でなかったので、これ幸いにさらなる攻勢をかけた。

「社長、アジュリ頭取が赴任された当日、全社員の前で開口一番、私たちに約束されたこと、想像できますか？　それは、【地元還元】という文字でした。そのあと、頭取は真っ先に私を指名していわく、明石さん、投融資部の役割とは何ぞや？　と。即、私は、お客様に中長期の資金を用意することですと応えますと、即、地元還元という観点からは、金融の源流たる川上から中長期の川下までお手伝いすること、そう応えるのが筋ではないか、と質されました。それを機に、部内で貿易金融チームを立ち上げ、つい最近ようやく社内整備を終え、あとはお客様の来客をお待ちするだけでした。そこへドマスクさんが来られた、これも何かのご縁ではないでしょうか。つきましては、ご依頼がございました中期貸出しの前に、貿易金融の取引を、わが社の記念すべき第一号案件としてご指名ねがえませんか」

貿易金融の話はヒューストン銀行との間で決着をみたと、先日、アジュリ、ジュラの二人の前でアジズが報告済みだから明石の厚かましさは度をこえている。しかも、貿易金融という業務は、それ自体、投融資銀行業務の範疇《はんちゅう》を逸脱しており、また商業銀行の領域を侵害するもの。しかも、社内体制がととのった、という出まかせも、この時点では中銀等への根回しは手つかずだ。すべて見切り発車なのだ。だが、明石は腹をくくる。するとアジズ社長が、となりに座る財務部長になにごとかささやくと、その部長は、首を二、三度ほど、左右に振り、ボスを諫めているふうにとれた。

「明石部長、先ほど申し上げたように、貿易金融はヒューストン銀行さんにきまった話だから、ご勘弁ねがいたい」

彼の厚かましさに堪え切れず、アジズは部下に泣きをいれたようだが、その部長も明石同様、かたくなだ。業《ごう》をにやした明石は、

「社長、ご存知かと思いますが、シデックが専業とします投融資業務は、貸出し期間が長きにわたるのにもかかわらず、私どもはこれまでいつも貿易金融をてがける商業銀行さんに後塵《こうじん》を拝し、対お客様との付き合いではどうしても二番煎じの感をいなめません。その点を懸念された頭取は、取引期間は長いのに、つきあい自体、その場かぎりになっている、とご指摘され、貿易金融の指名を最優先とする至上命令が下った背景をわかっていただきたい」

もうこうなったらごり押しだが、明石もそれを承知でねばった。すでに母体には人材派遣の件でボールを投げたが、客が現れない以上、村西を説得できない。

「アジズさん、いま明石も口にしましたが、この際、目玉がどうしても必要なんです。地元企業とともに栄える、これは資金局の本意ですし、その別動体たる私どもの使命はまさにそれに尽きるわけです。肝心のお客様が不在ではこちらも面目が立ちません。ご再考願えませんか」

とアジュリも懸命だ。おしよせるシデック側からの攻勢にほとほと困りはてたアジズは、ふたたび、部下に活路をもとめた。歴戦の部長はさすがにあらわな抵抗はひかえたものの、さりとてここで折れては、ヒューストンに顔向けできないとでも窺《うかが》わせる、苦み走った表情をボスへ返すと、ここで意を固めたのか、アジズは、

「頭取がそこまで仰るのですから、切羽つまった事情かと察し申し上げるが、こちらも相手さんと合意した以上ここに至って前言をひるがえすことはできません。こちらの身にもなってください。今回だけはなにとぞ投融資だけで勘弁ねがえませんか」

と固辞するが、その言葉尻や表情から、社長はまだ完全には吹っ切れていない、もう一歩おせば、靡《なび》くかもしれないと明石は思ったが、もうこれ以上、相手の面子を潰《つぶ》すわけにいかない。その思いから、

「社長、貴社のお立場がわかりました。誠に失礼をかえりみず申し上げました。でも、もしもですね、ヒューストンさんが私どもの立場をご理解され、身を退くといわれた場合でも、先方にこだわりますか」

苦しまぎれの一投だ。

「万が一にもそんな事態にならないと思うが、そうなれば、こちらが異を唱えるのは失礼だろ

うな」

敵いませんなぁ、という表情でうなずく部下を一瞥し、アジズはわずかだが退いた。

そのことばの裏には、シデック側の意気込みに【感服】した、という思いがにじむ一方で、明石からすれば、おぼれる者、わらをも掴む心境からとっさに出たまでのこと、勝算があるわけではない。ただ無手勝流というわけでもない。テニス仲間のピーターの存在が頭の隅にあったし、苦渋を見せるアジズの表情から、どこか事情がありそうなふうにも思え、それでなければ、シデック側の執拗な頼みを無碍に断るわけがないと彼はふんだ。

というのは、ドマスク・グループは王族系だが、ゆたかな資金をほこる先発の掘削業者とちがい、個人資産はともかく、企業歴としては浅いから、富のたくわえも少なく、資金繰りも楽ではない筈だ。

さらに購入するリグ代金の返済原資は、それを賃貸するエネルギー公社からの長期にわたるリース料だが、ヒューストン銀行からうける貿易金融の期間は短い。期日がくれば、輸出業者から振りだされる手形を落とす資金が要るから、長めの投融資金に頼らざるを得ない。というのは、短めの貿易金融は、どこの商業銀行にとっても、物的担保があり、手数料あり、為替実績がともなうから有り難がるが、中長期になると与信の問題が絡むから二の足を踏む。それをシデックはまとめて金融の面倒を見るという申し出だから、よほどのことがない限り、喜んで受け入れるのが常だ。

このような事情から明石の申し出をかたくなに相手が断るには、よほどの理由があるかもしれない。一方で、商いとはこのようなものかもしれない、いったん、約束したものを反故《ほご》するには、よほどの僥倖がないと実現しないとも明石は考えた。ふとアジズ社長の表情に滲《にじ》む柔和さが頭をよぎった。あれは一体何なのか。初対面なのに、どこか懐かしみをいだかせ、時々見せる心の揺れも気になった。それはともあれ、こうなるとヒューストンと掛けあうしかない、それも真正面から突き進むしかない、と腹をくくる。

ドマスク社が帰ったあと、ジュラをまじえ三人によるヒューストン対策を練るが、これという妙案がうかばない。生粋の二人はヒューストンには伝手《つて》がない。形だけの地元資本は入るが、実態は米国籍、資金局というカードを使えないから、結局、ヒューストン対策は明石に託された。アジズに対する執拗な追及から、なにか裏づけがあるかもしれない、とふんだアジュリの勘だ。

明石はアジズとは初対面だったが、じぶんに見せた温かみの裏にいかなる背景があるのか、まったく見当がつかなかったが、小心のわりに、ややもすれば楽観的な気質をもちあわせる明石は、商品誕生にとって吉兆だ、とかってに思い込み、また、アジズの口からヒューストンの名前が出たとき、即、そこに勤務するテニス仲間のピーターのことが頭をよぎった。その人物は住むフラットもフロアも同じ十階という米国人で時々テニスを楽しむ仲だ。赴任日に、あいさつがてらに隣人をたずねると、奥からラケットをかかえた夫婦に出くわした。中学から一貫してテニス狂の明石がそのチャンスを見逃すわけがない。夫婦が入会するサークルへ誘われ、常連になるまでさほど時間がかからなかった。ただその友人がヒューストンにいるとは確かだが、たがいに仕事抜きのつきあいだから、どの部で、なにをするのか、知らないし、尋ねたこともない。ただドマスクとの会談時点では、営業担当であって欲しいとねがったが、客人を見送り、自席へもどったとき、試合後の茶会で、ピーター夫人が、夫は人事の仕事に携《たずさ》わっているせいか、いつもは暇をもてあましていますの。いつでもお誘いくださいな、とふと囁いたことを思い出し、そうか、彼は人事だったな、とようやく気づき、振り出しに戻ったか、とため息をついたが、一方で、ピーターは知見に富み、年も接近し、気性も合う。砂漠地をはなれても終生つきあえる人物と見たから、人事畑でよかった、と思い返し、ほっとする。あとは、他力本願をすて真正面から担当部署へのりこもう、と臍を固めた。

数日後、サリーがアポ取りしてくれた同銀行のダグラス営業部長をたずねた。秘書から部長専用の応接室へ通されると、約束の時間ちょうどに相手が顔を見せた。けげんそうな面持ちでソファに腰をおろした相手は、明石が話を切りだすや、まさか、それはないだろう、と一旦おろした腰を上げかけるほどだったが、やがて思いとどまり、

「ひょっとすると、ドマスクさんから泣きが入ったとか？」

それが第一声だった。

「おぉ、それは神に誓って！　とはいえ、私はキリストさんともマホメッドさんとも縁がありませんがね」

と、はっきりうち消した。うなずいた先方は、やや表情を崩した。きまじめな表情で、世上の大御所を【さん】づけしたのが、幾分か、場のとげとげしさを取りのぞけたのかもしれない。

「でもあなた、明石さんといいましたかな、それにしても虫が良すぎますな。よくもまぁ、しゃしゃ、と口が滑るものだ。まるでこちらがチョンボし、見返りを償え、と責められているみたいだぜ、傍目からみると」

と、当初のこわばった表情がゆるみ、ちょっと暇つぶしに話でも聴いてやろうか、というふうだ。

「まぁ、そう映るかもしれませんね。われながら、少々調子にのりすぎか、と思いますね。でも、こちらもいろいろと事情がありましてねぇ」


直球を投げれば、つまり、文字どおりの用件をもち出せば、端《はな》から相手にされないから、切り口がむずかしい。ただ会話の出だしに、どこかしら間の抜けたふうな可笑しみが漂ったため、会話に緊張感がともなわず、その反動からか、彼は用件をもち出す機会を見失い、相手もあえて彼の用件をききださない。場に奇妙なとまどいと寛《くつろ》ぎが生まれた。初対面と用件の切り出しという重圧から解きはなたれた明石は、辺りをなめまわす余裕をあたえられ、相手の頭越しに、半開きのロッカーからテニスのラケットが覗いているのをふとみつけ、

「部長さん、これですかぁ」

と、明石は、ソファに座ったまま、腕をふりまわすしぐさをすると、うしろを振り返った相手が、おぉ、半ドアかぁ、立ち上がって閉めながら、

「あぁ、うちはこれが盛んでねぇ、昔はダーツ一辺倒だったが、いまや、こちらに人気が……、明石さんも？」

ひょんなことから順風が吹いた。ここぞとばかり、

「ふだんは仲間と立ちあげたチームでダーツを競いますが、学生時代は軟式でしたが、これがもっぱらでした。社会人になって硬式へ転向しましたが、根っこが軟式ですから、あの打ち方で硬式をやりますと、意外に球速がでるのでスピード違反だ、と揶揄されますよ。ただここの暑さは半端じゃないから、もっぱらダーツですが、涼しい夕方なんぞはラケットを握ります。お宅にピーターさんという人がいませんか。彼は仲間ですが」

瓢箪から駒といおうか、ライバルの名前がひょいっととび出した。

「あぁ、そう、それは奇遇だなぁ。でもうちにはピーターは二人いるけど、どっちかな？」

「人事がらみの仕事とか」

「あぁ、それならわが社の人事部長だ。ちょうど昼飯時だし、彼を呼ぼう」

と言うなり、ダイヤルをまわした。ほどなくして当の本人が顔を見せた。

「やぁ、明石さん、めずらしいところでお会いしますね」

と、近寄って握手をかわした。

「ダグラスよ、うちは投資銀行とどんな関わり合いがあるんだ」

人事部長が、目の前の異色の顔合わせに、けげんな面持ちで質すと、同僚は、それには応えず、まずは腹ごしらえだ、とばかりに、二人の背中を押しながら、応接室をでた。

近くの中華料理マンダリンに腰をおろすや、さっそくテニス談義がはじまり、果てにはダーツ、ゴルフと話題はつきない。いつのまにか、ドマスクの件は宙に浮いた。

帰り際、彼はひと足先に席をたち、勘定をはらっていると二人が追いかけ、ダグラスが、

「明石さん、これは割り勘、割り勘、ここで貸し借りはなしにしようや」

と、律儀に言い立てたが、

「こんなことであなたの考えが変わるんでしたら、いつでも喜んでご接待させてもらいますわ」

翌朝、ダグラスがシデックへ顔をみせた。

早朝会議をさっと終わらせ、三階の応接室へ誘う。相手の表情から悪い話ではない、と直感した。

「わざわざ、お寄りいただき、恐れいります。こちらも近いうちに、と思いましたが、なにしろ、きのうの今日ですから……」

「いやいや、そう言われるとこちらが恐縮します。近くに野暮用があったまでのこと、アポなしで申しわけない」

心づかいが憎い。さすがに米系は動きが早い、と舌を巻いているところに、メイが入り、飲み物を運んできた。サリーが連絡したにちがいない。

「メイさん、もしアジュリさんが在席ならヒューストンさんの部長が来社したとつたえてくれないか」

「あらぁ、ごめんなさい。あいにく、頭取はたったいま資金局の会長のところへ。昼迄にはお戻りになられますが……」

申しわけなさそうに彼女は応えた。

「わかった、じゃダグラスさん、名刺一枚いただけないかな、頭取に渡しておきます」

といって名刺をうけとり、

「じゃ、あとでこれを頭取にわたしてくれないか」

「たしかに。ご帰社しだい、お渡しいたしますね」

といってメイは退出した。

「ところで明石さん、きのうの件ですが、こうしませんか。先ず、うちが窓口としてドマスクさんから輸入書類一式をひきとり、しかる後にこちらから貴社へ即、転送するというのは？

その代わり、取次手数料というか、お宅の取り分の二十五%をこちらが頂くというのは」

相手の気づかいに感謝した。アジュリの歓ぶ顔が目に浮かんだ。どうにかこうにか第一号案件が誕生する、とほっとしたが、それもつかの間、この際、それ以上に得るものがないか、とアンテナを思いきりひっぱる。一号案件ゆえに、この際、貿易金融にかかわる儲けをすべて手中にできないか、あるいは、取次という脇道を経ないで、正面からとり組めないものか、と。あくなき貪欲さが頭をもちあげた。

「ダグラスさん、ほんとうに助かりました。これで何とか面目が立ちます。ところで貴行はなぜドマスクさんに長めの融資を投入しないのですか」

ぜいたく過ぎる獲物をねらって罠をしかける。

「いやぁ、同じ金融といっても、まあ明石さんには釈迦に説法ですがね、お客さんの信用リスクを考えると、貿易金融と投融資とでは本質的に違うでしょう。私どもは相手の実情に疎いから与信はとれても精々、貿易金融の領域です。期間が短い上に、商品という物的担保がありますし。ドマスクさんは業歴があさく、王族系とはいえ、その先祖代々とか横縦の関係が他所者には理解しづらいし、現場がわかっても、本社を説得するエネルギーはありません。貿易金融は投融資ほど収益的には美味しくありませんが、それでも母国のそれに比べますと、まだ【別《べっ》嬪《ぴん》】ですわ」

と、ぽろっ、と本音をもらすと、明石は、ここぞとばかり、

「ダグラスさん、投融資の件を持ちだしたのは、じつはわけがあるんです。この中長期の融資

ですが、私どもが与信リスクをひきとるなら参加しますか」

と、不快感を与えないように言葉を選ぶが、内心では是非とも乗ってほしい、その一念だ。

「えぇ、与信リスクをひきとるってどういうことですかな。まさか、シデックさんが裏保証するとでも……」

相手の真意がわからず、ダグラスは、いぶかしげにそう質した瞬間、明石は、胸中で、バンザイと叫んでいた。まさに筋書き通りの展開だった。はやる気持ちを懸命におさえ、

「じゃ、ダグラスさん、その保証とやらの話ですが、まだ上に諮っておりませんが、それに近い形で、貴社がこの投融資に参加できる【しくみ】を考えてみましょう。まぁ、これは私案ですから、確約はできませんが……」

「ぜひその線でそれはお願いしますかな。まぁ、そうなれば、取次の件は忘れましょう」

ダグラスは一仕事をこなしたせいか、どこかふっ切れた表情を浮かべているが、明石の方は、あまりに思惑通りに着地したから、歓びをたっぷり味わう間もなく、却《かえ》って怖くなり、そっと頬をつねってみた。


このあと正式に、ヒューストンに一筆いれ、貴行がドマスクへ長期貸出を実行する際、いかなる理由をとわず、貸出し額の全額もしくは一部をシデックに譲渡できる権利を有する、とした。こうして、貿易為替に関わるすべての手数料は、めでたくシデックのひとり占めとなった。

ダグラスが帰った。メイに内線し、

「アジュリさん、資金局からもどられた？　あぁ、そう。じゃこれから行く。朗報があるから引き留めてくれないか。できたらジュラさんも」

と話し、即、頭取室へむかった。

秘書席で明石をむかえたメイが、

「部長さん、ヒューストンさんの件、上手くいったんですね。おめでとうございます。ジュラさんは先ほど入室されたばかりですわ」

と満面の笑みをうかべて告げると、かるく挙手で応じ、明石はノックした。


「よく粘ったなぁ、部長、快挙じゃないか。そうか、先方にそんな事情があったとは！　うちがひきとるとの文言がそんなに力を持つようになったか……」

と感慨深げに話し、しばし沈黙した。目頭が熱い。

「期待した貸出し残が十パーセントほど減りますが、よろしいですね」

とたしかめると、

「結構だ。いずれ本件を耳にした、業歴のあさい他の掘削業者から類似案件がとび込むにちがいない。それに巷では、石油公社へ日参する業者が急増中ときくから、この際、ゆずれるものはゆずろう。ドマスク社の信用力は、私の知るかぎり問題はないが、とはいえ、一社あたりの貸出し残は少ない方が健全だし、外目には見栄えがよい。まぁ、渡りに船というところかな。

じゃ、部長、こうなったら例の許可申請も急がないといけないな。ジュラさん、それにしても上手くいったな」

「そうですね、もう少しで見過ごしかねなかった。一片の【点】が部長の粘り腰で【線】へ進み、さいごは【画】を描いたんですからな」

思いがけない決着にことのほか機嫌がよい。ルーマニア台風という、シデックの屋台骨を揺るがしかねない大事件の直後だからムリもない。


翌日、ドマスクのアジズと財務部長がシデックへ顔を見せた。昨日の明石・ダグラス会談の結果をうけて、調印式にむけて大きく前進した案件の打ち合わせだ。話がはずみ、昼食近くまでにおよんだので、アジュリがドマスク首脳陣を昼食に誘うと、即答を避けたアジズが、丁度その時、ティータイムの紅茶をたずさえて顔を見せたメイに目配せし、何ごとかささやくと、頷いた彼女はすぐさま退出した。それを垣間見た明石は、両人がかもし出す雰囲気がどことなく親しげだったので、隣にいた財務部長に、

「部長、どうもお宅の社長、素振りから先約があるようだ。会食はつぎの機会ですかね」

と話しかけると、

「ではないでしょう。社長はお二人の男気に、こう申してはなんですが、惚れた、とでもいいますかな、おそらくお宅の秘書への言づけは、先約への断りと思いますよ」

「あぁ、なるほど。ところで部長、お宅の社長さん、うちの秘書とどこか親しそうだが、お知

り合いかな？」

「目ざといですなぁ、明石さん、じつは彼女、社長のお気に入りなんですよ。たしか、メイさんとか。口上が爽やかだし、それに凛々しく、見た目が清々しい方だから、わが社では社長ならずとも、あまたの隠れファンがおります。お年を考えれば、おじいちゃんとお孫さんですが、若くても、年を召されても、男は美人に弱い、そんなところでしょうな」


この日、アジュリみずから運転するBMWの助手席にアジズが、後方に二人の部長が、それぞれ便乗し、一行はシェラトンホテルへむかった。窓ごしの景色は酷暑のためか、行きかう人々も車もどこかしら鈍く車内も陽ざしをもろに受け、蒸し風呂にちかい。空調も効かず、会話がはずまないまま目的地についた。奥まった個室へ案内され、やがて会食となる。

宴もたけなわの頃、アジズが、アジュリ、明石を前に、

「ご両人、原油の発掘現場に立ち会ったご経験が有りますかな。私どもがお宅へ入れる担保、つまり【リグ】が瑕疵《かし》もなく、まがいもなく本物だ、とたしかめ合う機会をもうけましょうか。まっ黒な原油が天上に放たれる光景は、度肝をぬく迫力がありますぞ。部長だって初めてだろうな」

「えぇ、むろん。胸がスカッとするでしょうね。頭取、どうされますか？」

「砂漠に屹立《きつりつ》する原油の発掘現場ですか。すごいパノラマじゃないですか。社長、ぜひとも」

と言って明石に、

「じゃ、部長、メイさんと日程調整してくれんか」

と指示した。その後、アジュリが席をはずし手洗いにむかうと、アジズは明石に話しかけた。

「明石さんはピーターさんと面識があるとか」

「じつは彼はテニス仲間なんです。社長もテニスを？」

「そう。こちらもピーター氏とは縁があるんだ」

「えぇ！　ご親戚とか何かでしょうか？」

「そうではないが、今年卒業した息子が就職時、彼に何かと世話に。学生時分は、テニスに明け暮れで、成績の方はさっぱりでね、本人はエネルギー関係の官公庁へという希望だったが、ムリとわかって、クラブの先輩に泣きついた、そんな縁さ」

「そうでしたか。地元にもどって米国籍の銀行とは！　では貿易金融も息子さんへの側面支援でしたか」

「じつはそうなんだ。あなたから泣きが入ったとき、往生したわ。長期の貸出しを頼んでおきながら、美味しい獲物はヒューストンさんだから、気が滅入ったよ。でもあなたの粘り腰で今日をむかえ、ほっとしたんだよ」

ヒューストンにこだわったわけが納得できた。

「半年前にもなるかなぁ、お宅にナセルさんがいましたなぁ。あの人とも少なからず縁があるんだ」

「えぇ、社長、ナセルさん、ご存知でしたか。それは奇遇ですね、どこでご一緒に？」

なつかしい友人の名だ。思わず訊きかえす。

「彼がシデックへひきぬかれる直前、ドバイ投資顧問の運用部長でね、うちの担当だったんだ」

「そうでしたか。それはそれは。親分肌の気質をお持ちで、じつに懐の深い人でした」

「気の毒な理由でお宅を去ったが、いまは前の勤務先にもどって頑張っている。でも彼との縁はそれだけではないんだ。彼の姪御さんが英国留学の後、彼を頼って当地へ来たとき、母屋で一時、預かったことがある。彼の一族はカイロだし、自身こちらで独り暮らし、くわえて、潔癖な方だから、姪とはいえ男女の同居はまずい、と相談をうけ、帳尻がこちらに来たよ」

アジズがそこまで話した時、手洗いからもどったアジュリが中に割り込んできたのでその話題はそこでおわった。会食は和やかにつづいたが、明石はふたたび新商品のことが気になってきた。ただ輸入書類の到着には少々、時間的に余裕があるので気分的には楽だったが、カウベに頼む予定の実務に長けた若手の人繰りについて詰めをあやまった。

「明石君、その件はたしかにこのまえ聞いたが、大していそぐ話ではなかったじゃないか。君の母体は合併銀行だぜ、まえとは違うんだ。出身は？　という生々しい旧行間の調整項目がふえたから、派遣といえども右から左へというわけにいかない時勢だぜ」思い出したように電話してきた明石に、村西は怒気を含んだ声で彼の根回しのまずさを詰った。海をこえた電話口から、村西のいら立ちがつたわる。しまった、遅れをとった、と悔やむ。アジュリらを説得するかたわら、顧客を発掘したり、地元銀行との調整にうごいたり、あれやこれやと時間をとられている間に、母体への連絡が遅れた。

「あの頃は、状況から判断し、熟していないと思い留まりましたが、アジュリ頭取が来られてから、あらゆる部門で旧来の足枷が外され、積極姿勢が当たり前になり、頭取についていくのが大変なんです。そのため肝心の人材派遣の件も、後手に回ってしまい、申しわけありません」

村西の怒りがおさまった頃を見計らい、神妙な口調できりだすと、次長は、

「事情はわかった。この前、全国支店長会議の分科会の席上で、永守さんからもルーマニアの件で、君が、精魂つめたきわどい仕事をやってのけた、と報告があったが、君はじつによくやった。ところで、その人材派遣の件だが、地元回帰はうちの方針だから、なにはさておき早急に検討しよう。ただ定期異動をすませ二カ月経ったいま、国内に残る貿易金融にたける人材となると心もとないというのが本音なんだ」

「じつを言いますと、僕は国内で外国為替を少しかじりましたが、もっぱら輸入与信の稟議方で、実務はからきしダメでしたから、対象者は、若くてその途の経験者なら、海外経験は問いません」

「語学力はどうするかな」

「語学音痴の僕でさえ、なんとかなっていますし、社内外で日本語は通じませんから、否が応でも慣れますよ」

「わかった。じゃ動いてみよう」

しばらく経って小林という明石より半回りほど若い人物の派遣がきまった。海外勤務経験はないが、あすのカウベを担う有望な人材とか。のこるは新業務の認可申請だ。


カウベから人材派遣の決定の知らせが入った日、頭取室へむかう。在席はあらかじめメイにたしかめていた。入ると、アジュリは、待っていましたとばかり、

「部長、これから中央銀行へ行こう。今電話しようと思っていたところだ」

というなりメイを呼び、車の手配を指示した。

「わかりました。申請書の件ですね。こちらの話は……」

と終わらない前に、当の本人は先を歩いていた。

「まったく、早いねぇ、ついていくのが大変だ」

とそばに居たメイにこぼし、舌を出した。

「いつもこうなんですの。でも部長も急ぎませんと」

彼の方を見てクスリと笑い、見送った。


中銀の駐車場に車をとめ、二人はいかめしい建物に入ると、応接室へ案内された。白亜の殿堂のなかは物音ひとつしない。その重厚さに圧された明石だが、先へ進むアジュリを追うと、

さすがに場慣れしたもの、背筋をピンとのばし、威風堂々たる闊歩、建物の窓ガラスから差し込んでくる陽光が、その巨体をやさしく包んでいる。ボスはこのような舞台がお似合いなのだ、と明石は誇らしく思う一方で、少々ひがんだ。

アポの時間ちょうどに、総務部長が顔を見せた。面談そのものはなごやかな雰囲気の中でおこなわれ、シデックの要請に対し相手は、

「近いうちに結論を出しますが、この種の申請は、なによりも商業銀行への影響が先だちますが、申請内容を拝見するかぎり、対象顧客が不特定としても、特定の限られた分野からの需要と思われますから、特段の支障はないでしょう。いずれにしても速やかに対応いたします」

と好意的に反応した。アジュリの経歴を承知するのか、先方は心憎いばかりの受けこたえに終始し、形の上では本業と商業銀行との兼営申請だから、思い通りに事が運ぶとは予想できなかったし、また条件付でもかまわなかったが、その後、さしたる時間もかからず、認可される。彼には真っ先にやることがあった。ドマスクへ供与する中長期資金にかかわる条件交渉だ。その資金はまもなく到着する輸入手形の決済に充てるのだが、これまでも時々先方をおとずれ、社長の感触をさぐってきたが、本格的な交渉はまだ先のようだ。ある日、アポをとらず、ぶらりと先方へでかけた。営業場の真ん中にあつらえた自席に座り、手もちぶさたの体だったアジ

ズが、めざとく明石をみつけ、相好をくずしながら、社長室を指さした。先に入り、ソファに腰かけていると、社長が顔を見せ、明石の対面に座るやいなや、時候の話もなく、いきなり、

「いま客待ちだから、あまり時間はとれないが、一つだけ聞きたい。いまの金利水準をどう見ているんだい。為替の方は、自国通貨のディルハムはドルに連動するからあまり気にしないが、関心は金利水準だ」

といきなりビジネスの話だ。

「水準としては結構な線へきた、という感覚ですが、このまま更に上昇するかどうか、原油価格の高騰がつづけば、まだ伸びしろがありそうですが、ただ市場がどこまでそれを織りこんでいるか、でしょうね……」

そろそろ天井では、と個人的には考えるが、相手は海千山千の原油採掘のプロだ、需給動向には、じぶんより裏づけを持っているに違いないから、うかつなことは言えない。ただ相手は、口ぶりから、どことなく、原油、金利ともに一段高と読んでる気配だ。

「……社長、川下の中期貸出しの期間が四年と決まった以外は、あとほとんどが白紙、とりわけ、金利を更新する変動制をえらぶのか、その場合、利鞘をどうするのか、また全期間、同金利とする固定制をえらぶのか、ただ幸いなことに、輸入書類が届くまで少し間がありますから、今ここで決める必要がありませんね」

「そうだな、こちらももう少し金利動向を眺めてみたい。部長も時々、立ち寄ってくれないか」

目の前の電話がなった。手をのばしたアジズは、じゃあ、また、とかるく手をあげ、電話をとった。

ドマスクの件がいつしか地元企業に知れわたり、部員は彼らからの電話にうれしい悲鳴をあげるが、その大半が新商品にかかわる照会だ。娘と妻の実家に合流する、という明石の休暇もくろみは、あまたの熱い照会にさからえず、目前でドタキャン。娘だけを帰国させ、明石は赤子誕生の売り込みに特化し、照会が入れば、彼を先頭に、すぐさま外訪に出る積極外渉でのぞんだ。類似案件先のほとんどが、ドマスク社とほぼ同規模で業歴が浅いが、地元財界では名を知られ、企業背景も、アジュリの弁によれば、よい人脈とつながる、と太鼓判を押されたが、財務面、担保面については、一社毎、部員全員にくわえ、債券部のショウキ次長までかつぎだし、入念に調査した。顧客の出入りにともない、おのずと、パリのピエール、ロンドンの会計士との接触もふえ、時間との戦いにあけくれたが、待ちに待った前向きの商いであり、たえず心地よい達成感にみたされ、つらさ、多忙さの繰り言は隅へ追いやられた。

ドマスク、それに次いで成約が見込まれる大口先アブマシコ向けなどの新商品業務は、貿易手形の決済を終えると自動的に中長期の融資へふりかわる商品だが、これら以外、つまり旧体制下の収益のかせぎ頭、貿易金融を伴わない投融資業務は、ここへきて復調の兆しを見せ、かつての取引先にくわえ、新規先として中東の湾岸諸国の政府機関、地元企業が顔を出したが、これは資金局によるテコ入れ情報がひろく知れわたったお陰であろう。これらの案件は、シデック一社で充分に保有できる余力はあったが、変動型については、他行と協調したり、単独案件で契約した後、一部を他行へ譲渡した。ただし固定金利型にかぎっては、譲渡せずにそれらの原資をこれまで短期運用で稼いでいた劣後債がらみの預金で充てたから、数段魅力ある利鞘が確保され、日を追う毎に財務体質が改善されだした。

貿易金融という新商品が加わったことで、経営には追い風となり、決算のおりかえし点で、はやくも目標の達成がみこまれ、それも余裕をもった展望さえ視界に入ってきた。かつてないほど社内に活気があふれ、内外の業者、顧客の出入りが実にすさまじい。

新商品にかかわる、ドマスク社をはじめとする輸入業者による輸入信用状の開設はここひと月ほどで山場を迎えることが見込まれ、あとは業者から信用状の条件をみたす為替書類の到着が九月半ばと予想された。ところが、ここに来て、ドマスク向け案件に対し、調印式の前倒し案が浮上する。夏休み前に儀式をおわらせたい、と奇しくもアジュリとアジズ社長が合意、中長期の貸出し条件は後日覚書きに追記とし、異例だが、調印式が先行する運びになった。

調印式当日の早朝、明石は、式次第の打ち合わせ、製本された契約書の点検に余念がなかったが、この日が、まさに待ちに待った、貿易金融と投融資を一括りにした新商品の誕生日といえなくもない。会場はシデックの大応接室があてられ、総務部がその任務にあたる。テーブルには大輪の花がかざられ、会場の入り口にアラビックと英語の併用で、ドマスク社調印式会場という垂れ幕がかけられ、両端は金のモールで縁どりされた。

赴任来、見かけた光景だが、この日は、ひときわ違ったものに映り、彼は朝から気持ちが昂ぶっていた。よくぞここまで、という思いが万感胸にせまる。ちょうどその時、肩を突いた者がいる。振り返ると、調印式の設営責任者のハビム部長だった。

「明石さんにとっては、よくぞここまで、という心境だろうな」

おたがいに通じ合う、心からのほとばしりだ。新体制の人事異動で、年下のタリットは副頭取に昇格したが、この部長は昇格はしたものの、明石と同格だ。おなじＭＢＡで生粋のじぶんが、なぜ部長どまりなのか？　という不満はあったにせよ、いつも淡々と職務をこなし、笑顔をたやさない。昇進昇格には実力はむろんのこと、運もあり、上司の好みもあるだろう。生粋のエリートは、こうして鍛《きた》えられ、いつかは国家の柱石になるに違いない。

調印式には、会長、頭取はもとより、主だった経営幹部、ドマスク社から社長以下四人、ヒューストン銀行から拠点長とダグラス、パリからピエール弁護士、補佐二人、それぞれ顔を見せ、総勢二十名強。ヒューストンは名こそ連ねるが、実質、シデックがしきる単独案件、しかもそのわりに金額が大きく、くわえていつもの長期貸出しに貿易金融が色をそえた。投融資業務のそれにくらべると、少々実務的には手間ひまがかかるが、その見返りはたっぷり各種手数料で返るから、申しぶんない。

ドマスクの貿易書類がとどくには、いましばらく間がある。一旦は休みを返上したが、調印式をすませた今、これまでのあわただしさが現実だったのか、と錯覚するほど社内の喧騒は糸を退くように消える。遅ればせながら帰国して家族団らんを、と思ったところへ先に岡山入りした娘から電話が入った。


「パパ、ママは私が帰国してからもお仕事で手いっぱいで、私のことなんかまったく眼中にないんだ。口をひらけば仕事、いそがしいのことばしか返ってこないの。朝食だけは一緒だけど、それもつかの間、番頭さんが顔をみせると、せっかくの一家団らんは、会議に早変わりなんだ。それも毎日だから、まどかはいつも置いてけぼり。帰国するんじゃなかったわ」

「でも、おじいちゃんやおばあちゃんが傍にいるんじゃないのか？」

「二人とも駄目さ。おじいちゃんはいつも床に臥せているし顔をみせると歓ぶけど、起き上がるのが辛そうだから、この頃、その部屋には近寄らないの。頼みの綱はおばあちゃんだけど、でもママや番頭さんは、何かあると、そこへ相談にくるから独り占めはできないし、……私はいつもお邪魔虫なんだ。パパはどうなの？　相変わらず午前様？　でもそっちの方がいいな！　友達も休みから帰るころだし……」

これでは何のために彼女を帰国させたのか、と頭をかかえるが、一方で、義父の病や家業できりきり舞いする妻の体調や、家業の現状、行く末も気になる。結婚時、婿入りしないと断ったものの、こうなっては、杓子定規的に突っ放しておけるものでもない。アジュリに事情をつたえ、遅めの夏季休暇を口にすると、

「わかった。貿易為替書類が着くまでには少々間もあるし、たとえ間に合わなくても、そちらを優先させなさい。カウベさんの助っ人も近々着くだろうし、こちらは何とでもなる」

翌日の便で帰国した。

岡山にも飛行場はあるが、明石はもっぱら新幹線を利用する。転勤のつど挨拶がてら同地にくるが、ほぼ日帰りだ。駅からタクシーでほぼ十分、さほど遠くはない。市街の一角に敷地と工場がたたずむ。妻の実家は地元のデパートへ学生服やジーンズ、ワイシャツなどの生地をおさめる下請けだが、裁断、縫製などの軽装備が中心で、騒音、振動、塵芥などの問題はない。

急に思い立った帰国だから妻子はもとより実家の縁者がおどろいた。病床の義父にあいさつした後、早速うごいた。滞在時間によゆうはない。いつ米国からドマスク宛貿易書類がとどくか、それが気がかりだった。先代からつかえる番頭の西川と会食しながら事業の現状、かかえる課題、資金繰りなどなど彼からきき出した後、その番頭と主力銀行へでかけた。入手した情

報と銀行側の感触をすりあわせたい。支店長と面談する。

「……という事情でまいりましたが、お忙しい支店長さんにお手間をとらせるわけにはいきません。さっそく本題に入らせていただきます。ぶしつけなお願いで心苦しいのですが、さしつかえない範囲で、私どもの企業に対する基本的な考え方をおきかせ願いたい」

「やぁ、これは、これは。若奥様の旦那さんが、同業の方とはつゆ知らずでした。社長さんがたおれた、とおききした時、一瞬、不安にかられましたが、それもつかの間、目の前におられる西川さんを思いだし、己の小心さを恥じましたわ。ことかように西川さんの存在は大きく、いまや、オーナー代行として若奥様の指南役をつとめられ、はたまた、従業員さんをしっかり束ねておられます。お貸しした長期の返済につきましても一度として滞ったことはありませんし、それよりなにより、創業者の祖母様が、いつくしみをもって育てられ、しかも創業来のゆたかな資金が礎《いしずえ》にありますから、こちらとしましては、却ってお貸しする機会が少なく、やきもきしているところですわ」

「それをおききして、ほっとしました。これで社長の病状が回復に向かえば、言うことありませんね。納入先さんからの評判はいかがですか。堅実さゆえに、ぎすぎすとした関係になっておりませんか」

「先行投資とも絡みますが、社内では品質管理教育がいきとどき、返品率はほぼゼロとか、先方さんからは一目も二目もおかれる存在とお聞きしておりますよ」

「それは、それは、耳触りの良い話を。話半分にしましても、こちらも安心いたしました。ついでで申しわけありませんが、私も銀行員の端くれ、先ほど支店長さんが、同社は、ゆたかな資金にめぐまれ、とおっしゃられたが、それらはメインさん、つまりお宅へあずける廉価な預金が根っこにあるんでしょうか」

尋ねにくい質問だが、銀行は貸出しする一方で、顧客の預金を当てにする場合がままある。担保ではないが、いざというとき、資金の流れを追うにはなにかとつごうがよい。もし明石の質問が的を射ていたら、同社を優良企業というのは、じつは阿諛追従《あゆついしょう》の類いか、と心配性の彼はそれを疑った。

「ご心配なんですな、身内となると銀行員さんも。これは失礼しました。でもご安心ください、ご同席される西川さんがなによりご存知ですが、日常茶飯事の出し入れ資金をのぞき、余剰資金のほとんどは、債券運用それも国債へ、これが社のご方針とか。たしか、そうですな、番頭さん？」

「その通りです。病床の現社長の口癖というのは、じぶんは生粋の経営者ではなく、若い頃、サラリーマンをかじった上に、生来の小心者ゆえ、欲を出さない、土地も、株式もこわい、恃みは、お上の信用力、となれば、国債運用しかない。それもムリせず、ほどほどに、ですから」

それを聞いてほっとした。数日滞在したあと、由紀子を残し、まどかとアブダビにもどった。あす出発するという前日の夜遅く、こともあろうか、由紀子が母親と一緒に雁首《がんくび》ならべ、帰り支度する明石の前に顔を見せた。

「母娘でいったい何ですか、二週間近くもいたのに、夫が妻と話し合いできないって、そんなに家業は多忙なのか」

嫌味にとられるだろうな、と思いつつ詰った。帰省したものの、結局はここでもアブダビ同様、まどかの話し相手はじぶんだったから、何のために帰国したのか、という不満を顔面いっぱいにただよわせた。

「あなた、ごめんなさい。ここでもまどかを押しつけてしまって……そのことはいつかきっと償います。出立前の忙しいところに、こうして母と来たのは、あなたに謝らなければならないことがあるの」

ドキッとし、居ずまいを正してから、身がまえ、

「えぇ、なんだい、いまさら離婚話でもあるまいな？　止めてくれよ、この忙しいときに」

「まぁ、何を言い出すかと思えば。不便をかけているのはこちらなの。いつ三下り半をつきつけられるか、とびくびくしているの。でも、きょうの用件は、じつは私の名刺の件についてなの。ここではあなたに内緒で旧姓で通しているの。真っ先に了解をとるべきでしたが、つい、言いそびれて……」

由紀子は、さもすまなさそうに畳に手をつけ頭をたれた。

「なんだ、そんなことか。お二人で畏まって切り出すほどのことか。いい気分ではないが、商売上、已むをえないんだろう？」

「えぇ、父が倒れたとき、先行きを危ぶんだ、先代からの古いお得意様が『あなたのご主人が

継がないときくが、せめて若奥さんが旧姓を名乗り、父親代わりをする覚悟ぐらいは欲しいなぁ、むろん離婚まで強要するつもりは毛頭ないが……やり手の番頭さんが傍にいるから今は心配しないが、彼も社長夫人も若くはない。いずれは、トップに創業者の血が入ってもらわないと』とおっしゃって」

9月の上旬、明石はまどかとアブダビへもどった。


ひさしぶりのシデックだ。

出社は前日サリーに連絡してあった。彼女は律儀で、いつもボスの出勤前に着席する。この日も例外ではない。彼を見るなり、立ち上がり、

「ボス、お帰りなさい。ところで、私の生徒さんは夏休みの宿題をすませましたかしら？」

彼女はまどかの家庭教師だ。

「うん、周りに話し相手がいない、とこぼしていたが、そのおかげで宿題がはかどったとか」

「それはそれは。そうそう、ボス、初めに申しあげることがありますの」

「なんだい、あらためて」

「頭取とメイさんは、先週から夏休みに入りましたが、頭取は一週間も経たずに切りあげ、今週から出社しております」

「なあんだ、アジュリさん、もう出社しているのか」

「じつは、それはよろしいのですが、どなたも部屋へ入れません。といいますのは、ドアのノブに入室禁止の札がかかっており、部屋に籠もったままです」

「なんだ、わが殿は出社すれど姿見せずか！　よほど切羽つまった案件でもあるのかなぁ」

アジュリへの挨拶をあきらめ、ジュラ、タリットの執務室をまわり、自席へもどると、まもなくしてサリーが邦人をつれ、顔を見せた。カウベから来た小林だ。明石より半回りほど若い。上背があり、どことなく愛嬌がある。俺よりよほど熱砂の国にふさわしい、と明石は苦笑いした。


部会召集をかける。ショウキ、ニーナ、スミスらが、顔を見せた。アスカリは体調不良で療養中、代わってショウキが同部と債券部の次長を兼ねるという異動が発令され、貿易金融が一段落するまで、明石を補佐する。

会議の冒頭に、ニーナが数日中にドマスクの輸入書類がとどくと、つたえた。予定より早い。ひさしぶりの部会だったが、彼の帰省中に、部員らは新商品について習得したらしく、これまでの部会には耳なれない貿易実務の専門語がしきりに行き交っていた。この日、小林に司会をさせ、彼はもっぱらきき手にまわった。カウベからの出向者は、物おじもせずに弁舌たくみに、会をしきり、明石を安心させた。

やるべきことがめじろ押しである。まず休み中の金利動向が気になる。ショウキに市場動向にかかわるデータを、スミスに金利条件にかかわる副契約書の作成を、それぞれ指示する一方で、パリのピエールへ電話し、ドマスクとの原契約書と副契約書との整合性の検討を依頼する。こうしてシデック初めての貿易為替書類の到着を前に各位間の役割分担をあらためて再認識させた。

サリーを呼んだ。

「ドマスクの社長宛にアポたのむ」

「わかりました」

彼女はボスに合わせ、休日からもどったばかり。見るからに疲れ気味の体《てい》だ。

「娘さん、今年、首尾よくロンドン大学へ入れた？」

出来の良い愛娘がそこを目指しているときいていた。かつては夫婦はアブダビで共働きだったが、夫が前年に失職、ロンドンへもどり、娘と生活していた。

「えぇ、休暇前、部長ずっとお忙しかったでしょう。言いそびれましたが、合格しましたの。夫もカウベさんに就職できて張りきっていますわ。あの折は、ほんとうにご面倒おかけしました」

三カ月ほど前、サリーが退社時刻をみはからって顔をみせ、彼に辞表を出した。

「夫は仕事が見つからず、いらだっていますから別居生活に見切りをつける時が来たようですわ。受験をひかえる娘に一家の家事、洗濯をまかせるわけにいきません」

サリーは、メイのように要領よくテキパキと片づけるタイプではないが、なにごともじっくり時間をかけてこなす型、明石とはかならずしも波長が合うとはいいがたい。とはいえ、指示に対する出来栄えはいつも意にかなっており、また几帳面で内外の情報管理にぬかりがない。ここで辞めれば即業務に支障をきたすことはあきらかだ。説得したが、本人の意思はかたく、とどのつまり、彼女から、

「メイさんに来てもらったらいかがですか」

と言われ、虚をつかれる。

「俺にはどうしても【あなた】が必要なんだ」

と、あなたを強調したが、よほど考えた末の決断か、相手はかたくなだった。やむなくアジュリに相談した。

「これから正念場だから、サリーが辞めるとやっかいだな。やることなすこと、しっかりして

いるから、後釜を見つけるのは至難のわざだな……」

と、しばし考えこんだアジュリが、とつぜん手を叩き、

「灯台もと暗しじゃないが、メイさんを後釜としたらどうか」

「むろん、彼女なら異存ありませんが、頭取がこまるじゃないですか」

「大丈夫さ。資金局にたのめば、なんとかなる」

「しかし、一部長の秘書の件で、資金局にご迷惑をかけるわけにもいきません。とりあえず持ちかえります」

執務室にもどったが、成算があるわけではない。メイは赴任来、あこがれの人でもあり、ともに新体制を夢見た【同志】だが、じぶんの秘書ともなれば、話は別だ。正直いって気が重い。しばしサリーのひきとめ策に心をくだいていると、カウベ・ロンドンから電話が入った。永守からだ。

「小林君、どうだね、つかえそうか」

と言われ、そうか、カウベの線が残っていた、と気がついた。喉につっかえた小骨がとれた思いだ。

「えぇ、まったく問題ありません。彼こそ、中東向きの人材ですよ。赴任して数日で、わがもの顔で社内を闊歩する男ですから。ところで支店長、お話が……」

サリーの夫は当地の外資系ディーラーだったが、母体の意向で中東拠点をバーレーンにうつしたあおりで失職した。地元採用組の悲しさ、いきなり路頭にまよう。永守から電話をもらったとき、明石はかつてその役員のもとで為替ディーラーだったことをふと思い出し、藁をもつかむ思いで助けをもとめる。

「そうか、アジュリさんはじぶんの秘書をとまで……、それはまずいぞ。じゃ彼の経歴書を送ってくれないか。最終的には次長に一任するが、うちも合併後、業務がふくらみつつあるから、一人くらいなんとかなる」

結局は、永守の尽力でサリーの夫はカウベ・ロンドンで採用がきまり、サリーは辞職をひっこめた。

休み明け、部会を終え、静かになった自室で、山積みされた書類を片づけだしたが、どうも気がのらない。てっきり休暇中と思ったアジュリが出社中と聞き、すわ、あいさつでも、と勇んだが、部屋籠もりだという。会いたい女性《ひと》は帰省中、出鼻をくじかれた思いだ。ふたたび書類の山を崩しはじめるが、やはり気がはずまない。だれか話し相手が欲しい、と思ったとたん、

サリーがまた顔をみせた。いつもの日程のすり合わせだ。それを済ませてから、

「いつロンドンからもどったのかな？」

「きのうですが、主人がくれぐれも部長によろしく、と申しておりました」

「ところで先ほどきいた、アジュリさんの休暇返上の件だが、いつものメイさんなら『では、私も』と言いだしかねない筈だが」

「じつはそうなんですが、頭取が『君は遠慮せずに夏休みを思いきり使いきりなさい』と強く念を押されましたわ、と帰省先からいただいたお手紙に」

「そうか。秘書のみなさんは、一日中、それぞれのボスの指示で忙殺され、個人的な接触はないものだと思っていたが、食事会とか、手紙のやりとりとか、それなりにつきあいがあるんだ」

「食事会は定期的にあるようですが、メイさんや私には声がかかりませんの。二人はいわば、【のけもの】という存在ですから」

「へえ、どうして？　まぁ、仕事に関係がないから、ムリに応えなくても」

「かまいませんわ……みなさんは独身族ですから、家庭持ちの私を敬遠するのは納得いきますが、メイさんには、他のご事情がありますの。いまは秘書室長のお立場、また新体制以前は、昼休みはもっぱら読書でしたから、表むき、お邪魔してはいけませんわ、と囁かれながらも、裏では、お高く留まっている方ときめ打ちされ、お誘いがかからない、と思いますね。ですか

ら私たち二人は仲がよろしいの」

さらりとした口調で社内事情をうちあける。メイに悪意をもっている感じではない。本来なら、サリーは彼女に不満をもっておかしくない。頭取指示を明石へつたえる際、赴任後しばらくは内線だったが、新体制後、どういうわけか、口頭でつたえだしたから、サリーが一言、「メイさん、私を通してくださらない」と、なじってもおかしくはない。社内ルールでは、経営陣の指示事項は、緊急事態をのぞき、担当秘書経由とある。ただメイの行動は、彼だけにかぎっており、しかも、頭取指示となれば、すべて緊急とみなし、社員も部長への示達はそれに属する、と解する向きがあった。とはいえ、担当秘書の立場からみれば、文句の一つ二つ言いたくなるのでは、と思われるが、サリーは口に出すこともなく、また不満をこぼすこともなく、メイの成すに任せている。


「そうか、ほかの秘書とは一線を画している、と俺が赴任した頃は、ショウキ達もそう言い立てていたような気がするが、この頃は社員達とうちとけ、ずいぶん明るくなったじゃないか」

「ええ、メイさん、ずいぶん、変わりましたわ。でも、昔もいまも、私は好きですよ、あの生き方が。世間知らずで危うさが見えかくれしますが、いつも清々しく、それに健気ですもの、それよりなにより、お仕事に使命感を持っておりますでしょう。それに知的ですし、凛々しい方ですから、同性からはやっかみ半分で敬遠されるのはムリもありません。ところでボス、メイさんがお慕いされる方をご存知かしら？　傍から見ますといじらしいくらい」

「えぇ、そのような紳士がいたのか、一体誰だい、その御仁がうらやましいな」

日頃から心に懸ける人だから、彼女の想い人ときかされ、一瞬心が萎えたが、一方で、やはりいたのか、あの凛々しさだ、いないわけがない。よけいなことを話すんじゃなかった、とちょっぴり悔やむと、サリーが、

「誰って、ほんとうにご存知ではありませんか？　ボス、あなたのことですよ」

「えぇ、俺かい、それはない！　ありえない！　遠路はるばるの赴任だったのに、あのとりすました、冷ややかさには心折れたものさ。そのあとだって、それこそ笑顔を返されたことなんか！　まぁ、シデックが漂流する辺りから、居残ったもの、同志という絆から、そっけなさがきえ、優しげになったと気づいたが、その心境の変化は知る由もないし、少なくともお慕いということばは俺にはまったく相応しくないし、あまりにとっぴ過ぎるよ。ただ、経営陣不在のなか、たがいに励ましあったが、それとて、同志という意識を共にしただけのことさ。メイさんの存在はそれ以上でもないし、それ以下でもない。異性として見られるなんて、あまりにおこがましいし、生来の小心者、この道、からきし奥手であり、それに俺は既婚者だぞ。こぶつきの」

「わかりました、わかりました。でも私はこの道はボスより充分に経験ゆたかですわ。この勘は外れません。そこにいたる迄、どのような心の葛藤が彼女にあったのか、わかりませんが、ボスが言われることは、あれもこれも、いっときのこと、いま彼女が変わったのはまちがいな

くボスのせいですよ」

ほほ笑みながら若いボスをさとす。

アジズへのアポがとれた。

まもなくはじまる条件交渉のまえに、彼は、休み中の金利の流れを追った。休暇前にくらべ、大きな動きはない。三年物の固定金利は十三・五％前後をいったり来たりしていた。

これから三年、いまの水準から上がるのか、あるいは下がるのか、はたまた、同水準なのか。関係者の思惑はそれぞれ異なるが、だれもが、これだという確信があるわけではない。政治、経済のながれを先読みし、経験や過去の習性からきめるしかない。

市場のものさしとして、ユーロ三カ月物の平均金利がその一つだが、これまでの十年間はほぼ八％だという。短期の金利は、中長期のそれに必ずしも連動しないが、彼は、さまざまなデータをつぶさに精査し、いま市場がしめす三年物固定金利は、これから三年間の平均金利より高めにあると読み、ドマスクには変動金利型がふさわしいと勧めたい。休み明けのなまった頭の中に最新情報を叩きこみ、アポ時間きっかりに同社についた。

ふと見ると、アジズは営業場の中央にあつらえた社長席にどっしんと座りこみ、目の前の大きめの机に肘をつき、なにやら考え込んでいた。彼の訪問に気づき、からだを起こし向きを変えた。

大机の前にひかえる接客用の椅子に、主の真正面にむき合う形で彼は腰をおろした。とりとめもない旅の話題でもりあがった後、さっそく彼から金利の話をもちだした。

「社長は、いまなお固定金利にこだわっておりますか」

「そうなんだ、部長、やはり、これから数年間、金利は原油価格にひきずられてまちがいなく騰がるはずだ」

「やはり、その根拠は、原油価格のさらなる高騰、ですね」

「そのとおりさ。これまで先進国はタダのような油をむさぼりすぎた。これに尽きる。これからだって、彼らはむろんだが、発展途上国なども、経済の勢いから、需要はいちだんと高まり、右肩あがりがつづくと見たい」

「でもいっときの高騰は、このところ影をひそめつつありますから、社長のおっしゃることは、もうすでに市場におり込み済み、そう考えられませんか。また先進国も脱石油を見据え、代替《だいたい》エネルギー対策に、膨大な投資をもくろみ、近ごろの急なる原油の高騰から、同施策をいちだんと拡げ、かつ前倒しさせることも……、たとえば原子力エネルギーはその最たるものですし、さらには天然ガス、オイル・シェール開発などなど、……。一方で省エネにとりくむ非石油生産国の動きも気になりますが……」

「たしかにその通りだ。ただ原子力発電は一朝一夕にできるわけがないし、それに莫大な資金もいる。万が一にせよ、事故となればどうだ、放射能の汚染はこわいぞ。私はそれがゆえに、いまは原油価格はうたた寝中だが、これは、再浮上への充電中と理解したい。その根拠は、埋蔵量だ。化石燃料はおのずと限りがあるし、これからは、その貴重さがゆえに価格上昇は不可避さ。まぁ、そこでだ、本論へいこうか。シデックさんは、わが社に、三年、固定金利をどの水準で貸すんだい」

ここでアジズは初めて三年物固定金利の意向をみせ、具体的な水準をもとめた。貸し手のシデックとしては、顧客がどれを選択しようとかまわないが、肝心なことは、出来上がりの水準であり、その中身だった。つまり標準金利にシデックがどの程度、利鞘をのせるか、だ。

「わかりました。三年物固定の選択ですね。これでいかがですか」

手元のアタッシェ・ケースをあけ、提案書をアジズに渡した。相手は固定金利を選ぶだろうと予想し、サリーにあらかじめタイプさせていた。

「おい、おい部長、これは一体なんだ！　十四・五％って今マーケットでは三年は十三・五％だぜ。それがどうして一％も乗っけるんだい」

アジズは提案書をつき返し、ぶすっとしている。

「でも社長、どうかご理解ください。十三・五％というのは、一流の借り手が調達できる水準、うちはそれに四分の一％市場から乗せられ、そこへわが社の利鞘、四分の三％加えたものですから、けっして一％も乗せていません」

アジズの顔を窺《うかが》いながら、臆せずかわした。

「市場からお宅が四分の一％も乗せられるとは、ずいぶんサバを読んだものだ」

「でも社長、くどいようですが、十三・五％は市場のトップ企業への優遇金利ですし、それに三年ともなれば、資金の出会いは短期ほどそう多くありません」

シデックの実態を言わざるを得ない。新体制後、一年以内の短期への上乗せはたしかに消えたが、中長期になるとやや流動性に難もあり、その分跳ねているかもしれない。

「たしかに筋は通っているが、けさ、あるドバイ銀行の友人からの情報によれば、できあがりは十四・一二五％でいける筈だ、と助言されたが、こんなにも隔たりがあるんじゃ、そうですか、と言うわけにはいかん。お宅の誠意に感じ入り、川上迄つきあったが、社内には、他とくらべコスト的に遜色なければ、と周りをくどいた俺の立場がないじゃないか」

言葉こそ、抑え気味だが、表情は不機嫌そのもの、シデックに脅しをかけ、譲歩を迫っているようにも見えたし、じぶんが試されているようにも思えた。あるドバイ銀行というのはおそらく商業銀行だろうし、中期貸出しは業務範囲外だから、その助言はただ市場の標準金利に短期適用時の利幅をそのまま乗せたにちがいない。

「しかし社長は、かなりの金利上昇をみこんだ上で、固定金利を選ぶわけですね、となりますと、四分の一%程度は、いうなれば、誤差の範囲内ではありませんか」

つい甘えて、本音がポロリと出たとたん、いきなりアジズが色をなし、

「明石さん、いま何て言った。商売ってそんなものではないぞ。それでも銀行員か、きみは！四分の一%といえども、元本五千万ドル、期間三年としてほぼ四十万ドルという大金になるんじゃ。それを誤差とは、なんだ！　話はなかったことにしよう。これ以上話をする気はない」

しまった、と思ったがもう遅い。とりつくしまがない。どう弁解しようと、相手は頑として聞く耳をもたなかった。

「申しわけありませんでした。頭取とも相談して出直してまいります」

と頭を垂れ、退散した。

相手を完全におこらせた。金利のできあがりについては、アジュリから任されていたから、アジズの意向に合わせることは可能だが、すべてあとの祭りだ。アジュリと相談、と口に出したが、その本人が、休暇半ばでとつぜん出社し、いまや、部屋に引き籠もり中、【邪魔するな】と言わんばかりだから、きく耳をもつわけがない、と帰路気がついたし、それよりなにより、すべてはおのれが撒いた種であり、金利については、全権委任された立場、今さら何をかいわんやであり、アジュリに仲介の労をとってもらうわけにはいかない、と観念し、帰社しないで、ひとまず帰宅した。

「どうしたの、パパ、こんなに早く帰って。会社でなにかあった？　夕食の用意できる迄、休んでいたらどう。あとで起こすから」

学校がはじまるのか、やり残した宿題の工作物のいくつかが居間に散らばっていた。

「ありがとう、まどか。悪いけどそうさせてくれるか」

娘が夕食の支度に台所へうつったのを機に、彼は書斎へ入った。あらためて作戦を練るが、これといった策がうかばない。あきらめて仮眠をとる。帰省の疲れのせいか、熟睡した。

夕食後、ふたたびドマスク社に顔を見せると、主は不在だ。ちょうど社内で執務中だった財務部長が、

「明石さん、親父さんとっくに帰ったが、あす早く来たらどうかな」

と言いながら、近寄り、

「どうした、何かあった？　あの温厚な親父さんがめずらしくカリカリしていたぜ。王族系だが、事業家としては苦労を重ねてきた人だから、よほど、虫のいどころが悪かったみたいだ」

周りを憚《はばか》るように耳打ちした。

「いやぁ、面目ない。すべて俺の思いあがりさ。でも明日までに決着しないと、貿易書類が先に着くかもしれない。そこで部長、わるいけど、社長に『ぜひともお会いしたい』と、電話してくれないか」

と両手をかさね、おがみ込んだ。その彼とは気心が知れ、本件の要所、要所では密に連絡をとり合い、苦労を語り合う仲であり、くわえて年格好も似通う。

「ようしわかった。そちらの第一号案件だから、俺としても早く手打ちねがいたいものよ。それにうちのボス、あなたを気に入っているから尚更さ」

と話しながら、ダイヤルを回しだした。

「ちょっと待って！　俺、社長の家へ行ってくるわ」

ふと、心変わりし、ダイヤルを止めさせた。

「えぇ、これから！　大丈夫かい？」

相手が素っ頓狂な声をあげた。

「むろんアポはないけど、そうしたい。ごめん。【非】はこちらにあるんだ！」

【気に入っている】というアジズのことばをきかされ、矢も盾もたまらず、ドマスク社をとび出した。心中は一刻でも早くアジズに会ってあやまりたい、との一心だ、地図を片手に、アクセルをふみつづけた。

十五分ほどで広大な門構えの一角が視界に入り、そのひらかれた正面をつきぬけると、目の前に三階建ての瀟洒な洋館が、そして、目を凝らすと、その奥まったところに、小ぶりの戸建てがあった。両家屋の周りは鉢うえの観葉植物がひときわ鮮やかな色で砂漠の地を紅く燃やし、道路側に面した駐車場には、いく台かの外車が混然とならべられ、いかにも窮屈《きゅうくつ》そうだ。

さいわいアジズは在宅だった。アポなしの訪問に主は一瞬目を疑ったようだが、すぐ相好をくずし、

「これは、これは、珍客ですなぁ。まぁ、入りたまえ」

つい数時間前、みせた、あの不機嫌さを微塵《みじん》もみせない豹変ぶりに、明石はおそれいった。

「不意にごめんなさい、ご迷惑だったでしょうか」

「いいさ、いいさ、ただしビジネスの話はお断りだ」
と言い放ってからにやりと笑った。

空調を通してながれる優しげな応接室の涼風のお陰で、アジズ家に着く迄、つもり続けていた、わだかまりはいつの間に一掃され、寛いだ気分にとって代わられている。主は奥へ入ったまま、しばらく戻ってくる気配がない。

かたわらのソファに腰をおろすと、辺りの光景がぐんと近づいた。五段ほどの棚の上段には青磁、白磁の陶器類が、はなやかさには欠けるが、しっとりとした渋い光沢を放ちながら鎮座する。各棚は漆黒色からなり、重厚さが部屋全体をおおい、ほどよい奥ゆかしさを醸《かも》し出していた。中段、下段にふと目をやると、豪華に装丁された、あまたの書籍がほどよく並ぶなか、歴史ものが目立ち、主の関心の度合いをうかがわせる。なかには何冊か、どこかで見かけたものがあり、主との話の種がみつかったと慶ぶ。部屋の隅に数本のテニス・ラケットが立てかけてあった。

やがて主が顔を見せ、
「明石さん、もし夕飯済ませていないのなら、つきあわないか」

と誘われた。すませていたが、いくらでも腹に入りそうな気分だ。

「未だですが、ご迷惑ではありませんか」

ととっさに口がうごいた。ことわる程【野暮】ではない。

これまでにもハビムやジュラの自宅へまねかれ、地元料理を馳走されたが、その日の食事は、いきがかり上、格別なものとなった。テーブルの上には彩りゆたかなメニューが並べられ、地元の食文化の香りが辺りをおおい、初めて目にするものも少なくなかった。

「家内の手料理だが、口に合うかどうか。いつもは息子がいるが、あいにくきょうは残業のようだ。まぁ二人でゆっくり家庭料理に舌鼓みしようか」

当地の習わしなのか、女性らは奥へ入って顔を見せない。その夜は、料理を馳走になる一方で、主の話にこころ奪われ、ときが経つのを忘れるほどだ。漁業中心の生活から、ゆたかな資源大国へのしあがったいきさつ、歴史の浅い首都アブダビと商業都市として栄え、いまなお飛躍しつづけるドバイとの比較、首長国連邦として一九七一年に独立した政治事情、原油の大半を日本へ輸出する良好な対日感情、などなど、興味つきない話が次から次へと主の口からとびだした。金利の話とか、為替の話とか、なまなましい話題は、すっかり出番をうしない、彼は、赴任来初めて、会社外の経営者と心ゆくまで語りあった。

口害がわざわいし、第一号案件のオーナー社長を怒らせ、半日、鬱陶しかったが、いきなりアポなしで相手の懐へとびこんだ事が功を奏した。相手から心にしみるもてなしをうけ、それも鬱陶しさをあじわった以上のもの、いや倍返しの感激にあずかった彼だが、その感激は、数カ月前、アジュリが資金局からシデックへ天下ったとき、あじわったあの青天の霹靂《へきれき》さに匹敵するものだった。また歴史を座右にとらえる彼には、中東史の名語り部による講釈は、きわめて新鮮に映ったし、さらにその人の蔵書から歴史に造詣がふかい人物とわかったことは僥倖《ぎょうこう》といわざるをえない。帰りぎわ、主にたずねた。

「社長、テニスされるんですか、ラケットがありましたが」

「うん、学生時代、ロンドンでね。いまも時々、息子を入れてゲームをするんだ、こんど一緒にやろう。未だ君らには負けけんよ。これからは気軽に顔を見せなさい。邦人校がすぐ近くだし、何かとつごうが良いだろう。たしかお嬢さんがそこへ通っているとか。通学バスを利用しないで部長みずから送迎とは、なにか特別なわけでもあるのかな」

びっくりした。娘のことや邦人校へ通っていること迄よく知っているなぁ、と一瞬思ったが、なんせ深夜近くまで語り合ったから、なにを、どこまで、話したのか記憶が定かではなかった。

「諸事情から家内は日本に残りましたから、せめて送迎時間帯だけは父と娘の心の通い路にしよう、と私がかってにきめました。まさか社長宅がそこの直ぐ近くとは思ってもいませんでしたよ。これも縁かもしれませんね、いつか紹介がてら娘を連れ、お寄りいたします」

帰宅した時は、すでにまどかは眠りについていたが、居間のテーブルの上にメモがあり、

「パパ、あまりムリしないこと。いま病気されると、まどか、路頭に迷ってしまうからね。じゃ、あす朝食をいっしょにしようね」

いつも娘の歳は変わらないと思い込んでいる明石だが、月日の流れが速い。娘はしっかり年とともに成長していた。路頭に迷うと書かれて、少なからずあわてた。由紀子は家業でてんてこ舞いし、まどかを省みる余裕はないが、その傍らにいる父親も似たり寄ったりだ。子の成長に目がとどかないダメ親父だし、当の本人から、頼りなげに見られていた。

この夜、床にもぐったときはすでに午前様、まもなくモスクから読経の声が流れる。あわただしい一日をすごしたせいか神経がたかぶり、なかなか睡魔が訪れなかった。わずかな眠りの後、父子で朝食をとる。邦人校でまどかを下ろし、シデックにむかう。車中、時々、睡魔に襲われるが、寝不足のわりに、頭の中はしゃきっとしている。

出社した。

サリーは電話中だったが、着席してほどなく、顔を見せ、ドマスク社の部長から、と知らせた。

「明石さん、社長が打ち合わせを、と……」

終いまできかずに、愛車をとばした。

「きのうは、大変、大人気ない態度をみせ、申しわけなかった」

と主から頭をさげられ、あわてて彼はふかぶかと、低頭し、

「こちらこそ、礼を失しました。あわせて商売のきびしさを教示いただき、ありがとうございました」

すなおにそう返せた。相手はそれを制するように、

「まぁ、おたがい様というところか。じゃ、続きをやろう。きょうの内に決着させよう」

条件交渉がはじまった。明石には腹づもりがあった。相手が入手したドバイ銀行情報よりは少々高めだが、標準金利に四分の三％のせて、十四・二五％で着地したい。現下の金利水準がやや高め、という思いが脳裏から離れず、アジズが固定にこだわる以上、せめてシデックの利幅を抑え、少しでも相手の高値づかみを軽減させてやりたいと考えた。金融機関の友人のほとんどは、金利は山をこえた、と話し、商社、石油関連筋は、逆にアジズの考えに近い。結局、

十四・二五％で合意した。きのうの諍《いさか》いを思えば、まさに急転直下の決着だ。その場で電話を借り、ニーナに結果をしらせた。こうして二日がかりの闘争がおわった。

つぎの日、明石はいつもより早めにまどかと家を出た。

シデックへ着くと部屋の前で顔見知りの事務職員が彼に近づき、小包を渡し、受領印をもとめた。待ちに待った輸入書類がとどく。輸入信用状の条件に瑕疵《かし》がなければ一覧払の為替手形を決済し、輸出先の取引銀行へ振りこむ手続きに入る。この対外決済資金はまずはシデックからドマスク宛の貿易金融であり、しかる後、きのう金利条件がきまった中期融資へ振り替える。書類をざっとながめたかぎりでは大きな不具合はなさそうだ。それにしても中期はきのう合意したばかりだ。出勤したニーナに、輸入書類の精査と、ドマスクとの打ち合わせを指示した。

その翌朝、出社するとまもなく、内線が入った。アジュリからだ。風流じみた、部屋籠もりにつき、しばし面会謝絶の天幕を外したとみえる。天の岩戸から出て殿は何をのたまうのか、とボスに調子をあわせ、戯《たわむ》れたくなる気分をぐっとのみこみ、入室した。すでにジュラも召集をうけたようで、ソファに腰をおろし主と談笑中だった。

「じつは、部長、とつぜんだが、ジュラ君と出張してもらいたい。日本、欧州、米州、それぞれの親密銀行、趣旨は、新生と復帰、この二つが謳い文句だ。但し、これは表向きの話だ。狙いはこれではない……」

と言ってから、明石が立ちっ放しだったことに気がつき、

「あぁ、立たせてわるい、先ずは座ってくれたまえ」

と、両人が腰をおろす対面のソファを指さした。

「……狙いは、うちが遠からず主幹事として組成をもくろむ大型シンジケート・ローン（国際協調融資案件）にかかわる、わが社主導の親密銀行団組成の感触さぐりだ。具体的にいえば、エルデオ・天然ガス開発プロジェクトにむけた下準備とでもいおうか。承知かと思うが、エルデオは、母体二社出資による合弁企業だが、うち一社は、地元のエネルギー公社アルデオ、もう一社は日本の栄光商事だ。両名は出張中、訪問先からは、うち主導の組成への感触を、栄光からは、開発資金の調達時期、調達額、現下の動向、を入手してほしい。ただし、その前に明石部長の意見をききたい。つまりこの件は、他行主導による水面下で根まわしがすでに終わり、いまとなっては、遅きに失する、と言えば、即、感触さぐりの方をあきらめ、出張趣旨を新生シデックの現況、ならびに市場復帰の挨拶に替えたい。唯折角だから、部長が答える前に、これに思いいたった背景だけを話したい……」

一呼吸おき、一気に話しだした。

「……初めてむかえるシデックでの夏休みを半ばで返上し部屋籠もりをきめ込んだわけは、エ

ルデオと無関係ではない。私の赴任時、明石部長から引継書をもらったが、発足当時に起こったルーマニア問題にかまけ、それをご丁寧にもひきだしの奥へ放りこんだ。いつか読もう、読もうと思っているうちに、この夏休みがきた。さすがにあわてた。まぁ、前置きはここまでとして、本論に入ろうか。その引継書を読んでびっくりした。そこには、この立ち上げた合弁はいつか近いうちに巨額な資金調達を計画中とメモされていた。じぶんはかつて資金局にいた時、ある役員からこの話をきいたが、その当時はじぶんとは関係がない、とうっちゃったが、明石部長はシデックへ来る直前、当地赴任のはなむけとして既に栄光さんの部長からこの情報を入手していたんだ。しまったぁ、完全に出遅れたな、と切歯扼腕《せっしやくわん》し、この貴重な労作に、すぐ目を通さなかったおのれの怠慢さに恥じ入り、逸した案件があまりに大きすぎ、むざむざ諦めるのは悔しすぎるから、部長から直接話をききたいと思ったわけだ。それで部長、どうなんだい、今となってはこれは過去の話なのか、ひょっとして、水面下でいまだ続行中ということはあり得ない話なのか、それを確かめたい」

明石は明石で、それをきいた瞬間、心底恥じ入っていた。というのは、じぶんが編んだ引継書の中身をすっかり失念していたのだ。担当部長たるもの、情報ネタを上へながす際、いつ、いかなる場合も、現況確認を怠るべきではない、という彼なりの鉄則をみずからが破ったのはいかにも拙く、いわば腹切りものだった。このエルデオの件は、新商品を成功させ、有頂天になっていた彼を完膚なきまでにうちのめした。しかもボスが夏休みを返上し、部屋籠もりを決行しなければ、この件はお蔵入りになった可能性がたかく、それを知ってか、部下の失態を、じぶんの迂闊さにすりかえるボスの寛大さに、明石はしばし面《おもて》を上げる勇気がなかった。新商品の発案のことも、アジズと心ゆくまで語ったことも、一瞬にして萎え、この不面目さに、たただ忸怩たる思いにかられた彼は、ここはすなおに謝るしかない、と悟り、発言した。

「まず初めに頭取にお詫びいたします。いったん上司に提出した情報についてはその後のケアを怠らないというのが私の信条ですが、本件につきましてはすっかり失念しておりました。御免なさいと言って済む話ではありません。往時は、新経営者にこれだけは知っていただきたいとの一心でつづりましたが、きょうの今日までその存在すら……まったく赤面の至りです……」

そこでアジュリが手を制し、

「部長、きいてくれ、これはそちらの非ではない。引継書をもらった時点でこの私が即反応していれば……かえって忸怩たる思いに駆られるのは私なんだ。往時それに目を通していさえすれば、休暇の取りやめも部屋籠もりも不要だったんだから。寝た子を起こしたようだな。それで先を続けてくれたまえ」

「では問いにお答えいたします。水面下で、だれが、どこで本件を画策しているかわかりかねますが、いまのところ『ファイナンシャルタイムス』を筆頭に欧米大手経済誌紙にのったという事実はございません。なお、わが投融資部ではアスカリ君がメディアを担当し、日々、早朝会議で地元ならびに欧米の新規投融資案件を報告させておりますが、いまのところ、ダス島関連プロジェクトについて目立った動きを入手しておりませんし、またエルデオの中本部長は旧シデックが資金繰りに苦労した時分、私が日参した頃の財務部長でもありますが、いまなお、彼氏とは公私とも情報を密にする間柄です。調達の責任者の彼氏が日本へ出張するなど、めだった動きをしていない限り、遅すぎたとは……。現に数日前までは、当地におりました」

「そうか、それをきいて少々気が楽になった。いまの私の心境は、のちのちに、往時、即、引継書をよみこみ、部長ともども行動をはじめるべきだった、という後悔だけはしたくないというものだ。だからこそ、そういう事態にならないように、今から速やかにこの出張を実行するしかない。そこでだ、アポの方はここですべてを確保する必要もないし、二人に一任する。私も早急にエネルギー公社へ顔を出すが、両人も、出張中、金融団を訪ねるかたわら、日本では栄光商事と接触し、情報入手につとめてくれないか。エルデオについては、私がくる前、部長が良質預金を手にしたおかげで苦しい資金繰りを凌いだときいたが、こんどは、投融資先の超目玉、それも当地の資本市場史、かつてない程の巨額調達への挑戦だ。なんとか新体制下、恥ずかしくない地位を得たいものだ」

「わかりました。ではさっそくですが、出張は何日ほど？」

「そうだなぁ、組成案件に対する感触をさぐるから訪問件数は多い方がいいが、さりとて、調達額が半端ではないから、エルデオが現状、どこかと水面下で対策をこらしていても不思議ではないし、それどころか、煮詰まっているかもしれない。それらを考えあわせると、両にらみで対応したほうが賢明かな。ではメドとして二週間としよう。貿易金融は、ドマスクが片づいた今、部長が不在でもニーナ君がいれば大丈夫、アスカリ君の復帰まではショウキ君にきばってもらい、小林君もいるから、銃後の方はなんとかなる」

「わかりました。で、出発はいつ頃が」

「諸事情から早いに越したことはない。ただ部長の場合、子供さんの面倒を誰がみるか、家業経営にいそしむ奥さんが、二週間も空けられるかどうか、とはいっても、栄光商事の件があるから、部長の出張は欠かせないし……。まぁ、案ずるより産むがやすし、だから、まずは細君の都合をたしかめてくれないか」

さっそく動いた。幸い電話がつながり、由紀子が、

「棚卸しの時期でもないし、西川さんもいるから、なんとかしたいわぁ。ただ問題は父なの。このところ寝起きも人手をかりないと動けないいし、それどころか、もう寝たきりに近く、いつどうなるか。それにしてもその話は急ねぇ。でも、まどかのこと全部あなたにおんぶに抱っこだから、こんな時こそ役に立たたないと妻としては失格よねぇ……。これでも私はまどかの母なのよ!……（絶句）」

たしかに急だった。母としての役割を果たさんという健気さを口にはしたものの、従業員の

生計と、実父の看病が、あの頼りなげな細い肩にのしかかるのを、遠く熱砂の国から思い馳せると、彼女にはムリだ、とあきらめ、次善策を考える。これぞという案が出てこない。だれかに寝泊まりしてもらうか、まどかを誰かの住まいへ寄宿させるか。先だって訪ねたアジズ邸のことが頭をよぎった。が、顧客先だから李下に冠をただざず、との喩《たと》えから慎むべきだ。由紀子が日本にいるから、娘の友人の父兄とは往来が少なく、いまさら頼めるすじあいにない。シデックの誰かに、と思ったが、アスカリは療養中であり、しかも、細君がお産をひかえていた。ガンジー家は一年経ったとはいえまだ新婚家庭だ、こうして消去法をつづけていくと、当て先がなくなった。うちは邦人校の近くだ、というアジズのことばをふと思い出す。

その主が、先だってナセルの知人を寄宿させたと、明石に話した。日本では、銀行員の娘を、債務者宅へ、とわかれば、すわ大変、となりかねない。が、ここは中東である。主は、身元があきらかな王族系企業のオーナー。すでに貸付けは実行済みだから、どう見ても情実貸金にはうつりにくく、やましさは少ないと、考え、まずは報告を、と頭取室へむかう。事情を話すと、

「そりゃ、奥さん、気の毒だ。家業だけでも大変なのに、父上の容態がわるければ、ムリ強いは人道にもとるぞ。そうか、アジズ邸か、邦人校からすぐ近くというのは奇遇だな。アジズさんはたしか息子さん一人、それも一昨年ロンドンから帰って地元勤務とか」

「頭取、ただ、この話、まだ先方には話していません。ご異論がなければ、頼んでもよろしいですか」

「そうか、そうか、むろん私には異論はない。それにうちでも娘さんをあずかっても構わないぞ、ただ難をいえば、邦人校と逆方向だから少々不便だが。まぁ、それにしてもこの場におよんでアジズ邸とは。邦人校が近くというのは娘さんにはつごうがよさそうだ。アジズさんは元々は貿易マン、家族ともども英語が達者ときくから環境としてはわるくない。まあ、ダメもとで頼んだらどうか。不首尾ならその時こそわが家であずかろう。出張時期だけはエルデオ社がからむから、もうこれ以上ひきのばすわけにはいかないな」

「もちろんです。では後で」

ドマスクの応接室。

「これは、これは、またもや珍客か」

と愛想をふりまいてアジズは入室し、客の対面のソファにやおら腰をおろした。時候の挨拶そっちのけで明石はせっかちに用事をつたえると、

「なんだ、そんなことか、部長、おぼえているかな？　拙宅から奥まったところにある戸建て、いま住人が帰省中なんだ。それに、未使用の部屋がほかに二、三あるから、いつまで居てもまったくさしつかえない。気に入ったところに勉強机、椅子を運ばせよう。家はさほど広くはないが、閑静なところだし、邦人校もこの一画だから、娘さんにはつごうがいい。ただ食事のときは、こっちへ来てもらうが。まあ、母屋に寄宿してもらってもかまわないが、家族の出

入りもあるし、息子は残業とかで帰りが午前様もめずらしくないから、戸建ての方が気兼ねなく勉強できるはずだ」

出張の前日、あわただしかった。

午前中、彼はアジュリとジュラとの三人で訪問先を念入りにしぼり込み、あわせて栄光対策を練った。午後は、アポ取りをサリー以下部員にまかせ、まどかの下校時間にあわせて車を走らせた。少々遅れたが、まどかと担任教師が待っていた。担任に事情を話し、その足でまどかをつれ、アジズ邸へ入った。前夜、事前にアジズに電話済みだ。顔を見せた主が、

「じゃ、さっそくお嬢さんに寝室と勉強部屋を見ていただこうか」

と言って、二人を奥の戸建てへ案内した。たのしげに会話しながら先を行くアジズとまどかをながめ、まるでおじいちゃんと孫だと、苦笑いする。一方で、ふって湧いた転居に、いっときは動揺した娘だが、やがてもちまえの好奇心が頭をもちあげ、父親が同家を暇乞いする迄にはその表情はあきらかにアジズ家の顔となり、それが当たり前と思っているふうでもあり、それが頼もしく思えるとともに明石は少々がっかりした、が、やはり、まどかは子供だった。いったんは別れをつげ、アジズと奥へひっこんだ彼女だが、駐車場から車体をハムダン通りに向け、アクセルを踏もうとした瞬間、脱兎のごとく戸建ての家からとび出し、車の背後にせまった娘に気づいた彼は、とっさに急ブレーキをかけた。窓をあけると、まどかは、

「もし日本で岡山へ行けたら、ママを励ましてあげてね、一番大変なときなんだから」

と言ったきり、両手で顔を覆い泣きだした。

つい先だってまどかと帰国したばかりだが、この日、ふたたび彼は機上の人となった。ただし相方はジュラ、機先は最初の訪問国、日本だ。この日のジュラの出で立ちはめずらしく背広姿だ。社内ではいつも白色系の民族服に身を包むから、明石はさっそうとしたビジネスマンを演じる彼を空港でついうっかり見すごし、部長、ここだ、ここだ、と叫ぶ声で、わかったほどだ。米国で学業を修めたこの若者は、考え方はややもすれば合理的、性格はネアカ、話すことばに裏表がなく心をうちあけてつき合える人物の一人だ。この若者はときに持説にこだわり書生っぽさをのぞかせるが、資金局で鍛えられたせいか、経済をとらえる目は肥えており、アジュリのよき補佐役をこなしていた。まどかともども、食事にまねかれ、新婚まもない夫婦とも顔なじみだ。明石のこの出張はアラブ気質を学ぶにはまたとない機会である。話題にこと欠かなかったが、やがて話のネタもきれ、会話もとぎれとぎれとなり、若者が眠りに入ったのを機に、来がけにサリーから渡された郵便物をバッグからとりだす。さしたるものもなく、元へもどそうとしたとき、一枚の絵ハガキが膝元へおちた。天空に群青色の空間、地にピラミッド、という構図がいきなりとびこんだ。裏をかえすと、隙間がないほどのこまやかな文字が詰まっていた。さいごの行はさらに小さく、ギザにて、メイとあった。

「お元気でしょうか。今カイロから少し離れたギザという所におりますの。クフ王のお墓の前にたたずみ、いまなお多くの謎に包まれるこの古代遺跡群に思いを馳せております。砂漠に屹立するこれらピラミッドは、一体、なんのために造られたのか、いまだはっきりわかっておりません。一説には古代王朝の絶対的権力者のファラオのお墓ともいわれていますが、真実はどうでしょうか。私たちの国では、その頃、『死後の世界にこそ本当の繁栄がある』といいつたえられ、王たちがこぞって壮麗な墓造りに奔走した、とありますが、こだわった死後の世界を託すには、その内部（盗賊たちが荒らしまわったとしましても）は、あまりに簡素で、訪れるたびにおどろかされます。歴史にはいつも謎とロマンが共存していると思いませんか？　何千年という悠久の流れのなかで、悠然と聳《そび》え立つ姿をながめておりますと、ふとじぶんの存在があまりに卑小でもろく誰かさんにこの心境をお話ししたくなりました……」

便りをもらうとは、思いもかけなかった。

シデックに不穏な風がふきだした頃から、たがいに心を開くようになった。初対面でその凛とした挙措がいまなおじぶんが憧れるカウベ・ロンドンで歴代拠点長に仕える秘書を彷彿させたから思わずハッとし、心に沁みた彼だったが、相手の反応はちがった。かえって冷ややかな視線をあびせられ、しばらくの間、心が折れた。ところが、いかなる心境の変化があったのか、知るべくもないが、思いがけない展開が待っていた。それまで温かみに欠ける相手の表情がいきなり優しくなり、目線がなごみはじめたのだ。経営陣が不在という混乱期に、新体制の誕生をかたり合う同志として、ときに会話を、ときに励まし合い、ときに、会食し、友情をはぐくんだ。新生シデック誕生後は、一方は、秘書室長として、もう一方は、部長として、ともにシデックの重責をになうから、かつてほど心をひらく機会は減ったが、それでも同一書籍を介しその進捗度をたしかめ合う程度の親密度は水面下でつづいていた。機上でみつけた絵葉書に心がゆれ、なごんだ彼だが、行間ににじむ己《おのれ》への想いにふと気づき、やるせなさをおぼえ、なにひとつ返せないじぶんに苛立ち、いつしか苦悩にかわった。

こうして故郷の土をふんだ。初秋の風は砂漠の民ジュラにはきびしすぎるのか、コートをひっぱりだし、身を厚くしたが、明石にはかえってなつかしく感じられた。それでも前日まで熱砂を浴びていた躰は、その温度差にとまどったのも事実だが、ただそれもいっときのこと、やがて皮膚感覚がもとに戻り、秋日和の爽快さが全身をくぐり抜ける頃には、母国の豊饒な自然のありがたさをたっぷり堪能していた。

さっそく翌日からシデックの二人は親密銀行をまわる。丸の内、国際、国際興業、そしてカウベを入れて四カ所、いずれも中東に顧客層をかかえる。これらの訪問趣旨はあくまでも新体制発足、ならびに市場復帰の報告であり、シンジケーション（協調融資に関わる組成）の話は避けた。ひげを生やした小柄な邦人とのっぽの砂漠の民との組み合わせは、先々で好奇心をさそう。国際部門の要人との面談、ときに会食は、彼の赴任前の肩書ではめったにありつけない機会だったが、それはともかく、現実には、彼はシデックの経営幹部のひとりであり、先方もそのように彼を遇した。

栄光商事の本社だ。

シデックへ赴任する前、毎日のように通ったところだ。しかし、入り口で、守衛に誰何された。アポがなければ面会できませんと言われ、考えあぐねていると、

「明石さん、どうしたの、えぇ、中東から？」

と後ろから誰かが彼の肩をこづいた。

「おぉ、多田さんじゃないの」

「どうした。アポなしとは、あなたらしいね。内田部長、たしか在席だったと思うが……」

とつぶやきながら、多田は客人を二十階へ通した。

「それにしても色白のあなたが、こんなに日焼けして、それに、みごとな髭、どう見てもアラブ人だ」


財務部の応接室へ案内された。顔見知りの社員らが三々五々的に入退出をくり返すが、案内役をつとめた多田は、部長が顔を見せるまでつき合うよ、と言って、かつての砂漠の友は心にくい気遣いをみせ、もっぱらジュラの話し相手をつとめていた。そこへ待望の要人、内田が顔をだした。

「おぉ、灼熱にこげた顔はまさしくアラブの男だ。あちらでは八面六臂の活躍とか。多田君や中本君からあなたの苦労話をきいたが、往時、僕に噛みついた、あのど根性は砂漠の地でも通

用するらしいな」

次長から部長に昇格した内田だが、かつてのように、きさくに彼に話しかけた。

「じつは部長、すでにお耳に入っているとは思いますが、エルデオさんが、近々、第二次開発むけに、巨額な調達を検討中ときいておりますが……」

「うん、中本君がその件できのう顔を見せた。そうか君のところは名うての投融資銀行だから、大いに関心ありというところか。とはいえ、うちは共管部、海プロ（＝海外プロジェクト部）が主管部だから、あとで立ち寄ったらどうかな」

「わかりました、中本さんがこちらとは、風雲急を告げる、という予感がしますね。ところで、部長、ご紹介がおくれましたが、彼氏が、わが社の副頭取ジュラ氏で、新体制前は、資金局の副部長でした。お見知りおきをねがいます」

二人は名刺交換をする。

「ジュラさん、私が知るこの日本人はとんでもない御仁ですぞ。旧シデックさんが資金繰りに窮したとき、ここにいる多田君や中本君が気前よくお宅へ資金をあずけるものだから、彼の上司から、『清算の噂がほんとうなら、馘首は免れないぞ』と脅されたんですぞ。往時、この日本人の殺し文句をご存知ですかな、資金局がわが社を見棄てるとお思いですか、とか。この殺し文句を二人に信じ込ませたのはこの御仁ですわ。まかりまちがえば、エルデオやわが社は、少なからず被害を蒙《こうむ》ったかもしれませんのです。そんな折、僕のところへ、アブダビの中本君から電話が入り、決断をせまられ、さすがに心穏やかではありませんでしたな。まぁ、この御仁がそう言うなら、と腹をくくりましたが。そして今、ジュラさん、あなたがその殺し文句の生き証人として今、僕の前に座っておられる」

さて中東コンビの出張だが、日本のあと、ふたたび海をわたり、米国入りした。西海岸のサンフランシスコから、一週間ほど、ボストン、シカゴ、ニューヨークにある親密銀行をたずね、業績の復調、国際市場への復帰をつたえ、ここではじめてエルデオ案件について、匿名あついで、市場復帰の第一弾をひそかに構想中とつたえる。おおむね好意的にうけとめられ、組成時における米国市場でのひきうけ消化が、より具体性をおび、シデック主導の組成が夢やたわごとではなく現実性をともなう自信につながる。

シカゴ市ではシデックの長年の主力行、シカゴ銀行が、顧客むけ専用の迎賓館で二人のために会長みずから心あたたまる懇親の席を用意し、そこへ国際部門のお歴々がこぞって顔をみせ、シデックの復活、ならびに国際市場への復帰を祝った。ここしばらくの低迷期にあっても人的交遊を粛々とつづけてきた最親密行に、ここではじめて、目下情報入手中のエルデオ向けプロジェクト案件について、実名を出して、協調案件の組成骨子案に、たがいの関係強化を織りこむことを合意された。

米国さいごの訪問地ニューヨークで予定された全日程を終え、英国へ発つという朝、アブダビから電話が入った。アジュリからだ。

「どうだい、うまくいっているかな」

いつもより、どことなく声がかすれ、いかにも疲れたという感じだ。ハッとして、

「えぇ、順調ですが、どこかいつもとちがい、お疲れのようすですが、大丈夫ですか？　これから私たちは英国へむかいますが、それよりなにか不味い事でも起こりましたか？」

「いやいや、そうじゃないが、内線しても、解決策を当意即妙に答える君がいないし、席から呼ぶと、すぐ顔を見せるメイさんが休暇中だし、不便この上ない。まぁ、色々気になることが多いし、とりわけエルデオの件だ。親会社の公社へ行っても資金局へ行っても、これといった最新情報が今のところつかめないのが実情だ。要は、できれば、出張を少々早めに切り上げたらどうか、ということだ、二週間といわずに」

「わかりました。ところで頭取、今話されたエルデオの件ですが、中本さんが栄光商事におりましたよ。例のプロジェクト案件、水面下でかなり進んでいるかもしれません。栄光の主管部長および共管部長とも面談しましたが、調達額を固めたようで、口ぶりから、どうも、億ドル単位、それもかなり上の方かと。エルデオ案件の感触はシカゴ銀行で好評でしたが、中本氏の出張といい、栄光のうごきから、うちの判断が甘かったようです。いきなり、単独主幹事ねらい、というのは、どうもこの際、ムリのような印象をうけましたし、それよりなにより、そちらで進めている水面下の動きを早急にさぐる必要がありますし、こちらもあちらに歩調を合わせ急ぎませんと……」

「そうか、それは困ったぞ。中本さんが日本にいるとはなぁ、かなり煮詰まってきたと見た方がいいな。エネルギー公社へ出向いたがどうも合弁にまかせっきりという雰囲気だ。資金局も大して情報をもっていなかった。部長の言うようにこっちのエルデオ対策の方が、先決かもしれない。いずれにしてもこのまま黙って指をくわえているわけにいかん。地元発の案件だし、ルーマニア案件で面倒をかけた欧州の親密先に借りを返す番でもある。じゃ早く戻ってきなさい」

着いた英国のヒースロー飛行場からシティにむかう。

まっさきにリバープール銀行をたずねた。同行はかつてルーマニアの件で、副頭取二人を前に、同行をのぞく債権者のすべてが応諾したシデックの叩き台を「裏で債務者と結託したんじゃないの」と言いきった大手だ。結局はしぶしぶ受諾したものの、何かにつけ難癖をつける先だが、この日の面談は、ジュラのことばを借りれば、前回にくらべ、うってかわった雰囲気、とか。同社の順調な船出をもろ手をあげて称えてくれたが、彼はそれを聞きながら、市場参加者のうつり気な姿勢におぞましさを覚えるとともに、この評価をいかに定着させるか、大きな宿題を突きつけられた思いだ。つづいて大手二行をまわったが、その都度、名前を出さないでエルデオの感触をさぐるが反応はわるくない。その後大陸にわたり、フランス、ドイツ、イタリア、ベルギー、オランダ、スイスと駆け足ではあったが、ここでも感触は総じて良好といえた。

アジュリの要請にもかかわらず、アポのやりくりがむずかしく、予定を縮めたのはわずか三

日、それでもあす帰国という前日、アジュリに電話すると、

「部長、ご苦労さん、三日も縮めたとは恐れいったなぁ。あの時点で土台むりな注文だとわかっていたから、これでも御の字さ。じゃ、あした」

翌朝、アジズに電話を入れ、飛行場からの帰路、まどかをピックアップする旨、つたえると、

「明石さん、惜しかったなぁ、戸建ての佳人が今夜、帰省先から娘さんと入れちがいに戻るんだ。予定通りの日程だったら、娘さん、その佳人と親しくなれたのに。というのは、娘さんがここにいたのはわずか十日ちょっとだったが、すっかり家人とうちとけ、息子なんか、じぶんは結婚もまだなのに、娘ができた、と慶び、われわれ老夫婦も、孫ができた、とはしゃいだほど、まどかちゃんは愛くるしいお嬢さんだったから、昨夜帰省先の佳人から電話をもらった際、話したところ、とても楽しみにしていたんだ。いつかまたお連れしなさい。まずは長旅ご苦労さんでしたな」

出張からもどった翌日、早めに出社した。

「ボス、お帰りなさい」

とサリーが声をかけた。かるく手をあげて応じ、部屋に入った。机の上は書類の山、カバンの置き場所にこまった。やがて日程表を片手にサリーが入ると、追いかけるように、アスカリ、小林、スミス、ニーナが顔をみせる。不調からぬけでたアスカリから新商品の実績報告があったが、おおむね順調のようだ。早朝会議のあと、出張報告をかねて、頭取室へむかった。

まだ休暇中か、と思っていたメイがすでに出勤し、机上を整理していた。近づいた彼に気づき、

「お帰りなさい、ご苦労様でした」

と、にこやかに彼をむかえた。くったくない表情からは、出張直前にうけとった絵葉書に匂わせた淡い感傷はみうけられず内心ホッとする。一方で距離が遠のいたか、と気落ちし、おのれの移り気に苦笑いすると、

「明石さん、ご帰省されたあと、つづけてのご出張でしたから、お疲れになられましたでしょう、お体ご自愛くださいね」

と、つよい視線をともなう第二声は、遠のいたかと思った距離があっという間に縮まり、それも、倍返すほどの深みを感じたから、一瞬、たじろいだが、土産のキーホルダーを手渡すこ

とで相手の目線をさりげなく逸らし、主の部屋へ滑りこんだ。アジュリはジュラとタリットと談笑中だった。

「やぁ、ご苦労さん、ニューヨークまで未練がましく追いかけたが、二件ほど話したい。部長からも連絡をうけたエルデオの件だが、やはり本格化しそうだ。昨夜会長に呼ばれ、資金局へ出向いたところ、新しい情報にありつけた。採掘される天然ガスはいま日本の有力電力会社と商談中で、近々、合意にこぎつける公算がきわめて高いとか。輸出先が決まれば、本腰が入らなかった開発に勢いがつき、資金手当ての方も風雲急を告げる筈だから、ようやくシデックの出番がきたというわけだ。全権委任をうける単独までにいかないにしろ、是が非でも共同主幹事の一角に食いこみたい。もう一件は、アジズ社長から電話がかかり、近々おこなう担保確認式へ参加する人選をたのまれた」

と、一気に話したところで、

「おぉ、立ちっ放しか、すまん、すまん、いつもこうなるな。先ずは腰でもおろそう」

相も変わらず主は精力的だ。苦笑いをしながら、彼はアジュリとジュラがすわる対面のソファに、タリットとならんで腰かけた。

「わかりました。エルデオの件は朗報ですね。早速中本氏の動静をさぐります。ところで頭取、担保物件の確認式ですが、人選の方は済みましたか」

朗報とはいえ、エルデオの件は水面下の動きが生々しい。ほっとする話題へうつりたい気分だ。

「私と部長、それに小林さんには赴任第一号案件だから連れて行こうか」

実務統括の小林は外せないが、契約書の法務全般をまかせ、いつも気を遣うパリの弁護士とやりあい、このたび初めていどんだ不熟れな貿易金融をこなしたスミスにこの際、息ぬきさせてやりたい。

「頭取、スミスも入れませんか。確認式も実施検分の仕事の一つですから」

「そうか、じゃ彼も入れ、参加メンバーをアジズさんにつたえて欲しい」

部屋へもどり、出張中にたまった書類の山をかたづけ、アタッシェ・ケースから出張の合間をぬって綴った訪問記録をとり出し清書にとりかかる。一区切りつけてから肝心のエルデオの方へ頭を切り替えアジュリからの宿題にとりかかった。

復活 (二)

新体制前の資金繰りがきびしいとき、栄光出身の多田や中本へおがみこみ、とりこんだ預金のお陰で今のじぶんが居ると思えば、エルデオはじぶんにとっては守護神、大げさにいえば運命の女神ともいえる存在だ。この巨額の国際融資案件も率先して立ちまわりさえすれば、組団の中核にすえられる筈であり、さもないと、画竜点睛《がりょうてんせい》を欠くではないか、とすこぶる都合のよい論理を本案件の対突破口にしようと固めたところに、スミスが顔を見せた。ネアカ人間、口達者で陽気な男が、鼻歌まじりだったから、執務中だ、しずかにしなさいと文句の一つでも、と念のため時計をみると昼時だ。

「スミス、久しぶりに寿司でも食べようか」

「ご馳走さんです、また込み入った話ですね。ボスが誘うときはいつもそうだから」

と軽口をたたく。勘はさえるが、それが過ぎることもある。話す前にかならず深呼吸すること、と注意するも、いまだ馬耳東風《ばじとうふう》だが、なくてはならぬ人材だ。

「きょうはそうじゃない。しばらく離れていたから、お前と話でもして俺の腹をアブダビ時間に合わせたいだけさ」

ホルムズ海峡沿いへ出ると、あとは一直線にのびるコーニッシュ道路を突っ走り、左へ回ると目的地だ。日光宴はにぎわっていた。店内では、テーブル毎に客に話しかけ、愛想をふりまき、媚《こび》を売るママの姿はいつもとかわらない。二人は海が見下ろせる個室へ案内された。午後の波はおだやかそのもの、岸へゆっくり寄せられた小さな波は、数倍もの速度で海へ戻され、それがくり返される。

いつ来たのか、ママが明石のテーブルの前にいた。

「あら、忘れた頃にきましたね。ヒルトンの慶さんに入りびたりとか」

と、きつい冗談がくるが、にくめない。

「ところでドマスクの担保確認式の件ですが、僕は何故はずれたのですか。法務統括の立場からリグ現場の実施検分は不可欠じゃないですか」

「まぁ、今回はダメでも、またの機会があるだろうさ」

しらっと、突きはなした。何の気なしに周りを見わたすと、入り口近くのテーブルでアジュリが客と会食中だった。相手は国際銀行の田中だ。前から同行はアブダビに駐在員事務所をひらきたいと広言していた。いつもどこか気になる田中の存在に、彼はいやな予感がした。視線を戻し、スミスに、

「入り口近くでアジュリさんと会食する邦人、だれだかわかるか？」

「あぁ、田中さんですね。なんどか、ボスの出張中に顔を見せていましたが……そんな事より、ボス、確認式の件、なんとかしてください。きのう、頭取から、リグ見学はまたの機会でよいと。二人そろって冷たいじゃないですか」

「わかった、わかった。君も行けることになった」

「ええ、人が悪いなぁ、初めからそう言えばいいのに。でも、ありがたい、さすがはボスだ」

と相好をくずすが、一方、明石は急に田中の動向が気になりだした。栄光商事のメインは国際銀行である。巨額調達にからんでアジュリに近づいたのだろうか。キナ臭さを覚えた。

会食もそこそこにすませ、けげんな顔をするスミスの背中を押しながらそこを退散した。田中を見て気がめいり、くわえて朝から時差ボケがぬけない。自宅へ直行し、アルコールをムリやり流しこみ、仮眠をとった。二時間足らずだったがすっきりし、出勤する。

翌朝、顔を見せると、サリーが近寄り、

「アブマシコの社長がお待ちです。お約束より半時間ほどお早いですが……」

とささやいた。待ちに待った条件交渉だ。同社への投入額はドマスクよりもやや大きく、ドマスクと同様、貿易金融が付加されるから、好収益がみこまれた。さらに中期融資へきりかえる際、もし長期固定をえらんだ場合、資金局から賦与された格安の劣後ローン原資を充てれば、高利鞘が約束される。明石はこの日がいつ来るのか、首をながくして待っていたわけだが、昨日、ようやく貿易書類がとどいた。これはついている、と明石はほくそ笑み、さらに今朝、社長みずから来社していると聞いて、社長にはぜひとも長期固定の方を選んでもらいたいと願いながら応接室へいそいだ。

交渉の結果、思惑通りになった。でき上がり金利は、ドマスクよりやや低かったものの、融資額が上回るから大成功だ。時あたかも、つい先日、そう、出張からもどった翌日、頭取室から退出する際、アジュリからきびしい確認を耳うちされたばかりだった。

「部長、忘れていないだろうな。私の赴任早々に、資金局から支援された劣後債の運用を尋ねた時、しばらくは短い預金でつなぎ、タイミングをみはからって、高利の長期資産へのりかえたい、とたがいに意見の一致を見たが、その後、成功したという報告を聞かないが、部長のことだから、まさかそれを失念したとでも。そんなことないか」

アジュリは時々このような言い方をした。念を押すというより必達成だぞと脅かすのだ。このボスは、わずか数カ月まえ迄、資金局で膨大な資金を運用する中核部の首席部長だった。現場の長たる明石の顔を立てつつ、暗に実現をうながすやり方を心得ていた。マクロの金利水準、為替動向などの勘どころはじつに鋭い。しばらく続いた高金利水準が最終局面を迎えていると思うが、どうかな、と仄《ほの》めかしたともいえた。うかうかできないと恐れ、常々背後に殺気をおぼえる小心者にはハラハラドキドキの毎日だが、それが苦にならないとすれば明石も少しは図太くなってきたのかもしれない。

見渡すかぎり、砂漠、砂漠である。その一角に石油リグなる構造物が、広大な空間を独り占めしていた。それはあたかも近代ビルが砂の海にニョッキとつきさされたふうだ。その傍らで、あまたの人夫達が、まるで蟻んこのように働いていた。そこでは構造物が主役であり、人間は脇役だ。そこから百メートルほど先の砂漠地の四隅《よすみ》に、まっさらな天幕用の布生地が空高く掲げられ、ほどよい風にあおられ、のんびりとはためいていた。突然号砲が鳴る。それが合図だったのか、四隅で待機していた人夫達が、サーカスの軽業師《かるわざし》顔負けのすばやさで一斉に各々の布生地を手元にたぐりよせた。またたく間に砂漠地がキャンプ場に生まれかわり、待ってましたとばかり、砂漠を走り抜けてきたランド・クルーザーが大量の野菜類、肉類、果物、飲み物などの積み荷を降ろしはじめた。

どこからか、いや、おそらくリグをおおう構造物の真下、それも、はるか深い地底から、なにやら奇怪で【え】もいわれない鈍い音がきこえてきた。その音は、息を切らせ、辺りに黒煙をまき散らしながら猛然かつ果敢に坂道をのぼる、あの蒸気機関車のあえぎにも似ていた。それが、やがて、突然、どどっという明るい力強い音に転じ、地上寸前に迫ってきたか、と、身構えた、ちょうどそのとき、真っ黒い、不気味な流体が地底から天空へ吐きだされた。

原油だ！

「部長、これが担保ですね！」

とスミスが感極まって叫ぶと、

「とつぜん、大魔神が湖の底から立ち上がったようですね」

と、大げさな口ぶりで小林が目を丸くしたが、たしかに、百聞は一見にしかずの重みがあった。シデックが開設した輸入信用状に【海底油田掘削装置】と記された時点では、単なる商品名に過ぎなかったが、それがいま、たっぷり現実感を伴いながら、絶対的に確かな構造物として出現した。

帰路、はてしなくつづく砂漠山脈を突っ走るランド・クルーザーからながめる光景は譬えようもなく神々しく、さえぎるものが見あたらない。はるか遠くに望む地平線へ夕陽がゆっくり沈んでいく様は、まさに別天地、あらためて異国の自然に心がしみた。

「神秘的で心があらわれる風景ですね、ぼくらはいつも切った張った、の明け暮れ、ビジネスをしながらこのように自然に対峙することなんか、日本ではめったにありませんから夢のようです」

まさに沈まんとする太陽をいとしげに眺めながら、小林が隣に座る明石に話しかけてきた。

「まさにその通りだよ。日頃都会の金属音になれると、それがごく当たり前となり、人類にもともと備わっている感性がいつのまにか衰えていくのは、なんと悲しいことだろうか！　自然としたしむ時間が年々減りつつあるといわれる今の世代の人々は、いつの日か、われわれの時代の人たちより、より一層この後遺症に悩まされるかもしれないな」

と答えたが、そう話しつつ、ひとり娘まどかに思いを馳せると、その思いがなまなましい。きちんと母国語を習得すべき時期に二度にわたって海を渡る生活に遭遇、ときどき、母国語と外国語を一緒くたにするちゃんぽん語を聞くたびに暗澹《あんたん》たる気持ちになる。海外子女のレッテルをはられながら、母国で学窓生活をすごせば、思いもよらないハンデをこうむるかもしれないと憂うが、それをのりこえ、少なくとも型にとらわれない、逞しい人間になってもらいたいとねがった。

さてエルデオの件だ。出張から帰ってすぐさまエルデオへ向かったが、中本は不在、翌日から定期便のように同宅へ電話をかけるが、社長と東京へ出張中ですの、と夫人からきかされ、じぶんの知らない水面下で巨額の調達にうごき出したか、と焦った。が、東京まで追いかけるわけにもいかない。じつにわるい予感がした。

リグ視察を終えた翌日の退社時刻近くに、浮かぬ表情をしたメイが顔を見せた。いつもと様子がちがう。

「頭取が、先ほど、あすのパリ行きの部長に同行したい、ととつぜん仰られ、とりあえず同じ便をおさえましたが、じつは、この日、資金局の理事会でシデックの今四半期の業務実績を報告することに……」

あらかじめ出席の意思をたしかめたのに、ボスが心変わりしたから、あと始末に知恵を借りにきたようだ。そこまで一気に話して、ほっとしたのか、傍のソファにそっと腰をおろし、明石の表情を追った。このとき彼は、あすのピエールとの面談にそなえるべくスミスが作成した骨子案の精査に余念がなかったが、それもメドがつき、少々、息ぬきの話し相手がほしかったところだ。あいにくサリーは小林と資金局へ出かけて不在、机上で頬杖をついていると、ふとメイのことが頭をよぎった。出張からもどって二言三言ことばをかわした程度だし、絵葉書の文面に滲《にじ》ませた感傷が心にひっかかっている。そこへその当人が顔を見せた。

「メイさん、そう、思いつめないことだ。かつて現状を憂い、いつかこうなって欲しい、とともに夢みた頃とちがい、いまのシデックを見たまえ、なにもかも語りあった通りになっているじゃないか。あれもこれもアジュリさんの先見性と統率力のお陰だし、一体どこの誰が、その人の行動に待ったをかけられるかな？　会長秘書に事情を話してみなさい、わかってくれる筈だ」

それでほっとしたのか、表情がゆるんだ。それを見た彼は、すかさず、

「少々助言するとね、日程があってないようなボスと仕事をするには、一人で考え込まないこと、きょうのように誰かさんに相談しなさい」

と語りかけ、席をたち、彼女が座るソファの反対側に腰をおろした。

「いつもこうしてあなたに励まされ、勇気づけられますから、ついここまで足をのばしますの。ご迷惑だ、と思いながら……」

【あなた】と言われ、絵葉書の行間ににじませた感傷がよみがえる。

「迷惑なものか、この二人はあの苦難をのりこえた同志じゃないか。それこそ往時、君がいなければ、この俺なんか、とっくに帰国……」

と、まで話したが、それ以上は、身をわきまえ、立場を考え、つづれない。ふと相手をうかがうと、俯きかげんに両手で顔をふせたので、とっさに、

「ところで、もらった絵葉書によるとギザってとても素敵な町のようだね、でも世界に冠たるピラミッドをまる抱えするなんて、ちょっと欲張りだと思うが」

と話題を変えると、ふと顔をあげ、

「そう言われますと、すこし贅沢かもしれませんねぇ（笑い）、そこは私の故郷のカイロから西へ十三キロほどはなれた町で三大ピラミッドは、その高台に鎮座しておりますわ。いつか、あなたをお連れしたい」

「故郷から古代遺跡群を眺められるなんて、あなたはよほど幸せ者だ。俺も、いつか行ってみたい、そのギザとやらへ」

「きょうはついていました。新体制後はますますご多忙ですから声をかけるのも憚《はばか》られますし、それにここはイスラムのお国、女性の身から、そうするのは何かと勇気がいりますの」

開放的なロンドンで学窓生活を送ったことが、当地ではかえって負い目になっているようだ。

そこへアスカリが顔を見せ、

「部長、エルデオ案件の引き受け見込み先のリストができあがりました。目を通してください。後からまた来ます」

思いもよらぬ人物がいたせいか、ボスに気遣い、とってつけたような言葉をのこし、ドアを閉めかけた副部長に、

「あぁ、アスカリさん、今それを片づけよう。あとが詰まっているんだ。メイさん、話はわかった、会長の秘書にその旨つたえなさい。きょうはご苦労様」

と、ソファから腰をあげた彼は、さりげなくメイに目配せし、部下を迎え入れた。それを機に彼女は目礼し退出する。

翌日、アジュリの飛び入り出張が実現した。エルデオ案件にかけるアジュリの意気込みはすさまじく、やる気満々の明石ですら面くらう。ジュラとの出張からもどり、主なる感触を頭取室で報告した際、前述した資金局からの劣後債の原資を長期固定に充てる指示を、改めて念を押したのみならず、

「部長、わが社のあすを占う意味から、この案件はきわめて重要な試金石だ。何を手中にできるか、いまわが社はまさに創業来培った総合力が試されているわけだ。さすがはシデック、と言われなきゃ、会社を畳むしかないぞ」

と、すごんでみせた。

その後、きょうに至るまでなんどこのセリフを聞いたことか！　アジュリは全身全霊、本件に懸けており、社員らもその意気込みに、目をしょぼつかせ、部長の明石さえ、会社を畳むし

かないぞ、とすごまれたとき、いつ、なんどきカウベへ帰され、アジュリは後任を資金局から迎えかねない、と、一瞬、脳裏をよぎったほどだ。冷静になり、まさかそこまでは、とただちにその妄想を断ちきったものの、アジュリがシデックへきて初めて本腰を入れた勝負に出たこと、あわせてじぶんがプロの資質が問われる正念場を迎えたことを、心底さとった。戦略面だけではなく、戦術面にまで指示がではじめたアジュリに彼は正直うっとうしさをおぼえたが、一方で、上司たるもの、そうでなくては、と、その意気込みをとりこみ、併せてじぶんを奮い立たせる触媒としてとらえようとするいつもの闘争心がよみがえった。この案件は巷で地元案件、かつ国際市場でも稀にみる大型案件と注目されていたから、なおさら、アジュリの意気込みと覚悟のほどは明石にも痛いほどわかった。

パリ行きの目的は表むきピエールとの法的事項の打ち合わせだが、アジュリの本音は、エルデオ案件の主幹事指名を念頭にいれた事前準備であり、親密先、パリ銀行をはじめ、同地大手銀行から、彼らの参画感触をさぐることにあった。

さっそく二人はピエールの事務所へ直行し、同案件にかかわる適用法の打ち合わせにはいる。投資家が国境をこえて投資する大型調達案件では英国法が一般的だったが、その頃、南米諸国の借入人はじぶんらに有利になると思ってか、地元法を適用法とする流れが勢いを増していた。ところが、海外の投資家は伝統的に公平な司法判断が期待できる英国法を選ぶ傾向があり、この日の打ち合わせも、エルデオ案件は、欧米行に人気があるエネルギー関連と位置づけされるから、英国法の選択が好ましいと結論づけた。

打ち合わせ後、親密銀行、とりわけ先のルーマニア案件で手をわずらわせた数行へアポなしで顔を出し、名前を出さずにこのエネルギー案件をもちだすと、こぞって積極姿勢をみせ、さらなる情報の開示をもとめてきた。かなりの手応えをおぼえた二人は、帰国直前に大手パリ銀行をたずねた。先の案件では、きびしい対応をシデックにせまったこの銀行は、大陸の有力行の一つ、業歴、資金量、懐の深さ、どれをとっても半端ではない。さそわれて会食になったとき、先方から、創業来の緊密関係の復活を提案され、なごやかな雰囲気につつまれるなか、頃合いをみはからいアジュリが、マンデート（＝資金調達に関わる全権委任）は未取得であり、対外秘でお願いしたいが、と前置きし、

「貴行は当地のエネルギー関連企業向け融資にご興味おありですかな？　時期的には少々先ですが、未だ名前を出すわけにいきませんが、……」

と話したとたん、先方役員は、いきなり身を乗り出し、

「ぜひとも参画させてください。この度の貴社の新たな船出の御成功ならびに資本市場に再登

場されたことを心からお慶び申しあげ、本件を機に、さらにまた貴行主導の案件につきましてても、かならず、お声かけねがいたい」

と、好意的な回答がかえった。

いそぎ足の出張だったが、たしかな感触をえて帰国した。

機中たっぷり睡眠をとったせいか、その夜、眠りがあさく、明け方モスクからきこえる朗唱で目がさめた。お祈り【サラート】は神の存在を確かめるため、日に五回行われるが、この朝、夜明けの【ファジュル】の朗唱をきいた後、少し寝直してから出勤した。

めずらしい人物が待っていた。母体の先輩、西本だ。彼とおなじ時期にクウェート合弁に出向したから漠友とでもいおうか。

「どうしたんですか、先輩」

巨体を思い切りソファに放りなげ、英字新聞を読んでいた西本は、どこかすっきりした感じだ。とっさに帰国だな、と思ったとたん、相手から、

「おぅ、出張だったらしいな。ご苦労さん。昨夜小林君と飲んだ。いろいろ世話になったが、あす帰ることになったよ。君だって半年かそこらで、任期がくるはずだ。こっちとしては、帰国が決まってほっとした。刑期を終え、シャバへ出る心境かな。君もいずれわかるさ」

「今晩一杯やりますか。家内は日本ですから、こんやは小林君をいれて慶レストランで慰労会をやらせてください」

「わかった、じゃ、今晩、ご当地ソング『ホルムズ海峡夏景色』でも歌ってカウベ中東会でもやろうか」


その日は早朝からごった返した。

宿泊ホテルへいったん先輩を送りとどけ、早々に帰社し、自席から中本宅へ電話した。いつもの本人の帰国確認だ。少なくともきのうの夕方までは不在だ。掛ける度、申しわけなさそうに、未だですの、ごめんなさいね、と、都度わびる奥方の返事がつらく、電話の前、かならず低頭してからダイヤルするが、この日はちがう。栄光のダーツ仲間から、昨夜の最終便で彼の帰国を入手していた。満を持して掛けた、そのつもりだったが、途中で、久しぶりの家族団らんを邪魔するのはまずい、と妙なところで仏ごころがわいたが、それもつかの間、アジュリのしかるべき地位がとれなきゃ、会社を畳むしかない、との脅し文句が頭をよぎり、またもや低頭し、電話を決行した。

「ごめんなさいね、昨夜おそく社長さんと帰国しましたが、けさ早々に出社しましたの」

ときかされ、あせった。昨夜帰国、早朝出社とは、どこかに、少なくともシデック以外、どこかに、調達の委任権（＝マンデート）を与えたに違いない、という妄想が全身をかけめぐった。居ても立ってもおられず、部屋をとびだし、ハムダン街から人影まばらな郊外へむけてビュイックを疾走させた。

　エルデオ社の非常階段をかけあがり、勝手知ったる財務室をのぞいた。中本が居た！　当の本人は、自席の周りを行ったり来たり、たまに立ちどまる、せわしい動作をくりかえしながら、視線はつねに、机上いっぱいに拡げられた、もろもろのファイルへ。ときに食い入るように覗《のぞ》きこみ、ときにメモ帳に書きとめる作業を黙々とつづけていた。あまりの熱の入れように声をかけるのが憚られた。

「なんだ明石さん、来てたのか。声をかければいいのに」

と、他の書類でもさがそうとしたのか、席をはなれ、資料室へでも行こうとしたのか、出口へむかったとき、たがいに視線が合った。

「いったい、なんの仕事だい。こんな時間に。声をかけると、逃げ出しそうな雰囲気だったぜ。まぁ、それにしても長旅だったじゃないか」

　といつもの軽口がとびだした頃には、なにくわぬ顔をして主の椅子に腰をかけていた。

「神出鬼没《しんしゅつきぼつ》の明石さん、この度はめずらしくドジを踏んだようだな。よそごとながら心配するわ」

「いったいなんの話さ？」

「例のマンデート付与先だが、決まったぜ」

「えぇ！」

明石の顔が一瞬ひきつり、ハンマーで脳天をうち砕かれたような衝撃をおぼえ、いきなり椅子から立ち上がり、

「まさか！　うそだろう。出張前、たしか邦人会の席で、ガスひきとり業者の選定に手間どりそうだから、資金調達の話は未だ先の話だと言ったじゃないか」

とそう質されると、一瞬、顔をそむけた中本だが、

「たしかにあの席ではそう話したし、この度の東京行きも態度の煮えきらない買い手の本命に最終決断をせまる出張だった。そして最後は仲介に入った栄光が見事に交通整理を行い、関東ガスに全量引取りをのませ、解決した。ここまではこれは俺のもくろみ通りにはこんだのだが、お宅が執着する肝心の調達資金のマンデート付与については、思わぬ展開が。というのは、昨年秋頃から数度に亘り水面下でわが上層部と某銀行との間で交渉がもたれ、年末に決着を見た、と、昨夜、機内で社長からきかされ、二の句がつげずじまいさ。社長からすれば、合弁の使命はガスの引取り先の発掘にあり、資金調達等は現場が仕切るもの、と心得、往時、栄光に事前に相談しなかったとか。そこ迄見ぬけなかった俺の感性の鈍さにあきれるが、明石さんには申し訳が立たない、すまん」

そこ迄うちあけられると青菜に塩だった明石もそれ以上中本を責められないし、そもそも、すべてはじぶんの手抜かりが原因と認めるざるを得ない。さてどうするか、アジュリに説明するにしても情報が少なすぎるし、今後の作戦が立てられない。どうしても目の前の友の協力が

必要だと考えた。

「すべてこちらの不作為の結果だから受け入れざるを得ないが、某銀行にきまったとアジュリさんに報告してもそれですむ話ではない。起死回生の作戦を考えなければ、俺の行き場所がない。わかる範囲内で教えてもらいたい。まず某というが銀行の開示なしには前に進まない。そこはアラブ銀行のことを指すのか」

「そこではない」

まさかと思いつつ、エルデオの主力銀の名を挙げてみた。

「じゃ、中東銀行？　まぁ、これはないか」

意外にも中本は否定しない。もしそうならシデックには手ごわい。ただ難点は、短期業務が主で、投融資を大っぴらにやるには人材不足という印象があった。しばし口をつぐんでいた中本が、

「きいているかなぁ？　中東さんが欧米大手筋からその道のプロを十人強をひきぬいた話？　昨年の創立十周年祝賀会の席上で同業務への参画を宣言したらしい。お宅のアジュリさんは元資金局の偉いさんだからそんなチマチマした下界の情報なんぞ知る由もないから、周りの補佐が耳へいれないと。といっても、あなたは出向の身、日頃、八面六臂ではたらく戦士だから、それを期待するのはきびしいいか」

その足でシデックへもどり、さっそく緊急部会を召集、中本から入手した現状を知らせた後、

関連作業の前倒しを指示した。

夕方、三巨頭の前で、明石は、けさの中本との面談の内容および部内会議のあらましを話した。彼の報告に首脳陣はかなりうろたえ、アジュリは、

「……そうか、部長の米国出張時に電話したとき、中本氏が栄光にいる、と知らされたが、あの時、エネルギー公社ではなく、即エルデオへ行くべきだったか！」

となげくと、明石は、

「でも社長は中本氏と一緒でしたから、たとえ行かれましても肝心のお二人には会えませんでしたし、それよりなにより同社が中東と合意したのが去年の師走ということですから、ご両人が資金局から来られる以前のお話。今わが社がやるべきことは一刻も早くエルデオへ赴き、わが社の意向をつたえる、これしかありません。その場で中東銀行への付与の話がでましても、きき流す程度でよろしいかと。あるいは大上段に私ども宛マンデートの付与をご検討されたいと、一席ぶつ必要があるかもしれません。いずれにしましても、このままですと、発言力ある地位はおろか、一般扱いになりかねません」

とうろたえる三人を慰撫した。結局この日は先方社長あてにアポをとり、シデックの意向を申し出るという、ありきたりの結論に落ちついた。

先輩の西本をホテルから連れ出すには早すぎたから、しばらく自室にこもり彼はエルデオ対

策を練った。面談は数日後に予定されたが、Q&A（＝質問状）作成が、思いのほかはかどらない。書いては消し、消しては書き、なんども読み返す。そもそも、哀訴調にするか、正論調にするか、これまた難題だ。わずか一時間ほど前、会議終了直後に見せたアジュリの挙措がふと頭をよぎった。直前まで意気軒昂だった人が、知らず知らずのうちにどこか魂がぬけた、ひどく悲しげな表情を浮かべていたのだ。それもレストラン慶で西本、小林の三人でカウベ会をはじめる頃には、明石は、寿司をほおばり、日本酒を呷ることで、この日の不快な出来事を、一時とはいえ、洗い清め、一転させて、折れっ放しの心をかろうじて食いとめていたが、シャバから出所し、帰国する西本の晴れ晴れとした表情を妬《ねた》んだ。

当日、エルデオ社の応接室にシデックの首脳陣が雁首をそろえた。西本がクウェートへもどった翌々日である。アジュリ、ジュラ、明石の顔面は、そろって強張《こわば》り、あたりに悲壮感すらただよわせたが、それとて身のこなし方は一様ではない。それぞれの個性がにじみ出た。時々思い出したように明石から渡されたメモを一字一句ゆっくり読み返す一方で鋭い眼光を天井へ向け、口を【への字】にするアジュリ。うつむいたまま何やら独り言をつぶやき、間をおいて顔をあげ、アジュリと明石の方を一瞥し、またうつむくのがジュラ。腕を組んだかと思えば外し、目を瞑《つむ》ったかと思えば、ひらき、忙しない動作をくり返すのが明石だった。

面談時間きっかりに、先方の社長、担当役員が、いったい何事か、とでも言いたそうな表情で登場し、その二人の後ろから彼にさりげなく目配せして中本が顔を見せた。

全員そろったところで、アジュリが立ち上がり、視線を社長にむけ、

「とつぜんのアポ依頼でしたが、さっそくお聞きとどけていただき恐縮しております。社長は超ご多忙の方、こちらもごく手短に用件を申しあげたい。貴社が巨額の開発資金を調達される、との情報が巷間から漏れつたわりますが、もし事実でしたら、その調達につきまして私どもシデックにご一任していただけませんか。この道、長年の実績を誇ります私共へこの名誉ある地元案件を仕切らせていただければ、まことに幸甚でございます。これが私どもの訪問の趣旨でございます」

と話して着席した。先方から発言がない。両首脳は気むずかしい表情のままだ。やがて財務担当の役員が立ち上がり、一度咳払いをしてから、私が話しましょうか、という仕草を、となりの社長に目配せしてアジュリへ視線を移し、話しだした。

「ただ今、お話しがございました案件の担当でございますが、本件につきましては、まことに申しわけありませんが、こちらには、貴提案をお受けできない事情がございます。と申しますのは、先ほど頭取さんは地元銀行をぜひ主幹事にと仰られましたが、この点につきましては異存はございませんが、そのお旗振り役を私どもの主力銀行、中東銀行さんにお任せするということで社内の了解をすでに取りつけておりますので、ご勘弁ねがえませんか」

と話した後、シデック側へうやうやしく低頭し、着席すると、アジュリがふたたび立ち上がる。

「新体制後、地元とともにというのが、私どもの主出資先であります資金局から指導された、社是でございます。私はいま複雑な思いにかられております。中東さんは、地元金融界の草分け的存在、こちらとしては真正面から相手様に喧嘩を売るわけにはまいりません。ですが、ただ、商業銀行の雄と目される中東さんが、投融資業務をなさるとお聞きし、どう考えましても、合点がいきませんが、その点、いかがでしょうか」

まずは筋書き通りにアジュリがその点を質すと、社長みずから立ち上がり、

「じつは、昨年夏中東さんの担当役員から、創立十周年を迎えるにあたり、これを機会に、業務をひろげ、投融資業務へ進出したい、という話をうけたまわりましたが、昨年末頭取が来社され、あらためて投融資業務部門の立ち上げを報告され、かねての通り、ぜひ本件をその第一号に懇願されたのであります。当地側の親会社からは了解をいただきましたし、栄光商事さんとはまだ決着を見ておりませんが、これも時間の問題でしょう。いずれにしましても、かかる状況下、これを覆《くつがえ》すのはムリではありませんか」

役員の説明を接ぎ穂した上に、お濠《ほり》はすべて埋まりましたよ、ご放念くださいと、言い諭しているふうにも見えた。

さて明石の出番だ。

こうなると、彼も熱弁を奮わざるをえない。担当部長として事態をあまりに楽観視しすぎたし、ナムサ時代の名声に浮かれ過ぎていたともいえた。当地では唯一の投融資専業銀行であり、創業来、名誉ある調達委任の獲得数は数知れず、と、あきらかに過去の亡霊にとり憑かれていた。この案件も、なんだかんだといいながら、最終的には、シデック以外に仕切れるところがあるものか、と彼も少々驕《おご》っていたのだが、現実はきびしかった。ここで相手に押し切られると、もはやじぶんの存在は風前の灯火だ。相手の主張にうなずけばうなずくほど手遅れ感はいなめない。これをどう崩すべきか、発言しようと立ち上がろうとしたら、もう一方の明石が待ったをかけた。

(ここに至ったからには、シデックがこだわるものと、そうでないものを先に選別すべきだ、と考えた。この面談に入る直前、シデックがこだわった役割である単独主幹事は、いまや風前の灯火であり、どう転んでも見込みはない。もしこだわれば一般参加なみの役割しか得られないかもしれない。ここは思い切って諦めよう。では次善策は何か。単独主幹事の下に組成される引受幹事団が一つだ。これは駆け引きしだいだが、なんとかなる。しかし、これでアジュリは満足するだろうか、否である。となれば、単独主幹事を諦めた場合、残された最善の地位は？　中東とシデックとの共同主幹事という手はどうか、この隘路《あいろ》はなにか。答えはかんたんだ。中東が単独主幹事地位にこだわるからだ。ならばどうすれば翻意させられるか、必死に考える……やがて中東銀行は、プロ集団をひきぬき、投融資部門を立ち上げた。これはあまりに弥縫策《びぼう》だ。こんな俄《にわ》か集団に巨額調達を任せられるか。否だ。市場の笑い草になるのが明白だ。全世界に拠点をもつ栄光商事はこの杜撰《ずさん》さをどう見るか。じぶんと彼らの縁が、単独主幹事にこだわる中東銀行に引導を渡す起爆剤になれるかもしれない)

ようやく彼は挙手して立ち上がると、視線をおぼえた。二方向からだ。一方は、となりに座るシデック首脳陣、もう一方は、対面に構える中本からだ。がんばれ、という声なき応援である。

「投融資部長の明石です。私どもは、中近東地区の投融資銀行の魁《さきがけ》として産声《うぶごえ》をあげ、爾来《じらい》投融資業務を専業として今やその名は、湾岸諸国はもとより、アジア、欧州、米州にも知られ、優に百件を超える主幹事案件を手がけて参りました。この度、資金局からアジュリ頭取、ジュラ副頭取をむかえ、地元経済の活性化を最優先する社是のもと、新体制が発足しました。ご案内の通り、私どもは出資者として政府外郭の資金局をはじめ、地元の金融機関、有力企業、さらには地元有力市民の方々が名をつらねる、まさに地元丸抱えの投融資銀行といっても過言ではありません。この度、地元復帰を掲げましたのは原点にもどった商いを、つまり設立来、営々《えいえい》として培《つちか》ってきましたノウハウ、経験を地元にお返しし、地元繁栄に役立てたい、まさにこの一言に尽きるわけでございます。前置きが少々長くなりました。では本論へ入ります。本件につきましては、中東さん、私どもがともに同格、共同主幹事として地元繁栄の証を国際市場に問う、という案でございます。もし私どもが本調達に際しまして、主たる役割から外されますと、これまでの輝かしい実績から、内外の資本市場から本件がどのように評価されるでしょうか。何よりも私どもに辛いところは、商業銀行さんに母屋をとられたのではないか、シデックたるもの、ひきぬいて立ち上げたプロ集団に劣るほど地に堕ちたか、という憶測、中傷がとびかいましょう。とはいえ、私どもは貴社の立場をよく理解しております。私どもからも中東さんや栄光商事さんへも働きかけをいたします。さいわい、私の赴任前、日本で栄光さんを担当し、彼らの上層部にも人脈があります。以上ご勘案の上、ご再考ねがえませんか。くどいようですが、弊社のご調達に際し、私どもが長年培ったノウハウ、歴戦のスタッフを大いに駆使していただくことで、それが結果として地元貢献につながるでしょうし、初めてこの種の案件を経験される中東銀行さんにとっても、けっして悪い話ではないと愚考しますが、いかがでしょうか……」

独りよがりの論法と知りつつ、口から出るに任せ、熱弁をふるった。アジュリ同様、じぶんも栄光とのかさなる縁から本件に懸けており、中東銀行の情報入手を掴みそこねた負い目から、この日を迎えるまで正直、懺悔《ざんげ》をくり返す日々だった。じぶんの出番がきて、話しだしたとたん、じつに不思議なことだが、ことばが次から次へと迸《ほとばし》り、全身の血の巡りが速くなるにつれ、心が次第に熱くなり、気までが大きくなったところで、あらためてこの発言機会の意義を考えた。

政府外郭からシデックという難破船へ乗り込んだアジュリとジュラの深層心理は、出向者のじぶんの身には理解しがたかったが、少なくとも彼らが登場してから、明石の立場は一変し、わずか一年にも満たないが、じつに充実した、そしてじつに慌ただしい日々が、走馬灯のごとく脳裏をよぎったが、いま目前にシデックが面する事態は、まさにその存在を問われる試金石といえた。といっても要請する側も防戦にまわる側も、おたがい空振りに終わるだろうと明石は見たてた。地元案件、国際金融のプロとアマ問題、巨額の資金調達、合弁企業、親会社が当地と日本、などなどから、シデックの要請は、タイミング的には、出遅れ感はいなめないから、ゴリ押しと解されかねないが、充分に説得性もあったから、無視される事態になりにくいと思われた。この視点に立てば、この日の面談は必要な儀式であると同時に、物別れに終わる可能性もたかい。どちらかが傷ついたり、だれかが決定的なことを言えば、修復不可能になり、その場にいない利害関係人の面子を失わせかねないからだ。

帰り際、中本が走り寄り、

「来てもらってよかった。さすが、明石さん、迫力があったよ。どう着地するかは、神のみぞ知るというところだが、諦める必要もない。うちの内田役員が、国際銀行の単独主幹事にこだわると、お宅にはきびしいが、金額が半端じゃないから、贔屓目《ひいき》にみても、邦銀による単独の主幹事はとうてい無理な話であり、それにこだわれば、欧州、米州勢が不安をおぼえ組成から降りるにちがいないと言っていたよ。一方、中東銀行も、わが合弁の主力という金看板以外には、これというカードがないのも事実、プロをひきぬいて投融資部門を立ち上げた程度のとりつくろい策で巨額の資金調達が単独で旗振りできるほど、この市場は甘くはないさ」

帰社した。

アジュリはきょうの面談前に、明石からすでに昨夜、中本情報をきかされ、半信半疑の体だったが、この日、それが事実だったことが、エルデオの社長の口から確認された。面談後の車中は気まずい雰囲気だった。ジュラや明石が話しかけるのが憚《はばか》られるほど、押し黙り、帰社しても変わらなかった。ふだんのアジュリなら、率先して声をかけ、打ち合わせに入るのだが、この日はちがった。いかにも足どりが重そうで、迎えに来たメイと、自室へ戻ろうとした、ちょうどそのとき、明石はある行動に出た。メイが目を丸くするほど、なかば強引に、アジュリとジュラ両人をじぶんの部屋へひっぱりこみ、

「頭取、お聞きください。中本氏から、こんな話をききました……」

と、帰り際、ふとじぶんに漏らした中本の見通しを伝えた上で、

「わたしもエルデオさんのお立場はわかりますが、投融資の世界では、中東さんは、言うなれば、シロウト、さらに言わせてもらうなら、本件の調達額は、これまで、どこの資本市場を見渡しても、めったにお目にかかれない巨額であります。それをプロを引き抜いたとか、創立何

周年の記念に立ちあげた第一号、とかの材料で単独主幹事を認めるほど、世界の投資家たちは寛大ではありません。まさに本件こそ、当地の金融界が結束し、成功させるべき画期的な案件ですから調達資金の大がかりな組成を組む以上、シデックなくして、一体どこの、どの銀行が、旗振りができますか。ここに至りましては、なげく時間など、もはやありません」

と大上段に一席ぶった。すると、これまで苦渋の色を滲《にじ》ませていた表情がしだいに明色系を帯び、眼光にいつもの鋭さをもどしたアジュリが口をひらいた。

「そうだな、部長、五億ドルを優に超える金額となれば、わが国全体にかかわる、画期的な調達だし、中東銀行だけに任せられる【しろもの】でないことは確かだ。この案件はかつて経験したことのない絶好の喧伝舞台であり、わが社の国際市場への復帰を飾る格好の国際協調案件と言うべきだろう」

と檄をとばすと、ジュラも、

「頭取、さっそく手分けして各方面へ手をまわしませんか。さしあたり、合弁二大出資社への囲い込みが喫緊ですな。栄光さんは部長にまかせ、こちら側は地元人脈へ当たるというのは、いかがですか」

「ようし、ただちに行動を起こそう。部長には申しわけないが、すぐにでも日本へ出張してくれないか」

火付け役として彼はひとまず安堵したが、想定外の急展開に面食らう。というのは彼には別の考えがあった。

「じつは栄光の財務トップが、今夜、アブダビ入りするという情報があります。出張は後まわしにさせていただき、まずこの動きを追うべきかと、……」

するとアジュリが、

「なにぃ、栄光商事さんの財務トップが！　……かえってやぶ蛇にならないか」

やや不安げだ。こばむ勢いではない。すると、

「内田役員が来られるのか」

とジュラが尋ねた。東京出張時にあいさつ済みだ。

「そう聞いております。ただ頭取が心配されるように、わが社のいまの立場は微妙ですから、たとえ内田さんに会えましても、ムリ強いもゴリ押しもひかえ、ただただ情報入手に徹しますからご安心ください」

二人が退室したあと、内田との接触を考える。たぶん中本と一緒にちがいない。本人にたしかめる手もあるが、それではあまりに策がなさすぎる。他ルートから居場所をきき、たまたま邂逅した、という程度の汗かきがないと失礼にあたると、根が愚直な明石はそう考えた。さいわい、当地の栄光商事にテニス仲間がいることを思い出し、さっそく電話する。

「やぁ、明石さん。最近、コートに顔を見せないが、資金局が肩入れしてぼろ儲けしているらしいね。ところで話って？」

「財務部のえらい様がアブダビ入りしたと耳にしたが、今夜あたりみんなでワイワイやるんじゃないの」

「こっちには来ないよ、われら石油族と飲んだって面白くもないし、こちらも同じさ。たぶん今夜はエルデオ出向の中本宅で一杯やっているんじゃないの、金融族同士でさぁ」

仲間から入手した、かすかな光明を手がかりに中本宅へむかうが、退社前につぶやいたアジュリの懸念がふと頭をよぎり、途中で二、三度、路上駐車し、夜襲をためらうが、行くも退くも、いずれ内田に会わざるを得ない、ならば前もって内田の意向をたしかめ、それがシデックに不利ならば日を置いて次善策を見つければよい、と腹をくくり、ふたたびアクセルを踏み、シェイク・カリファー通りに面した中本宅の前で駐車した。


ためらう気持ちをおさえ、ベルを押すと、細君が顔を見せ、

「あらぁ、明石さんいらっしゃい」

と言った後、奥へむかい、声を掛けた。

「あなた、団長さんよ」

団長さんとよばれ、肩の重しがとれた。

「やっぱり来たか、予感がしたんだ。敬愛する内田さんがお待ちかねだ」

酒の匂いをプンプンさせながら、奥から顔を出した副団長は、いやな顔ひとつせずに闖《ちん》入者を家中へ誘う。

「やぁ、明石さん、やはり見えましたな、先ほどからここの主が、明石さんはここを嗅ぎつけ顔を出す男です、と言うから、君が前もって仄めかしたのか、と尋ねると、いいえ、勘です、とにやりと笑ったから、ひょっとしたら会えるかもと嬉しくなったよ。ここの主は昔から愛想が悪くてね、けっして人好きではなかったんだが、あなたは例外らしい」

じぶんの厚かましさに恐縮しながら、それを意識させない二人のこまやかな温もりに、

「部長、異国で苦労される部下の慰労の席に私のような第三者が無粋にもいきなり押しかけ、申しわけありません。ただ部長が熱砂の国へこられたのに、ご挨拶なしというわけには、と思い、つい敷居をまたぎましたが、はや、ご尊顔を拝しました、これで私の喉のつっかえも取れましたからこれでお暇いたします」

と言って立ち上がると、主が、

「おいおい、明石さん、水臭いじゃないか。部長に中東銀行の事で一言申し上げたいと、と顔に書いてあるようだが、……」

との思いもかけない助け舟に、心で涙しながら、藁《わら》をもつかむ思いで居住まいを正してから、アジュリに説明した趣旨をかいつまんでつたえると、内田は、

「よくわかった。ここの主もそれを心配してね、シロウトの中東に単独は任せられないと東京へ電話してきたんだ。きょうの中東銀行との会議でも、諄《くど》い程、こちらはミスはゆるされない、調達額に穴はあけられないと言うと、あちらも「こちらに任せてください、一流のプロが新設部たる投融資部を半年かけシステムを立ち上げましたから、ご安心ください」の一点張りで、たがいに平行線さ。まぁこれはここだけの話だが、栄光も出資側の片割れとして、どこがもっとも主幹事にふさわしいかと、あらためて考えたい。私はいまだ邦銀もその有力候補という構想は捨てたわけではないし、当社メインの国際銀行でも単独主幹事は可能だと思っている。ただ、どうしてもエルデオさんが地元に拘るならば、その時は明石さんが旗振るシデックと中東さんとの共同主幹事を推すつもりだ。これぐらいしないと【いつかのように】叱られるからなぁ。あすは、これらをふまえて会議に臨むつもりだ」

【いつかのこと】を記憶する内田にふと一期一会の縁を思い返し、あらためて、あの事があったればこそ、異国の地でこうして邂逅《かいこう》を慶び、情けにすがり、一献傾けられる、と、彼はしみ

じみと在りし日を懐かしく追い、心洗われたひと時をすごした。

帰り際、内田から、

「せっかくだから明石さん、僕の好きな詩吟を二人で吟じてみないか、あなたの赴任前、たしか送別会の席できかせてもらったが、少々、粗けずりではあったが、あの高音域が妙に忘れられなくてね。あの時の題名こそは失念したが、少年よ大志を抱け、で有名なクラークさんを偲ぶ吟で、作詞は札幌農学校第一期生の大島正健氏と記憶するが」

「うわぁ、未だあのへたくそな我流吟がご記憶にございましたか」

「内田役員は、稲門詩吟部の元部長さん、おはこは水野豊洲作、『月夜荒城の曲を聞く』とか。明石さんもかつて幽霊部員だったとはいえ、一度は吟じたことあるんじゃないの」

と先だっての東京出張のとき、多田からきかされ、顔から火が出る思いだった。その吟歴ゆたかな大先輩から一緒にと言われたが、連吟は遠慮した。ほんものの吟を心ゆくまで聴きたい思いが先だった。その八言絶句を吟じるのはむりだし、しかも終いまでそらんじていない。やがて内田の朗々とした吟詠が奥まった中本宅の客間にながれ、吟声がかもしだす哀愁が辺りを覆い、夜の静寂と相俟って辺りは静まり返った。

栄枯盛衰は一場《いちじょう》の夢　相思《そうし》恩讐《おんしゅう》悉《ことごと》く塵煙《じんえん》となる
星移り　物《もの》換《かわ》るは刹那《せつな》の事　歳月怱々《そうそう》逝《ゆ》いて還らず
史編《しへん》読み続く　興亡の跡　弔涙幾回《ちょうるいいくかい》か　几前《きぜん》に灑《そそ》ぐ
今夜《こんや》荒城月夜《げつや》の曲　哀愁切々《あいしゅうせつせつ》として当年を憶《おも》う

明石は、北海道帯広市に立地する「とかち岳峯会」の高位段者の母が毎朝きまって吟じる姿を見て育ち、学窓時代は一時「詩吟部」へ入った。ただ目移りのはげしい多感な時代、ときおり顔を出す程度の、言うなれば、幽霊部員だった。ところが社会人になり、帰省する度、母親の吟へのたゆまない研鑽に感化され、あらためて詩吟を見直し、意識的に接する機会をふやした。年をへて中東のこの地で艱難辛苦《かんなんしんく》に涙し、心なえる日々を過ごす中、ある日、学窓時代に所属した詩吟部の友人佐藤から、往時を偲ばせるテキストがとどいた。ふと耳を傾けていると同部の顧問、錦城翁の吟じる朗々とした高音質の美声がCDを通して流れ、その吟は天空をかろやかに遊泳する白雲を連想させ、明石の魂を熱くゆさぶり、同時に、赴任後、積もりに積もった鬱憤をまたたく間に一掃し、命を洗う涼風を吹きこんだ。あらためて佐藤に感謝し、その後、時代の流れに抗しきれず、廃された同部の悲運を惜しんだ。

事態の決着が予想しにくい、甚《はなは》だ流動的な状態だったから、シデックも安閑としておれない、と彼は、危機感をつよめる。内田の話から、国際銀行の田中の動きがぼんやりとみえてきた。

じぶんの出張中にシデックになんどか来社したこと、日光宴でアジュリと会食をしていたこと、これらは本件の組成案の一点でつながる。中本邸から帰宅するなり、アジュリに電話し、内田の意向をつたえた。

つかれた躰をベッドになげだしたものの、内田に会ったせいか、妙に神経がたかぶり、眠気がおとずれず、目はさえる一方だ。ふと、内田が口にした、【いつかのように】が脳裏をよぎった。

二年前、東京でカウベの本部ビル内で非管理職組合が主催する代議員会に出ていた彼に一枚のメモが手わたされ、「すぐ席にもどりたし」とあった。副部長からだ。一瞬、転勤かな、と思ったが、帰国して半年、それはないか、と苦笑いし、本部ビルの一階の席へもどった明石に、渡会が、怒気をにじませた濁声で、

「明石、例の合弁取引の件で、栄光と一体、どんな交渉をやっていたんだ、たしか、きのうの定例会議で、カウベは取引行の一行に指名される、と報告したな、じゃ、これは何だい、さっき内田さんが来られ、この目論見書をおいていったが、一体どこにカウベの名前があるんだ。子供の使いじゃあるまいし、だから海外帰りは信頼できん！」

と大勢の部下が見ている前で、怒鳴った。

「えぇ、カウベの名前が……」

顔がひきつるのをおぼえながら、彼は訊きかえした。

「これが新会社の要綱書だ」

上司がつきだすと、それをひったくるように手元へ寄せ、取引銀行欄を穴があくほどにらみつけたが、カウベの名はなかった。国際、五井、芙蓉の三行だ。要綱書をにぎりしめたまま、明石は天井をにらみつける否や、こわばった表情で脱兎のごとく外へとびだした。乗り込んだタクシーの中でようやく冷静になり、じぶんと内田の関係を考える。天下の栄光商事の実力者とカウベの一担当者という間柄だが、いつも何かと目をかけられ、たまにこれぞという情報をもらす内田の好意を思い返し、その人物が約束を反故《ほご》するには、よほどの横やりが入ったにちがいない、と、相手をおもんぱかり、カウベは合併してもその他銀行の域をぬけ切れないか、じぶんは夢を見すぎた、とじぶんを一旦は得心させるが、いざ栄光に入ると心変わりした。約束は約束、武士に二言はない、と生来の負けん気が頭をもたげ、このまま手ぶらで帰るわけにいかない、と二十階へかけあがった。そこは、RMとして、明石が毎日、顔をみせ、四方、闊《かっ》歩《ぽ》する戦場である。

渡会が口にした合弁とは、ドイツ、カナダ、日本三カ国の有力企業が名をつらね、石油代替エネルギー【石炭液化ガス】を共同開発するという巨大プロジェクト企業だが、この合弁の資金の運用・調達の主たる窓口商社が栄光、と某経済紙がリークしてから竹橋界隈は急に騒々しくなる。

この噂をききつけ、有力大手行が取引行の指名をうけるべくいっせいに栄光詣でをはじめる丁度その頃、栄光のRMの辞令をうけたのが明石だ。辞令をもらうや、彼はさっそく栄光の財務部、関連部へ顔を出す。そのやり方は朝がけ夜うち的な泥臭いものではあったが、同社へ食いこみたい、各部課長と昵懇《じっこん》になりたい、という思いがつのり、ひぐらし二十階にたむろしだした。各部課長席をくまなく回り、やがて顔を売ることに成功し、その輪は、若年層から管理職へと人脈がひろがり、いつしか財務部をしきる内田次長へつながった。三カ月ほど経って彼は栄光へ顔出す銀行RMマンのなかで内田にものを申す数少ない存在となり、あげくの果てに、先にふれた合弁の取引行の一角にカウベを加えるとの口約束をもぎとった。しかしこの褒《ほう》美《び》、彼の熱意と滅私奉公的なはたらきぶりが認められたというよりもむしろ、金融機関と大口融資先の上に重くのしかかった往時の大口融資規制という環境のなせるわざであり、うらを返せば、ひとえに内田の戦略性から思いついた褒美といえた。往時、栄光は中東等で開発案件があいつぎ、需資（資金需要）がひときわ旺盛で、主力、準主力行はこの規制がゆえに金《かね》を出すに出せずの状態だったのだ。そこで内田は、取引ランクは下位だが、合併によるゆたかな資金力を有するカウベに狙いをつけ、いかにしてこの潤沢な資金をひっぱるか、もくろんでいた時に、偶々、そこの担当者がノー天気で猪突猛進型の明石だった。これをきっかけに栄光とカウベは、きわめてかぎられた領域だが、利害が重なる。

目指す内田は不在だった。彼を見つけた財務の担当者が近づき、

「明石さん、次長は例の件で釈明にとびまわって不在ですよ」

「次長が俺との約束を反故《ほご》にしたんだ」

やはりダメでしたか、きのうから部長とやりあっていましたが、と、内情をもらす担当者に、

「メモ用紙くれないかな？　次長に一筆啓上したい」

と、かたわらの椅子に座り書き出した。

「じつに残念です。いくら天下の栄光さんでも、いったん約束したものを反故にすることは許されません。とは言いましても、敬愛する次長はけっして安請け合いされる方ではありませんから、よほどの事情があったものと存念し、身の丈をわきまえずムリを承知でおねだりし、申しわけありません」

と認《したた》め、担当にわたした。内田が不在でよかった、と内心ほっとしたものの、一方で、わりきれない気持ちが残る。その日は、カウベにもどらず、直帰した。

翌日、出社し、午前中は外出しないで自席で書類整理にかかったが、なんとなく周りから監視され、針のむしろにすわる心地だったから、ついに居たたまれず外出した。さりとて顧客回りをする気力もなく、いきつけの喫茶店で時間をつぶすが、翌日はそこへひねもす居すわる。

三日目でようやく腹がすわり、栄光へ出かけた。内田は不在だったが、周りはいつものように温かく迎え入れた上に金額の張る海外案件の注文を受け久々にはれやかな気分で帰ると、昼食時間が過ぎているのにめずらしく渡会は富山という明石の一年先輩と談笑中だったが、明石

を見るなり、

「ご苦労さん」

と話しかけてきた。いつもの苦味ばしった表情が少々やわらいで見えた。

「明石君、先ほど、内田さんが来られ、君に申しわけないことをした、と低頭され、これを渡された」

合弁新会社の「企業要綱」だった。

「取引銀行のところを見たまえ、うちを入れ四行になった。内田さんは再度、部長と話し合い、『主力、準主力の三行が同意なら』と了解をとりつけ、きのう、きょうと各行を口説いたらしい。頭をさげっ放しでした、と苦笑いしていたぞ」

にこりともせず、よくやったとも口には出さない。が、渡会はそれをきっかけに態度をかえた。また帰国来、事あるごとに明石の脇の甘さを揶揄する、同じ商社でもダイヤ物産RMの富山が、この後、うってかわって面倒見のよい先輩に変貌し、とりわけ合併銀行にありがちな旧行間の【利害調整】という、明石のもっとも苦手な局面では、いつも助っ人役をかってくれた。また営業面においても、栄光商事とならぶ、ダイヤ物産のRMマンとして先方の重役陣からゆるぎない【絶対信】を勝ちえていたこの先輩から教えられることが多く、カウベに就職してこの本物の営業マンに出会ってから内向きの明石の行動視点が外へ向かいだした。元を辿れば、あれもこれも、栄光のRMマンの辞令を手にしてから繋がった縁《えにし》といえた。

アジュリに内田の戦略をつたえた翌日、ときおり襲いかかる睡魔と戦いながら、執務室で机上の書類に目を通していると、メイが顔をみせた。この日の身なりは、白いブラウスに、紺色のタイト・スカート、はた目にはつんと澄まして、やや堅そうな印象を与えそうだが、彼には初々しく輝いて映った。

「お邪魔してよろしいですか、お忙しければまた参りますが……」

おたがいの気持ちが通じ合って日は浅いが、もはや気をおく仲ではない。

「メイさん、よい時に来たな。きのう栄光商事の役員さんと話し合ってね、こちらが期待する方向で固まりそうなんだ。これを誰かに教えたくて待ちかまえているところに、君が現れた、というわけさ」

「それはシデックにとりまして朗報ですね。頭取が目下この件にすべてを懸けられておりますから」

まもなく二人には別離がやってくる。これ以上どうなるものでもないが、いまはこうして会うこと、こうして話すこと、それで心が洗われた。

「ところで、いまお時間ございますか、国際銀行の田中様が来られたから顔でも出したらどうか、と頭取が、……もし手が空かなければ、日をあらためてもよい、と。どういたしましょう」

「えぇ、いまから！　……、まぁ、なんとかしよう」

じつは別件があった。早朝、エルデオの中本から、懸案の調達資金の実行時期をかためたい、と電話がかかり、もうまもなく来るはずだ。中本はエルデオ社の上層部と母体の栄光商事を行き来し、明石が不利にならないように何かと立ちまわる友人だから、この呼びかけは遠慮ねがいたい。ましてや、じぶんと公私ともそりの合わない田中との同席なんぞ、と思ったが、手が空かなければというのは、彼女の素振りから、どうやら本人の自作自演に思われ、断ると、アジュリの手前、秘書の立場がない、と気遣い、そう応えた。きょうのきょうまでこのように気を配ることなどなかったから、じぶんの心境の変化におどろく。【気になる人】の存在が、ギザからとどいた一枚の絵葉書によって【愛しい人】へ転じ、その頃から、じわじわと感情移入がはじまったようだ。

「よろしいのですか。ご無理申しあげてごめんなさいね」

やや憂いがかったメイの表情にいつもの晴れやかさがもどった。ふだんから田中を避けたがる明石を知っているだけではなく、入室する直前、サリーから中本のアポをきいていたから、ムリな注文と思い、気が重かった。

頭取室へ入ると、アジュリが田中と談笑中だったが、

「おぉ、部長、中本氏が来社するとか、長居はさせない。彼とは初対面かな?」

「いいえ」

会いたくないから、一刻も早くこの場をはなれたい。

「明石さん、申しわけないね、僕でさぁ」

相手が先に憎まれ口をたたく。子供が幼いため家族帯同がむずかしく、当地ではめずらしく単身だ。明石らが立ち上げたダーツ・チーム【ディルハム】（ＵＡＥの通貨呼称）一員でもあるが、めったに顔をださない。別行動することが多い。世界に通用する邦銀は、わが国際だけだ、と広言するだけあって、当地金融界では顔がひろい。アジュリが、

「じつは、部長、田中さんが、ちょっとおもしろい提案をもってきたんだ。ひとつ聞いてみないか」

ボスはいつになく上っ調子だ。いい話を聴かされたのか、ふだんの威厳を忘れている。

「アジュリさんには申し上げたが、わが行と組まないか、エルデオの案件で」

「えぇ？　お宅と。どう組むんだい？」

ぞんざいに応える彼に相手は真顔になり、

「お宅とうちが共同主幹事として本件をまとめる考えはどうかな？」

「その案はわが社にどんな恩恵があるんだい？　いまたしかに旗色はわるいが、遅かれ早かれ、うちは中東さんと組むことになるよ。アラブの面子にかけ、地元金融界がこの案件を死守しないと何と言われるか」

地元意識を口にしたものの、腹の中では、国際なんかと組めるものか、と明石は感情的になっていた。じぶんがここに居ながら、カウベの名前を出せないのがなにより悔しいが、国際資本市場における、国際銀行との比較ではカウベは合併したとはいえ、知名度において一歩、ゆずらざるをえない。

「明石さんよ、そんな強がっていいのかい。このままだと、中東さんに押し切られるのが明々白々じゃないの。相手は不退転だぜ、そうなればシデックさんは精々、二番手だろうさ」

しらっと、返した田中だが、その発言から相手は栄光の内田と口裏をあわせていると気づき、悲しいやら、口惜しいやら複雑な思いだったが、ここは面子にかけて彼らと組むわけにいかない、と臍を固め、

「田中さん、邦銀とうちが組むなんてあまりに地元軽視になるから、当業界ではゆるされるわけがないよ」

と言って、アジュリを一瞥すると、彼が会話の輪に入る前に、単独ではないにしろ、シデックが国際銀行と共同主幹事を担うと田中から耳うちされたのか、その頬は弛み、ご機嫌そのものに映ったから、いつになく急いているなぁ、と危惧をおぼえ、

「いま、中東さんにゲタをあずけた状態だから、いずれにしても即答はムリなんだ、頭取、いかがですか、地元案件という立場から、中東さんから返事をいただく前に、こちらから動くわけには……」

あとは、アジュリの判断にまかせるしかない。ところがボスの上機嫌は彼の想像をこえた。アジュリは、

「じつはなぁ、部長、田中さんの申し出は、条件次第だが、うちが単独主幹事、国際さんは二番手でもよい、という提案なんだ」

思ってみなかった大胆な申し出だ。その反動で彼はつい突っけんどんになった。

「なんです、その条件って！」

「一つはうちと国際さんの幹事手数料を同一とすること。もう一つだが、これはじつに生々しい。カウベさんが絡むから部長には言いづらい……」

と満面に憂いをうかべた顔を彼に向けたとたん、明石の表情が強張《こわば》り、何ごとかを察したから、アジュリの方がかえって、その挙措にのみこまれ、顔をそらした。それに気づいた明石は表情をやわらげ、

「頭取、たとえカウベが絡みましても、いずれは是非を問う提案でしょうから、先ずはその条件とやらをお話しください」

と居ずまいを正し、一歩退いた。そこでアジュリは、大きくうなずき、

「わかった……。国際さんの話というのは、うちへまた人を送らせて欲しい、というのだ。たしか部長の前任者もそうだったとか……」

やはり、と明石は思った。田中がアブダビ入りした時から気にしていたが、ただ公然と口に

出されると辛い。それにしても、いつも国際はいいとこ取りする、と怨んだ。前任の橋本のときは、同社の全盛期、それが明石の代になると、奈落の底へ行きかけたが、清算すんでのところでアジュリが登場し、ようやく愁眉をひらいた、と思ったら、また国際がしゃしゃり出てきた。それもじぶんの後任を彼らに、と言う。

合併後のカウベと国際銀行の内外統合した総合力はともかく、国際部門にかぎるならば、歴史といい、人材といい、海外拠点数といい、実力の差はいなめないが、中東戦略に的をしぼれば、カウベのそれは、独自性があり、国際といえどもあなどれない。同地区のオイル・マネー情報の入手ならびに為替取引の母国へのとりこみをねらう邦銀のほとんどが中東の窓口拠点をバーレーンにもうけたが、カウベはクウェートにおき、それも拠点の領域をはるかにこえる、地元の大手行と合弁を立ち上げ、出資にとどまらず、その中核へ人材を送りこんだ。そのカウベ側の代表が前述した橋口で、その人物の慧眼といい、実績といい、合弁の相手方を感嘆させ、彼の帰国後も、ぜひとも後任をカウベからという先方の熱望があって、その後、二代つづき、先だって帰国内示がおりた西本が三代目を担い、その縁が近隣産油国のUAEに立地するシデックを動かし、橋本の後任として白羽の矢が明石に立ったといういきさつから、田中のアジュリへの申し出は、カウベにとり、はい、そうですか、と言うわけにいかない重みがあった。

国際の田中から耳うちされた、単独主幹事の語彙《ごい》が奏《かな》でる快い音色に、願ったり叶ったり、と有頂天になったにちがいないボスだが、歓喜がさめると、明石の前任部長や明石の出身母体をあらためて思い返し、複雑な心境に陥ったが、彼のけなげな言葉に救われ、そう言いきった。それをうけとめた明石はさすがに一瞬、ハッとしたが、さもありなん、と腹をくくり、はやる気持ちをおさえ、ゆっくりと一字一句を噛みくだくように話しだした。

「人材派遣につきましては、この私があれこれ言う立場にありません。しかしながら、単独主幹事の方は、当初からわが社がもくろんだ着地ですから正直、魅力があります」

と返答した。田中が帰った後、二人の副頭取を交え、打ち合わせがはじまった。

「手数料の件はやむえないにしても、頭取、いかがですかな、人材の件は。日本には仁義という言葉があるとききますが、カウベさんに面と向かって言えますか?」

と、ジュラが制すると、タリットも、

「エネルギー開発にからみ、市場の注目度がたかい案件だから、地元金融団が軸となり組成団を立ち上げるのは投資家からみれば当然の成り行きですな。一方、国際さんからの申し出の件は、さてどうでしょうか。それを受けるとなると。いみじくもジュラさんが遠まわしにおっしゃったが、往時、明石部長が体験された艱難辛苦さを考えますと、カウベさんに恩を仇《あだ》で返すことになりませんか」

両人とも彼の立場をおもんぱかると、アジュリが、

「栄光商事の役員が『シロウトの中東銀行に単独は任せられないが、みなさんがどうしても地元主導にこだわるなら、中東さんとシデックさんがともに共同主幹事に就任し、引受団の組成については、経験ゆたかなシデックさんが担うというのなら栄光は反対はしません』と昨夜、部長からきいた報告があったが、どうもこの辺りが落としどころかもしれないな。人材派遣の件だが、両副頭取が懸念するように、これまでのいきさつから、カウベさんに義理を欠くわけにいかない。私も【単独】という言葉にしびれたようだ」

と、いつものボスにもどる。その足でアジュリと明石は、資金局の会長をたずね、現況を報告、翌々日、二人が連れだって中東の会長、頭取と面談、シデックの意向をつたえた。

数日経ったある日、アジュリが明石の執務室へ顔をみせる。ちょうど部内打ち合わせのさなかだった。一同、なにごとか、と一瞬、顔をこわばらせた。

「部長、エルデオの件だが、決着した。中東さんが譲歩し両社がともに主幹事をつとめることになった。よく食らいついてくれた、ありがとう……」

と言ったが、

「ただし、単独でなかったのが残念だが」

と言い、にやりと笑ったが、その後、空いている部長席に腰をおろした。そのとたん、部員

一同立ち上がり、一斉に拍手、それも部屋全体をとどろかすような歓声だったから急に騒々しくなる。

スミスが明石に抱きついた。

「ボス、やったね！　これは凄いやぁ、えぃ！　えぃ！」

と素っ頓狂な声をあげた。ふってわいた賑やかな騒音が近くの債券部や総務部へつたわり、なにごとぞ、とばかり、社員らがのぞきこむ。アジュリが同部のソファでくつろぐのは新体制直後に起こったルーマニア事件が終息した日以来だった。それまでたまに顔を見せても入り口で要件だけを手短にしらせ、来たかと思えば去る、というあわただしさだったが、この案件は、調達の規模がおおきく、かつ地元経済界がシデックと中東とのつばぜり合いを目の皿のようにして注目し、市場も、シデックの市場復帰の試金石と見ていたから、アジュリが相好をくずすのもうなずけた。しかもいきさつから考えて、共同であれ、協調融資案件での主幹事就任は、現状、シデックが得られる最善の着地であり、これにより、国際市場、地元経済界双方へ復権するとともに、この新体制が、過去のノウハウをしっかり受け継ぎ、さらにそれを凌駕《りょうが》する勢いを内外に示した、といってよかった。社員達の歓喜がようやく退きつつあるころ、ボス宛顧客の来社をつげるメイが顔を見せた時、アジュリは、時機を得てソファから腰をあげ、出口にむかおうとしたが、ふとふりかえり、

「みんな聞いてもらいたい。この案件への参画はわが社にとってきわめて意義ぶかいものだが、

これから、中東さんからも、金融市場からも、うちの手腕に熱いまなざしが注がれるはずだ。これまで培ったノウハウをすべて出し切り、〝さすが投融資業のプロだ〟と心服させるような力量を見せてほしい。これからますます忙しくなるが、これからが勝負だ。頼むぞ」

と、さいごはきびしいいつもの顔に戻り、メイともども退出した。その後、部員たちはたがいに喜びをかみしめあった。明石も大きな関門を越えたことで、やったぜ、と大声で叫びたくなるほど気が昂り、部員達としばらく感激に酔っていた。

その後の打ち合わせで主たる役割がきまった。シデックは引受組成を、中東は契約書をふくむ法務事項、プロジェクト関連資料の作成を担い、おもわく通りの着地に彼はホッとする。まず中東の担当役割が先行し、シデックにしばしのゆとりが生まれる。

辞令

年の瀬が近づいたある朝、このような穏やかな日が新年を迎えるまで続いてほしいもの、とつぶやきながら、出勤した。部屋の前で、メイがサリーと話していたが、明石を見るなり、小走りでそのあとを追い、部屋に入るなり、暮れの最終勤務日に打ち上げ式をおこなうとの頭取のことづけを告げた後、めずらしく、

「お邪魔でなければ、少しよろしいですか」

と言い出し、彼がうなずくのをたしかめ、ソファへ腰をおろした。

「あと一週間ほどであたらしい年を迎えますが、この一年間は、思いがけないことが次からつぎへと……大変でしたね」

「うん、あの苦しかった事が、本当に起きたんだろうか、いや、夢、幻だったのでは、と思えるほど大変だった。君も俺も、よくぞ、あの疾風怒濤《しっぷうどとう》の時代を駆け抜けたものさ。いまふり返ると、かえってあの頃がなつかしいと思えるくらい、そう、なにが起きるかわからないくらい、それこそ毎日が真剣勝負だったから」

「いつ清算されても不思議ではありませんでしたもの。ナムサさんが辞めますと、各部次長さん方、われもわれも、でしたし、さいごに辞められた同郷のナセルさんからも、顔を合わす度に帰省を勧められ、ついにあの日、ええ、そうですの、あなたがナセルさんのお部屋へこられた日に、決断をせまられました」

「そうか、奇しくも、あの日、あの時間に、よりによって三人が鉢合わせしたということか」

「ええ、そうですの、私もびっくりしましたわ。あの頃、ナセルさんはあなたとよくご会食され、そのつど『彼こそは大和男児さ、信頼にたる人物だ』と仰っておられましたが、それがあなたへの口癖でしたの」

「そう言われると照れるが、彼はみなさんから慕われていたから、辞めたとたん、社内が急に火が消えたように静まり、気がつくと、管理職はごく僅か、さすがに僕も出社するのが億劫になり、いっときは、帰国とまで考えたよ」

「あらぁ、そこまで！　いつも率先垂範されてみなさんを元気づけられ、私もよく励まされましたが……」

「残った人達が誰彼の区別なく、旗振りしないと、それこそ沈没しかねない難破船だったから、その役割がじぶんだと、けっこう気張ったが、それができたのは、実をいうと、君のお陰さ」

「私が、ですか？　どうしてでしょう」

と首をかしげ、彼の顔をのぞきこむ。

「それを話す前に、少しその背景を話そうか。その時の僕の帰国はおそらくカウベには『疫《やく》病神来る《びょうがみ》』の感覚だったのでは、と思う」

「どうしてそのようなことを……」

「よく考えてみたら、任期満了どころか、途半ばであったこと、俺がカウベ側の期待した成果を出せなかったこと、そしてこれが一番やっかいだが、大きな負債、つまり、シデックにあずけた預金を回収できなかったこと、この三つの理由で、もし帰国すればカウベは難しい局面に立たされるのが予想できたわけだ。とりわけ預金未回収の件は深刻すぎた。母体は僕を帰させたいのは山々だが、手ぶらで帰っては困るという事情、つまり、国内・国際両部門間に横たわる勢力争いや、合併行にありがちな旧行問題が立ちはだかるからさ。君には少々理解しにくいかもしれない」

「ええ。それでもあなたがシデックとカウベさんとの狭間でそのようにご苦労されているなんて思いも拠りませんでしたわ」

「でもこれが真相なんだ。しかしこれから話すことは、推測になるが、もし、しゃあしゃあと『預金回収の件ですが、決行するとシデックは即清算に追い込まれかねませんので、未回収のまま、身一つで戻ります』と言えば、カウベもそれまでのいきさつから否とはいえず、帰国させたに違いない。でもそこで俺のいのちは絶たれたようなものさ。ポストがないから、国際部の片隅に机を置かせてもらい、退職するまでシデック（奇跡的に再生していればの話だが）と預金回収の交渉をするんだろうな、と考えると、帰国にも二の足をふみ、残っても地獄、帰っても地獄とさとって進退きわまった頃、社内でとある光景を目撃したんだ」

「それがわたくしに関係がありますの」

「もちろん、君はおぼえているさ。じつはナセルさんが辞める際、『眞也、シデックの去就は資金局しだいだが、再生にせよ、清算にせよ、メイを故郷の親御さんへ送りとどけてほしい。それにあの三階は、いかにも物騒だから、ときおり見回りを頼みたい』

と言われたんだ。むろんビルには守衛さんがいるが、お年寄りで頼りなく見えたのかもしれない。しばらく経って彼との約束を思い出し、退社時には、かならず三階まで上がることにしたが、そんなある日、いつもよりかなり遅めだったが、その階へ通じる階段を上りだしたら、頭上から物音がしたんだ。上段へいくにつれ、ますます騒々しくなったから、こんな遅くに誰が？　誰もいない筈なのに、といぶかり、急ぎ足でその階へかけあがり廊下をまがると、君がタイプにむかい一心不乱に打刻するのが見えた瞬間、ほっとして胸をなでおろす一方で、主《あるじ》不在の中、君をそこまで駆り立てるのはいったい何か、と考えさせられたよ。覚えているかな、あのときのことを」

「ええ、忘れることができませんわ」

「あのとき、俺は思わず、この時間にどうした、と尋ねると、『いつ、なんどき、後任のお方がこられても困らないように毎日【引継書】を更新していますの』、と言うから、あぁ、ここにシデックの明日を願う同志がいると感激し、この人が出社するかぎり、上に立つじぶんが先に帰国するわけにいかない、と己《おのれ》を律し、次の日から、毎朝、君の出社をそっと確かめ、また退社時は、ときに話しかけ、ときに励まし、ときに会食にさそって明日のシデックの夜明けを語りあかしたわけだ」

「あの頃の明日への語らい、励まし、いたわりは大層私の心の支えになりましたの。迷いに迷った末の居残りでしたし、不安ばかりが先だつ毎日でしたから、なおさらでした。あなたとの邂逅がなければ生きるしかばねのような生活を続けていたかもしれません。いただきました思い出は貴重な宝ものばかり。感謝に堪えません」

「そう言われると照れるが、こっちだって赴任来、心折れる毎日で、自信を失いかけたことは一度や二度ではなかったから、君のお陰でどうにかこうにか生きながらえた、そう断言しても言い過ぎではない。さもなければ、俺なんていまここにいないさ」

「心こめられたお気持ちをお聞きし、お返しする言葉が見つかりませんわ、……ところでお話がかわりますが、年あけの三月に、あなたは引き継ぎ期間を除きますと、丸二年をむかえますが、新体制後、欧米から来られた部長さん方の雇用契約は五年間、更新可、となっております。どのような背景がお有りなのか、あなたの雇用契約書だけは人事ファイルを保管する私の手元にはありませんの。いましばらく勤務される、この理解でよろしいのでしょうか？　前任の方は満二年の三月にご帰国されましたが、ご本人は母体をやめられ、転職された方で、ご参考になりませんし、はたまた頭取もあなたをお放しになるとは考えられませんが……まぁ、それにしましても、きょうこの頃、月日の流れの速いことにおどろかされます。お国では、光陰矢の如しという諺《ことわざ》があるとナセルさんからお聞きましたが、まぁ、それにしましても、あっという間に」

「そうだね、それこそあっという間だった。任期の件はシデックとカウベ任せだから、よくわからないが、赴任来、多事多難《たじたなん》だったが、この二人で心一つにしてのりきったという思い出は、なにものに代えがたい珠玉として残るし、永遠に輝きつづける筈だ。これはうそ偽りのない事実だし、赴任来、君へ魅かれた想いがこのような形で叶ったのだからまさに夢のようなんだ、この俺には」

赴任時じぶんに見せた生硬な彼女の表情をふと思い出され、目のまえの現実に【とまどい】をおぼえるとともに、別離のいとしさに複雑な感傷をかさねた。

「この頃、朝起きますとね、時間よ、とまれ、とお祈りしていますの。まだ、一緒にいられますわねぇ？」

と、うったえる熱いまなざしが彼を刺した。その問いかけにハッとし、なんと答えるべきか考えあぐねていると、サリーが顔を見せ、東京からお電話です、とつたえる。村西からだ。助け舟が来た、とこれ幸いに、電話をとる。それを機にメイは出ていった。

「今、君の後任を人選中だが、腹案があるかな」

時節柄、そろそろ来るかなという予感はしていたが、いざ具体的に後任は、と問われると、いまのじぶんとははるか遠い、別の世界の話という感覚におちいり、

「ええ、もう、そのような話が……」

と言ったが、感激はない。帰国辞令という錦《にしき》の旗をめじるしに、がむしゃらに命をけずって、なんとかそれなりの成果を挙げたわりに少しも達成感がわかない。どこか他人事のような感覚だった。

「おい、明石君、きいているのか、君の後任の件だぜ」

どこか気乗りしない明石の反応に相手がいぶかった。

「ええ、よく聞こえています」

と答えたものの、現実感がない。引き継ぎ期間をのぞけば、二年の歳月はけっして長くはない。最初の海外勤務地の半分だ。あまりにさまざまな出来事が凝縮されたから待ちのぞんだという感覚がともなわない。

「いずれにしても、いま最終人選に入っているが、後任は君より二年下で先月米国から帰国したばかりのエース級の人物だ。一方で国内人事部が彼を現本店営業部次長の後釜にと目論んでおり結着がついていない。いずれにしても、年明け早々には内示が出るはずだ。君の帰国はその引き継ぎ期間を三カ月として三月になる、アジュリさんによしなにたのむ」


この年の最終勤務日、打ち上げ式がはじまる少し前、頭取室へむかう。内示と後任の件を報告するためだ。後者は未定だが、年明けの人事を構想中の首脳陣へ、途中経過だけでも早く知らせる必要があった。が、むろん、じぶんの帰国は、前任の橋本の事例から、首脳陣は了解ずみだとわかっていても、ボタンのかけ違いはどこにでもある話、ここは念を押すべきと考えた。

メイは不在だった。出がけにアジュリ宛アポを頼んだ際、打ち上げ式の準備で小会議室で打ち合わせに入ると聞かされていた。

ノックして部屋に入ると、主は両副頭取と談笑中で、最終勤務日とあってか、日頃みせる威厳ある表情がやわらいでいる。

「おや、部長、式には早いが、用事かな？　まぁ、そこへ腰かけなさい」

と主が声をかけると、他の副頭取が気をきかし、腰をあげようとしたので、

「お二人もお聞きください。特段の用事というほどもありませんから」

と二人を制し、ソファの隅に腰をおろし、彼は要件を話しだした。

「……というわけですが、まだ三カ月も残っておりますし、それまではエルデオの着地にむかい全力を尽くしますのでご心配はかけません。なお後任の件はカウベで人選中で、決まりしだい、私の帰国予定等に合わせ、あらためて報告いたします」

と淡々と話した。

聞き手側から反応がない。それどころか、妙なことだが、聞き手側の雰囲気がどうもおかし

い。話す前の、年の瀬を迎えるという、あのくつろいだ雰囲気が様がわりし、どこかぎこちなさが漂《ただよ》い、笑いが消えた。なぜ押し黙っているのか、彼はきょとんとしていた。ただ帰国が彼らには想定外とするなら、少なくともタリットは前任との引き継ぎの際に立ち会ったから、この沈黙を破ってくれると思い当たり、視線をその方へ向けたが、その彼も押し黙ったままだ。

やがて、アジュリが、

「ちょっと迂闊《うかつ》だったな。これからビジネスの花を咲かさんとするこの時期に、部長が帰国とは！　欧米の部長らとおなじと端《はな》から思い込んでいた」

「いや、頭取、こちらからが申し上げるべきでした。雇用契約書類を管理するメイさんから、新体制発足時、明石部長の書類だけは手元にございませんが、雇用期限はほかの部長さん方と同じでよろしいですね、お時間がありました折に頭取にお確かめください、と念を押されていましたが、往時、例のルーマニア案件で社内騒然でしたから、すっかり確認を怠りました」


と申しわけなさそうにタリットが頭をかくとアジュリが、

「カウベさんは明石さんの母体、これはまぎれもない事実だが、その前に、部長に対するわが社の意識は、頭の中では、すっかり、はえぬき、生粋の社員と頭の中にあったから、今ここで、帰国とか後任とか言われてもな」

と言うと明石はこれは不味いぞとばかり、居ずまいをただし、

「頭取、そう仰られても、私の期限延長はありえません。母体はまさに後任をいま人選中ですし、それもかなり優秀な人材と聞きますから、ご安心ください」

「しかし母体はともかく、こちらの事情を考えてもらわないと。何年も、とは言っていない。せめてあと二年、否、ぜいたくはいわん、あと一年でどうか。エルデオの件だって大きな詰めが残っている、部長なしでは前にいかんぞ」

アジュリも必死だ。中東銀行の件は決着したものの、協調団の組成の件は、彼ぬきではメドが立たないと端から決めつけている。

「私だって個人的には途中下車はさけたいのですが、出向の身ですから、母体の意向にはさからえません」

と相手の意向に敬意を表しながら、やんわりと母国の企業風土をつたえた。

するとジュラが、

「頭取、私からカウベさんに話をつけましょうか」

ともちかけた。

「いや、いまの部長の話では、そう簡単に事は運ばないだろう。時間も迫っているし、さりとて電話じゃ失礼だから、これから、書面でお願いする。担当役員、国際部長の御両名宛に出すが、部長の意見は？」

母体の意向を一蹴し、あくまで内示の取り消しにこだわるアジュリの本気度に彼は胸がつまったが、ここは何としてでも受諾してもらいたい、一心でふたたびソファから立ち上がり、

「みなさん、聴いてください。ご理解のために、母体人事の慣習とやらを。カウベでは内外人事について一旦内示が出ますと、よほどの事情がないかぎり、撤回に応じることはありません。ひとりの内示、辞令は当人だけの異動だけではなく同時に多くの人々がからみますから一つ例外をみとめますと、他の内示の変更をよぎなくされ、結局は人事が空転しかねません。延長の申出の件は、じぶんがみなさんがたから評価されたことですから感きわまりますが、カウベの人事の流れに逆らいますから、どうか本件、お聞きとどけください」

と訴えるが、アジュリは、

「部長、事情はわかったが、あとはこちらに任せてくれないか」

と逸らされ、明石は退出せざるをえない。その後、鳩首会談がはじまった。

部屋にもどり、村西に電話する。

「そんな！」

と言い、次長はしばし絶句。二の句をつげるのにとまどっていたが、やがて、

「いまさら、変更はできないぜ。とはいえアジュリさんが親書を認《したた》めるというのなら、待ったをかけるわけにも……。まぁ部長と相談しよう。君の意見はどうだ。期限をのばしても構わないとか……」

メイの事が頭をよぎったが、どうなるものでもない、と一蹴して、

「躰がボロボロでなければ、延長でもかまいませんし、望むべくは外々（＝この場合は帰国せずに他の拠点へ横滑りすること）を希望しますが、まずは医療チェックが肝心かと」

「そうだったな、すまん、すまん。君には、もう無理強いはできないな。まぁ、こうなれば、後任の件は保留だな。それに新体制後、欧米組の部長クラスが五年契約じゃ、君への【こだわり】は心情的にはわかる。アジュリさんとはわずか一年だし、彼らからすれば尤《もっと》もな要求か！この件は、ひょっとすると、こじれるかもしれないなぁ……」

とため息まじりに村西は電話をおいた。明石も脂がのってきたところであり、シデックは去りがたいが、体力の衰えは否めない。【親知らず】の抜歯のさい、英国人のヤブ歯科医によって上顎骨が傷つけられたままであり、またエルデオ案件を追いかける過程でなんども繰り返された、陳述、釈明、交渉が原因で、声のかすれが慢性化し、小心な彼は、咽喉部にどこか病が潜んでいるかもしれないと憂いていた。


「まどか、どう思う、もう一年、帰国を延ばしてくれと会社が頼んできたら」

新学期のことを考え、その翌日、出社前に、娘に意見を求めた。しばし考えあぐねていたが、

「パパ、もう義理立てすることないんじゃない。このあたりで勘弁してもらおうよ。それに体調のことも気になるし、私だって、来年三月中に帰国手続きをすませ、あちらで新学期をむかえたいもの。でもママの方は家業から手を離せそうにないから、パパがどうしても残るというなら、私も、となるか」

年明けて一月の上旬、東京の村西から書面がとどいた。帰国内示だ。後任についてはシデックの動きをにらんで検討したい、という。追伸として、すでに一日ほど早めに別便にて役員から頭取宛てに同趣旨の書状を送った。内容が内容だけに、君から直接アジュリさんへ告げるのは礼を失すると考えたようだ、悪しからず、とあった。後任なしの帰国内示はどこか拍子ぬけしたが、アジュリの心情を配慮したものであり、しばらく空白期間をおくのも悪くない、と考え、まずは報告がてら、頭取室へむかう。アジュリはすでに承知済みかと思われたが、いまのところ呼び出しがない。ひょっとすると、じぶんのところに先に着いたかもしれない。幸い、メイは席を外していた。ほっとした。

「やぁ、いいところへ来たな。きょうの午後にでも呼び出そうかと思っていたのだ。きのう、国際部長さんから心のこもった書面をいただいた。残念ながら、延長願いはかなわなかった。これまで部長とは、二人三脚でやってきたから、この結論には正直がっかりした。そんなわけで昨夜、両副頭取まじえて打ち合わせした結果は、カウベさん側の後任の件は【保留】し、部長の任期は二月末までとし、以降帰国までは特命事項を担い、ジュラ君は三月から正式に副頭取兼投融資部長とする人事異動を発令したい」

保留するという決断に慄《おのの》いた彼だが、一方で、シデックの出方しだいで後任を、としたカウベの判断は、その辺りを先読みした可能性があった。アジュリから、二人三脚で、と、面と向かって言われると、万感胸にせまるものがあり、もう少し主《あるじ》のもとで汗を流したいという誘惑にかられたが、いまとなっては、時は遅し、シデックもカウベもすでにルビコン川をわたっていた。もう後戻りはできない、と思うと、とつぜん身震いするほどの空しさが躰いっぱいを覆い、これでよかったのか、との悔いに帰国寸前まで苦しめられた。

退出した。メイはまだ戻ってはいない、と思ったが、すでに戻ってタイプ中だった。彼の異動にともなう人事発令と思われる。彼女は、一瞬、明石を一瞥《いちべつ》したが、またタイプにむかった。表情に憂いが走り、いつも見せる愛らしさはどこかへおき忘れていた。廊下のまがり角でふとふり返ると、メイは立ち上がったまま、刺すような眼差しで彼をとらえ、いきなり両手で顔を覆い、やがて机上にうつ伏した。

エルデオの案件が本格化した。

中東銀行との会議に終日ふりまわされ、席をあたためる暇がない。役割は前もって決まっていたが、いざその運営になると、定規で測ったようにはいかない。シデックの担当は【引受団の組成】だが、中東も常日頃のつきあいから、見知らぬ金融団を次から次へと推挙し、彼はその交通整理にふりまわされる。外部からひき抜かれたという中東の部長は、組成についてはシデックに遠慮してごり押しを避けたものの、ほかの協調工程では、相談しないでかってにきめることが多く、スミスらはその後始末にてんてこ舞いさせられ、毎日のように彼の部屋へ来ては愚痴をこぼすが、明らかに目にあまる行き過ぎをのぞいて彼は見て見ぬふりをして実務部隊をあずかるアスカリ次長、ニーナをなだめた。

目鼻がついた頃、それを見はからったようにノックがあり、メイが顔を見せ、彼にアジュリの伝言をつげた。昼食の誘いである。思いがけない人物の登場に、帰りかけた部員らが、これはこれは、秘書室長さま、ごきげん麗《うるわ》しいですな、と軽口をたたいたが、彼女はかれらに見むきもせず、背筋をピンとのばし、いつも見せる凛とした挙措のまま、退出した。頭取の誘いをいぶかる一方で、彼は、まわりの好奇心の目に、けなげにも堪え、能吏の秘書をこなす彼女に、先日のショックから立ち直ったか、とほっとしたが、ざわめきはきえない。

「へぇ、メイ女史がじかにこの部屋へ来るってどういうこと？　内線があるじゃないか、まさか、わがボスに気があるとでも？　一方は深窓の麗人、もう一方は、仕事師、どうみてもつり合わない」

とスミスが茶化す。それを逸らすかのように、真顔になった彼は、

「会議は終わったんだ。みんな、持ち場に帰った！　帰った！」

と、部下たちを追い払った。これまでメイが執務室へ顔をみせる時間はアジュリの緊急呼び出しを除き、部の打ち合わせ会の時間帯をかならず外してきたから、明石もまごついた。秘書室長だから幹部達の日程管理は主要任務の一つ、この日の打ち合わせを知らない筈はない。そ

こで彼はハタと思い当たった。やはりつい先だっての帰国にからむ人事異動が尾をひき、ひいてはまもなく訪れる別離が気を滅入らせているのかもしれない。

レストラン慶の奥まった席に案内された。すでにアジュリは着席し、顔を見せた彼に挙手した。

「中東さんの領域まで手を煩わせるが、その慰労をかねて寿司で勘弁してもらい、ついでに、きょうは別世界の話でもしてみないか」

別世界の話と言われ、いぶかった彼だが、先ずは好物の寿司に手をのばす。アジュリと二人きりの会食は、出張時を別にすると初めてだ。この日の【中トロ】は新鮮そのもの、ひと区切りついた頃、相手が話し出した。

「じつは、部長に【引き抜き】の話が二件ほどある。『カウベさんからの預かりであり、じぶんの一存ではなんとも……』と、両社には伝えた。今後のこともあり、一度本音を聞きたい。それにこれが一番たしかめたいことだが、カウベさんを辞め、あらためてわが社へ転籍する意思がないかどうかも聞きたい……」

ヘッドハンティング（＝引き抜き）という耳なれない業界用語にどう応えてよいか、しばし考えあぐねたが、

「これまで転職の事など考えたこともありません。もちろん、じぶんの力量を評価してくださる、身にあまる光栄なお誘いですが、ただ、じぶんの性格を考えますと、かかる世界はなじみませんし、それを起点に一匹狼として渡り歩くことなど、ご勘弁ください」

「そうかなぁ、部長はどこででもきちんと実績を出せる人と思うがな。それに切った張ったの世界に相応しい人などそう滅多にいるわけではないし、しかもそれが全てではない。人生の転機としてどうか、と、一応聞いてみたのだが」

「もし差しつかえなければ、どこからのお話ですか、勤務地はこちらですか」

「先ずは、ドマスク社からいこう。どうも社長が君に執心らしい。一旦は帰国し、体調をととのえてからでかまわないという寛大な条件でもある。王族系だし、例のリグを輸入してから公社とのつながりが一層強化され、近々、大型商談がまとまるらしい。さて君の肩書だが、社長に次ぐ副社長、つまり社長が営業拡販を、君が財務経理を統括するというのがアジズさんの構想らしい。待遇の方はきわめて破格だが……、でもカウベさんが手放すかどうか？　さてもう一つの方だが、……」

これまで彼が転職について食指がうごかなかったのは、明石家の家族環境がなせる業かもし

れない。両親をはじめ、兄弟・一族郎党は、教職や公務員に奉職するものがほとんど、言うなれば、お堅い環境になれ親しんだせいか、彼は民間に身を投じたものの、就職先はやはり【お堅くてつぶしが効かない】と巷で揶揄される銀行、退職するまで勤めあげるのはごく当たり前と承知し、座右に縁とか、絆をかかげる保守的な体質だ。ところが中東入りしてから微妙な心境の変化が現れる。とりわけ、アジュリに仕えてからそれが顕著になりつつあった。アジュリの転職話には、やや気のない口調だったが、内心では、これまでカウベが敷いたレールに疑いもなくおぶさってきたが、そろそろじぶんの行く先をじぶんの意思できめるのも悪くはない、と思い始めていた。


アジュリと会食して数日経った休日、書斎でくつろいでいると、まどかが、

「パパ、お隣のピーター小父さんが玄関に」

と顔を見せた。

「ええ、なんだろう。ところでラケットもっていた？」

「うん、みんなで試合をするとか」

きょうはいつもの同好会の日ではない。いぶかりながら表へ顔を出すと、ピーターがいきなり、

「明石さん、ひどいじゃないか、仲間に知らせないで帰国するつもりかい」

「まさか、そんな失礼なことするわけがない。ただ内示が出ただけで帰国はまだ先の話なんだ。それにしても地獄耳だなぁ、しかもあなたは部外者だろうが」
社外の人が内示を知るなんて、これはやばいぞ、公表しないとまずいか、と頭をよぎった。
「明石さん、あなたの日程はすべて筒抜けさ。なんせシデック情報にくわしい密告者から、終日アポなし、と教えてもらった上での送別会だ、つごうが悪いとは言わせないよ。きょうのメンバーだが、ヒューストンから俺とダグラスが夫婦連れ、あとは家内の友人が一人。家内がその友人を迎えに行ったから、往きだけ便乗させてくれないか？」

帰国迄、あとひと月半、ほとんどがエルデオ案件にかかりきりだから、せめて休日だけはゆっくりしたい、それにできれば、夏休み以来、かまってやれない娘の話し相手にでも、と思っていた矢先だが、ダグラスというなつかしい名前を聞き、急に会いたくなった。かつて彼がヒューストン銀行にダグラスを訪ねたとき、初対面同士、かつまたシデック側の提案が奇想天外ときたから、会話が進まない。しかし、ひょんなことから弾みだした。その触媒がテニスだ。たまたま彼の前にすわるダグラスの頭越しに見えた後方のロッカーが半開きの状態で、そこからラケットが顔をみせていた。

テニスは久しぶりだ。エルデオ案件がらみで長期出張をよぎなくされ、このところ例会はさぼり気味だ。この日の夕方、彼はピーターを乗せ、空港近くのコートへむかった。

気温はやや朝夕肌寒いくらいだったが、戸外の運動としては申しぶんない。コートで思いもかけない人に出会った。メイである。初め、人違いかなと、と目を凝らすが、やはり本人だ。先に声をかけたのは相手だ。

「びっくりなさいました？　時々ピーター夫人と試合を愉しんでいますの。でもお休みの日にお会いできてうれしいですわ」

土地柄、素肌を露出させないスポーツ・ウェア、上下とも白系統、かろやかだ。勤務中の挙措とはさまがわりであり、じつに表情がさわやかだ。思いもよらないメイの登場にめんくらった明石はまるで失語症におちいった様子、あいさつの言葉すら喉もとで止まったままだ。

「どうして、あなたがここに？　まさか君がテニスをするとは！　どうした風向きかな」

これがメイへ投じた彼の第一声だ。

ようやく鼓動の高まりをおさえた明石が、審判台傍の長椅子へ彼女をさそい、二人が腰をおろしたときだ。

「昨年の夏休み頃から、ピーター夫人にさそわれ、テニスを再開しましたの。時々あなたが来られるとお聞きし、入会しましたが、一向に。でもきょう初めてそれがやっと叶いましたわ！」

「再開したって！　どこかでテニスを？」

と尋ねると、練習からもどったピーター夫人が二人の間に割ってはいり、

「明石さん、メイさんはねぇ、ロンドンで腕を磨かれたんですよ。こちらへ来てからは、なか

なかラケットをにぎる機会がなかったとか。昨年夏から一念発起され、ラシッドさんをコーチにつけ、猛特訓され、いまや敵なしよ」

と一講釈した。ラシッドって誰かな、たぶん恋人かな、と思ったが、それをうっちゃり、いとしい人との「別れのテニス」も悪くないと、彼は頭をきりかえた。

「まぁ、奥様、ご冗談を、よいしょし過ぎですわ」

と話題をそらした彼女だが、顔色や露出する上腕部の日焼けがそれを物語っていた。

「じゃ、僕はメイさんと組み、両夫妻と企業対抗とやらをはじめようか」

ラシッドが恋人であろうとかまわない、日毎にせまりくる惜別の思い出づくりには、またとない機会、とわりきり、即、挑戦状をつきつけた。

最初の試合はシデック組対ピーター夫妻だ。

やや小柄対大柄という組み合わせだ。メイは上背こそ明石より高めだが、つくりは華奢《きゃしゃ》、ピーター夫人の比ではない。どう見ても米国人ペアの方が有利に見えたが、いざはじまると、予想外の展開、メイのあざやかな動きに彼は一瞬目をうたがう。相手がくりだすサーブをじつにしなやかにひろい、それをはかったように相手コートの空間へそっとおしこむ巧みさは、まるで玄人はだし、それもまぐれではない。一度ならず見せたから、明石も思わずラケットをコートに放って拍手を送ったほど。彼は彼でパートナーの実力をかいま見て、お荷物どころか、安心して任せられると判断し、メイには自由にやらせ、じぶんは幼き頃相撲などできたえた足腰をつかったプレーに徹すれば負けることはないと考え、コートの中を、ところ狭しとばかり白球をおいかけ、追いつき、そして相手コートへ返しているうちに、接戦ながら勝負はシデック組がもぎとった。


ゲームを終えてじぶん達が観戦に回ると、目の前のゲームなどそっちのけだ。コートから、

「話ばかりしないで真面目にカウント取りなさいよ」

と両夫人からクレームが入るが、当の本人達は、やがておとずれる惜別の感傷の方へ心が傾かざるをえない。

「ほかの部長さん方の雇用期間と同じですね？　と先だってお尋ねしましたら、あなたは否定はしませんでしたから、安心してましたの。ところが、そのお口の乾かないうちに、この三月にご帰国ですもの……」

と、額の汗をハンカチでぬぐいながら、彼に恨みつらみをこぼした。

「やっぱり、そうか、ごめん……。あの晩、食事にでも誘って事情を話すべきかと思ったんだが……。赴任来、大過なく任期を終え、帰国のパスポートを得んとがむしゃらにやってきたが、君の気持ちがわかってからはそうもいかなくなり、迷いだした、……」

と言いわけしつつ、心境をうちあけるが、この場にいたり、帰国は既定の路線、今さら変えようがなく、メイとの仲がこれ以上深まることは許されない。やがて二人の会話がとまり、試合中にみせた相性の良さはどこかへ置き忘れてきたのかと思うほど、ともにおしだまり、明石

はムリに会話をつづけると相手がこちらに倒れかかる気配すらおぼえ、しかたなしに椅子からはなれ、そばの審判台へのぼり、カウントをとりだした。

「試合中、息がぴったり合っていたのに、一体どうしたの二人とも急にだまりこんで」

試合を終えたピーター夫人が二人に近づき、話しかけると、そこへダグラスが割り込み、

「先ほどの試合、初めてコンビを組んだわりに、いやに波長が合いましたなぁ」

と声をかけられ、二人は顔を見合わせ、苦笑いした。もはや、不自然な態度をとるわけにいかない。試合のあと明石をかこんで会食ということになり、彼はピーターをのせ、海岸通りをつっぱしり、日光宴へむかった。

帰国話を酒の肴にして反省会がはじまった。体力が求めるのか、運転手を兼ねる夫人達は、夫らに負けず劣らず、アルコールに目がない。執拗に安全運転を言いたてる明石に、馬耳東風の体、ピーター夫人は、

「この際、お堅いことを言わないの、二、三時間もすれば、アルコールの方が先に逃げていきますわ。会食とはいえ、今宵は明石さんの第一回目の送別会、どんどん飲んでくださいな、メイさんの方はご心配なく。私が安全にお送りしますから」

と始末がわるい。

魚料理が初めて、と尻込みしていたメイだが、こわごわと口にするにつれ、食が進みだし、メニューが変わる度に、名前やゆかりを彼にきいていた。

宴もたけなわの頃、すっかりアルコール浸けとなったダグラスが、足元をふらつかせながら彼の横に座り、彼の片手をもちあげ、

「明石さん、このほそい腕から、どうしてあのパワーが出るんですかな、なにか秘法でも？」

「なにもありません。パートナーを護ろうと必死にやっただけですよ」

「ほおぅ、愛しい彼女をねぇ、あたかも十字軍の騎士がお仕えする姫を護るがごとしですかな」

「お似合いのカップルね。それにきょうの明石さん、いつものお遊びテニスとちがい、真剣そのもの、メイさん、いかがでした？」

とピーター夫人がひやかすと彼の勧めた日本酒を少々口にしたせいか、頬をほんのりそめた彼女が、

「えぇ、大船に乗った気分でしたの。でも凡ミスはゆるしていただけませんでしたわ。大声で叱られましたから、私も必死でしたの」

そこで一同大笑いだ。

「あれは職権乱用だね、部下が優秀だから、そのくやしさをテニスにぶつけたような」

とピーターがダメを押した。また大笑い。するとダグラスが、

「明石さん、ほんとうに帰国するつもりか？　わずか二年そこそこでしょう。戻っても肩書と席があるのかい？　ここであと数年汗を流せば、一生食っていけるだけの収入だって夢じゃないし……そもそも、あなたはあのお堅い邦銀にはむかないよ。それよりヒューストンにきたらどうか、なぁ、ピーター」

とけしかけた。すると人事部長は悪のりし、

「異論ない！　あの巧みな交渉力に兜を脱いだんだろう、ダグラスは」

しばらく歓談した後、発起人のピーターが、

「一生遊べる資金をここで稼ぎ、余生はのんびり好きなことをやるのも悪くはない。物質には外部から力をくわえると変形し、それを取り除いてやると、元に戻る弾性力がそなわっているらしいが、明石さんにも同じことが言えるかも。

彼の場合、いっときは外部環境のなせる業で、何ごとも向こうみずに走ってやり遂げてしまうが、状況が変われば、あっという間に、その力を内にしまいこみ、元の殻へもどる人と見たい。一方で帰国しても、かかる弾性力が甦《よみがえ》りいつしか我々の人生の交差点で見かける人でもある。それを俺は密かにそれを心待ちにしながら、とりあえず彼を見送りたい」

帰路、ピーター夫人が運転する先行車の後部席にメイがいることを確かめながら、彼は、助手席に酩酊ぎみの隣人をのせ、先行車を追いかけた。ときどき彼をさがそうと後ろをふりむくメイの姿が視界にはいる。車灯に照らされたその表情は、先ほどとは打って変わり、憂いに覆われ、哀しげだった。

三月に入った。

後任の件については、その後、特段の進展はなかったが、前もって発令していた組織改正がおこなわれ、彼の後任にジュラを充てた。副頭取みずから部長をかねるという異常事態だが、エルデオ向け調達の調印式が視界に入るなか、アジュリも臨戦態勢を組まざるをえない。

ジュラの定位置が副頭取室では、出入りする投融資部員にとっては煙たくて相談しにくいという声が上がり、ジュラはやむなく投融資は一階の部長室へおりて執務し、副頭取室と部長室を行き来する体制になった。この組織改正にともない、明石はジュラに部長室をあけわたし、三階の頭取室近くの個室で特命事項に専念することになり、秘書としてメイが現職のまま兼任された。

そんなある日、ショウキが彼の個室へ顔を見せた。

この日、早朝から特命事項の一つ、題して「同社の中期展望」に頭をひねっていた。

「眞也、ハジムが『送別会』に出たいと電話があったが、かまわないな」

この債券部の副部長は、社内で彼を苗字ではなく名前でよぶ数すくない人物であり、あすへのエースと自他ともに認める男だ。アジュリの信任も厚い。

「むろんさ、ところでハジムはあちらで満足しているのか」

「いいや、不遇をかこっていると聞いたが」

「しかし、いまやシデックも往時とくらべ、狭き門だし、資金局出身者の勢力が幅を利かす現状、格好の肩書があるかどうか？」

「たしかに今のわが社は昇り竜だからむずかしいが、ここはアジュリさんの懐刀《ふところがたな》の眞也の力添えがぜひとも必要なんだ。ところでメイ嬢が兼任とはいえ、秘書になったが、魔女だから、気をつけた方がいい」

帰国せまる中、わかれ難い人の名前がいきなり出たので、一瞬、ビビったが、

「なんだい、その魔女とやらは。ショウキは一体なにを言いたいのだ？　色恋の話ならば、見当違いだぜ。赴任来どういうわけか、見向きもされない俺にか？　ショウキ、おまえ焼きがまわったな」

「慎重な眞也から、ましてや帰国前だ、いまさら本音がきけるとは思わないが、そちらの帰国話が出てから彼女はどこか思い悩んでいる節がある。どうも【心ここにあらず】の体なんだ。俺なりに、お二人の仲がどう決着するのか、少々気になる。ただ言っておくが、俺は元々あいつのつんと澄ました態度が気に食わないし、それにあの孤高然としていた彼女が、どうしてあ

れほどまでに豹変したのか、興味がある」

その夜、アスカリ、ハジム、ショウキの若手三人を日光宴へ誘った。ショウキはクリスチャン、大のアルコール好き、とりわけ日本酒が好物だ。手元に一升瓶をひきよせ、コップ酒ときた。明石はさほどアルコール好きではないが、相手が不快にならない程度には飲める口だ。あとの二人はともに敬虔な回教信者だから、この日もソフト・ドリンク系を嗜んでいる。アスカリはこのところ体調が思わしくなくこの日もやや寡黙ぎみだが、ハジムは口達者だ。

「ボス、ほんとうに帰国するのか？　あんなに苦労して今があるのに、もったいないぞ。それよりなにより、帰っても座る席があるのか？」

なんども同じことをくり返している。

「ハジムよ、眞也はここへもどるさ。愛しい女のために。しかし、わが社の救世主がこんなに女に一途で感傷的だとは！　大和男児も地に堕《お》ちたよ」

酒が言わせるのか、明石の心境を慮《おもんぱか》ってか、その深層心理は不明だが、酒量が増すにつれ、言いたい放題だ。

「ショウキ、なんだい、その愛しい人って！　いつボスに彼女ができたの」

と仲間にたずねるが、そのしたり顔の男はそれには応えず、黙りこんだ明石を一瞥し、あわてて、

「嘘だよ、ハジム、出まかせさ、そんな人いるものか、このお堅い人に！」

と、うち消すと、

「ところでショウキ、わが愛しのマドンナ、メイ嬢はご機嫌うるわしいですかな」

ハジムがとつぜん、明石の愛しい人の名前を口にしたとたん、

「まだあやつを想っているのか」

ショウキが意味ありげに茶化した。

「まだ、とはなんだ。ショウキ、ナセルさんの同棲相手、彼の囲われ者、といった話はとっくに賞味期限が切れた話だし、それに、それがたとえ事実でも俺はかまわん。あのような深窓の麗人、どこに居りますかだ？　凛々しく孤高をつらぬく挙措に惹かれるのはこの俺だけか？」

「そうかなぁ、ハジム、お前にはわるいけど、俺はメイ嬢にはそんな印象はいっさい無い。孤高をなんぞは、うらを返せば、じぶん可愛さの反動だろうさ。あのとり澄ました顔、それにこちらから話しかけても、さも時間が惜しいという態度、いやだね、とても同僚とは」

過去にどのような【恨みつらみ】があるのか、明石は知らないが、ショウキは、これまでもメイの話になると、感情的にムキになるのが常だ。相手にされない屈辱感に、米国ＭＢＡ取得という高慢さが微妙に絡んでいるのかもしれない、とふと思った。

「ショウキ、わがマドンナをライバルとか、同僚とか、と思わず、一歩退いてオアシスの華として崇め、おまえの荒んだ心を癒やしてもらったらどうだね」

想い人への悪口に堪えられないハジムは懸命にメイを庇う。

「早三十路にならんかのインテリ女に誰が癒やされるって！　冗談は止してくれ。それはともかくとして、ハジム、きょうは眞也の送別会だぜ、メイ嬢の話などやめとこう」

と言い放ち、日本酒の瓶に手をかけると、ハジムは、
「それはそうと、ほんとうにボス、いい人いないのか。いずれは、砂漠の地へ戻るにしても、仕事だけじゃ、人生つまらないぞ。ほんとうに【想い人】がいないのかい。ここの法律は夫に複数の妻をみとめる寛大さがあるんだから、想い人でもいればボスは救われるし、家業にいそしむ奥様と別れないで済む、そうなれば誰も恨みつらみを言う人がいないぞ」
メイの話題が出たから、素性が少しはわかるかもしれないと期待した明石だが、神秘のヴェールはそのままだ。話題にのぼったナセルはともかく、ラシッドという若者とのつながりがどうであれ、帰国がせまるにつれ、ますます愛しく想われ、先だってのテニス会の帰路、前車の後席から見せた、哀愁おびた横顔が頭をよぎった。

三月に入り、部長職から外れ、いざ特命事項に専念できると机に向かうが、現実はそうもいかない。分刻みで激務をかねるジュラほど忙しくないが、最終秒読みに入ったエルデオ案件で、ジュラからひっきりなしに呼び出しがかかるし、アジュリから特命事項以外の別件が舞いこむから帰国日程のメドがたたず苛立ちがつのりだした。

後任の件は、わるい予感が的中し、シデックとカウベ間の溝はますます深まっていく。カウベは、合併により海外拠点網のいっそうの拡充におわれ、海外要員がいつも不足気味だ。後任の任期を彼と同じく二年と主張し、三年にこだわるシデックと真っ向からくいちがい、明石の

帰国間際になってもメドが立たなかった。さらに一時はオイル・マネーのとりこみが至上命題だったカウベの中東戦略も、合併によって資金の調達力が強化され、それほど中東【大事】の意識がうすれだしたことや明石よりひと足先にクウェートからもどった西本の帰国や後任の出向期間がもめるのと無関係ではない。さらにいえば、中東地区で邦銀他行にさきがけ、特異な戦略をひろげてきたカウベの国際路線が、今後、成長がみこめるアメリカ、アジアへ軸足を修正せざるをえなくなった時期と重なったのかもしれない。

結果として、明石の後任任期を三年に執着するシデックは二年にこだわるカウベに、後任派遣を謝絶する挙に出た。個人的には三年へのこだわりが痛いほどわかる彼だが、両社間の亀裂をなげき、帰国後、ふたたび同社へ戻る機会がついえたことを心底悲しんだ。

そんなある日、いつものように日程確認のため、執務室へ顔を見せたメイに、

「あすの夜、もし都合がよければ、ピーターご夫妻とともに日光宴へ来ないか。同じ住まいのみなさんがわが家の帰国を祝って一席もうけるとか。発起人の日本領事から、知人、友人への声かけを頼まれたんだが、……」

「私にはお祝いどころか、お別れ会になりそうですが、でもぜひ出席しますわ。でもこのように、一枚、一枚、日めくり暦が薄くなり、一日、一日、とあなたのご帰国の日が迫るんですもの、すべてが速すぎますわ、歳月の流れが……」

これは、個室に顔を見せる度にもらす彼女の繰《く》り言だが、彼とてなぐさめる言葉も見当たらず、ただただ心に耳栓し、頃合いを見て、特命事項へ逃げ込む振りをすると、そのしぐさに気づいた相手が、お邪魔しましたわ、と言って退室するのが常だった。

ピーターら同じフラットの住人が日光宴でひらく送別会の日がやってきた。

この日のママは大忙しだ。入り口に墨字で明石家を追放する会と垂れ幕をかかげ、彼女らしく、惜別感をおさえ、笑いで父娘を送りだすつもりらしい。座席は二組にわかれ、領事を筆頭にピーター等、入居ビルの住人は、店の中央にもうけられた特別席に、メイ、ダーツ、麻雀、テニスの遊び仲間らは、ホルムズ海峡が一望できる奥間の席に、それぞれ充てられたが、主賓の彼とまどかの席は双方に用意された。

料理や飲み物類が一通りいきわたり、場がにぎやかになる頃には、二組の垣根はあっさりとりはらわれ、行き来が自由になった。貸し切られた日光宴のすべての空間は、にぎやかさの程度をはるかにしのぎ、まるでどんちゃん騒ぎの体だ。

店舗の中央に、急ごしらえの舞台ができあがると、参加者の群れがわっと周りをかこんだ。帰国者へひとこと話しかけたい、との惜別の想いが誘うのか、われもわれもと舞台の上にかけあがったが、いかんせんマイクは一本、しばし奪い合いとなるが、勝利者が、一人、二人と惜別の辞をつづりだすと、場は急にしずかになり、それまでの喧騒があっという間に影をひそめた。別れの辞が出つくすと、誰から、どこからともなく怨歌と叫ぶ声がきこえ、それを合図に、その二文字が、舞台の近場から、ややはなれた奥間から、連呼されだすと、待ってましたとばかり、母国で名の知れた某俳優に瓜二つと評判の領事は割れんばかりの拍手を一身にうけ、舞台の中央へ登場した。手渡されたマイクを手にもった高村は、母国から遠くはなれた砂漠地に生きる邦人たちの、うらみ節とも、つらみ節ともやすされる『ホルムズ海峡夏景色』の最初の一小節を声高々に歌い出すと参加者全員がその後をうけつぎ、その声の響きは夜城化した日光宴のすみずみまでいきわたり、惜別にふさわしい、いつもの風景が再現された。あとは残った者達は帰国する者をかこんで、しんみりと在りし日を懐かしむのだ。

彼は、同じフラットで公私ともに二年強にわたり世話になった領事、ピーターの両夫妻らとしばらく回顧談をかわしてからその場をはなれ、奥間に顔を見せると、メイが窓越しに見えるホルムズ海峡へ視線をむけ、彼が来たのも気がつかず物思いに耽っていた。他に誰もいない。こぞって中央の間に移ったようだ。

「わるいなぁ、一人放っておいて」

「まぁ、いつ来られましたの」

いきなり彼が現れたから、豆鉄砲を食らった鳩のように、きょとんとした表情で話しかけてきた。

「今来たばかりさ、ところできょうの料理は口に合った？」

「こちらに気を遣わないでくださいな、今宵はあなたとまどかちゃんが主役なんですから」

とけなげに返すが、彼の顔を見て、気がゆるんだのか、ハンカチで目の縁をおさえる。その仕種に一瞬、こうした会話も残りわずか、と思うと切なさが堰を切ったようにこみ上げ、思わず駆け寄ろうとしたとき、娘のまどかが顔を見せた。

「パパ、お姉さんを泣かしちゃ、ダメじゃないの」

とおしゃまな娘は父を叱った。


「ちがうよ、帰国話をしていたら、もうお別れですね、と言って急に泣きだしたんだ。いじめていないぞ。ところでまどか、このお姉さん、知っているの」

どうやら初対面ではないようだ。

「パパ、この人が【キャンデーお姉さん】なんだ」

「えぇ、そうか、この人が、……」


まどかが現地入りしてしばらく経った頃、頭取のナムサの出張日をたしかめて、なんどか昼食後にまどかを連れ、シデックへ出かけた。その頃、ときどき、お姉さんから、キャンデーをもらったの、と話していた。会社へ連れてきたものの会議がはじまると父はきまってじぶんをほったらかすから、まどかは、そっと部屋を出て社内探索をこころみる。父親の部屋の前に家庭教師のサリーがいるから相手をしてくれるが、この秘書は何しろ電話応対でいつもいそがしく、かまってくれない。すると今度は階段を上がり、メイの所で遊んでもらった。それも、まどかが邦人校の友の輪に入るまでのごく短い期間だった。その後、ナムサの出張したある日、父が誘うと嫌がられ、それきりとなった。

「まどかちゃん、あの後どうして来なくなったの、お姉さんはとっても楽しみにしていたのに」

「うん、初めの頃は、お姉さんに逢えるから楽しかったけど、パパがアスカリの小父さんに部屋をとられ、カプセルに移されたから、可哀そうになってやめたの」

と、屈託なさそうに話してから、迎えにきた友だちと一緒にあっという間に、立ちさった。

シデックにおしゃまな子が現れ、きれいな英語を話すというその少女に興味をもったメイが、偶然、用事でサリーのところへ出むいたさい、まどかが現れた。その後、三階へ来るたびにキャンデーをあたえ、ひと時の会話を愉しんでいた。人なつっこく、妹のように思えたが、しばらくして来なくなった。少女はいつもナムサの出張の折に顔を見せるから、父親の張りつめた心境に、他人事ながらメイは心をいためていた。

「あの頃、あなたは、いつもピリピリされ、とても近寄れる雰囲気では……。それにさまざまな事が次から次へと起こりましたもの……」

と話すなり、ふたたび窓越しにひろがるホルムズ海峡へ視線をうつした。一方、彼は彼で、メイとの出会いを思い出していた。見習いの肩書が外れ、正式に次長に就任した日、ナムサが出張中とも知らずに頭取室へ顔を見せたが、その日が二人の初対面だった。第一印象は、おぉ、中東に英国人の秘書がいるんだ、と内心おどろき、しかも挙措がいかにも凛々しく、なにかしら【得した】気分になった。が、つんとした、そっけなさに心が折れ、じぶんが東洋人が故の面当てか、とひがんだ。一方で、衒《てら》いもなく職務をつらぬく姿勢に清々しさを覚えたのだから始末がわるい。やがて頭取のナムサからも香港法人への出向にからんで厄介者扱いされ、気の滅入るつらい日々がつづいたが、ある日を境に、彼女の目線が急に優しくなる。その心境の変化にいたった深層心理《しんそうしんり》を彼は知るよしもない。

「前から一度訊いてみたいことが……いいかな」

「あらぁ、何でしょうか。こわいですわ」

「まどかの将来にかかわることだが、地元の高校から英国留学をよくぞ決心したなぁ、と。ご両親のご意向かな？」

「少々わけがありましたの……父は海外をとびまわる商社マンでしたが、家庭では保守的な人で、俺が家族をやしない、家族は銃後を護り、子女の教育は地元主義、これが父の口癖でした。でも、先の中東戦争で兄を亡くしてからすっかり変わりましたわ。それまでは、早く嫁ぎなさい、が口癖でしたが、結婚はいつでもできる、学問を志すのであれば、留学もかまわない、と。急遽、受験を地元大学から海外へ、でしたから、勉強も、心の準備も、たいへん。結局は母の強い勧めもあり、いつかは、という憧れとかさなり、高校卒業後、母の母国、英国へ留学しましたの」

なつかしい日々を思い出すのか、横たわるホルムズ海峡から目を離さない。彼にとっては初めて耳にする事情だ。

「そうかぁ、留学もそうだが、その後、ご両親がシデックでの勤務もゆるしたのは、そのような経緯なんだ」

「ええ。留学前のお話ですが、夏休みのたびに留守をあずかる、父のことばを借りれば、銃後を護る家族を、勤務地のロンドンとか、ニューヨークとか、あなたのお国の神戸へも呼んでくれましたわ」

愛しい人の家族環境や生い立ちがわかりかけた彼だが、まだまだこの人は【謎の人】であることには変わりない。もっと知りたいと思ったとき、ピーター夫人が通りかかり、

「明石さん、きょうは愛しい人を泣かしていないようね」

と声をかけ、隣にすわったから、話題はもっぱらテニス談義になった。この夜、父娘はいっしょに帰宅し、書斎に入った彼が特命事項の骨子を練っていると、まどかが、顔を見せ、

「パパ、わたしね、お姉さんとの間に秘密があるの。もう帰国するんだから教えてあげる」

と話しだした。

赴任後、初の夏休みを終えた翌日の夕方近く、まどかは父親とシデックへ出かけた。昼食時に、彼から、元の次長室へ戻ったと知らされ、【キャンデーお姉さん】に会いたいと父にねだった。着くなり、アスカリとニーナが顔を見せ、打ち合わせがはじまった。まどかはそれを機に、勝手知ったる三階へむかう。頭取のナムサが出張中とあってか、メイは退屈そうだった。

「お姉さん、こんにちは、あら、ご本を読んでいるの」

「あらぁ、まどかちゃん、ごぶさたねぇ。パパはお仕事でしょう、こちらへいらっしゃい。キャンデーあげましょうね」

補助椅子にすわらせ、まどかの好物をあたえた後、

「パパもお姉さんと同じで、ご本がお好きってサリーさんからきいたけど、ほんとうかな？」

「そう、パパの恋人はご本なの。ママからいつも【活字中毒症】とからかわれているんだ」

「いまパパが読んでいるご本の名前、おぼえている？　こっそり教えてくれるかなぁ」

「こんど来たとき、教えてあげるね。このところ英語の本が多いの、ほとんど毎晩、休みの日も、英語とにらめっこ」

「やはりそうだったのねぇ……」

と。しばし黙りこんだとか。そんな会話が二人の間で交わされていたとは！　思いがけない

秘密に、

「その時、読んでいた題名は何だった？」

「教えてあげたのは、一回だけど、えーとねぇ、地名がついたなぁ、たしかローマ、いや、カルタゴだったかな。でもパパ、これは内緒だからね」

と言って書斎から出ていった。


数日して、シデック主催の「明石家送別会」はメリディアン・ホテルでの一室でおこなわれ、彼とまどかが呼ばれた。経営陣を代表し、アジュリ、ジュラ、タリットが、投融資部からニーナが、それぞれが、彼の人となりを紹介し、締めは、主賓の彼が、社員からおくられた賛辞にたいして謝辞をつづった。送別会の帰り、助手席に座った、まどかが彼に話しかけた。

「パパ、メイさん、ホテルの化粧室で泣いていたよ」

「帰国したら、もう会えないし、それにパパとは二年も同じ仕事のつながりがあったし、しかも、会社がのるかそるかの瀬戸際だったから、悲壮な思いで支えあった仲間、まぁ、言うなれば戦友だから、万感の思いが胸に迫ったと思う」

「でも、私の第六感だけど、メイさんは同志以上にパパのことを想っているみたい」

「まさか。でもどうしてそう思んだい？」

「それはね、パパが帰国したら、メイさんもシデックを辞めて、故郷へ帰るみたい。年明けてパパの秘書をたしかに兼ねたけど、ごくわずかな期間だったでしょう、メイさんまでが辞める必要があるかな？　やはりパパのことを……」

飛翔

翌日、メイが執務室に顔を見せ、

「先ほどアジズ社長から、お電話がございましたが……」

と言って、机の上に明石の好きな地元紅茶をおいて退出した。アジズ、ときいた瞬間、明石は、しまったぁ、まだ帰国の件、知らせていないか、と、焦った。電話じゃまずい、とばかり、外へとびだす。


たまたま、主は席にいた。財務部長と談笑中だった。

「おぉ、部長、わざわざ来たのか、電話ですむ話なのに。彼女にはそう伝えたのだが……」

彼を見つけたアジズが頭を掻きながら近寄ってきた。

「社長、何か、ありました？　電話とお聞きし、あいさつの時機を失したかと、少々あわてましたが……」

「明石さん、とつぜんで悪いが、今夜君の送別会をやりたいという、あなたのファンが身近にいてね、どうだろうか、その人によると、あなたは今晩お独りとか。ぜひとも来てほしいんだが」

「うわぁ、すべてお見通しですね。敵いませんね。娘は今夜、近所に住む級友の家で同級生同士があつまり【お別れ会】と称して、一晩中、語りあかす予定とかで、しかたなく私は今宵は独酌でもしながら、頭取からの特命事項でもまとめようかと、そんな事情ですから、断るわけがありません」

ファンというから、いま目の前でアジズと談笑する財務部長にちがいない。たしかにこの人物とは波長が合うし、しばしばじぶんに合わせてくれた思いが大きい。貿易金融を商品化したとき、この人物のお陰で陽の目を見たいきさつもある。シデックの事務方の不手際から生じたドマスク社内の不穏な動きに対し、この人物は身を挺《てい》して彼らをなだめ、すかす一方でシデック側の素人部隊にも親身になって手とり足とりして教育し、両社間を覆った不信感を払拭してもらった恩義は測り知れなく、エルデオの中本とともに、明石にとっては、掛け替えのない人物の一人だ。

ドマスクからもどり、個室へ入ろうとする明石と、頭取室から彼の部屋へむかうアジュリが三階の廊下で鉢合わせした。帰国辞令をうけてから、あいさつ回り、引き継ぎ、特命事項の著述と、席をあたためる間もない明石だが、一方、アジュリの方は、それに輪をかけて超多忙だ。エルデオ案件一つとりあげても、ジュラ、アスカリ、ショウキ、ともども、調印式が目前に迫り神経をすり減らす毎日のため、おたがい顔を合わせる機会はなく、ましてや会食する機会はとんとなかった。

「おぉ、明石さん、これは都合がよい。きょう昼食はどうだい。もし空いていたら両副頭取まじえて【最後の晩餐】としゃれこもうか。まぁ、昼間だから晩餐というのはおかしいか。帰国が刻々とせまる中、メイさんが日程に苦労しているらしいが、昼迄には戻りますと言うから、来てみたんだ」

「私も一度お目にかかり、みなさんと会食でも、と思っていました。それに、たとえアポがありましても御三人からの声掛けとなれば、先ずは最優先、電話一本ですむ話ではありませんか」

「わかった、わかった。先ずは【晩餐】だ」


久しぶりのシェラトンホテルである。勢ぞろいした彼ら四人は、新体制発足後の主役であり、彼らの肩にさまざまな旧シデックの後遺症がのしかかるなか、与えられた痛みをたがいが棲み分けし、克服し、凌駕して今日の新生シデックの再建がかなった、そのような思いが、彼らの胸中に去来していた。四人の中では明石が最年長だ。言うなれば三人の上司に仕える古番頭という図式だが、それにもかかわらず、彼らはこの年長に敬意をもって接し、明石が発信する策に、常日頃、好意的に耳を貸し、かつ、協力を惜しまなかった、このことが、期待をはるかに超えた昇格人事にともなう精神的重圧を、どれほどほぐしてくれたことか。とりわけ、アジュリ、ジュラとはわずか一年という短期間だったが、とても長く感じられ、なんと充実した日々であったことか。

会食が終わり、ひと区切りつけたところで、アジュリが、

「エルデオの中本さんから聞いたが、調印式に出席するとか、日程的に大丈夫なのか。体調のことや家族の都合もあるんじゃないのか」

「もし、出席ときまれば娘は一足先に帰らせます。体調の方ですが、カウベのお陰で検査・治療等、手配済みですし、数日のびても日程的には大丈夫です。なお、ご連絡がおくれましたが、ご紹介いただいた宮廷の御典医の診たては、『欠損部位にかかわる蘇生縫合《ほうごう》の手術が必要だが、当院ではムリなので母国のしかるべき病院を勧める』と」

「わかった。もし、調印式へ出れるのなら、明石さんにとってはなにかと縁深い案件だったから、助かるが」


会食の趣旨からなごやかな雰囲気につつまれたが、明石だけは別離から来る、ぬぐいきれない寂寥感にさいなまれ、心晴れやかではない。シデックはこれからが【正念場】であるのに、己だけが【敵前逃亡する】ような気分だし、このような仲間と仕事をする機会が今後二度とあろうか、と考え、惜別の念はいっそう増し、別離のさびしさをかみしめた。やがて解散となり、それぞれが、つぎの日程に合わせ三々五々と席を立ったが、夕方から始まる慰労会迄、特段急ぎの日程をもたない明石はしばしその場でくつろいでいたが、やがて立ち上がり、出口へむ

かった。

「眞也じゃないか、帰国するんだって、愛しのメイが泣いていたぞ、ここはアラブの国だ、一人ぐらい何とかならないのか」

後ろから野太い声がやってきた。ナセルだ。メイはナセルの想われ者、というショウキのことばがふと蘇《よみがえ》った。

「やぁ、ナセルさん。あの難局の際、彼女が居なかったら、まちがいなくいま俺はここにいない。これだけは信じてくれ。君は先ほど【愛しの人】といったが、それを口に出すのも憚るほど、彼女は俺にはもったいない人、言うなれば、彼岸の女性《ひと》、小心者で子持ちの俺に、なにをしろ、と」

と返したものの、とてつもなく気分が重い。往時、名前でよびあうほど親しかったナセルから不意をつかれた明石だが、ほとばしる言葉とはうら腹に、その女性を想う恋情は日増しにつのり、彼女はまさに熱砂の地で遭遇した【オアシスの華】なのだ。

「急にだまったが、やはり疚《やま》しいところが有るのか。しっかりしろ！　大和男児。君の先祖はあのロシアをやっつけたというのに、君はいったい何だ、たった一人の女性すら護れないなんて！　ここでは複数の女を娶《めと》る男がいるというのに」

口の訊き方こそ荒っぽいが、なぜ、そこまでメイの心配をするのか、過去の想い人へのすなおな憐憫の情か、と明石の胸はつまった。ナセルは言うべきことを全部吐きだして満足したの

か、客待つ席へにもどろうと、歩きかけたが、ふと振りかえり、

「眞也、それにしてもよく頑張ったなぁ、奮闘ぶりはガンジー君からきいたが、さすがわが【アミーゴ】だ。じゃ、いつか、どこかで」

雲をつかむほどの大男がいきなり消えたからか、あたり一円に奇妙な静寂が覆った。


その日の夕方、明石は約束の時間少し前にアジズ家に着いたが、専有駐車場は早数台の車に占められ、やむなくやや奥の一戸建ての空き地へ停めた。この夜の一席は、明石のファンが設けた、ささやかな送別会、とアジズから事前にきかされていたが、参加者が少々多いように思われた。


「やぁ、いらっしゃい」

呼び鈴をおすと、アジズと明石の見知らぬ若者が姿を見せ、主賓をむかえた。この日の主は、いつも会社で見かける民族衣装だが、若い方は背広着である。主が若者へ目くばせすると、その人物は一歩前へ出て、頭をさげると、

「明石さん、帰国間近な人に、いまさら息子を紹介するのもなんだが、さりとて紹介しないわけにいくまい。息子のラシッド、今、ヒューストン銀行にいるんだ」

かすかな記憶があったものの、それはどこだったか、と考えあぐねていると、奥からピー

ター、ダグラスの両夫婦が顔を見せた。ピーターが明石にむかって片手を挙げてむかえた後、アジズの方をふり向き、

「アジズさん、主賓が登場しましたから、これで全員揃いましたかな、熱烈ファンは、まもなく現れるでしょう」

と念をおすと、

「いやぁ、じつは、ドバイの知人にも声を掛けたんだが、なんせご多忙な御仁、それもドバイからとなれば、まぁ、参加はむずかしいかな。ところでラシッド、今宵はアルコールに目がないクリスチャンの方が多いから、たっぷり用意しておこうか」

と息子の方へ目をやると、

「アジズさん、ご心配なく、それを見越してわが社がたっぷりワインを用意しましたから」

と、ヒューストン二人組が、ダース入りのワイン・ボトルのケースを高々ともちあげた。

「これはありがたい」

と主はほっとし、

「じゃ、ラシッド、そのいただき物を宴の間へ運びなさい」

と息子に合図すると、待ってましたとばかり、ワインボトルを肩にかつぎ、紳士淑女がその後を追う。

ドバイの客人の参加を半ばあきらめたアジズが、

「時間通りにこられた主賓を待たすのも失礼ですから、そろそろ始めましょうか。主賓のファンたる発案者は近場だから、まもなく参るでしょう。まずはだれかに口火を切ってもらいますかな。では、主賓のライバルであり、同じビルの同じフロアかつお隣さんという、きわめて縁深いお方、ピーターさん、いかがですかな、もう二度と会えないかもしれない方との惜別の宴、心ある言葉なんぞ、いかがかな」

名指しされた、ピーターが立ち上がり、テーブルの真向いに座る主賓にむかい、

「明石さん、ついに年貢の納め時が来たようだ。この惜別の辛さはいずれ時をへて、じわじわと効いてくるのが俺には怖い。ダグラス、お前もそれは認めるだろう」

といきなり振られた同僚は、

「おっと待った、ピーター、われらヒューストンとしては、彼との別れを惜しむ前にリベンジを忘れてはいないか。復讐戦だよ。汚名を雪《そそ》がずして明石さんを帰国させるつもりか？」

僚友の勇ましい挑発に煽《あお》られたピーターは、

「ダグラス、たしかにお前の言う通りだ。とりあえずはアジズさんの意を表し、主賓への惜別の念を吐露したが、【順序】をまちがえたわ、申しわけない。復讐戦という、面子の問題から進めるべきだな、まぁ、それにしても、あの時の明石さんには参った！　まったく敵なしだったわ」

と言われ、明石は、

「あれはまぐれ、まぐれ、すべてパートナーのお蔭さ」

と口にしてハッとした。あのテニス会で、ここに居合わせないのは、メイだけだ。彼女が顔を見せれば、全員そろうじゃないか、と思ったが、この席へ来るわけがない、と苦笑する。それにしてもファンと思い込んだ財務部長が、社長より遅れるとは！ と思う一方で、その人物が、ピーター、ダグラス両夫妻にラシッドを交えたヒューストンのテニス仲間へ【別れの宴】を持ちかけるのは、どこか違和感を覚え、この場に至り、アジズがファンと称した人物はひょっとすると別人かもしれない、と思ったちょうどそのとき、

「あらぁ、みなさん、もう始めておられますの、【言いだしっぺ】が遅れては格好がつきませんね、ごめんなさい」

と言って登場したのは、誰であろう、メイだ。詫びながらも満面に笑みをうかべ、ためらいなく明石の方へ小走りで近づき、その隣の空席へ腰をおろしながら、

「またお会いできましたわ！」

と耳元へささやいた。


目の前の思いもよらない展開に、じれったいほど追いつけない明石は頭をフル回転させながら現実の把握につとめていると、もう一人思わぬ人物が顔を見せる。昼間、ホテルで遇ったナセルだ。

「アジズさん、なんとか仕事の方をすませ、駆けつけましたわ。この大和男児には一宿一飯の

恩義がありますから」

と言うなり、主賓席にすわる明石に目配せしてから、アジズから渡されたソフトドリンクの入ったグラスを高くかかげ、

「まずは眞也、ご苦労さんでした」

友人の口調は昼間とはうってかわり、かつての盟友に戻っていた。

「よく来られましたな、なかば諦めていたんだが」

とアジズが相好をくずしてその闖入者に近づき、じぶんの隣に座らせた。

目の前の現実は、明石の目には、推理小説に登場する探偵が、あたかもこれまでの謎を一挙にときあかし、それらを表舞台にひっぱりだした観に映った。

「これで全員が揃いましたかな、先ほどすでに主賓から送別の辞をいただきましたが、その後、起案者ならびに遠方の朋が駆けつけたところで、あらためて乾杯の祝杯を掲げようではありませんか。では、みなさん、お手元のグラスにソフトドリンクなりアルコールなりを注いでください」

と、主が中央へ進み、各位に乾杯を促した後、

「よろしいですかな、では明石眞也さんならびにご家族のご繁栄、ご健勝を祈念して、乾杯！」

主の心づかいが隅々までいきわたる中、味覚を楽しむもの、アルコールに目のないもの、飲食をわすれ談にふけるもの、さまざまだ。ときが過ぎても席を外す者はいない。この日のメイは、明石の辞令後、かいま見られた憂いに満ちた表情など微塵《みじん》も見せないで、ただただ彼のために、ときに料理を皿にのせ、ときにグラスにワインを注ぎ、まるで水を得た魚のように、活き活きとしていた。今宵の装いは、白いブラウスに淡い紫色のロングドレス、日中、シデックでけっしてみせない【艶】を漂わせ、傍からみると、さぞかし仲むつまじく映ったにちがいない。

「テニスだけではないですな、ご両人は、お似合いのカップルだ」

とピーターが茶化すと、となりに座る同夫人が、

「明石さん、きょうは彼女を泣かせちゃだめよ。もちろん奥様にはひ・み・つ。でも私はいつもメイさんの味方よ」

と半分は真顔で、あとはワインの力がそう言わせたか。そこへ隅の方で主と話し込んでいたラシッドが明石に近寄り、

「明石さん、あさっての金曜日、空いておりますか？　じつは、当日、わが行主催のテニス大会がシャルジャでありますが、あいにく混合が一組、足りません。明石さんとメイさん、その穴埋めに協力していただけませんか。僕と親父とは男子ダブルスへ、ピーター、ダグラス両ご夫妻は混合へ、それぞれ出場しますが、両夫妻が先日の送別テニス会のリベンジを果たしたい、と息巻いておりますから、受けて立ちませんか？」

メイは急に目をかがやかせ、明石の目を追う。是非、という表情だ。そこへダグラスがわりこみ、

「それはなによりの話だ、ラシッド君、こちらも先だっての、復讐戦が叶うわけだし、ピータ−どうだ、むろん言うことなしだな？」

「もちろん！　くじ運がよければ明石さんのチームにあたることを祈り、実現すれば雪辱《せつじょく》し、その勢いをかりて優勝カップ、悪くない話だ」

外堀がすでに埋まった。明石は、

「わかりました、そちらは雪辱戦といわれるが、現実はそう甘くありません、返り討ちにならないように」

とちらっとメイの表情を盗みながら、高飛車に出た。彼の思わぬ反撃にピーターらが目を白黒するのを、その愛しき人は、くすっと笑い、

「両ご夫妻さま、つぎは私達が手を抜く番だと思いでしたら、それは大きな勘違いですわ」

すかさず彼女がやんわりとけん制した、それも弾けるほどの笑みを浮かべてだ。内示以来、初めて見せる屈託のないしぐさだ。辞令後、感情を内に抑え気味だった人とはとても思えないほど無邪気さをふるまった。

宴もたけなわ、とつぜんナセルが立ち上がり、みなさんに話したいことがある、と言って話しだした。何ごとか、と宴の部屋に緊張が走った。

「先ずはこのような心あたたまる席に声をかけていただき、アジズさんはじめお歴々の方々に心から感謝を申しあげる。主賓の眞也がここを離れ、帰国するときいても今はピンとこないが、いずれ倍返しで効いてくるはずだ。さて、わが姪の去就について少々お知らせしたい。六年間の長きにわたり、アジズさんには世話をかけっ放しだったが、この度、晴れて母国で教鞭をとる。担当は東洋史とか。主賓と姪が、同時期に母国へ帰るというのは浅からぬ二人の関係がなせる定めなのかもしれない。少々話が長くなるが、お聞きねがおうか。

思いおこせば、さまざまなことが去来する。姪の父親にあたるカイロのわが兄は、つねづね、平時は、男子たるもの、海外へ羽ばたき、女子は母国で学窓をおさめ、地元で就活すべし、戦時は、男子は銃をとり、女子は銃後を護るべし、という郷土愛にあふれる男児だが、不運にも長男が、つまりメイの兄だが、先《さき》の中東事変で戦死してからは、兄は主義をかえ、メイを長男の代わりにじぶんの生き様をうけつぐべしと口説き、高校卒業後、英国へ留学させた。年をへて、就職時、兄から電話がはいり、『娘に実社会の荒波を経験させたい、ついては、お前の勤め先に、しかも、目のとどく部署に』と頼まれ、俺はナムサ氏に丸投げすると、創業時、俺をひきぬいた借りがあるのか、即決してくれ、彼の秘書として採用された。あまりの手際のよさに感服したが、しかしこの話には裏があった。正式な秘書が産休中で空席だったから、とりあえず、そこへ嵌《は》めただけのこと。卒業後まもない、しかも専攻が歴史学、それがいきなり秘書だったから、どうみても不似合いな部署だから、俺はボスの腹がよめた。ひと月もたたずに彼女が尻尾をまいて退散し、産休から秘書がもどれば、すべてが丸くおさまる、と踏んだらしい。

が、そうはいかなかった。彼女は初出勤から不明な事項を、つど、ノートに留め、暇をみつけ、おなじ階の俺の部屋へきて矢つぎばやに質問ぜめ、ときに退社後も、また日をかえ、休日出勤も。そうこうするうちに、ひと月たらずで、秘書業務の基礎をものにし、つぎは俺の執務室へよびこみ、シデックのおもなる業務のながれを教え込んだ。しかし一方、俺は筆頭部長、在席より出張が多いナムサ氏に代わり、企業経営をまかされる立場、いつもいつも頭取秘書を執務室へよびつけるわけにいかない。本人もその頃から、帰宅後、夜な夜なアジズ邸の書斎で金融全般の習得につとめた結果、頭取は彼女の類《たぐ》い稀なる研鑽に魂《たま》げ、馘首どころか、正式秘書へ昇格、元秘書におひきとり願った経緯がある。その頃、社内では叔父・姪を男女の関係にでっちあげおもしろおかしく、言いたてる者もいたし、しきりに俺の執務室へ出入りする行動から、俺の秘書すら怪《あや》しんだ節すらある。俺としては就職時の兄の意向に適った形に着地したから、してやったりの気分だったが、彼女にとって、それがよかったのか、どうか。やがて俺が、シデックから身を退くことになり、彼女に、帰省か、俺の新職場かの選択をせまると、思いもよらず、残留したい、と。初心《うぶ》だと思っていた彼女が、意外にも叔父に反旗を翻《ひるがえ》した。これには正直、面食らったし、それをきいた兄は、残留は無用、と一蹴したから、やむなく本人は一時帰国し、両親を説得にかかった。が、失敗、失意の中シデックにもどったが、その時はすでに社内のある男に好意をもち、いま尚それが続いている。彼は出向の身だが、目の前の瀕死のシデックに居残る、数すくない社員らと必死にたちむかい、そして乗りきった。その男の働きぶりと悲壮感あふれる滅私奉公ぶりに、言ってみれば、女が惚れたんですな。だから性質《たち》が悪い（笑い）。俺が、姪の身辺を神経質に護ったことが功を奏し、色恋話もなく、なんとか兄のところへ返せる、とホッとしていたんだが、現実はこの有り様ですわ。こちらは中東の国、男女間にゆるされる自由度はご出席の方々のお国のように大らかではない。とはいえ、このような形で心と心が結ばれるとどう着地させるか、じつに厄介きわまる（笑い）。まぁ、それとてまもなく一人は東へ、一方は西へそれぞれが旅立つことになった。きょう、その男にあるホテルで偶然出くわし『こちらは複数の夫人が、公認されるのだから、一人ぐらい何とかならないのか』とゆすった（笑い）が、黙っていた。でも俺はなぜか理屈ぬきに彼が好きなんだ。この種のことに彼はじつに臆病だが、なにごとにつけても律儀、包容力があり、『なんとか二人を添えさせたい』と思うが、こればかりは二人の問題、俺にはどうにもならない」

ナセルの話がはじまると、今にも泣きださんばかりの表情でメイは叔父の話に耳を傾けていたが、さすがに堪えられなくなり両手で顔を覆った。ナセルの話が終わるとアジズが明石に目くばせしたので、さりげなく席をたち、主の後を追った。

かつて通された応接室へはいる。相手に勧めながら、みずからも傍のソファに腰かけると、間をおかず、アジズが口をひらいた。

「ナセルさんの話から、ほぼ彼とメイさんの関係がつまびらかになったと思うが、ただ私と彼女についてあえて知らせなかったのは、ビジネスという縛《しば》りさ。彼女が彼の姪だといっても、あなたの信条から、商いに手心を加える人ではないが、私がそれを潔しとしなかったんだ」

「そうでしたか。それにしても、彼女が同郷の後輩、ときいていましたが、まさか、叔父と姪とは！　それに、彼と社長が旧知の間柄、御三方は繋《つな》がっていたんですね」

「じつは、私がシデックの応接間で部長と初めて顔を合わせた日から遡《さかのぼ》ること1年ほど前、そう、お二人の初対面の日、その日から、あなたのことを承知しているんだ、彼女から聞いて……」

「えぇ、メイさんから、ですか？」

「メイさんがシデックに入社した時、一人は家族をカイロにのこした単身、もう一人は卒業したてのおぼこさんだ。叔父、姪とはいえ、なにかと世間がうるさい、つまるところ、旧友である私が彼女を一時、このわが家であずかったのだが、息子が卒業後、クラブの伝手《つて》でヒューストンさんへ就職、しかも初任地が当地だったから、そこでこまった。未婚の男女、同居となれば、姪の監視役を任じるナセルさんの立場を考えると、いかにもまずい、と頭を抱えていたところ、たまたま地つづきの隣家に住む遠縁の一家が米国シカゴへ転勤、借り手を頼まれていたことをふと思いだし、これ幸いにあちらへ移ってもらったんだ」

「たしか社長から、ナセルさんの姪をいっとき預かった、とおききしましたから、てっきり、その方は帰国された、と思っていましたよ。その方がよもやメイさんとは！」

「まぁ、あの一軒家は、わが家からはごく近場だが、あくまで別所帯の持ち物、言うなれば、彼女はそこの賃借人として自炊生活を始めたから、あのように言うより他がなかったんだが……ところで、周りの人が、あなたをどう観るか、観ていたのか、興味がつきない事例があるんだ」

「えぇ、どなたが誰に、ですか」

「うん、これはね、あなたに対するメイさんやナセル氏の見立ての話だが、これを時系列的に追うと、じつに面白い」

「私にはわかりかねますが、……」

「まぁ、そうだろうな、じゃ、ここでひと講釈しようか。あなたがシデックへ正式赴任した日、帰宅した彼女が言うには、

『小父様、この度、こられた日本の方ね、緊張されておられるのでしょうか、どこか落ちつきがなく、どこか頼りなさそうですわ。その上、頭髪をたっぷりのポマードで固めておられ、傍から見ますと、とても気障《きざ》っぽく、とてもシデックにふさわしい方とは思われませんの』これが彼女の第一印象さ、あなたに対する」

「そうか、端《はな》から嫌われていたか」

「まぁ、そういうことかな。それからどのくらい経った頃だったが、ある日の夕食時に、またあなたのことが話題になってね、『小父様、あの方、投融資の次席ですのに投資知識については皆目使いものにならない、と頭取さんや部長さんが頭を抱えておられますわ。事前に準備をおこたったと非難されても、仕方ありませんね』とそりゃ、きびしかったよ」

「まいったなぁ。そんなことまで！　しかし、頭取秘書だから否が応でも耳に入るんだろうな、

どれもこれも事実だからしかたないけど」

「彼女は常にじぶんにきびしいから、つい他人も、と期待してしまうんだろうな。男である父親や兄の志をじぶんが継ぐには彼ら以上に心血を注がなければ、との思いが先だったから、こちらへ来てから、心がまえがまるで違った。その頃のナセルさんの言によれば、社内では、気丈夫にふるまい、粛々とわが道を行く、そんな感じだった、と舌を巻いていたっけ。こちらへ帰ってきても、夜な夜な自学自習の日々だったよ」

「その頃、僕に映った彼女は、凛として孤高をいく人、まさに近寄りがたい存在でしたが、いま彼女がみせる脆さと愛らしさは想像もできないし、まったく別人……」

「そう思うのはムリがない。その頃、ナセルさんも時々、わが家に顔を見せ、彼女からあなたの人物評をきき、『その通りだ、あの大和男子、前任者とくらべ、ずいぶん軟弱に見える。いまの段階できめつけるのは早計かもしれないが、このままだと奴は、うちのお荷物だな』と相《あい》槌《づち》をうっていたもの。このように赴任の頃、あなたへの評価は、すこぶる悪かった、これは事実さ。ところが、いつごろかなぁ、彼女に微妙な変化が、まぁ、徐々にだがね。夕食時、あなたを話題にするとき、これまでのように、一方的に責めることが少なくなり、代わって同情が混じりだした。『小父様、あの方、頭取さんにきらわれカプセル部屋へ移されましたの。なんでもご指示に反抗されたとか、でも遠国から来られ、環境に慣れるだけでも大変ですのに、次長室から職員専用室へ移されましたわ。上の方々は、自業自得、と糾弾されますが、肩書をはずされ、執務室を追いだされ、あげくの果てに三方まる見えのガラス張りのお部屋とは、あまりにも礼を欠いた対応だと思いませんか？』と。いつもなら一方的に突きはなすのに、私はおやっと思ったね。また数日経って、『小父様、あの方、とてもご本がお好きですの。これはサリーさんからの請け売りですが、帰宅されると、暇さえあれば読書とか、あのような環境ですもの、お好きなことに逃避するのは当然ですわ。お仕事の方ですが、赴任当初の頃は、やる気がない方、シデックに不似合いな方、とお話ししましたが、訂正いたしますね。なにごとにも真摯にとりくまれ、手抜きをされない方と、あの方の秘書の方が言いますの。降格され三方まる見えの小さなお部屋、陰では【カプセル小屋】と揶揄しますが、そこへ行かれてからも、お仕事は降格前と変わりませんの。と言いますのは、元部下の上司から呼び出されると、いやな顔ひとつされずに元の執務室へ入り、新しい上司ならびに補佐の方々へその日その日のご指示をされ、それが終わるとすみやかに【カプセル】へ帰られるのが日課とか。それをチャールズという部長さんは、見て見ぬふりをされておられるとか。投融資部は、私どもの収益頭ですし、お取引先は欧米の大手投資家ですから、ミスはゆるされません。部長さんも頭取さん同様、表では昇格された新次長さんをお立てになりますが、裏ではあの方のご経験に頼らざるをえないご事情があるようですの』と言うのだ」

「まさかメイさんが、よくもそのように、きめこまかに僕の仕事を観察しているとは夢にも思いませんでした」

正直、その頃が明石の去就が微妙な時期だったし、もしアスカリが実務にも長《た》け、やる気がある人物だったら、彼はまどかともども帰国したにちがいない。じつにきわどい瀬戸際に身を寄せていたのだ。

「それからしばらく経ってから、彼女が目を輝かせ、『小父様、あの方カプセルを出られ、元の部屋へもどりましたよ。お客様から大きな預金をあずかり、会社に大きな貢献をされたとか、それも一回のみならず、立てつづけに、ですよ。いっとき会社に楯《たて》ついたときは、たいそうお怒りになられた頭取さんもこれにはびっくりなされ、手放しでお慶びでした』、と話し、ちょうどその直後、顔を見せたナセルさんまでが『彼はやはり大和魂をもっていたなぁ、赴任まもない頃は、じぶんをしきりに卑下《ひげ》し、自信を失っていたが、帰っても母体に席がないとわかって腹を括ったようだ。元々は性根のすわった男だし、あのロシアをやっつけた世代の子孫なんだ』と視点を一八〇度変えたから、傍観者ながら私もその頃からあなたに興味をもったわけだが、よもや、ときを経てあなたと商売に絡んで対峙することになるとは！　これも縁のなせる業かもしれないな」

「そんな経緯があったとは！」


そう教えられて在りし日を振り返ると、アジズの話に思いあたる節が多々あった。アジスがふと本棚にたて掛けてある書籍類を指さして、

「これらの本に見覚えがあるかな？」

鮮やかな装丁された歴史物が本棚の上段、中段にそれぞれ所狭しとばかりにならんでいる。それらのうち、数冊ほどはどこかで見かけた記憶があったと、以前この部屋に入ったとき気づ

いていた。

「いつかねぇ、彼女がこう話すんだ。『小父様、おどろきましたわ、私が昼食後の余暇に読むのと同じ本、あの方も読んでいましたの。この間、あの方の秘書の机上にそれがありましたから、あらぁ、あなたもこのご本を？　ときますと、〝あぁ、それボスのご本なの、おき忘れたみたい〟。もうびっくり！　でも嬉しかったの、同じご本を読んでいる方が社内におられるなんて』とね。そこにある一連の書籍が、その頃、読んでいたものさ。母国史と大いに関係があるから、機会があればぜひ読破するように、と生前、敬愛する兄が薦めていた、少なからずの書籍をこの書斎で見つけてから、しばしの間、シデックとその書斎を行き来していたようだ。それからしばらく経って『小父様、わかりましたわ、謎がとけましたの。まどかちゃんからお聞きしましたの。あらぁ、ごめんなさい、あの方のお子さんのお名前なんです。その娘さんがこっそりと教えてくれましたの。いま、あの方が今読書中のご本の題名を教えましょうか』と言いながら、わざわざ私をこの部屋に連れてきて、『カルタゴ物語』を指さすんだ。そして、『小父様、あの方、私の読んでいるご本をこっそり手控え、注文していたんですよ。私はあの方、大嫌い』と言いながら涙ぐんでいた。いまとなっては、そんなメイさんがいじらしくてな……、ついでに、先だって起こったことを話そうか。めずらしく出勤前に顔を見せてね、『小父様にお願いがありますの。ドマスクさんであの方をご採用されてはいかがですか』と言うのだ。私はその頃、帰国の件は寝耳に水だったから、びっくりし、でも即、その話にのった。あなたの力量は熟知するし、前からそうしたいという考えが頭の片隅にあったから、まさに『渡りに船』だった。さっそくアジュリさんに申し出たんだ。帰国の話が出てからというもの、彼女、かなり思い詰めていたし、はたから見ても気の毒でね、いずれ、あなたは帰国する、そうわかっていながら、それを忘れようと、いつも前だけ見ていた。日本語の勉強をしたり、ラシッドからテニスのコーチをうけたのも、わずかでもあなたと時間を共にしたい、と……」

二人は宴会場へ戻った。この時点で明石はある決心をしていた。


宴会が終わりに近づいた。

司会役のラシッドが、

「では帰郷されるお二人を代表し、明石さんからお別れのことばをいただこうではありませんか」

いっせいに拍手がおこり、やや表情を強ばらせた彼が立ち上がった。

「本日はこのような心の籠もった宴の席を用意していただいて返すことばがございません。先ほどナセルさんから身にあまるお言葉とあわせてご叱責をいただきましたが、この際、なにを申しましても、言い訳になります。ただこれだけは言わせてください。その頃の心境をつつみ隠さず申しあげれば、彼女がいたからこそ、あのきびしい難局をのりこえられた、これには嘘、偽りはございません。『生き馬の目をぬく企業戦士の世界』でそのような軟弱な考え方が通用するわけがございませんが、往時は、それほどじぶんの処遇にからんだ、たびかさなる試練に、心がさいなまれ、追いつめられる日々でしたから、ましてや会社の難局にたちむかう気力など……ところが、けなげに出勤し、新体制を心待ちする彼女の心意気にハッとしました。ほかの管理職のみなさんが大挙して退社するなか、ましてやじぶんはカウベの出向の身、堪えられない諸環境から、もはやシデックにしがみつく理由もない上に、母国から呼んだ娘が、口を開けば、パパ、帰ろう、とせかされた頃でした。が、このメイさんの逞しさと健気な心意気に心を動かされ、じぶんも彼女に倣い、ともにこの難局に当たろうと、腹をくくりました。その日から、暇さえあれば三階へあがって、ときに明日のシデックを語らい、ときに資金局の情報を共有し、ときに会食したものでした。いまとなりましては、その頃の苦しかった、つらかった思い出は、ご案内のように、ある日とつぜん登場されたアジュリさんに救われました。あの日のことは私たち二人には生涯わすれることのできない【驚天動地】でした。ここで、みなさんにご報告があります。本日、上司からある重要な調印式への出席を乞われました。もし出席しますと帰国予定が延びますが、なにごとも退きどきが肝心ですから、予定通どおり帰国いたします。尚ラシッドさんとの約束は偶々その前日ですが、ピーター、ダグラスご夫婦に負けないように、メイさんとがんばります」

座ると隣のメイが、

「テニスの件、うれしいですわ」

と目を輝かせながら囁《ささや》いた。

がらんとした自宅にもどった時は、はや日暦は衣がえしていた。

日追い日捲りがうすくなるなか、二日後、帰国するという日の夕方、自宅で謝恩会をもうけた。二年数カ月、父娘ともどもお世話になったお返しだ。普段着のまま、来る人こばまず、出入り自由、自然散会とした。酒類は残りものだが、量はたっぷり用意し、ささやかな軽食類を添えた。シデック関係、球友、雀友、ダーツ仲間が、ひっきりなしに顔を見せ、三々五々としりぞき、おもだった顔ぶれはほぼ来て帰り、そろそろ幕引きか、と腰をあげると、間一髪というか、ヒューストン銀行からピーター夫妻、ダグラス夫妻、ドマスク社からアジズ親子、その後ろから花束を手にしたメイがあらわれたが、主への体面を気づかってか、サリー、ニーナとつれだっていた。隅の方で学友と別れを惜しんでいるまどかを目ざとく見つけたメイはまどかに近寄り、

「まどかちゃん、お手紙出すからお便りくださいね」

と言って持参した花束を手わたすと、

「あぁ、お姉さん、どうもありがとう。わたし、いつか、かならずカイロへ行くからね」

と彼女の耳元へ囁《ささや》いてから、学友の輪へもどった。そこへピーターが、

「明石さん、ここへくる前まで、わが家であすの戦術を練っていたんだが、お宅は酒ばかり食らって大丈夫かい」

フラットの隣人が彼の顔をのぞきこむ。

「心配しなさんな、あしたは敵なしさ、ねぇ、メイさん」

傍でピーター夫人と談笑中の彼女に声をかけると、
「えぇ、もちろん、負けるわけにいきませんわ」
と強気だ。ここ数日で、流せる涙をすべて洗い落としたのか、すっきりした表情にもどっていた。宴のひきどきがやってくる。どこからともなく、だれからともなく、当地おきまりの望郷歌、【ホルムズ海峡夏景色】が聞こえてきた。各位の涙腺がゆるみ、歌詞がとぎれとぎれになる頃、儀式はおわった。

「パパ、ドアのところでピーターの小父さんと小母さんが」

翌朝早く、まどかが起こしにきたが、前日の痛飲のせいか、睡魔がしつこくせまり、彼を床から離さなかったが、それをなんとか振り切り、ズキズキする頭をおして出口へ出ると、隣人夫婦が、【戦闘服】もどきの衣装で彼をむかえた。

さて出発だ。助手席に同夫人、後席に明石が座るピーターが運転する車は、まもなくアジズ家でメイをピック・アップ、それを合図に待機していたアジズ車ベンツ三〇〇Eがピーター車を先導する形で一路目的地シャルジャへむかった。ほどなくして、彼とメイとで占められたピーター車の後部席から、総菜の香りが漂い、メイの手作りかと思われるサンドイッチが彼の手にわたった。

「へぇ、愛妻弁当ですか。うらやましいですねぇ」

ピーターが助手席の妻にあてつけがましく言い放つと、

「メイさん、気をつけることね。殿方はいつもその初々しさに憧れるものなの。わたくしも新婚の頃はそのように尽くしましたが、殿方の方は飽きっぽくて、その有難味をあたりまえと思うようになるから、誠意なんてながくは続かないの。明石さんは今はそうだけど、わからないわよ、いつまで続くことやら」

メイを【だし】につかって夫人は夫へあてこすった。

「奥様、わかりましたわ、これからそれを参考にさせてもらいますね」

さらっとかわしたメイは、戸惑いを見せた明石の顔を覗きこみ、ほほ笑んだ。

ＢＭＷの中型車は速度を出しても車内はいたって静か、ほどほどの揺れは彼の睡魔をさそいだし、熱砂での試合前には格好の充電だった。

「そろそろシャルジャですわ」

というメイの声で目がさめた。彼女は半身の態勢で彼の体重を抱えていた。それは己の体重を優に二十キロほど超えていたから、試合以上に力が入ったと思われた。小声で、おかげで疲れがすっかりとれた。ありがとう、と彼が囁《ささや》くと、少しはお疲れがとれましして？　と、けなげに笑みを浮かべるが、夫人からはきびしいチェックが入った。

「明石さん、愛しい方の肩枕も悪くありませんが、彼女の方は大変でしたよ。あすご帰国なんだから寝るも惜しんで積もる話でもしたらいかがですか」

「おい、あまり些末なことを言うな。彼氏、このところ慰労会続きなんだから、目を瞑ってあげないと」

と夫君が助け舟をだした。

「それにしても、メイさん、あなたの造りはきゃしゃなんだから、いつ押しつぶされるか、と、こちらがハラハラドキドキだったわ」

と夫人が気を遣うと、

「奥様、ご安心ください。この方、寝ていらしても無意識に重さを加減しておりましたし、テニスの特訓で奥様に鍛えられましたから、昔ほどやわではありませんわ」

「奥さん、彼女のお蔭でたっぷり睡眠をとりましたから、きょうは何とか行けそうですわ」

重い躰をささえたメイにVサインの合図を送りながら頼もしい言葉をはいた。

「これは困ったことになった。敵に回すとこのチーム怖いぞ、奥さん」

ピーターが細君につぶやいた。


目的地に着いた。

一足先についたアジズ親子による当日の天気予報は、まだ酷暑にはほど遠いものの、陽ざしはけっこう強く、午後になるとそれが顕著という。それを耳にした明石は、競技者には思いのほかきつい、と予感し、メイの体力をおもんぱかり、きびしいボールを追いかけないこと、できれば持久戦をさけること、と作戦を立てた。テニスを再開した彼女にこの試合で体調をこわされると、ナセルに合わせる顔がない。

男子ダブルスのコートにアジズ親子を残し、あとの六人は混合のコートへむかった。同ダブルスは十四チーム、試合はリーグ戦ではなく、勝ち抜き戦だ。うち二チームは一回戦が免除される恩典があったが、くじ引きにより、なんと明石とメイの組は、それに与った。ピーター、ダグラス組は、ともに即一回戦から試合だ。彼とメイ組にとって、陽ざしがきびしいという条件下、この恩典は大きかった。二人はこの【つき】に感謝し、メイは、

「ピーターさん達には申しわけありませんが、私たちはついていましたわ。きっとアッラーの神様が味方してくれたのかもしれません。がんばりましょうね」

と話し、勝負へのこだわりを窺《うかが》わせた。

ゲームがはじまった。ヒューストンの先発隊二組は接戦の末、たて続けに負けた。彼とメイはコート外から声をからして応援したが、負けたピーターらは善戦したという満足感からか、妙にさばさばしていた。

やがて二人の出番が来た。ピーター夫妻が初戦で負けた相手だった。あいさつを交わしたとき、相手の風貌に威圧感をおぼえ、とても勝てる相手ではない、と彼は直感し、メイも同感だったが、

「勝ち負けは二の次に考え、思い出に残るゲームをお見せし、目線もできるだけボールへ集中しましょう。そうすれば怖そうな相手を見なくてすみますから」

と、落ちつきはらったメイの一言でわれに返った。

競技方法は、暑さを考慮し、1セット制、1ゲームは4ポイント先取で勝利、3ゲーム先取で試合終了というものだった。

負けたピーター、ダグラス組が応援にまわる。明石の相手がピーター組をやぶったチームだったため、コートの外からさかんにリベンジの声をがなり立てるから、おいそれと負けるわけにいかない。

サーブが試合の要《かなめ》と思われ、サーブが得意な明石は先行権をきめるジャンケンに勝つ必要があったが、運よく勝ち、彼のサーブでゲームがはじまる。上背は劣るが、制球力あるサーブと相手への前衛攻撃という奇襲が彼の【おはこ】だ。この日も、第一サーブのほとんどがきまり、相手側の前衛を護る夫人に遠慮なくコーナーを突き、立ち上がりから着実にリードをひろげる。

この日のメイは送別テニスの時にくらべて動きがすばやい上に相手側の男性がくりだす老獪なサーブをかろやかに打ちかえし、それが先方コートのラインぎわに程よく決まった。ロンドン時代の勘がラシッドの特訓でよみがえったようだ。結局、サーブ先行権をもぎとった彼のチームが、接戦ながらゲームカウント三対二で勝ちをおさめ、準決勝へと駒をすすめた。

コートから出ると、ピーター、ダグラス両夫妻がわがことのように興奮し、ピーター夫人はメイを抱きしめ、

「メイさん、すごいわぁ、よく頑張ったもの。とりわけ、レシーブのリターン、明石さんに負けず劣らずの制球力だったわ」

タオルで額から流れるメイの汗をぬぐう夫人は歓喜のために声が上ずり、感激の体だ。

さて準決勝だ。

気温が予想以上に高まったために、主催者側は休憩時間を極端に削ったので、即、準決勝がはじまった。ただ彼の相手方の条件はさらにきびしい。というのは、彼らは初戦からかぞえ三戦目だが、シデック組はまだ二戦目、また、幸いなことに、初戦につづき、サーブの先行権をジャンケンでもぎ取った。傍目には有利か、と思われたが、相手は初戦同様、大柄同士の組み合わせ、上背の劣るシデック組にはこたえる。こうなればメイの体力頼りだが、この日の彼女

の動きはけっして悪くない。二人は試合前に打ち合わせし、むずかしいボールを捨て、できるだけ持久戦をさけよう、とたしかめ合った。

さて試合だ。明石は相手女性の守備範囲にできるだけボールをあつめて点数をうばったが、敵もさるもの、相手の男性がメイへの攻撃を集中しだした。それを察した彼は彼女の守備範囲をせばめ、得意の足を駆使し、コート中を走りぬけ、球を拾いまくった。終盤に来てメイの足がもつれだすと、彼女をラインぎりぎりに立たせる一方で、じぶんの守備範囲をひろげ、ところ狭しとばかりコートをかけぬける。相手の攻めをかわしつつ、ときに、相手からの返球ボールを前に出てスマッシュで打ちこみ、ときに、ネットぎわへ近づき、ボレーで相手コートの空間へ落としこんだ。その間、メイはライン間にしっかり足を踏みつけ、先方の執拗な攻撃に堪えに堪えた。この連係プレイが功を奏し、三対二で接戦を制した。

なんとか最終戦へもち込んだシデック組だが、決勝戦というわりに休憩時間が短縮され、あせった。さりとて試合が午後にのびれば、上昇する気温との戦いにもなるから一長一短だった。準決勝戦の終盤に見せたメイの足のもつれがふと気になる。先ずはコートをはなれ、車の中で彼女を少しでも休ませたい。出口で待機していたピーターから車のキーをあずかり車内へ入った。空調をかけ、涼をもとめるが、外気の上昇がじゃまし、熱気がひかない。彼女をみると、どことなく辛そうだ。あきらかに体力は消耗していた。

「メイさん、ここで止めようか」

「大丈夫ですわ、まだまだやれますもの」

といきがるが、いかんせん口調のわりに動作がにぶい。

「メイさん、よく聞きなさい。きょうの勝ち負けは二人にとってさほど重要なことではない。参加趣旨はあくまで、あなたと組んでよい思い出を残すための出場、そうだったね。初戦を免れたことも手伝って、ここまで来たけど、これだって凄いことだ。ここで止めても堂々たる二位さ。さてこれからどうするかだが、君の疲労度から考え、この辺りが潮時じゃないか」

と言いながら、彼はバッグからタオルをとりだし、汗にまみれた彼女の顔を拭きはじめると、感極まったのか、堰が切れたように彼に縋《すが》りついてきた。試合中に見せたあのしなやかさはどうに失せ、彼の胸元に頭をふせ、

「どうか、試合だけは捨てないでください。つぎに足がもつれましたら、かならず止めますから。今日のように充実したひと時を過ごしたことはありませんの。あなたの傍らで息をはずませ、ともに白球を追いかけるのが夢でしたから、どうか、このまま試合を続けさせてくださいな」

と言って伏せていた顔をあげ、彼を直視し、うったえる。

「そこまで言うなら……。でもムリしちゃだめだ。『限界だ』と俺が判断すれば、即やめる、それでいいか」

うなずいた相手の表情から涙がきえ、目がかがやき出した。

「おおい、決勝戦がはじまるって！　急ぎなさい」

とピーターが顔を見せた。

コートへ入る。相手の男の顔をちらっとながめ、どこかで会ったなぁ、と気づき、そうだ、ドマスクの調印式で会ったヒューストンのジェイムス拠点長だとわかった。つまり、ピーター、ダグラスのボスだ。明石よりひと回りほど年嵩《たか》だ。が、いざ試合がはじまると、その老獪さに手を焼く。2対2となり、最終5ゲーム目に入ったところで、サーブが明石から始まった。ここにきて彼はたて続けにコート中央に第一サーブを決め、3－0とし、あと1ポイントで勝負がきまる迄に至った。4本目のサーブを相手女性にむけ、高くボールを空中へ放りなげ、思い切りラケットで叩きつけた球は確実にポイントをもぎ取り、優勝した、と思った瞬間、相手がからくも白球をすくいあげ、シデック組のコートへ返しネットぎりぎりを守備するメイの正面を突いた。ボールに当てようとメイはつんのめる態勢で必死にラケットを出したが、非情にもボールはネットに阻まれ、相手コートへとどかず、その反動でメイは転倒した。この時に至り、彼は審判にむかって棄権を申し出るとともに、彼女をコート内の備え付けのベンチへ座らせた。気丈夫な彼女は、

「ごめんなさいね、もう少しでしたのに……」

と口にはするが、躰の方がすっかり衰弱し、ベンチに座ったままの状態、そこから動こうにも動けない、まさに茫然自失の体だった。

「でもよくやった。つい、カップがちらつき、君をその気にさせた俺がわるい。もう少し早めに白旗をおろすべきだった……」

と彼はなぐさめたが、メイは頭を横に振るばかり、声を出すにもきつそうだ。彼女の額をさわると、かなり熱い。傍にきたピーター夫人に事態をつたえると、

「明石さん、これは日射病の症状よ、こんなことしてはいられないわ」

とつぶやき、

「アジズさん、ちょっと来てくださいな」

コートの外で心配げに事の成り行きを窺っていた年長者を呼びよせた。社長は症状から、

「まちがいなく日射病だ、まずは病院へ連れていかなきゃ」と辺りを見渡したとき、決勝戦の

彼の相手だったジェイムス支店長が、近寄り、

「アジズさん、すぐ近くに知り合いの医者がおります、そこへ参りましょう」

思わぬ朗報だ。結局、ピーターの運転で彼、メイ、アブダビ拠点長のジェイムス夫妻、ピーター夫人、ダグラス夫妻がひとまず病院へ向かった。


めざす知人の医者は、さいわい在院だった。診察室へ案内された後、

「かるい日射病ですな、きょうの午後は、かなり気温が上昇するとか。やめて正解でした。症状は心配するほどでもありませんが、当院ですこし休まれた方がよろしい。個室がありますから、だれか付き添いの方がおられると都合がいいが、あなたはご主人ですか」

そばにいた明石に訊いた。

「いいえ、会社の上司ですが、では、私が残りましょう」

と、応じて、ピーター夫人に目くばせすると、

「では、明石さん、頼みますね。彼女の所持品、そして車のキー、ここに置きますね」

と夫人が部屋を出たあと、入れかわりにアジズ親子が顔を見せた。睡眠中の患者をみとどけ、

「じゃ、われわれも邪魔者だから先に帰ることにしようか。じゃ、明石さん、患者をおしつけ

るが、後はよろしく頼む。あちらで待っているから」

二人きりの方がよいと、忖度《そんたく》したのか、仲間達はあっという間に消えた。

かたわらの椅子に腰をおろした彼は、背もたれに身をまかせ、しばらく病人の寝顔を見ていたが、思わぬ展開のため、どっと疲れが出たのか、ウトウトしはじめ、やがて寝入った。

しばらくしてメイが目をさました。あらぁ、どうしたのかしら、とつぶやき、テニスウェアのまま寝入ったじぶんに、いぶかるが、やがて傍の椅子でうたた寝する彼を見つけ、事のあらましを思い出した。かすかな彼の寝息をききながら、独り言をつぶやきだした……。

「きょう、とても充実していましたの。もう来ませんわねぇ、このような日は！　わずか半日でしたが、ともに同じボールを追い、打ち、返し、それはもう、ご指示通りに動きましたわ。いつもこちらの体力をおもんぱかり、ときに後ろにまわられスマッシュを、ときにそばへ近寄りボレーを決めていただきましたね。きょうのこのすばらしい日を胸に抱き、私もあす帰郷しますわ。でも信じておりますの、あなたと必ず、いつか、どこかでお会いできることを」

彼が目をさますと、すでにメイは、ベッドをかたづけ、帰り支度をはじめていた。

「お目覚めですか。ご心配をおかけしましたわ」

「おぉ、ごめん、ごめん、君の寝息につい安堵し、つきあってしまった。元気になってよかった。いっときはどうなるかと……」

　さっそく医者を呼び、患者の回復ぶりをしらせ、帰院のお墨つきをもらう。アジズ家、ピーター家へ一報を入れたあと、まどかに電話した。邦人校の友人たちをあつめ、お別れ会のさなかだった。シャルジャにいること、帰宅が遅くなることだけつたえた。


　助手席にメイを乗せ、地図と標識をたよりに車を走らせたが、初めての土地であり、方向音痴にくわえて、車はピーターからの借りもの、不慣れさもあり、いつもより速度をゆるめ、アブダビをめざした。愛しい人との、しかも共にあす故郷へもどるという慌ただしいなかでのドライブ、さしせまる別離がそうさせるのか、たがいに口数が少ない。それでもメイは、時々話しかけた。もっぱら試合のことを。ふと、

「じつを言いますとね、準決勝の前で、すでに足が棒のような状態でしたの。あなたが『やめようか』とおっしゃったでしょう。一瞬、それにのりかけましたが、結局、でも止めましたわ」

　と言ったが、なにが去来するのか、急に口をとじ、視線を車窓へうつした。

「どうして……」

と尋ねるが、それに応えない。とつぜん窓ごしに映る光景を指さし、

「あれっ、ご覧になって、とても神秘的！」

真っ赤な太陽が、いままさに、砂の海へ沈みかけようとしていた。壮大であり、神々しくさえあった。自然の驚異を前に、二人はことばを失った上に、さしせまる別離という現実が重なったのか、ふたたび車内の会話がとだえた。


どのくらいアクセルを踏みつづけたであろうか、はるか前方にちらほら白い夜灯が見えだすと、車窓の風景から明色系がうすまり、辺り一面うすぼんやりと闇がかかり、時計の針は夕餉の時刻を失している。天上へ視線をむけると満天の星が辺りの砂上へ舞い降りはじめた。メイが、

「もしお時間ありましたら、砂上から星降る天上をながめません？」

と、誘うと彼はうなずいた。二人の思いは同じだ。さいわい砂漠車線にいきかう車はない。やや広めの路肩へ駐車し、二人は砂漠へふみだしたが、少しでも油断すると、あっというまに吸い込まれかねない。それほどやわらかな砂地である。難行だったが、ただただ星の灯りを頼りに、悪戦苦闘しつつ、格好な砂地をさがし、ようやく腰をおろした。砂上路線から少々はなれたが、座り心地はわるくはない。しめっぽさが残る、汗まみれのタオルで辺りを覆い、時間をゆっくりかけて二人は大の字に寝ころんだ。

なに一つ物音しない静寂のなか、眼前に天上が迫り、そこから数えきれないばかりの星が乱舞し、ほんの少し手をのばせばつかまえられる、と勘違いさせるほど、まるで魔術師による手品を観ているような錯覚に襲われた。

「こうして眺めると、まるで雨が降っているみたいに、星が降るから不思議だな。君の故郷でも無数の星がこのように目の前にみられるわけだ」

「えぇ、市外へ出ますとね。とりわけ、晴れた夜、カイロからそう遠くないギザの町からながめますと、お星さま達がいっせいに屹立する巨大ピラミッドへ、もう、それはそれは、もう数えきれないほど、星吹雪のように、舞い降りますの。辺りはすっかり寝静まっていますから、もう、そう、おとぎの世界ですわ！　そこへまぎれこんで、そっと両手をさしだしますと、数えきれない程のお星さまが手のなかへ入ってきますの」

と言って、天上から視線を彼にうつし、小さな手を拡げて見せた。

「おぉ、そんなに！　でもメイさん、自然の驚異にまつわる話は、寒さがきびしい北国生まれの僕にも経験があるんだ。まぁ、それはささやかではあるが。冬になると、雪が降り、それも一年の半分近く積もるんだが、そこでは【降る】といえば、【雪】を指すんだ。初めはふわふわした真っ白い粉雪だが、これは融けるが、真冬になるとそれが様変わりするんだ。というのは、雪はつよい寒気の為、みずから融けることができず、一転して身固めにはいり、強固な雪城を造営するわけさ。粉雪から根雪にとって代わるこの時期、辺り一面は白銀の世界、子供たちは待ってましたとばかり、そこへ寝っころんで、天上から舞う雪を、顔で、頬で、唇でうけとめるんだが、つめたいはずなのに、なぜか、やさしくて温かいから魔訶《まか》不思議さ。メイさんは、先ほど故郷を『おとぎの国』と譬えたけど、ぼくらにとっても天から降る雪と戯れるとき、その心境に近かったかも。まぁ、今から考えると、世間のしがらみに出会う前の時代、言うなれば、桃源郷だったかもしれない。それにしても自然って、偉大だよ」

彼の話にしんみりと頷《うなず》きながら、しばし天上を見やっていたメイは、

「いつの日か、あなたの故郷へ出かけ、おっしゃる白銀の世界へ躰ごとなげだし、舞いおちる【ゆき】を頬にうけてみたいなぁ」

と別れが迫りくる感傷のせいか、裃《かみしも》を外したことばをつぶやいたあと、躰を彼の方へずらし、その胸の上に頭をつけ、

「これでもう終わりじゃありませんわねぇ、また、いつか、どこかで、お逢いできますわねぇ……」

と声をつまらせ、嗚咽する姿をみて、えもいわれない物くるしさをおぼえ、思わず彼女を抱擁し、唇を捺すと、愛しい人は、これまでのせつない想いが募るのか、堰《せき》を切ったように、突然身を起こし、その熱い息吹を彼の口唇に、頬に、訴えはじめた。薄着の衣を通して伝わる愛しい人のほとばしる命とその重さに戸惑いながら、明石は相手のなすままに、いつまでもいつまでも優しくうけ入れていた。

帰路、車中の二人は、口数がけっして増したわけではないが、これまでとは異なり、どこかふっ切れた表情を見せ、それはアブダビ市内に入ってからも変わらなかった。

帰国の日だ。

起きて台所をのぞくと娘の手により朝食が用意されていた。まどかは深夜帰りの父親そっちのけで、帰宅準備に余念なく、父の顔をみるやいなや、

「パパ、帰国の日よ。じぶんのことはじぶんでやってね。それにこのところ午前様が続くけど、帰国すれば即検診が待っているんだから、なにごともほどほどにしたら」

帰国が近づくにつれ、日を追って娘の逞しさがめだつ一方で、どこかじぶんが家族から、とりわけ同居する娘からもとり残されだしたか、と心が折れた。

用意された朝食に手をつけた後、この日の日程をたしかめる。とはいえ、特命事項の「進講」の他に、これといった予定があるわけではない。それが終われば、夕方の便へのり込む、それだけだ。ここ数日間つづいた慌ただしさからようやく解放される、とほっとしたとき、昨夜のメイの言葉をふと思い出した。アジズ邸へメイを送ったかえり際、

「あすの夕方ですが、お見送りしませんわ。そうすれば、もう一生お逢いできないと思いますの。いつか再会できると信じ、お先に発ちます。では【いつか、どこかで】」

という流暢な日本語をのこし、門の中へ消えたが、【先に発つ】とは、きのうの深夜便か、もしくは、きょうの早朝便か、と頭をめぐらせるが、少なくとも昨夜ではない。時刻表をめくり、目をこらし、搭乗しそうな便を追った。何便か見つけたが、午後の便ということもあり、ひょっとして、まだシデックにいるかも、とふと閃《ひらめ》き、サリーに電話する。

「サリーさん、おはよう、後で顔を出すが、メイさん、きょう出社しているかな？」

「さきほど頭取室へ行きましたら、すでに後任の方がおりましたわ。なんでも四日前に辞表を出され、きょうの便で発つと聞きましたよ」

先日もらったナセルの名刺をとりだし、ダイヤルしたが、つながらない。焦った。念のため、ヒューストンへかけ、ピーターを呼び出すと、

「きのうの準優勝、おめでとう、午後、家内と飛行場へ行くが、ところで用って何かな」

「メイさん、もう帰国した？」

「まさか。きのうのきょうで帰るわけない。空港で愛しい人を見送って帰郷するんじゃないの」

いたって陽気である。

時計を見た。なんとか【進講】の時間迄には間に合いそうだ。車をとばし空港へむかった。たぶん会えないだろう、と思いつつ、ダメ元でも放っておけない心境であり、ましてや、彼女

の帰郷はじぶんの帰国のせいだから、心が折れた。

頭取室で「御進講」がはじまった。空港から会社へ思い切り車をとばし、間一髪だったが、間に合う。三階へいく迄、流れおちる汗に往生した。小応接室へ入ると、すでにアジュリ、ジュラ、タリットは着席ずみだ。汗をぬぐう間もなく、カバンから、メイがこの日のために精魂こめてタイプしたレジメを三人に配ってから二時間ほど一席ぶった。

ふと【進講】直前、空港で起こった出来事が頭をよぎった。空港へ着くと、事前にたしかめた便の一つはすでに搭乗手続きが終了し、もう一つの可能性に期待をかけ、足を向けると、搭乗中のサインが点滅していた。

乗客一人ひとりに目をこらすが、メイの姿はない。どうも搭乗したらしい。それでも諦めきれず受付窓口へ歩きかけたとき、背中から野太い声が追いかけた。ナセルだ。

「よくここがわかったなぁ！　恐れ入ったわ。メイは、君には日時、便名を知らせていない、と言って、先ほど着くなりすぐ機内へ入った。スペインのアンダルシアの叔母の所で数日過ごしてから帰郷するとか。きょうはなにかと多忙なんだろう、【御進講】とかで。帰国ぎりぎり迄、ご苦労なこった」

メイの泣き顔を見ずに済んだ、とほっとし、ナセルに出会ったことで、彼女には少々借りを返した気分になった。

「眞也、いろいろありがとうな。ここ二年ほどのひと時だったが、叔父としては感謝している。君に会わなければ何も起こらなかったし、感激もなかったはずだが、ただ残念なのは愛しい者同士が同じ日に、一方は東へ、他方は西へと別れ別れに旅立つというのはいかにも哀しいぜ。とはいえ、メイも俺もそうだが、眞也に会えてよかった」

と一方的に話した後、出口へ向かった。

すべての公式業務を終え、その日の夕方明石はまどかとＪＡＬへのりこみ、機上の人となった。二年数カ月という滞在ではあったが、実績に対する満足感、損なわれた体調、メイへの想いがかさなり、明石の心は微妙にゆれていた。

帰国後、いったんは国際部【預かり】となる。

ひと月ほど時間をかけ、二カ所の不調患部の検査、治療、手術に時間をあてた。正式辞令までにしっかり体調をととのえて欲しい、とのカウベの配慮だ。心配した健康問題も大過なくすみ、あとは正式辞令を待つだけとなった。

明石の配属先は関西本社大阪営業部、判を押したように毎日単身寮から通う彼の心中は、複雑だった。健康問題は片づいたが、永守に託した外——外の希望は遠のいた。国内営業の異動は人事部の所管であり、海外のそれは国際部である。旧カウベに入った同期の国内派の連中は早拠点の次長職もしくはそれをすでに終え、近々拠点長へ、という活躍ぶりに、少々焦りを感じていたが、それ以上に、出向を終えた我が身が現在の新天地にはたして満足しているのかどうかを、日々問いかけていた。そんな時は、いつも在りし日の熱砂の国がおもいだされた。エメラルド色にそまる海、白い砂浜、たおやかな砂漠平野、そしてさいごに行きつくところは、オアシスの湿地帯だ。そこでは、涼風が薫り、樹木が若やぎ、小川がせせらぎを奏でていた。そこへとつぜん憂いに満ちた表情で明石を追いかけるメイの姿が現れた。

個人客向け新商品の【目玉】として営業第四部に新設された五課は、周りから大いに期待された。船頭役の明石はさほど汗をかかなかったものの、若手が国内外の証券業務にあかるい明石をもりたて部内目標は他課をしのいだ。しかしかつて東京営業部で彼の直属の上司だった四部長の目には、今の明石の勤務振りから往時の猪突猛進の辣腕さをうかがうことは出来なかった。

話が前後するが、明石の妻由紀子は帰国した夫と娘まどかを平塚の自宅でむかえた。そうすることが、妻として母としてのできうる心遣いと考えたし、それにじぶんは家業の旗振り役とはいえ、しょせん明石家へとついだ立場、ここは家族団欒をとりもどし、はたまた三人の落ち着き先をたしかめるために、彼らが帰国する数日前から自宅へ戻っていた。

実家を出る前日、母親は娘由紀子をともない、小康状態ながらいまだ床に臥せる夫に、現在オーナー代行の西川に経営をまかせている家業を、この際、【直系の血筋】つまり、ひとり娘の由紀子にゆだねたい、と直訴したところ、

「西川君には、僕から話すが、かならず眞也君の了承をとりなさい」

と念を押されていた。

この度の由紀子の長めの平塚行きは、ある程度は覚悟していたものの、母親から突きつけられたオーナー就任の件をどの時点で持ちだし、どう決着させるか、紛糾した際、夫から、家業をとるか、家族をとるか、という選択肢を迫られる筈だと、予感していた。

こうした状況下、家族は平塚の自宅に久しぶりに合流したが、はじめ由紀子が覚悟した重い話は、のっけから外され、当面の三人の生活拠点が俎上《そじょう》に上るにとどまった。明石から新配属先が、大阪の関西営業本部だと知らされると、まどかが真っ先に、

「じゃ、パパ、私はどこの学校へいけばいいの、この平塚じゃダメなわけ。ママはどうせ岡山の実家だし」

「でも、まどかだけが平塚に残るというわけには……」

と由紀子が口をはさむと、

「俺は単身赴任のつもりだし、さいわい、大阪には役付き者専用寮があるが、問題は、まどかの居場所だな」

「そうねぇ、じゃ、まどか、ママのところへ来る?」

しばし考えあぐねていた由紀子が、娘へ話しかけると、

「あっちには友達がいないから、私としてはここが一番いいけど……、まぁ、仕方ないか、サラリーマンの父を持つと悲劇だね、それにしてもまた転校か。いやだねぇ」

この日は結局、今後の在り方というより、三人の居住先をたしかめただけで、抱える生々しい問題、とりわけ、由紀子が最終的に、家業か、家族か、どちらを選択するのか、ということには誰もふれたがらず、たっぷり時間をとり、それに臨もうとした彼女はどこか肩すかしを食った思いだったが、父親の病状しだいでは、じぶんが身を退くことも、あるいは家業の清算という道すらありえたから、オーナー就任の話は別の機会に、と考え、転校手続きが急がれるなか、予定より早めにまどかとともに岡山へ帰った。その夜、由紀子は病床の父親に呼ばれ、オーナー就任承諾の成果を質され、やむなく先送りした旨をつたえるや、電話でもよいから俺の前で今すぐ了解をとりなさい、と責められた。その場で電話する羽目となった由紀子に、明石はしばらく沈黙し、即答をさけたが、やがて譲歩し、なにごとも西川さんの承認の下、経営にあたることと助言したにとどまる。離縁したわけでもなく、今後とも扶養義務は不変だし、

また実業の世界、何ごとも【金《かね》しだい】と、中東でいやになるほど身に沁みついた経験から、少なくともいざという時、外野席から家族を扶養する程度の貯えは必要と、心にきざんだ。

かかる事情から単身生活をよぎなくされた明石だが、その実家とは日帰りが可能であり、約束した月一回の家族団欒もさほどむずかしくはなかった。が、公務の都合でそれが叶わなくなると、二カ月、三カ月に一回と、日が経るにつれ、その間隔がひらいていった。結婚が早く、独身時代が短かった明石は、まかない付きの寮生活は思ったより新鮮、それに居心地はそうわるくはない。一方、新オーナーとして家業経営にまい進する由紀子には、家族団欒の風化を憂うゆとりもなく、夫婦ともども、その不具合に痛痒《つうよう》を感じなくなっていく。

大阪に赴任し、半年ほど経ったある日、勤務先にヒューストン銀行のピーターが顔を見せた。この訪問をきっかけに明石の身辺はなにかとあわただしくなった。


「どうしたのピーターさん、アブダビから大阪とは、まさか人材集めでもないだろう」

「半分、図星さ。ただしアブダビからではなくヒューストンからなんだ」

「えぇ、転勤になったの！　そして苦手な営業をこの関西でするわけ？」

「いやいや違うんだ、あなたが帰国してまもなく本社の古巣へ戻され、今この肩書なんだ」

と言って、名刺を彼にわたした。

「これって、中東拠点の一部長が一足とびに本社の人事部長、しかも執行役員じゃないか。こんなことありか！」

「まぁ、普通ならないね。でも米銀は邦銀と異なり、年功序列にこだわらないし、中途採用者も実力しだいで歓迎する風土なんだ。ただ僕はアブダビ赴任直前は、同部の次長だったから、この途ながいと、運もついてくるさ」


ピーターは極東地区の拠点長の品定めに数日間、アジア地区拠点を一走りし、昨夜来日、東京拠点長と会食、けさ発つ予定だったが、成田空港でかつてのテニス仲間と一献をと、ふと思い立ち、大阪入りした。


その夜、二人はピーターの宿泊ホテルの一室で飲み明かした。大阪赴任して間がない明石には行きつけの店も少なく、さりとて独身寮というわけにいかない。

不満をぶつけるには格好の相手、とばかり、明石は内々の恨みつらみを畳みかけるが、客人は、一方的に話す相手の愚痴にいやな顔見せずに、ときに相槌を打ち、ときに茶々を入れた。

「ねぇ、ピーター、君の知っている通り、こちとらは熱くなると、ここぞとばかり、深く考えもせず、がむしゃらに突っ走る性格だろう、どうも、これが、気品あふれるカウベの国際部の偉いさんには野暮ったく見えるらしい、まぁこちらも育ちが育ちだからしかたないか。それで人事担当の次長に、どこでもいいから【外】へ出たいと電話をするときまって、あわてなさんな、待ちなさいな、を繰りかえすだけさ。シデックの僕の前任の橋本さんなんぞは、まぁ、国際銀行のエースだった人だが、いまや名門モルガンの引受部長だぜ。僕と同時期、クウェートにいた西本先輩だっていまや国際部の司令塔、企画課長さん、肩書が同じ課長でも、その存在たるや月とスッポンだ。じぶんはこの先どうしたらよいか。カウベ、家族から見放された俺だが、じつに辛いものがある」

客人はワインを明石に勧めながら、

「苦労しているんだ、アジュリさんの懐刀《ふところがたな》が。なぐさめる言葉もない……。ところでダグラスはいまや、ジェッダ拠点長だ。先月会ったら、あなたを懐かしがっていてね、いつかテニスのリベンジを、と息巻いていたし、その帰りに会ったアジズさんも連絡くれって。ところで愛しの彼女とはどうなんだ。ほったらかしかな?」

「ダグラスがジェッダの長か。まさに砂漠の渡り鳥だな、君なんかは本社の人事部長、俺一人あぶれているわけか」

なつかしさとほろ苦さが混じる痛飲だった。帰りしな、客人から、

「明石さん、転職の気持ちがあれば、知らせてくれないか。あなたのような、どぶ板を這うがごとき、あの逞しさを身上とする営業マンはざらには居ない。わがヒューストンは伝統的に石油業界につよいせいか、とりわけ海外勤務の社員は個性ゆたかというか、荒くれも少なからずいる一方、彼らを使いこなす人材が払底しているんだ。そんなわけで、あなたに食指が動くが、

終身雇用制という至れり尽くせりの邦銀から飛び出せるかどうか、ここが隘路《あいろ》さ」
とピーターはひきぬきを仄めかしたが、明石は、
「転職？　それはない、ピーター。アブダビでその種の誘いを断ってきた手前、いまさら筋を曲げるわけには」
と言い返すが、ドマスクから誘いをうけた際、おぼえた違和感はもはや失せ、体調の恢復がそうさせるのか、反駁に勢いがない。

ところでピーターが質したメイからの音信だが、帰国後、一通の手紙、一枚のハガキすら来ていない。どこかしら肩すかしをくらった思いだ。その程度のものだったのか、と少なからず滅入ったが、一方、じぶんはどうか、といえば、五十歩百歩だから責められない。ただ負け惜しみではないが、たとえ音信があっても、いつかは途絶えるだろうし、その時が【サヨナラ】だとうそぶいた。

その後大阪営業本部で一年ほど個人向け商品の販売にたずさわり、それなりの成果をあげたものの、期待した海外勤務の内示等の、話も噂すらもなく、国際部からついに見放されたか、と観念した。

そんな折、カウベの明石の席に二本の外線が入った。一本は朝一番に岡山の娘から、もう一

本は国際電話、ヒューストンのピーターからだ。

「パパ、元気にやっている？」

近所の小学校へ転入し、たしか六年生だ。

「おぉ、まどか、学校はどうだい、日本語の方は大丈夫か、先生が早口だからついていくのが大変じゃないの」

「失礼しちゃうな、わたしは来年になると中学生よ」

「わかった、わかった。ところでママは、相変わらずワーカホリックか。気丈夫だが、いかんせん体力がない人だから」

「な〜にそれ、ワークなんとかって」

「仕事中毒ってことさ」

「それは言えてるよ、パパ。いつも番頭さんと二人三脚。朝は早いし、夜だって遅いの。休む暇もないほどなんだ。ところで話が変わるけど、パパ、知っている？　メイさんから毎月のように手紙がきていること」

「えぇ！　どこに？　中東からのパパ宛私文書はカウベの国際部経由でここに来るけど、たしかメイさんのは一通も……」

「やっぱり！　ところが、それが平塚の郵便受けにあったの。近所の方が、わざわざ岡山へ転送してくれたんだ。それも一通、二通じゃない。帰国後、ずっと……すごいんだ。メイさんのパパを想う気持ち、まどか泣けちゃった。それでね、先日、メイさん宛に手紙を書いて、パパの住所教えてあげたんだ。メイさんは、何たってわたしのキャンデーお姉さんだもの、昔、正月になると日本人達がこぞってロンドンのボンド・ストリートへ出かけ、【寅さん映画】を観たじゃない。あの主人公がしばしば口にしていた【一宿一飯】って、まどかもその恩義があるんだ。パパ、ちゃんと返事を出しておいてね。でないと【お姉さん】に申しわけないから」

さてもう一本の電話だ。

「明石さん、ちょっと聞いてくれないか。うちの中東の拠点長統括のポストがつい最近、空いたんだ。ジェッダのダグラスに電話すると、明石さんが適任じゃないか、と言い出して、近々開催予定の中東部会で一席ぶってみよう、と大いに乗り気なんだ。一年ほど前、あなたの心情をきいたが、もし、その後、気が変わって、こっちへ来て面接可能なら、と思い、連絡したんだが。ただ来週が面接、という日程にかなり難があるが……。その日、うちの海外営業、人事担当両常務と俺が立ち会う。他行からも手を挙げる者もいるが、真っ先にあなたの顔が浮かび、すぐさま一報したんだ」

ヒューストン銀行のピーターだ。

「来週か！　それにしても急だなぁ」

「まぁ、そうだが、でも明石さん、人生の交差点ってそんなものじゃないか。あなたが口する『待てば海路の日和かな』だっけ、これも解釈しだいさ。一見、急には見えるが、その日がまさに待ちに待った日だと思えば……」

「まぁ、そう解すればそうだが、それにしても……」

「明石さん、中東の拠点長統括というのは、うちの役職ではかなり魅力的なんだ。誰でもなりたいと。ただ俺の権限を越えるから、一存というわけではないところがつらいが、先ずは面接をうけてほしい。なお、志願者の資格は、中東経験者というだけであとは人物本位、これだけさ」

「わかったが、俺の場合、それより前に己《おのれ》の環境との戦いかもしれない」

「そこが心配さ。カウベさんは伝統文化が色濃くのこる邦銀だし、帰国して一年ほどの人材をそうやすやすと手放すわけがないとは思うが……それはともかく、急な誘いで戸惑うのはわかるが、チャンスを生かさなきゃ。いずれにしても決断するのは明石さん、あなただ。それはともかあれ、一週間後、わが社の応接室で会いたい。渡航に伴う費用は自弁だが、採用となれば、速やかに遡及して支払う。その他待遇等について何かあれば、いつでも連絡くれ。俺の直通は先だって渡した名刺を見てくれ、じゃ、また」

と言って切れた。

電話が終わっても、明石はしばらく受話器をはなさず、頭のなかが何かぼーっとして、整理がつかない。やがて、コーヒーでも飲みながら考えるか、と腰を上げ、いきつけの店へ向かう。わずか数分だが、どこか雲の上を歩いている感じで、足が地につかない。喫茶店は客がまばらだ。雑音がすくなく、整理するには都合がよい。さて、どこへ、誰に、相談しようか、こんな時はまっさきに頭にうかぶのは妻の由紀子だが、即、かぶりを振った。答えが明らかだ。いまや家業のオーナーであり、夫が内外どこの転勤であれ、もはや帯同はない。家業を清算するという事態に直面しているなら話はべつだが、現状、幸いにもその兆しはまったくない。このまいけば、妻は【家業イコール命】であり、不退転の覚悟だから、サラリーマンを廃業しないかぎり、明石の前途は、単身生活をよぎなくされ、万が一にもヒューストンに、採用されても流れは変わらない。

そうならば、問題は、カウべが本件をどう捉えるか、だ。そもそものきっかけは、ピーターが大阪まで足を延ばし明石から、恨みつらみを聞いたからであり、その後、きのう、きょうに至るまで、カウべ側から、あらたな展開がないから、この【他流試合】は局面打開の格好のチャンスであり、逃すわけにいかないと彼は臍を固めた。次に、この面接について、カウべに事前の了解をとる必要があるかどうかだ。これがなやましい。採用見込みが高ければ、事前にしらせ面接を受け、もくろみ通り採用されれば、カウべを辞め、転職する。一方、採用確率があきらかに低ければ、カウべに知らせずにこっそり休暇をとどけ、不首尾に終われば、すみやかに帰国し、なにくわぬ顔してカウべに出勤する手立てがある。ところが、採用見込みが高いとも低いとも言えないところが実に生々しかった。つまり採用される確率は低いが、諸状況から必ずしも低いとも言いきれない微妙なところがあった。誘い手のピーターは人事一筋の男、俺にこだわる理由は一体、何か、と推しはかると、それは長年の人事その道で培ったピーターの、彼なりの【勘】だろう。とはいえ、【勘】はあくまで相対的なもの、絶対的ではない。しかも、決定権者はおそらく当日面談に同席する、両常務だ。いみじくもピーター本人も、最終決定は、【俺の権限】を越えると明石に念を押していた。

明石には、由紀子がオーナーをつとめる家業の行く末いかんにかかわらず、夫としての家族扶養の義務はついてまわるから、俺一人なら何とかなる、という気楽さはない。が、目下、家業の経営にさしたる問題はない、と読み、結局のところ【転職】可否は、じぶんが現職に満足しているか、あるいは近いうちに異動等による新しい展開が期待されるか、の動静次第だが、双方、否だから、結局は本件になびいた。その結果、いちばん心を痛めたのは、カウベ対策で、とりわけ、面接を受ける前の覚悟のあり様だった。当初は、採用可能性の濃淡から【他流試合】の事前承認の是非を考えたが、これはいかにも姑息すぎると気づき、面談をうけることはカウベに失望したことにほかならない。この際、いさぎよく、採用有無にかかわらず、カウベに事前に知らせ、不首尾の際は、別途身の振り方を考えようと結論をだし、営業部へもどった。午後から緊急案件が立て込み、思わぬ時間をとられ、夕方まですっかり誘いの件を忘れていたが、退社時まぎわに、ピーターから二度目の電話がかかった。

「明石さん、どうだい面接を受ける決心がついた？　来るとなれば、休暇願、日程調整、はたまた、上司の裁可など、大変かと思って……」

「実は、そうなんだが……でも一両日中にすっきりさせたい。面接の方はぜひとも受けたいが、こっちもそれなりの心の準備が……、とくにカウベの進退など……」

「そういわれると、こちらも責任を感じるが……でも面接しないと採用はない、これだけは譲れない。個人的には、おなじ職場で、かつてのように、あなたと軽口叩きながら白球追いかけたい気持ちもつよいが、それよりなにより一日も早く来てもらって大仕事をやろうじゃないか、昨夜ダグラスから電話があって、いまだにドマスク案件を懐かしがっていた。俺に採用決定権があれば、すぐにでもあなたをとりたい、これが本音だ」

「ピーター、そんなこと気にするな、チャンスを貰っただけでも感謝しているんだ。それに色々と考えるんだが、本件が不首尾に終わっても、ひょっとすると俺はカウベにサラバするかもしれない。カウベがどう出るかはわからないが……」

「そうか……やはり、終身雇用との決別にかなり頭を悩ませているんだ。まぁ、いまは吉報を待つしかないか」


かかる経緯から、サラリーマンをつづける以上、これからの生活は、単身を軸に勤務、任地を考える必要がある。家族の帯同はないから、仕事に生き甲斐をみつけざるをえない。生来、根っからの小心者、終身雇用を神棚にかざるほどの堅物《かたぶつ》だが、熱砂の地を経て微妙に変わってきた。長年わき目もふらず、ただただ母体のため、家族のため、身を粉にして汗を流してきたが、かの地で、見るもの、聞くもの、経験するものは、すべてが新鮮に映った。身震いするほどの緊張感に包まれていたし、帰国真近に心がゆらいだ惜別の想いは、いまだに忘れられない。

ましてや、帰国後、配属された部署が想定外だったから、ピーターの転職の話は、かつての世界に浸《ひた》れるかもしれない、そんな淡い期待を灯した。

ピーターからの二度目の電話をもらったとき、採用結果にかかわらず、カウベは辞めるかもしれない、とふと漏らしたが、あれがまさに本心なのかもしれない。さらに時間が経つにつれ、その思いが、強くなり、ついに腹をくくった。熱砂の地で艱難辛苦の中、のたうち回り、気が狂わんばかりの慌ただしさをのりきった頃の心意気が思い出された。かつて永守ロンドン支店長が、彼に、待てば海路の日和あり、と諭した、あのことばは正しくピーターの誘いを指し、ためらうことなく、いま選択すべきはヒューストンであり、もはやカウベではない、不採用になればまた考えればいいと、彼は己に言いきかせた。こうして腹がすわり、行動に移した。が、すぐ壁にぶちあたる。いったいカウベの誰につたえるべきなのか、という壁だ。考えあぐねた結果、まず四部長の顔がうかぶ。直属の上司だ。けっして話しづらい人物ではない。東京営業部時代の上司だが、往時、明石の人となりを、わりきりが下手な優柔不断の人、と見ていたと、人づてに聞いたから、本件をもちだせば、その性格の弱みをつかれ、翻意させられる可能性があった。が、残された時間はわずかだ。ではほかに誰を、と考えたとき、ふと閃《ひらめ》いたのは、中東で明石の赴任から帰国まで、なにかと心労煩わせた永守だ。いまや当の本人は帰国し、国際部長に就任、明石が手紙で現状の不満をうったえている人物だから、一瞬、最適任者、と考えたが、カウベは国際部門の機能を東京へ集中していたから、相談するには出張せざるをえないし、公的に出張する理由もない。東京へ内線するのも気が引ける。しばし考えあぐねているうちに、何の気なしに、机上に備え付けの【役員在席管理システム】へ目線が行き、在席する役員の中に橋口常務の名をみつけた。

そうか、橋口さんが在席か、これは灯台もと暗し、だったかと明石は苦笑いする。橋口は、いまだ国際部門の若手から【輝ける人】として敬慕されるが、現在は、カウベ国内部門のもうけ頭、関西営業本部の本部長を担い、西日本二百店舗の拠点長を統括する偉いさんだ。たがいに同じフロアに身をおくが、カウベは一課長が本部長へ直接、ものを申す慣習はない。が、【思い立ったは吉日】とばかりに、秘書にアポをたのむと、案の定、

「ただいま、ご在席ですが、取引先の社長さんがまもなくお見えになられます。あらためてお電話いただけませんか」

と、うまくかわされた。

ふだんなら退くが、いかんせん、時間がない。いきなり本部長へ直接面談を申しこんだのだから、秘書が眉をひそめるのもムリはない。

「わかったが、ご在席なんだろう。時間はとらせない。私事だが、きわめて緊急なんだ」

と強く出ると、秘書とて本部課長に対しては無碍には断れない。

「わかりました。ただいま常務に確認いたしますから、少々お待ちください」

と相手が折れた。

こうして明石は常務との面談に持ち込んだ。

関西本部の常務応接室。

「君が帰国した時、赴任の挨拶を交わした程度だったから、一度ゆっくり話したいと思ってはいたが、こういう形で実現するとは！　部長をさしおき、急な面談というから、少々不安でもあり、また懐かしい思いでもある。言うなれば、たがいに熱砂の地で同じ釜の飯を食した【同胞】だからな。まぁ、それはさておき、君の用件とやらをきこうか」

定例の部課長会を別にすれば、営業本部内でも両人が顔を合わすことはまずないし、会議の席でも、たまに常務から担当分野の案件について彼に説明を求めることがあっても、この日のように一対一で言葉をかわすのは初めてだ。

「じつは、ヒューストン銀行の元テニス仲間から、転職の誘いがあり、事が急でしたので、ご一報だけでも、と押しかけました。ポストは、同行の中東拠点長統括、面接資格は、中東経験、かつ人物しだい、とあります。同ポストはあちらでは要職の一つとかで、他社からも手が挙がる程の狭き門だろうと思います。ぜひ人事面接を受けたらどうか、と二度ほど電話で勧められ、ここ二日ほど熟慮しました結果、ここは背水の陣で、挑戦したい、と考えました」

と、緊張のためか、時候のあいさつも忘れ、用意した口上のうち、微妙な個所は省き、【背水の陣】と大袈裟に言い放った。

前段の【転職の誘い】までは、フンフンと聴いていた常務だが、背水の陣で、挑戦したい、と真顔で彼がつたえた時、一瞬、表情が曇り、視線を天井へむけた。口をへの字に曲げた様子から、とっさに、やはり、まずいかぁ、と相手をおそるおそる盗み見すると、

「えぇ、挑戦するのか！　いつだい、先方の面接日は？」

これが、天井から視線を彼へもどし、放った常務の第一声だ。いっとき表情を曇らせた意外感はとうに消えていた。

「来週です」

「来週！　急すぎるなぁ……ところで、首尾よくいけば、カウベを辞めるつもりか？」

「そのつもりです。ただじぶんの力量を試すには次元がかなり高すぎますが、【他流試合】のつもりで……」

「そもそも家族の方は承知しているのか？」

「誘いの電話はつい先日のことですから、まだ相談しておりません。でも異論は出ないと、ご理解ください」

「そうか、家族の帯同はないか……。わかった。ところで君に関わるカウベ側にも君を当本部へとどめる事情があるようだ。人事上のオフレコの話だから、これ以上言えないが、君にとって悪い話ではない」

相手の話をきいて面談前にかためた明石の決意が、しばしゆらいだ。この日が来るまで、カ

ウベ国際部からいっさい音沙汰がなく、海外はお呼びではない、とわかっていた。ところが、いずこか、期待されたポストが用意されているときいて、中東出向はムダではなかったか、と、一旦は胸をなでおろした。が、相手の口ぶりから、そのポストは国内勤務を指し、海外ではないと気づいて、明石の決意は、しだいに息を吹き返し、不退転の覚悟でヒューストンの面接へ臨み、もはやカウベに戻れないと、あらためて決意する。その根っこにあったのは、旧行問題だ。他社の募集に手を挙げて失敗した者をカウベ側がひきとる際、終身雇用制度の風土にそまった邦銀組織の内部から見れば、一種の裏切り行為に映り、ましてや合併行、彼が属する旧行側はともかく、もう一方の側がすんなりと了承するとは考えにくい。明石のような【さほどの人材ではない】場合は、ましてなおさらだ。かならずや、そのつけは後々じぶんに回され、居残ってもいづらくなることは必定だったたし、一方、橋口のうけとめ方は、たしかに、この男は【他流試合】の公募上の条件、中東経験をたしかに満たすものの、当然、他の志願者もしかりだろう。となれば、非英語圏産である明石の語学力はどうか、せいぜい【並】クラスであり、けっして高いレベルにあるとは聞いていない。その公募に他からも手が挙がるほどの狭き門だから、神風でも吹かないかぎり、登用される確率はかぎりなくゼロに近い。ならば、この際、寛容なる精神をもって挑戦させてやろうという老婆心が働いた。旧行問題はたしかにあるが、中東の実績を勘案すれば、彼のひきとりは押し通せる、と即断したが、ただ少々明石の潔さが気になった。きびしい面談結果が予想され、万が一にも採用されたとして、明石には悪いが、あの程度の語学力で統括官が務まるだろうか。はたまた、気性が荒いと定評のあるテキサスの荒くれどもを、どう御するのか、ヒューストン側がそんな使いがっての悪い男を登用するとは思われない。明石が退出する迄、その疑念を払拭できず、帰り際、それを口に出した。

「面談を持ちかけた人物と君とは、どのような関係にあるのかな、赴任前からの友人なのか」

「いいえ、アブダビで知り合った、テニスを通しての遊び仲間ですが、きっかけは同じフラット（住居）という、ありふれた縁でした」

それを聞いた橋口は、一瞬安堵した表情を見せたが、それでも気になるのか、

「じゃ来週末、結果を報告するように。不採用になってもカウベは身元をひき受ける用意があるから安心しなさい」

「ありがとうございます。ただ、いまのところ、面接のことしか頭にありませんが、その後のことは家族と相談いたします。離散家族の状態がしばらく続いており、このままでよいのか、このことも本件の着地後に結論をだします。身元ひき受けの件は、家内が経営する零細企業の行く末を考えますと、ありがたいお話で助かります。最後になりましたが、きょうはとつぜん押しかけ、失礼いたしました」

面談が終わってから、橋口は、その日、着任した永守取締役に電話した。

この日、永守は九段下に立地するカウベ・東京ビルの一階でエレベーターにのり、ガラス越しに皇居の堀、千鳥ヶ淵を一瞥しながら、十四階でおりた。国際部のドアをあけると、新部長

と気づいた部員から拍手がおきると、永守は片手をあげながら、ゆったりとした足取りで部室の中央にすえられた役員席へむかう。それを合図に部員達は役員を囲むようにして集まりだした。頃よい時間に、次長の村西が、

「永守取締役からご着任のご挨拶があります。部長、お願いいたします」

訓示が始まったが、それもつかの間、時間に追われ、時間を追いかけるいつもの日常業務が動きだすにつれ、集まった部員たちの輪は、ひとり欠け、ふたり欠けて、あっという間に萎んだ。この慌ただしい現実を目の当たりに見た永守は、かつて抱いた内外拠点の橋渡し役を演じる同部の使命をあらためて思い返し、さすがに大本営ともなると、一海外拠点とは一味も二味も違うわいと、ひとり悦に入っているところへ内線が入った。

関西営業本部長の橋口常務からだった。

年次としては永守が一年先輩、肩書は橋口が上位だ。ただ、ともに海外勤務は長い。カウベでは肩書よりも年次がたっとばれる傾向がある上に永守は、近々、常務昇格が内定するから、相手に対し、先輩面する気もないが、さりとて謙《へりくだ》る気もない。

「そろそろ、ご着任の頃かと、お電話さし上げましたが、久しぶりの国際部はいかがですか」

「わざわざ、常務からお電話とは、いったい何かありましたかな」

相手が帰国したら真っ先に電話しなければ、と思っていた人物だったから、永守は、少々胸

騒ぎをおぼえた。

「じつは先輩、昨年、アブダビから帰国した明石君のことですが……」

「どうしましたかな。私も帰国早々、彼から手紙をもらいましたが、どうも当人の弁によれば、外——外の海外勤務を希望しているが、いままでナシのつぶて、国際部から見放された、とこぼしていましたな。まぁ、私も本日着任したばかりで、その辺りの事情を村西君から訊こうかとした矢先に、この電話をいただいたわけですが。明石君の仕事ぶりはいかがですか？　いまや、常務の手の届くところで、ぼやきながらも、部下を叱咤激励しているのではありませんか」

少々トゲのあることばだ。これには伏線がある。


昨年、中東から帰国する数日前、明石は帰国の挨拶をかねてロンドンに立ち寄り、永守と会食した席で、

「明石君、ここ数年、一年足らずの本店営業部勤務をのぞき長い間、外へ出ずっぱりだったから、そろそろ国内を希望するんだろうな。アブダビでは、これでもか、これでもか、とばかり、試練の嵐が吹いたから」

「いいえ、支店長、この次もできれば海外を。ただ中東で損傷した部位の治療に少々時間をとられますが、それ以降はいつでも海外勤務を希望いたします」

「ええ、それでいいのか、外——外なら家族が反対するだろう。まぁ、君が単身をいとわなけ

ればなんとかなるか」

「ええ、義父が病床に臥せ、オーナーとして屋台を支える妻の事を考えますと、やむを得ません」

「明石君、事情はよくわかった。拠点長会議で上京する際、つたえておこう」

以上のような会話が永守と明石の間でかわされたが、その後、あれこれ一年以上経つが、国際部からはナシのつぶて、彼の所属はあいかわらず関西営業部だから、この日、橋口から電話をもらった時、永守はそのことをとっさに思いだした。

橋口は関西営業本部長を束ねるが、明石は同四部の課長である。

「たしか明石君は現在、常務のところにおりますね」

「ええ、それにしましても奇遇ですねぇ、いま私が電話を思い立ちましたのは、彼の今後の処遇についてなんですが……」

「それでしたら、話は早いですわ、彼がアブダビから帰国する際、私の所へ立ち寄り、一旦は帰国するが、しかるべき早い時期に海外拠点で働きたい、との希望を国際部宛に託されましたが、常務、ご存じでしたか」

「ええ、往時、村西君から相談をうけました。この件につきましては、少々、当時の状況を説明させてください。じつは企画部の別室で三年ほど前から極秘裏に新投資銀行設立プロジェクトが立ち上がっており、当初から明石君は非公式ベースではありますが、幹部候補の一人に名を連ねております。部長がロンドンで明石君から託された期待とは異なる動きがありましたので、対応に苦慮した次長が私に助け舟を求めてきました経緯がありますわ」

「えぇ、そんなことが……。プロジェクトの件は初耳ですが、カウベ挙げての話ならそれを優先するしかありませんな。それで本日お電話いただいた件とは？」

「そうでしたな、じつは彼に米銀のヒューストンから転職の誘いがありました」

「これ、また驚きですな。時期が悪すぎますね。具体的にはどのような打診ですかな？」

「なんでも来週、中東拠点長統括という要職むけ一般公募があるが、手を挙げないか、と。その誘った人物は中東で友情を培ったテニス仲間だとか。一般公募ですから他行からも志願する者がいるとききましたが、本人は他流試合のつもりで面接をうけたい、と」

「おぉ、勇ましいですな。それで常務、見込みはいかがなんです、彼の成算のほどは？」

「まぁ、明石君には申しわけないですが、なにか特別の僥倖にでも恵まれなければムリですね。面接条件というのが、中東経験だけ、あとは人物しだいとの触れ込みのようですが、さてどうでしょうか。語学力という大きな壁が。ネイティブ（ある言語を母国語として話す人）と競うわけですから」

「少々うがった見方をしますと、彼の転出をくいとめる意味では助かりますな」

「部長、まさにその通りなんです」

「それに近年の合併のお陰で彼レベルの人材に事欠かないのが救いですよ。とはいえ、ここ数年、明石君には、出向をてはじめに、それなりに人的投資をしましたから、それが、外銀によ る、ほんの瞬《またた》きの面接で、ことばが少々野卑ですが、【うばわれる】のは甚《はなは》だカウベとしては心外ですな。コスト的に帳尻が合いますか？」

「そりゃ、合いません。それにプロジェクトチームの件はオフレコですから彼に漏らすわけには。ただ期待されたポストが目の前にある、とだけつたえましたが、わかってくれたかどうか。ところが、あとで考えますと、私は、彼の話す【狭き門】という意味の捉え方を、間違えたのかもしれません。失敗したらカウベに戻ればよい、とまぁ、結果を予想したうえでの助言でしたが、彼の方は、狭き門だから、挑戦しがいがあり、全身全霊で臨めばチャンスがある筈、と。そこで私は何かがあると睨み、米国勤務時の同行の友人に裏をとりましたら、意外な事実が……。明石君の友人というのは、本社の執行役員・人事部長として当日の立会人の一人であり、また同じく立会人の人事担当の常務はピーター氏を若い頃から目にかけ、昨年アブダビ拠点から本社へ戻し、人事部長にすえた人物だと。ピーター氏の社内評は、人柄は温厚、判断は公正、しかも泥臭い営業畑の連中に人望があるとか」

「ということは、常務は、明石君の登用は【ありうる】とでも？」

「まぁ、それはありませんでしょう、なにしろビジネス・ライク一本やりの米銀ですから」

「そうでしょうな。ただアブダビ時代の彼を振り返りますと、ときに精神的な脆《もろ》さを見せますが、ここぞというときに、疾風怒涛の勢いで一気に駆け抜ける気力と大胆さも持ち合わせていましたから、ひょっとして【ありうる】かもしれませんぞ」

ここは米国テキサス州のヒューストン市、同名銀行の役員応接室である。あさ早くから一般公募に誘われて集まったあまたの志願者が入退出をくりかえす中、ついに明石の番がきた。面接順が、地元から遠路へという流れなのか、彼は志願者の最後尾だった。呼び出され、入室する。

初対面のあいさつ、自己紹介の後、いくつかの質問が両常務からやってきた。ピーターはみずから口をはさまず、もっぱらきき役だ。

「年功序列という文化が根づく邦銀さんから志願者があるとは！　これが私の率直な印象だ。ピーター部長からあなたの人となりはむろんのこと、シデックさんの実績を耳にするから、一体全体、カウベさんがあなたを手放すだろうか、これが私の疑問だ、どうですかな」

人事窓口の常務がそう尋ねた。

「わかりました。要は、年功序列からの脱出と、カウベの意向をお知りたい、ということですね。前者については、私という本人が、その風土から脱出することにさほど痛痒をおぼえない、これが回答です。次に母体の意向ですが、明石なんぞが採用される筈もなく、カウベとしては、不採用となった私を粛々をひきとる、それだけの話でしょう。誰でも日本訛りの英語を好むものはいませんし、私だってそちらの長椅子に座っていたら、ごめん被りますから」

と応えると、相手は一瞬くすっと笑い、やがて噴出した。それもいつかの間のこと、急に真顔になり、

「まぁ、とはいっても、商売が語学できまるのなら、私どもはあえて公募の形をとりません。

それに、もし私どもが貴殿を採用すると決めてから、カウベさんから【待った】がかかってもそれは困りますぞ」

「ご心配ご無用です。ご安心ください。カウベは近年の合併で国際派の人繰りがずいぶん楽になり、私の力量程度の人材流出は歯牙にもかけません、お好きにどうぞ、となること、請け合います」

「まぁ、それにしても、わざわざこちらの公募に手を挙げる心境が判りかねるが……」

「かもしれませんね。でもこれは縁ではないでしょうか。先だってピーターさんが来日され、一杯やった時、帰国時、じぶんの希望がかなわず、配属先が国際色のうすい部署でしたから、やる気をなくした、と愚痴った日から数えてさほど経たない間にいきなり本件の打診が入りましたから、わぁ、アッラーの神が日本へ上陸か！ と感激し、あらためて中東との縁《えにし》を思い返しました。ピーター氏から電話で、他行からその筋の人材が手を挙げるほどの応募だが、明石さんも面接を受けたらどうか、と勧められた時、次から次へとやってきた艱難辛苦を、がむしゃらにのりこえたシデック時代がふと頭をよぎり、なぜかしら、無性にあの世界へ戻ってみたい衝動にかられ、それが寸秒ごとに強まり、ついには、その面接とやらに挑んでみたい、と。これでは回答になりませんか」

「ご事情はわかりました。ところでピーター部長とはテニス仲間とか、ジェイムスさん、たしか貴方もＵＡＥでは敵なしだったとか。明石さん、ジェイムス常務とは初対面ですかな」

低学年の頃座ったような、簡素な、大人用にあつらえた木椅子に腰かけ、明石はずっと人事担当常務の話を聞きもらさまいと全神経をかたむけていたから、窓側から注がれる、その人物の視線に気がつかなかった。そう言われて初めてジェイムスと呼ばれた常務を見やると、たしかに見覚えがあった。同行シャルジャ拠点主催によるテニス大会で戦った決勝戦の相手であり、病院を紹介してくれた御仁だ。

「いつぞやは失礼いたしました。あの時はいわばおたがい【戦闘服】でしたが、目の前の常務はスーツをお召しになられているから気が付きませんでした。あの決勝戦では途中退場してご迷惑をおかけしたうえに、日射病で倒れたパートナーのため、病院の手配までしていただいて……」

「そう、そう、そうでしたな、あの炎天下、おたがい決勝戦で相まみえ、あなたのチームはトロフィがもう目の前に届くところのご退場でしたね。お二人のことはよく覚えております。なつかしいですなぁ、まさか、ここでお会いできるとは。ピーター君はあなたがこの面接に出ることを一切口にしないし、たまたま、今日、この度、退任される中東統括拠点長の送別会出席のため、あちらへ飛ぶ予定でした。が、昨夜、あなたをよく知るダグラス拠点長から電話が入ってようやく『ピーター君とダグラス君の【悪だくみ】』が発覚したわけです」

「そうですか、そんなことが、ありましたか。ピーター部長は大阪で拾い【物】をしてきましたというだけで、一切説明しませんでした。まぁ、彼氏は昔からそんな男ですがね」

と人事担当常務がピーターを見ながら口をはさんだ。

面接を終え、しばらく経ったある日、明石がちょうどカウベの単身寮で引っ越し準備にかかっているとき、ピーターから電話があった。

「明石さん、朗報だ。【拠点長統括】就任おめでとう。俺は立場上、ただただ情報を流すだけで、表立って応援できなかったが、その分、ダグラスが張りきったし、それよりなにより、あなたの歯に衣着せぬもの言いが両常務の琴線に触れたようだ。なお、くわしくは本日航空便でおくった契約書類を見てほしい。じゃ二週間後、ヒューストンで再会だ」

面接の感触が良かったから、ひょっとするとと一時は心が昂ったが、数日間、それを封印してきた。この世知辛い世の中、これまでもじぶんの思いどおりに事がはこんだためしが無い。シデックの赴任後しばらくの期間がその最たるもの、と思い返し、採用成否がとどく迄に身辺整理をいそぐ必要があった。先ずはカウベ退職にからむ儀式だ。人事部へ辞表をとどけると周りがさわいだが、家業を継ぐとの一点張りでかわし、橋口常務、永守取締役両人には、一課長の進退ごときに貴重な時間をさいていただくのは心苦しいから、書面を出状し、その中で、出向かずに書面で知らせる非礼をわびた。また日をあらため上京し、栄光商事をおとずれ、内田取締役、多田部長他面々にカウベ退職をつたえたことで一通り身辺整理を終わらせ、残すところあす単身寮から引き揚げるという日の夕方、ピーターから冒頭の電話があった。合格を知らせた後、契約書類等は本日岡山の家宛に航空便で送ったと聞くなりせわしく電話を切った。勤務地だけでも知りたかったが、いそぐ話ではない。待つしかない。翌日、新幹線で岡山へ出かけ、ヒューストン入りを知らせ、久しぶりに一家団欒を楽しんだ。

岡山入りして二日目、待望の契約書類が届く。封をあけると、まっさきに明石の視線は、勤務地へいそいだ。

勤務地

上半期〜米国ヒューストン銀行本社
中東統括本部
下半期〜米国ヒューストン銀行カイロ支社
中東統括本部

完

あとがき

二〇二〇年に入り、人類はコロナという厄介なウイルスにとりつかれ、年が明けても一向におさまらず却って猛威を振るう現状を目の当たりにし、私どもは身が竦む思いを体験しております。この夏が到来すれば終息するだろう、と期待する向きもありましたが、誰かが言い出した、これからの人類は「コロナと共に」生きていかざるを得ないとのアラートは現実味を帯びだしました。副作用をともなわないワクチンが現れるまで、私どもはこの猛威に慄きつつ、しばらくはコロナと共生せざるを得ないのかもしれません。今はただただ祈りにも似た、ワクチンというこのメシアの到来に手を合わせ、心を重ねるのは私だけでしょうか。

さてこの三月、二〇一六年に上梓しました拙作『身の丈ごえ』につづく企業ロマン小説、第二弾『オアシスの華』を出版することになりました。諸先輩方のご激励、ご教示に背中を押していただいて上梓にこぎつけたわけですが、とりわけ、泥達郎様、吉江誠様、藤岡義明様には永きにわたりましてご指導、ご激励いただき、感謝の念に堪えません。誠にありがとうございました。

二〇二一年三月吉日

安藤　眞司（あんどう　しんじ）

北海道出身。昭和43年北海道大学法学部卒業後、神戸銀行（現三井住友銀行）に入行、国内海外拠点勤務後、同グループ企業（「カード、リース」）、独立行政法人、民間企業顧問を経て現在に至る
主たる著書『風に吹かれて』『熱砂の旅人』『身の丈ごえ』

オアシスの華

2021年３月28日　初版第１刷発行

著　　者　安藤眞司
発 行 者　中田典昭
発 行 所　東京図書出版
発行発売　株式会社 リフレ出版
〒113-0021　東京都文京区本駒込 3-10-4
電話（03）3823-9171　FAX 0120-41-8080
印　　刷　株式会社 ブレイン

ISBN978-4-86641-395-2 C0093
Printed in Japan 2021